HEYNE
BÜCHER

Das Buch

Italien, *1968.* Der junge Ire Colm Nugent bereist mit Hilfe einer kleinen Erbschaft Italien. Unterwegs trifft er die zwei Jahre jüngere Amerikanerin Robin McKay. Die beiden freunden sich an, und gemeinsam besuchen sie Florenz. Obwohl sie sich näherkommen, verrät Robin Colm nichts über ihre wahre Herkunft – sie erzählt nur fantastische und geheimnisvolle Geschichten, die er nicht glauben kann. Doch mit der Zeit stellt sich heraus, daß beide eine schwierige Kindheit und Jugend hinter sich haben.

Plötzlich verschwindet das Mädchen – nicht aber, ohne vorher mit Colm ein denkwürdiges Treffen vereinbart zu haben: An seinem fünfzigsten Geburtstag wollen sie sich in Florenz wiedersehen.

Irland, *1996.* Colm, mittlerweile erfolgreicher Börsenmakler, erinnert sich in einer Lebenskrise an das Versprechen, das er vor fast dreißig Jahren gegeben hat. Er macht sich auf den Weg nach Florenz. Auch Robin hat sich an die Vereinbarung gehalten. Diese zweite Reise nach Florenz wird für beide eine Reise in die Vergangenheit.

Die Autorin

Mary Ryan stammt aus Dublin. Sie arbeitete als Englischlehrerin, studierte Jura und begann mit dem Schreiben. Ihr Bestseller-Roman *Into the West* wurde erfolgreich verfilmt, zahlreiche Literaturmagazine veröffentlichten ihre Kurzgeschichten.

Im Wilhelm Heyne Verlag sind außerdem erschienen: *Schattentanz* (01/9874), *Grünes Feuer* (01/10287) und *Drei Frauen* (01/10829).

MARY RYAN

WIEDERSEHEN IN FLORENZ

Roman

Aus dem Englischen
von Nina Bader

WILHELM HEYNE VERLAG
MÜNCHEN

HEYNE ALLGEMEINE REIHE
Nr. 01/13086

Die Originalausgabe
THE PROMISE
erschien 1997 by Headline Book Publishing

Umwelthinweis:
Das Buch wurde auf
chlor- und säurefreiem Papier gedruckt.

Redaktion: Birgit Groll

Deutsche Erstausgabe 4/2000

Printed in Germany 2000
Quellennachweis: Das Zitat (S. 7) stammt aus:
Dante Alighieri ›Die göttliche Komödie‹
Winkler Verlag, München 1957
Umschlagillustration: John Harris/Arena/Agentur Schlück
Umschlaggestaltung: Nele Schütz Design, München
Satz: Pinkuin Satz und Datentechnik, Berlin
Druck und Bindung: Elsnerdruck, Berlin

ISBN 3-453-16164-5

http://www.heyne.de

FÜR BREDA

Als unseres Lebens Mitte ich erklommen
Befand ich mich in einem dunklen Wald
Da ich vom rechten Wege abgekommen.

DANTE ALIGHIERI
L'Inferno

1. Teil

1.

»Hi, Colm ... erinnerst du dich noch an mich?« sprach sie im Traum zu ihm. Ihr junges, sommersprossiges Gesicht war zum Greifen nah. Er schrak zusammen, kam langsam zu sich und murmelte verschlafen: »Robin?« Doch er war allein, nur ihre Stimme hallte wie ein Echo in seinem Kopf. Seltsam, wie es manchen Menschen gelang, sich immer wieder in die Gedanken anderer einzuschleichen.

Das Licht, das durch das Bullauge drang, verwirrte ihn zunächst, doch dann dämmerte ihm, wo er sich befand: auf der *St. Killian*, ein gutes Stück von der irischen Küste entfernt, auf dem Weg nach Frankreich. Er war früh an Bord des Schiffes gegangen, hatte sich sofort in seine Kabine zurückgezogen, sich in seine Koje gelegt und war augenblicklich eingeschlafen. Trotz der erst kürzlich überstandenen Krankheit hatte er sich entschieden, auf dem längeren und anstrengenderen Seeweg nach Italien zu reisen, aus Gründen, die weniger der Vernunft als vielmehr einem Anflug wehmütiger Nostalgie entsprungen waren. Er hatte diese Reise angetreten, um etwas wiederzufinden, was er mit einundzwanzig Jahren hinter sich gelassen hatte, bevor er vom Strom des Lebens mitgerissen, vom Erfolg verwöhnt und von der Monotonie des Ehealltags erdrückt worden war.

Es hatte einmal eine Zeit gegeben, da war seine Frau Sherry bemüht gewesen, ihn für den von ihr angestrebten Lebensstil zu begeistern: Dinnerpartys, Gartenarbeit am Wochenende, gesellschaftliche Verpflichtungen. Sie freute sich über seinen beruflichen Erfolg, weil er ihr bescherte, was sie sich wünschte – endlose Einkaufsbummel, ein schönes Haus, teure Kleider. Doch sie spürte seine Rastlosigkeit, seine Unzufriedenheit. Und sie fürchtete sie, weil sie wußte, daß sie nichts dagegen ausrichten konnte. Wie um ihn zu beschwichtigen, hatte sie ihn einmal darauf hingewiesen, daß sein Name Colm im Irischen ›Taube‹ bedeutete.

»Das ist mir bekannt, liebe Sherry. Stell dir vor, auch ich bin einmal zur Schule gegangen.« Ganz am Anfang hatte sie ihn oft als ihren Täuberich bezeichnet. Schon damals war sie oft nicht schlau aus ihm geworden, doch die unbestimmte Furcht vor ihm hatte sich erst später eingestellt.

Es war, als hätte sie zu spät erkannt, daß ihr der Zugang zu den dunkleren Seiten seines Wesens für immer verwehrt bleiben würde.

Er stand auf, trat an das Bullauge und sah, wie die irische Küste im Abendnebel verschwand. In der Nachbarkabine hörte er Stimmen, aber hauptsächlich war er sich des kraftvollen Dröhnens der Maschinen bewußt, das ihn an das Pochen eines riesigen Herzens denken ließ. Sherry hätte über diese blumige Metapher gelächelt und ihm dann zugestimmt. Im Laufe der Jahre hatte sie sich angewöhnt, ihm in allem und jedem zuzustimmen; es war ihm gelungen, sie in einem Maß zu beherrschen, das er nie für möglich gehalten hätte. Er hatte sie mit einer sorgfältig dosierten Mischung aus Sarkasmus und eisiger Höflichkeit behandelt, bis sie die Parameter ihres eigenen Verstandes in Frage stellte. Sie zu manipulieren war ihm unglaublich leicht gefallen, es bedurfte lediglich einiger Zärtlichkeitsbekundungen, und schon glaubte sie, er sei doch zu tiefen Gefühlen fähig und könne sie nur nicht immer zeigen. Warum er sie eigentlich ständig manipulierte, wußte er selbst nicht genau, wahrscheinlich ganz einfach deshalb, weil er dazu in der Lage war. Sie gab ihm eine gewisse Macht über ihre Person, und er strafte sie, indem er diese Macht benutzte.

Aber nun war sie fort, endgültig auf und davon. Sie hatte ihn mit der Seichtigkeit ihres gemeinsamen Lebens konfrontiert, war zur Tür hinausmarschiert, hatte eine Scheidung nach englischem Recht beantragt und sich kurz darauf wieder verheiratet. So war das eben, dachte Colm.

Alles auf dieser Welt veränderte sich, und meistens dann, wenn man am allerwenigsten damit rechnete.

In ihrer typischen Art, die ihn oft rasend machte, hatte sie an dem Tag, als sie ihn verließ, ihre Farbskala hochgehalten, damit mehr Licht darauf fallen konnte. »Das ist es … einfach perfekt … ich liebe diesen satten Ockerton.« Das hatte sie mehr zu sich selbst als zu ihm gesagt und dann, ohne ihn anzusehen, beiläufig hinzugefügt: »Übrigens verlasse ich dich, Colm. Ich habe einen anderen Mann kennengelernt – Michael, um genau zu sein.«

Colm hatte diese Ankündigung wie ein Schlag getroffen, doch er hatte sich nichts anmerken lassen. Im Grunde wußte er bereits über die Affäre der beiden Bescheid. Aber warum hätte er sie zur Sprache bringen sollen? Damit hätte er nur eine unangenehme Szene heraufbeschworen. Solche Feuer pflegten einmal hell aufzulodern und dann zu verlöschen.

Er fing ihren nervösen Blick auf, aber dann sah sie rasch zur Seite. Er kannte Michael gut, sie hatten gemeinsam die Schule besucht. Michael war Witwer und hatte vor einigen Jahren seine Arbeit verloren. Seitdem betätigte er sich als freiberuflicher Innenarchitekt. Der Mann war eine Null.

»Darf man wissen, warum?«

»Ich kann einfach nicht mehr mit dir leben«, sagte sie mit leiser, zitternder Stimme. »Du bist mir zu … kalt.«

»Habe ich dich jemals enttäuscht? Dir etwas vorenthalten, dich betrogen oder dich geschlagen?«

Er bemühte sich um einen milden Tonfall. Solange er sie mit nachsichtigem Spott behandelte, mußte sie an sich selbst zweifeln. Er wollte nicht, daß sie ging, er war an sie gewöhnt, und wenn sie ihn verließ, würde das ein schlechtes Licht auf ihn werfen. Genau das wollte er aber um jeden Preis vermeiden. Einen Moment lang bedauerte er, daß alles so gekommen war und er ihr nicht hatte geben können, wonach sie sich so verzweifelt sehnte – daß ihm der Mut zur Liebe fehlte.

Sie blickte ihn eine Weile aufmerksam an, aber die neue

Sherry ließ sich weder Selbstzweifel einimpfen, noch ließ sie sich in die von ihm gewünschte Form pressen.

»Hör zu, ich muß los. Ich treffe mich mit Rosalind Lefeu. Sie hat gerade ein wundervolles Haus auf dem Killiney Hill gekauft, und Michael versucht, den Auftrag für die Inneneinrichtung zu bekommen.« Als er keine Antwort gab, fügte sie hinzu: »Du hast doch sicher schon von Rosalind Lefeu gehört? Sie spielt in dem Film *Gefährliche Zeiten* mit.«

»Ich interessiere mich weder für Rosalind Sowieso noch für sonst eines dieser hohlköpfigen Filmsternchen. Du hast soeben eine Bombe hochgehen lassen, Sherry! Und ich habe dir ein paar ernste Fragen gestellt.«

»Nun gut … Ich werde sie dir beantworten.« Sie drehte sich zu ihm um, sah ihn mit zornig blitzenden Augen an und erhob die Stimme. »Nein, du hast mir nichts vorenthalten und auch nie versucht, mich zu schlagen. In physischer Hinsicht bist du nie gewalttätig geworden, aber deine emotionale Grausamkeit war viel schlimmer. Noch nicht einmal nach Alans Tod konntest du …« Ihre Stimme brach, dann fing sie sich wieder. »Und du hast mich seit genau einem Jahr, drei Monaten und fünf Tagen nicht mehr betrogen. Für wie blöd hältst du mich eigentlich? Ich kenne dich gut genug – deine Selbstzufriedenheit, deine Lustlosigkeit im Bett. Und ich habe auch dieses Flittchen Catherine nicht vergessen, von der ich eigentlich nichts wissen sollte. O ja, du hast mich mit jedem erdenklichen Luxus umgeben, das stimmt …« Vor Wut ging ihr Atem schwerer, doch plötzlich dämpfte sie ihre Stimme, als ob ihr bewußt geworden wäre, daß sie kurz davor stand, in eine Falle zu tappen. »Der Käfig war wunderschön vergoldet. Aber trotzdem hast du mir etwas verwehrt, was ich dringend brauche.«

»Was du brauchst, meine arme Sherry, existiert nicht.«

»O doch!«

Ihre Finger krampften sich um die Farbskala. Colm lächelte. »Will dich dieser Taugenichts vielleicht mit Luft und Liebe ernähren? Oder hofft er darauf, daß du eine saftige Abfindung bekommst?« Er schüttelte den Kopf. »Unglücklicherweise gibt es keine Abfindungen für untreue Ehefrauen, die ihre Männer verlassen.«

Doch statt wie erwartet an die Decke zu gehen, sah Sherry ihn nur mit einem Ausdruck an, der an Mitleid grenzte.

»Mein Anwalt wird sich mit dir in Verbindung setzen, Colm …«

Colm fragte sich, wer, zum Teufel, Rosalind Lefeu sein mochte. Er interessierte sich nicht für Berühmtheiten, hatte meist noch nicht einmal von ihnen gehört. Wenn er mit Sherry eine Party besuchte, waren ihm die Ehrengäste des Abends meist unbekannt; amerikanische und europäische VIPs, die sich Häuser in Irland gekauft hatten. Für solche Leute übernahm Sherry die Inneneinrichtung, und dabei hatte sie auch diesen Michael kennengelernt.

»Es ist mir egal, wer oder was er ist«, hatte er danach mehr als einmal zu seiner Frau gesagt. »Ich halte den Kerl für einen eingebildeten Affen.«

»Dein Problem, Colm, besteht darin, daß du alle Menschen ablehnst.« Das war nach ihrer Begegnung mit Michael gewesen. Früher wäre ihr eine derartige Bemerkung nicht über die Lippen gekommen.

Im Gegensatz zu ihm war Sherry nicht der Meinung, daß das Leben in geordneten, vom Verstand bestimmten Bahnen verlaufen sollte. Er haßte dieses mentale Chaos; solange er denken konnte, hatte er sich stets von Logik und Vernunft leiten lassen. Richtete man sich nach dieser Maxime, konnte man das Leben steuern. Wenn nicht, wurde man vom Leben gesteuert. Den gelegentlich aufkeimenden Gedanken, er könne mit dieser Ansicht falsch liegen, weil sich das Leben letztendlich nicht steuern ließ, unterdrückte er nach Möglichkeit, obgleich er manchmal ahnte, daß ihm die Kontrolle längst entglitten war und er über kurz oder lang gezwungen sein würde, sich Dingen zu stellen, über die er noch nicht einmal nachzudenken wagte.

Sein Haus, das den Namen Glendale trug, war ein georgianisches Herrenhaus in der Nähe von Greystones. Sherry hatte es mit viel Geschmack und Fantasie eingerichtet, und sie hing mit ganzem Herzen daran. Auch Colm schätzte Glendale, die herrliche Aussicht, die gepflegte, gewundene Zufahrt, das kleine Wäldchen, das neben der Straße lag, und die liebevoll gestalteten Dekorationen, auf die seine Frau so viel Zeit, Geld und Mühe verwandt hatte. Am Tag ihrer Abreise hatte sie sich noch einmal voller Wehmut im Haus umgeschaut, und als der Gärtner Paddy ihre Koffer zum Auto getragen hatte und sie selbst zum letztenmal über die Schwelle getreten war, hatte sie sich umgedreht und zurückgeblickt, aber nicht etwa zu ihm, sondern hinüber zur Eingangstür, der geschmackvollen Halle und den Wohnzimmerfenstern mit ihren kunstvoll gerafften Vorhängen. Dieses Haus symbolisierte alles, was ihr auf dieser Welt etwas bedeutete, und nun mußte sie es zurücklassen.

Colm verbarg seine Bestürzung. Er hatte nicht geglaubt, daß sie so weit gehen würde, hatte ihren Entschluß als Hirngespinst einer Frau mittleren Alters abgetan. Doch plötzlich empfand er tief in seinem Inneren ein Gefühl entsetzlicher Leere und Einsamkeit.

»Leb wohl, Colm.«

Das war es dann also! Nach einundzwanzig Jahren!

»Leb wohl, meine Liebe …«

Wenn alles andere versagte, konnte man sich immer noch hinter Hohn und Spott verschanzen. Sie zögerte kurz, drehte sich noch einmal um, und dann fuhr sie fort. Langsam verschwand ihr Auto hinter den Rhododendronhecken, die die Auffahrt säumten. Das Wissen, das sie für ihren Entschluß mit dem Verlust des Hauses bezahlen mußte, verschaffte ihm eine gewisse Befriedigung. Er hatte ihr in aller Deutlichkeit klargemacht, daß es allein auf seinen Namen eingetragen war. Sherry erhielt keinen Penny, nur ihre Kleider, ihren Schmuck, ihr Auto und ein paar Bilder und Möbelstücke hatte sie mitnehmen dürfen. Sollte sie doch sehen, wo sie blieb, sie und dieser Innenarchitekt.

Und doch – mit der ersten Nacht im nun leer wirkenden Haus empfand er ihre Abwesenheit weniger als Verrat oder als Quittung für sein Verhalten, sondern als etwas viel Schlimmeres; etwas, womit er sich nicht abfinden konnte – sein eigenes Versagen. Und diese Einsicht führte dazu, daß längst vergessen geglaubte Erinnerungen wieder erwachten, um ihn von neuem zu peinigen. Kann sich ein Mensch eigentlich jemals ganz von seiner Vergangenheit lösen? fragte er sich ärgerlich, während er einen Arm über die nun leere Betthälfte legte und auf das Knistern des Kamins lauschte. In diesem Moment fühlte er sich seltsam körperlos, so, als stünde er neben sich und würde sich selbst beobachten.

Colms Büro in der Innenstadt war eine luxuriös ausgestattete Suite, in der er von morgens um acht bis abends um sieben arbeitete. Dieses Büro stand für Jahre ehrgeizigen Strebens, für seine erfolgreiche Partnerschaft in der Firma Harrison's Stockbrokers. Vor seinem Bruch mit Sherry hatten sie die Abende häufig auf Parties verbracht oder selbst Gäste eingeladen, schließlich waren sie ja nur zu zweit gewesen. Aber einst war da noch Alan gewesen. Colm dachte nicht gerne an ihn, zu schmerzlich war die Erinnerung an das Kind und später an den Teenager, der zu seinem dreizehnten Geburtstag ein neues Fahrrad bekommen hatte und damit tödlich verunglückt war. »Schau, Daddy ...« – und dann überschlug sich das Mountainbike, sein Sohn flog durch die Luft und schlug mit dem Kopf auf der Kante des Bürgersteigs auf. Für seinen Zustand nach dem Unfall gab es noch nicht einmal einen Namen. Kinder, die ihre Eltern verloren hatten, nannte man Waisen, aber was war mit Eltern, die ihre Kinder verloren hatten? Sie blieben noch einsamer auf der Welt zurück, und es gab keinen Namen für diesen unbeschreiblichen, mit nichts zu vergleichenden Schmerz.

Die irische Küste wurde zu einer schmalen Linie am Horizont und verschwand. Um Colm herum erstreckte sich nur noch Wasser, so weit das Auge reichte. Er blickte sich in der spartanisch ausgestatteten Kabine um. Plötzlich überkam ihn ein Gefühl der Angst; ihm war, als wäre er in dem engen Raum gefangen. Sein Mund wurde trocken, und er empfand ein übermächtiges Verlangen, vor sich selbst zu fliehen. Er verließ seine Kabine, ging in die Cafeteria, holte sich eine Tasse Tee und ein Milchbrötchen und setzte sich an einen Tisch. Seine Mitreisenden waren hauptsächlich Familien, die ihren Urlaub in Frankreich verbringen wollten. Ein langer Abend auf See lag vor ihnen, da sie Cherbourg nicht vor zehn Uhr am nächsten Morgen erreichen würden. Einige Passagiere waren in Bücher oder Zeitschriften vertieft, andere unterhielten sich, spielten Karten und nahmen ein paar Drinks oder sahen sich im Bordkino einen Film an. Colm hatte sich bewußt zu dieser langen Reise entschlossen, er wollte auf demselben Weg nach Italien gelangen wie damals, vor langer Zeit: mit dem Zug durch Frankreich, dann durch die Alpen, hinunter zu den Seen und schließlich durch die Lombardei. Die damalige Reise schien in einem anderen Leben stattgefunden zu haben, und doch war es ihm, als sei es erst gestern gewesen. Manchmal kam es ihm so vor, als hätten sich die dazwischenliegenden Jahre in Rauch aufgelöst, als hätte er sie nie wirklich erlebt. Der Wandel, den er sich erhofft hatte, war nie eingetreten.

Sicher, in seinem Leben hatte es auch Positives gegeben: beruflicher Erfolg, die befriedigende Rolle des Ernährers, die Selbstverständlichkeit, mit der seine Frau den Lebensstil hinnahm, den er ihr bieten konnte. Leider war all dies für Sherry nicht genug gewesen. Sie hatte sich nach Nähe und Austausch gesehnt.

»Du bist so gottverdammt unabhängig und gleichgültig allem gegenüber!«, hatte sie ihm einen Tag vor ihrer Trennung ins Gesicht geschleudert. »Ich hatte immer gedacht, ein Mann, der sich mit solcher Besessenheit bemüht, seine Ziele zu erreichen, müßte auch leidenschaftlich sein. Aber ich bin es leid, danach zu suchen oder noch länger darauf zu warten. Genausogut könnte ich mit einem Roboter verheiratet sein!«

Colm faßte diese Bemerkung als Kompliment auf. Unabhängigkeit ging ihm über alles. Aber wenn er ganz ehrlich zu sich war, mußte er sich eingestehen, daß er zumindest bis zu einem gewissen Grad von seiner Arbeit abhängig war – nicht in finanzieller Hinsicht, er hatte sein Geld gut angelegt und vermehrt, sondern intellektuell und emotional, denn sie war sein einziger Lebensinhalt.

Eher unbewußt hatte er von Sherry erwartet, sich um die Dinge zu kümmern, für die ihm keine Zeit blieben – Kultur, Bücher, Musik, neue Denkanstöße. Er hatte sich von ihr geistige Anregungen erhofft, aber leider war Sherry alles andere als geistig rege. Wäre sie es gewesen, wäre vielleicht alles anders gekommen. Ihr Leben hätte vermutlich einen anderen Verlauf genommen, wenn sie gelegentlich gegen ihn aufbegehrt und seine Grundsätze in Frage gestellt hätte. Wenn sie aus der Alltagsroutine ausgebrochen wäre, wenn sie ihn gezwungen hätte, über Alan und über die Vergangenheit zu sprechen, wenn sie ihn wirklich geliebt hätte.

Aber seine Frau hatte sich immer nur in seinem Erfolg gesonnt, die Früchte seiner Arbeit genossen und war mit seiner Hilfe in die Schicht der oberen Zehntausend aufgestiegen. Allein Sherry war es zu verdanken, daß sie beide zu wundervollen Parties eingeladen wurden, denen jegliche Spontaneität abging, wo es immer dieselben sorgfältig arrangierten Büfetts gab und wo man sich über Jagderfolge und neue Diäten unterhielt. In diesen Kreisen wurde der Mensch nur nach seinem gesellschaftlichen Rang und dem Nutzen beurteilt, den eine nähere Bekanntschaft mir ihm bringen mochte.

Er hatte damit leben können, auch wenn ihm vieles oft auf die Nerven ging. Er hatte gedacht, Sherry wäre im Großen und Ganzen zufrieden, bis sie ihm eines Tages gestand, daß sie sich unerträglich einsam fühlte. »Früher dachte ich immer, ein solches Leben würde mich ausfüllen, aber inzwischen habe ich erkannt, daß es mir nicht das geringste bedeutet.« Es hatte ihn amüsiert, solche Worte aus ihrem Mund zu hören, nachdem sie jahrelang hart um den gesellschaftlichen Aufstieg gekämpft hatte.

Insgeheim jedoch war er es schon lange leid, ständig gemustert und in eine bestimmte Kategorie eingeordnet zu werden. Wie bei so vielen Dingen war seine anfängliche Belustigung in tödliche Langeweile umgeschlagen. Auf der letzten Party, die er und Sherry gemeinsam besucht hatten, war er gefragt worden, womit er seinen Lebensunterhalt verdiene, und er hatte in einem Anflug von Überdruß erwidert, er hielte sich vier Kühe im County Roscommon.

»Ach wirklich …?«

Wie leicht man diese Hohlköpfe doch an der Nase herumführen konnte!

»Was hast du dir eigentlich dabei gedacht?« hatte Sherry hinterher mit einem gefährlichen Unterton in der Stimme gefragt. »Wie kommst du dazu, solch einen Unsinn zu verbreiten?« Doch dann hatte ihr Sinn für Humor gesiegt. »Du kannst doch nicht wissen, ob nicht jemand deine Behauptungen ernst nimmt. Die Frau, mit der du dich unterhalten hast, ist Engländerin. Diese Leute sind nicht an unsere Späße gewöhnt, sie nehmen alles, was du sagst, für bare Münze.«

»Vielleicht war es ja gar kein Witz. Woher willst du wissen, ob ich nicht wirklich vier Kühe im County Roscommon besitze?«

»Tust du das denn?«

Sherry wäre nicht begeistert davon gewesen, mit einem Mann verheiratet zu sein, der sich vier Kühe hielt. Es paßte nicht zu ihr, der immer noch schönen, charmanten, stets elegant gekleideten Dame von Welt, für die sie sich hielt. Nicht lange nach diesem Zwischenfall hatte sie ihn verlassen. Typisch Frau!

In der darauffolgenden Woche hatte er jene merkwürdige Schwäche gespürt und dann den Schmerz, den furchtbaren Krampf in seiner Brust, der ihm die Luft aus den Lungen preßte, bis er über seinem Schreibtisch zusammenbrach. Überzeugt von seinem nahem Ende, ließ er in einem Zustand geschärfter innerer Wahrnehmung sein bisheriges Leben an sich vorbeiziehen, den privaten und den beruflichen Teil, die Gewinne und Verluste, die Momente tiefer Befriedigung, wenn sich seine Vorhersagen erfüllt hatten. Aber auch sein brennender Ehrgeiz kam ihm in den Sinn, der unstillbare Hunger nach Erfolg, dem er alles andere untergeordnet hatte. Er dachte an die Sekretärinnen, die er verführt hatte, an die gelegentlichen Seitensprünge während seiner Geschäftsreisen und an Kattie, die er so bedenkenlos ausgenutzt hatte. Augenblicklich stellte sich das alte Schuldgefühl wieder ein. Aber er sah auch Robin, wie sie im goldenen Licht der Abendsonne lachend auf der Ponte Vecchio stand, und plötzlich fühlte er sich wieder wie einundzwanzig.

Damals habe ich wirklich gelebt, dachte er. Für eine kurze Zeit war ich Mensch. Doch die Erinnerung berührte auch noch etwas, das tiefer lag. Ihm war, als sei ein Teil von ihm, und zwar der beste Teil, dort in Florenz zurückgeblieben und stünde noch immer auf jener alten Brücke.

»Es war nur ein leichter Herzinfarkt, Colm. Ein erster Warnschuß sozusagen ... eine Mahnung Ihres Körpers. Sie können nicht den ganzen Tag am Schreibtisch sitzen, Ihr Herz mit Nikotin vergiften und Ihre Blutgefäße mit gesättigten Fettsäuren verstopfen. Eine solche Lebensweise rächt sich irgendwann einmal. Sie sollten mit Sherry ein paar Wochen verreisen, aber machen Sie keinen faulen Strandurlaub, sondern fahren Sie irgendwohin, wo Sie viel spazieren gehen und sich Sehenswürdigkeiten anschauen können. Sie sollten pro Woche ungefähr zwanzig Meilen zu Fuß gehen, das Rauchen aufgeben und eine fettarme Diät einhalten. Kommen Sie in sechs Wochen wieder, dann überprüfen wir den Cholesterinwert noch einmal. Wenn Sie sich an das halten, was ich Ihnen sage, dann sind Sie bald wieder fit.«

Colm blickte dem alten Arzt ins Gesicht. Diese verschleierten Augen hatten viel mitangesehen: Sherrys Fehlgeburt, dann die glücklich verlaufene Schwangerschaft, Alans Mandelentzündung, Masern, Mumps, die Kratzer und Prellungen, die sich der Junge bei einem Sturz zugezogen hatte, Sherrys Rippenfellentzündung, Alans erkaltenden Körper auf dem Schotter.

»Wir haben uns scheiden lassen, und sie hat wieder geheiratet.«

»Das wußte ich nicht. Tut mir leid.«

»Tja, das kommt davon, wenn man zu gesunde Patienten hat«, scherzte Colm. »Aber ich werde trotzdem verreisen, nach Italien vielleicht ...«

»Alleine?«

»Warum nicht? Befürchten Sie, ich könnte einen zweiten Infarkt bekommen?«

»Nein ... nicht, wenn Sie meine Anweisungen befolgen. Dann werden Sie sich besser fühlen als je zuvor.«

»Keine Sorge, ich werde mich strikt an alles halten. Ich habe das Rauchen bereits aufgegeben und auch etwas Gewicht verloren.«

»Dann sind Sie auf dem richtigen Weg.«

Als Colm nach Hause kam, kramte er sein altes Fotoalbum hervor, das Bilder aus der Zeit enthielt, bevor seine Ehe mit Sherry zur Qual geworden war. Langsam blätterte er Seite für Seite um, betrachtete die Schwarzweißfotos aus den frühen Jahren in Ballykelly, die seine Eltern und seine Geschwister zeigten. Ein Bild schaute er besonders lange an. Die Abendsonne lag auf dem Gesicht eines Mädchens, das lachend auf der Brücke über dem Arno stand und heute seine Tochter sein könnte. »Robin!« sagte er leise und erinnerte sich sogleich voller Scham daran, wie sie vor achtundzwanzig Jahren aus seinem Leben verschwunden war. Fünf Jahre später hatte er versucht, sie durch eine Anzeige in der *New York Times* ausfindig zu machen. Aber das war lange her und konnte als jugendliche Torheit abgetan werden. Dennoch würden sich Italien, die Sonne und die Lebensfreude sicher positiv auf seinen Gesundheitszustand auswirken.

Durch das Fenster des Salons sah er die regennassen Rhododendronbüsche und seinen schwarzen Mercedes, der am Fuß der Granittreppe auf ihn wartete. Im Haus herrschte tiefe Stille.

Zumindest wäre diese Reise eine Abwechslung, dachte er. In Italien könnte ich auf angenehmere Art wieder völlig gesund werden. Wenn ich hierbleibe, langweile ich mich wahrscheinlich zu Tode.

Auch seine von Krankheiten geprägte Kindheit fiel ihm wieder ein, sein Zimmer, die Armenschule und der Rektor, der täglich vorbeikam. Mit einem unwilligen Grunzen verdrängte er die unerfreulichen Erinnerungen an die Vergangenheit. Er durfte nicht daran denken, was damals geschehen war; damals, in Clonarty.

Seán und Sue Donnelly wohnten nur ein paar Bungalows entfernt. Colm rief sie an, um sie zu bitten, ein Auge auf das Haus zu haben.

»Florenz im September!« rief Sue entzückt. »Wie wundervoll! Fährst du allein?«

»Sicher, falls du nicht Lust hast, mitzukommen und auf mich aufzupassen«, gab er mit genau dem richtigen Maß an Spott zurück.

»Führ mich doch ein andermal in Versuchung. Im Moment wäre Seán wohl kaum damit einverstanden.« Doch dann wurde sie ernster. »Aber sag mal, Colm – hältst du es wirklich für klug, allein zu verreisen? So kurz nach deiner ... Krankheit und all den Sorgen? Wäre es nicht besser, noch ein bißchen zu warten?«

Colm ging nicht darauf ein. »Sue, würdest du dich mit Sherry in Verbindung setzen und ihr sagen, daß du den Schlüssel hast? Sie will vorbeikommen und noch ein paar Sachen holen.«

»Natürlich«, erklärte sich Sue sofort bereit. Dann fragte sie neugierig: »Aber wie bist du auf die Idee gekommen, einen Sprachkurs zu belegen?«

»Ach, das war so eine Art Eingebung ... ich war als Student mal eine Zeitlang in Florenz und wollte unbedingt noch einmal dahin zurück. Also habe ich mir ein paar Kassetten gekauft und angefangen, ein bißchen zu üben.«

»Wo soll der Kurs denn stattfinden? In einer Universität?«

»Nein, in einer Sprachenschule, die man mir empfohlen hat.«

»Und wo wohnst du?«

»Bei einer Privatfamilie.« Da er ihre Überraschung spürte, fuhr er fort: »Es ist alles bestens arrangiert. Auf diese Weise bekommt man ein Maximum an Sprachpraxis. Und außerdem ...«

Er brach ab, da er das Gespräch nicht auf seine Krankheit lenken wollte. Sie wußte ohnehin darüber Bescheid, ebenso wie Sherry, die nicht ohne Grund vorbeikommen wollte, um ein paar Dinge zu holen, die sie nicht brauchte – Seidenkissen und ein häßliches modernes Gemälde. Wahrscheinlich wollte sie nur sehen, ob er schon mit einem Fuß im Grabe stand.

»Aber woher kommt diese plötzliche Sehnsucht nach Italien?« bohrte Sue weiter. »Es sieht dir gar nicht ähnlich, einem solchen Impuls nachzugeben. Entschuldige«, fügte sie hastig hinzu, »ich wollte nicht unhöflich sein. Es ist nur so, daß ich dich noch nie so spontan erlebt habe.«

Colm erwiderte nichts darauf. Er verstand ja selbst nicht, was ihn zu seinem Handeln trieb. Aber er mochte auch nicht zugeben, daß es etwas gab, das ihn mit Macht nach Florenz zurückzog. So versuchte er sich einzureden, daß er sich diese Reise selbst zu seinem Geburtstag schenken wollte; eine kleine sentimentale Torheit eines Mannes, der fast ein halbes Jahrhundert vollendet hatte. Insgeheim jedoch fragte er sich, warum ihm während der jüngst überstandenen Krise ausgerechnet das Bild eines Mädchens nicht aus dem Kopf gegangen war, von dem er an einem längst vergangenen regnerischen Septemberabend still Abschied genommen hatte.

»Wir treffen uns hier wieder ... auf der Piazza della Signoria«, hatte Robin einst lachend gesagt und dabei mit der Hand auf den Platz und auf das Restaurant Rivoire gedeutet, wo Leute im Schatten saßen und zu Mittag aßen. »Wenn du fünfzig wirst! An deinem Geburtstag! Abgemacht?«

»Sicher … nur bin ich dann ein alter Kauz, und du …«

»Ich bin dann immer noch dieselbe«, unterbrach sie ihn rasch. »Immer noch Robin … immer noch ich selbst.«

An diesem Abend, während die *St. Killian* Kurs auf Cherbourg nahm, sprach Sue Donnelly mit ihrem Mann über Colm.

»Colm ist doch sonst so klar und gradlinig in allem, was er tut, aber bei dieser Sache habe ich das Gefühl, er handelt aus Sentimentalität. Er will seine Jugend noch einmal aufleben lassen.«

Seán sah flüchtig von seiner Zeitung auf. »Noch so ein armer Tor, dem sein Leben zwischen den Fingern zerronnen ist und der sich jetzt wundert, wie es dazu kommen konnte«, brummte er.

Sue sah ihn verwundert an, erhob sich, durchquerte den Raum und küßte ihren Mann auf den Scheitel. »Mir gefällt, was ich aus meinem Leben gemacht habe«, flüsterte sie und legte ihre Wange an die seine.

In Florenz überflog Paola Nosterini die Liste ihrer Septembergäste, die ihr die Scuola Linguistica zugeschickt hatte. Drei Frauen und einen Mann sollte sie bei sich beherbergen. Sie überprüfte Alter und Berufsstand. Zwei Frauen waren Studentinnen Anfang Zwanzig, was hieß, daß sie sich ein Zimmer teilen konnten. Die dritte war eine junge, verwitwete Engländerin, die als Redakteurin bei einem Verlag arbeitete.

Paola blickte auf den Namen des Mannes und fragte sich, wie er sich wohl in die Gruppe einfügen würde: Colm Nugent, neunundvierzig Jahre alt, von Beruf Börsenmakler. Ursprünglich hatte man ihn für eine andere Familie vorgesehen, dann aber die Pläne kurzfristig geändert, so daß er nun auf ihrer Liste stand.

Es war der Vorname, der eine Erinnerung in ihr auslöste: Colm. Stirnrunzelnd blickte sie aus ihrem Wohnzimmerfenster über die Dächer von Florenz und dachte nach. Dann hörte sie, wie die Eingangstür geöffnet wurde, und ihr Sohn Pasquale, der seinen Freund Tommaso besucht hatte, tauchte mit einem Buch in der Hand auf.

»*Ciao, Mamma!*«

Paola war erleichtert, daß er wieder zu Hause war. Sie ging zu ihm, küßte ihn auf die Wange und fuhr ihm mit der Hand durch das Haar. »*Ciao*, Pasquale, hattest du einen schönen Tag?«

»*Abbastanza bene.*«

»Sprich Englisch!«

»Ganz nett, Mamma.«

Er lächelte. Paola hatte es zur Regel gemacht, Englisch miteinander zu sprechen, wenn sie allein waren.

Er legte das Buch – eine englische Anthologie – auf den Tisch und blätterte darin herum. Als Paola sah, wie er Seite um Seite wendete, kehrte erneut eine vage Erinnerung zurück und ließ sie frösteln. Pasquale blickte mit zusammengezogenen Augenbrauen zu ihr auf.

»Ist etwas? Du siehst aus, als hättest du ein Gespenst gesehen.«

»Alles in Ordnung.« Mit einem leisen Lachen schüttelte Paola den Kopf. »Es wäre auch ein geradezu unglaublicher Zufall …«

»Was denn?«

»Plötzlich vor einem Teil seiner Vergangenheit zu stehen.«

2.

Die *St. Killan* glitt in den Hafen von Cherbourg und legte sicher am Kai an. Ein feiner Regen verschleierte die Fenster der Fähre. Die Passagiere verließen in einer langen Schlange das Schiff und duckten sich im Nieselregen, während sie über die Holzplanken schritten.

Colm nahm ein Taxi zum Bahnhof. Die Straßen glänzten naß, und die französischen Ladenschilder – *Charcuterie, Boulangerie, Chevaline, Brasserie, Tabac* – lösten eine kribbelnde Erregung in ihm aus. Er befand sich tatsächlich im Ausland! Der Taxifahrer versuchte, ein Gespräch in Gang zu bringen, gab es aber auf, als er nur zögernde Antworten erhielt. Dabei war Colms Französisch durchaus passabel, aber da er es haßte, Fehler zu machen, schwieg er lieber.

Der nächste Zug nach Paris ging erst am Mittag. Colm trank in der Bahnhofscafeteria einen Kaffee. Dort saß er neben seinem Koffer und hielt die gestrige Ausgabe der *Times*, die zu lesen er noch keine Zeit gefunden hatte, unschlüssig in der Hand. Er warf einen flüchtigen Blick auf die Titelseite, schlug das Blatt jedoch nicht auf. Ein vages Unbehagen hatte vom ihm Besitz ergriffen: Der Morgen verstrich, und er hatte noch keinen Finger krumm gemacht. So erging es ihm immer, wenn er weit weg von seinem Büro war; er fühlte sich dann, als würde er im luftleeren Raum schweben. Das hektische Auf und Ab des internationalen Börsenmarktes war sein Lebenselixier, ohne das ihm die Welt unvollständig erschien. Er lenkte sich ab, indem er die vorbeieilenden Menschen beobachtete – die Reisenden, die ihre Koffer hinter sich herzogen, die Paare, die voneinander Abschied nahmen. Eine junge Frau hing schluchzend am Hals ihres Mannes, ihr Sohn stand daneben. Colm musterte den Jungen einen Moment lang. Ein brennender Schmerz durchzuckte ihn. Ungefähr zwölf Jahre alt, dachte er. Wissen seine Eltern eigentlich, wie reich sie sind?

Er wandte sich ab, öffnete seine Zeitung und überflog die Seiten. Ein Artikel fiel ihm sofort auf.

EHEMALIGER SCHULLEITER HAT GLÜCK IM UNGLÜCK
Pater Seamus Madden (70), der ehemalige Direktor des Clonarty-College, blieb zum Glück unverletzt, als er gestern mit seinem Wagen in der Nähe der Haffners Bridge, einem berüchtigten Unfallschwerpunkt im County Galway, von der Straße abkam und in einem Feld landete.

Pater Madden, der Dr. Noonan als amtierenden Bischof von Cloneris ablösen soll, hat mehrere Bücher über die Geschichte Irlands verfaßt und gilt als Experte auf dem Gebiet des frühen Christentums. Nach seinem Unfall sagte er: »Gott muß seine schützende Hand über mich gehalten haben.«

Colm starrte ungläubig auf den Artikel, las ihn noch einmal, zerknüllte die *Irish Times* dann wütend und warf sie in den Papierkorb.

Mit einemmal wurde ihm heiß. Feine Schweißtropfen traten auf seine Stirn. »Also bist du doch ungeschoren davongekommen ...«, sagte er halblaut zu sich selbst. Eine Frau, die gerade neben ihm Platz nehmen wollte, warf ihm einen befremdeten Blick zu und ging dann weiter.

Colm stand auf, betrat die Herrentoilette, fuhr sich mit einem Kamm durch sein schütteres Haar und betrachtete sich im Spiegel. Er sah ein ernstes Gesicht, graue Augen, tiefe Furchen auf der Stirn, eine goldgerahmte Brille und einen teuren Anzug mit dezenter Krawatte. Insgesamt strahlte der Mann, der ihm da aus dem Spiegel entgegenblickte, Seriosität und Würde aus, fand er.

Ein in Jeans und Sweatshirt gekleideter junger Bursche kam herein. Ein schmuddeliger Leinenrucksack baumelte an seinem Arm. Colm musterte ihn verstohlen im Spiegel.

Ungefähr einundzwanzig Jahre alt, dachte er. Sah ich denn mit einundzwanzig auch so aus? Bin nicht auch ich als Rucksacktourist durch die Welt gereist und habe die Freiheit jenes einzigartigen Sommers in Italien ausgekostet?

In Florenz nahm Paola Nosterini ihre Gästeliste vom Schreibtisch, trat auf den Balkon hinaus und las sie zum wiederholten Mal genau durch. Dann starrte sie in den sonnendurchfluteten Hof hinunter. Just an diesem Morgen war die Erinnerung an das römische Theater in Fiesole und an den jungen Iren zurückgekehrt, mit dem sie den größten Teil des Tages verbracht hatte. Ein belustigtes Lächeln spielte um ihre Lippen, als sie noch einmal an den Namen und den Beruf ihres neuen Gastes dachte. Colm Nugent, Börsenmakler. Konnte das wirklich derselbe Colm sein? Sie war fast sicher, daß auch der Nachname stimmte. ›Colombo‹ hatte sie ihn an jenem längst vergangenen Tag genannt.

Sie konnte sich gut an ihn erinnern, weniger an sein Gesicht als vielmehr an seine ernste, bedächtige Art. Schon in so jungen Jahren hatte er den Eindruck gemacht, als trüge er bereits eine große Verantwortung auf seinen Schultern. Irgendwo mußte auch noch das Foto sein, das Maria damals aufgenommen hatte. Sie ließ den Blick über ihr Bücherregal schweifen. Wo mochte das alte Album nur sein? Die Alben mit den neueren Fotos standen alle an ihrem Platz, aber das mit den Bildern aus ihrer Jugend war nirgendwo zu sehen.

»Was meinst du dazu, Bellina?« fragte sie ihre Katze, die auf leisen Pfoten ins Zimmer kam. Bellina gab ein fragendes Maunzen von sich und trottete dann in die Küche. Ich weiß, was du meinst, dachte Paola. Ein solcher Zufall ist einfach unwahrscheinlich. Er kann es nicht sein, es muß sich um jemand anderen handeln.

Die Musik aus Pasquales Zimmer verriet ihr, daß ihr Sohn bereits zu Hause war. Paola schaltete ihren Computer ein, um vor dem Lunch noch ein paar Minuten an ihrem Artikel über das Elend der jungen bosnischen Flüchtlingsfrauen zu arbeiten, die gezwungen waren, sich ihren Lebensunterhalt mit Prostitution zu verdienen. Als das Telefon neben ihr klingelte, schrak sie zusammen.

»*Ciao, carissima*«, erklang eine männliche Stimme. Es war ihr Cousin Silvestro, ebenfalls Journalist von Beruf. Er hatte sich nach Giovannis Tod rührend um sie gekümmert, brachte ihr häufig Geschenke vom Bauernhof seiner Eltern in Vallambrosa mit und zeigte ein väterliches Interesse an Pasquale. Als Kinder hatten sie und Silvestro sich sehr nahe gestanden, und Paola wußte, daß er nur allzu gern bereit wäre, sich auch auf eine intime Beziehung einzulassen. Doch sie hatte seine Annäherungsversuche stets mit einem Lachen abgetan. Solange man etwas nicht ernst nahm, war man davor sicher.

»Wie geht es dir, Silvestro?« fragte sie auf Englisch. »Hattest du ein schönes Wochenende?«

Wie sie selbst sprach auch Silvestro fließend Englisch, doch im Gegensatz zu ihr floß in seinen Adern kein angelsächsisches Blut, sondern er war nur oft bei ihren Großtanten Augusta und Theodora Rachet in Cambridgeshire zu Besuch gewesen. Die beiden alten Damen hatten sich alle Mühe gegeben, den Kindern ein akzentfreies, korrektes Englisch beizubringen.

»Ein faules«, antwortete Silvestro. »Habt ihr heute abend schon etwas vor? Erica und ich würden euch gerne zum Essen einladen.«

»Wir würden auch gerne kommen, Silvestro«, sagte Paola bedauernd. »Aber leider kommen heute abend drei meiner neuen Gäste an.«

»Ich komme dann später mal vorbei.«

»Tu das. Und bring Erica mit. Ich habe sie ewig nicht mehr gesehen.«

Paolas Mutter Mabel, Mamie Huntley, war eine englische Kriegswaise gewesen, deren Vater bei Dünkirchen gefallen und deren Mutter von einer Bombe getötet worden war, die explodierte, als sie im Mai 1941 nach einem schweren Luftangriff die Trümmer ihres Hauses in London durchwühlte.

Die junge Mamie hatte sich vom Verlust ihrer Eltern nie ganz erholt. Sie war von ihren Tanten aufgenommen worden und zu einem zarten, aber impulsiven Mädchen herangewachsen. Paolas Vater Guido Anguillante hatte sie im Juli 1951 während eines Italienurlaubs kennengelernt, als sie im Restaurant seiner Familie zu Mittag aß. Wenige Monate später hatten sie geheiratet, und im darauffolgenden Jahr war Mamie bei der Geburt ihrer Tochter Paola Anna Maria gestorben.

Paola war in Florenz aufgewachsen. Sie war dort zur Schule gegangen und hatte mit ihrem Vater in Fiesole gewohnt, einem Ort oberhalb Florenz, von dem aus man einen herrlichen Blick über die Stadt hatte. Hier hatte sie ihrer Stiefmutter Maria oft im Restaurant geholfen. Paola war ein verträumtes, aber ehrgeiziges Mädchen gewesen, sie hatte eine Katze namens Miranda besessen und saß gern mit einem Buch in dem römischen Theater neben ihrem Haus. Später wurde sie dann Journalistin, und mit sechsundzwanzig heiratete sie Giovanni Nosterini, der vor achtzehn Monaten bei einem Autounfall ums Leben gekommen war und sie mit Pasquale, ihrem kränklichen einzigen Kind, allein zurückgelassen hatte.

Paola bereitete *risotto con funghi* zu, klopfte an die Zimmertür ihres Sohnes und wurde von den hämmernden Rhythmen von U2 empfangen, als sie den Raum betrat.

»Das Essen ist fertig. Silvestro und Erica kommen heute abend auf einen Sprung vorbei.«

Pasquale lag auf dem Bett. Liebevoll sah sie ihn an. Er besaß die edlen Gesichtszüge und die Haltung eines Aristokraten des fünfzehnten Jahrhunderts. Heute hatte er eine gesunde Farbe, stellte sie fest, während sie ihn besorgt musterte und nach Anzeichen für die Verschlechterung seines Zustandes suchte, vor der man sie gewarnt hatte. Morgen mußte er erneut den Arzt aufsuchen. Sollte eine Operation notwendig sein, dann wollte Paola dafür sorgen, daß der berühmte Herzspezialist Professor Santini sie so rasch wie möglich durchführte. Sie hatte von Giovanni ein Grundstück in Sizilien geerbt, das sie verkaufen würde, um von dem Erlös die Operation zu bezahlen. Für ihren Sohn hätte sie ohne zu zögern alles geopfert, was sie besaß. Pasquale lächelte. »Gut«, sagte er und klopfte im Takt zur Musik auf das Bett. Dann fügte er hinzu: »Was ist denn nun mit unseren neuen Gästen?«

»Heute abend haben wir nur die drei Damen da. Unser vierter Gast kommt erst morgen.«

Pasquale seufzte. »Noch so eine Tante mit grausamem Akzent, die ganze vier Worte Italienisch spricht. Ich wünschte, wir müßten diese Leute nicht ...«

»Ich habe dir doch gesagt, daß unser vierter Gast ein Mann ist.«

Pasquale hob den Kopf. »Das ändert natürlich alles.«

Paola nickte. »Er ist Ire.« Dann stieß sie ein leises Lachen aus. »Ich frage mich, ob er wohl ...« Sie brach abrupt ab.

»Ob er wohl was?« wollte ihr Sohn wissen.

»Ach, nichts. Das hat nichts zu bedeuten.«

Als Colm die Herrentoilette verließ, stand der Zug schon am Bahnsteig. Er suchte seinen reservierten Sitzplatz in der ersten Klasse, verstaute sein Gepäck und ließ sich in den Sessel fallen. Dann holte er seinen Terminplaner hervor, rückte seine Brille zurecht und blätterte darin herum, bis er den Namen Signora Paola Nosterini und die Adresse Via de'Tornabuoni in Florenz fand. Er erinnerte sich an diese Straße; er war vor langer Zeit mit Robin hindurchgeschlendert. Sie lag zentral, und es gab dort zahlreiche Geschäfte. Perfekt! Entschlossen verdrängte er seine Befürchtungen hinsichtlich seines Aufenthaltes in einer fremden Familie. Er würde es einfach ein paar Tage ausprobieren. Vielleicht erwies es sich ja als interessante Erfahrung, und auf jeden Fall war es einmal etwas anderes.

Er steckte seinen Terminplaner weg, lehnte sich zurück,

schloß die Augen und versetzte sich in Gedanken wieder in jene Zeit, als er, damals einundzwanzig, zum erstenmal nach Florenz gereist war.

Eine kleine Erbschaft hatte ihm die Reise ermöglicht. Seine Mutter hatte das Geld Pater Doran, dem Gemeindepfarrer, mit der strikten Auflage übergeben, es Colm auszuhändigen, sobald er einundzwanzig war. Es waren ihre Ersparnisse, die bescheidenen Gewinne, die sie mit dem Verkauf von Molkereiprodukten in Kilgarret erwirtschaftet hatte. Sie hatte kein Testament aufgesetzt und außer ein paar Schmuckstücken – ihrem Ehering und einer goldgefaßten Kameenbrosche, die sie Alice übergeben hatte, auch sonst nichts besessen.

War sie in ihrem selbstlosen, von unermüdlichem Fleiß geprägten Leben glücklich gewesen? fragte er sich. In diesem verfallenen Bauernhaus, das seit Generationen im Besitz der Familie ihres Mannes war? Küche und Halle hatten geflieste Fußböden, und die Treppe bestand aus gehärtetem Pechkiefernholz. Das Wohnzimmer wurde als Salon bezeichnet, ein separates Eßzimmer gab es nicht. Ob sie wohl gern in diesem Haus gelebt hatte, wo alle – Familienmitglieder, Hilfskräfte und Gäste – jeden Tag am blankgescheuerten Eichentisch in der Küche saßen? Sie hatte dafür gesorgt, daß die Küche stets warm und der alte Herd Sommer wie Winter in Betrieb war. Er wurde mit dem Torf von ihrem eigenen Hof geheizt, und seine Mutter hatte alle Mahlzeiten darauf gekocht. Doch was hatte sie wirklich empfunden, während sie ihren häuslichen Pflichten nachging? Hatte sie eigene Bedürfnisse gehabt, die ihre Familie nicht befriedigen konnte? Auch heute noch sah Colm sie, wenn er an sie dachte, ausschließlich in der Rolle der Hausfrau und aufopfernden Mutter. Sogar nachdem er aus dem Clonarty College ausgeschlossen worden war, hatte sie sich ihre eigene bittere Enttäuschung nicht anmerken lassen und versucht, ihn zu trösten, so gut sie konnte.

»Ich habe dir etwas Geld hinterlassen, Colm«, hatte sie

gesagt, als sie auf dem Sterbebett lag. Ihre Stimme klang nur noch wie ein Hauch, ihr Atem war kurz und unregelmäßig, ihre Lippen blutleer – so hatte er seine Mutter noch nie gesehen. »Du bekommst es, wenn du einundzwanzig bist … geh auf Reisen … erweitere deinen Horizont und lerne zu vergessen … du mußt vergessen … alles, was geschehen ist. Das, was du haßt, wird dich nie loslassen. Du mußt lernen zu verzeihen, Colm … nur dann kannst du wirklich frei sein!«

Colm empfand erst Verwirrung, dann Verlegenheit. Solche heftigen Äußerungen seiner Mutter waren ihm fremd. Aber er war damals erst vierzehn Jahre alt gewesen und wurde zum erstenmal in seinem Leben mit dem Tod konfrontiert. Der Kummer erstickte alle anderen Gefühle außer der Furcht vor dem bevorstehenden Verlust. Doch sogar jetzt mußte er an das Clonarty-College denken, an seinen Ausschluß und alles, was dazu geführt hatte. Und er fragte sich, ob seine Mutter wohl mehr darüber wußte, als sie zugeben mochte, ob sie die Wahrheit erraten hatte. Niemals werde ich das alles verzeihen, schwor er sich, aber ihr zuliebe nickte er und hielt ihre blaugeäderte Hand.

Wenige Tage später starb sie. Im kalten Morgenlicht stand ihre Familie an ihrem Bett und wartete auf einen letzten röchelnden Atemzug, ein letztes Flattern der Augenlider. Doch der Kampf war vorüber; sie lag reglos da, als ob sie schliefe, und schien mit weit geöffneten ausdrucklosen Augen in die Ewigkeit zu blicken. Sein Vater beugte sich über sie, schloß ihr die Lider, küßte sie auf die Stirn, berührte mit der Miene eines Mannes, dessen letzte Hoffnung zunichte gemacht worden war, ihre Hand und verließ dann wortlos den Raum.

Colms Geschwister Liam und Alice sahen ihn durch ihre Tränen hindurch anklagend an.

Er war vierzehn Jahre alt und der zweifelhaften Gnade seines Vaters und seiner Geschwister ausgeliefert. Später wunderte er sich, warum seine Mutter ihre Ersparnisse nicht dem Vater hinterlassen hatte. Colm beschloß, ihm zu sagen, er könne das Geld haben, egal, wie viel es war. Doch dann überlegte er es sich anders, da ihn die wortkarge Art seines Vaters und dessen Angewohnheit, mit Colm in demselben scharfen Kommandoton zu sprechen wie mit dem Hund, zunehmend ärgerte.

Im Laufe der Zeit vergaß er seine Erbschaft fast völlig, schrieb sie den wirren Reden einer schwerkranken Frau zu. In den darauffolgenden Jahren, in denen er tagsüber auf dem Hof schuftete und nachts studierte, dachte er zwar manchmal daran, verdrängte aber den Gedanken sofort wieder. Konzentriere dich auf deine Ziele und verlaß dich nur auf dich selbst, mahnte er sich oft. Der Spatz in der Hand ist besser als die Taube auf dem Dach.

Je mehr seine Geschwister seinen Lerneifer belächelten, desto stärker wurde sein Ehrgeiz. Pater Doran erwähnte die dubiose Erbschaft niemals, obgleich Colm ihn gelegentlich sah, und er selbst brachte nie den Mut auf, von sich aus auf das Thema zu sprechen zu kommen. Nach dem Clonarty-Skandal hatte sich der Gemeindepfarrer zunächst vorsichtig nach den Gründen erkundigt und sogar leise Zweifel an der Version der Collegeleitung geäußert. Aber da Colm nie ein Wort über die Angelegenheit verlor, hatte auch Pater Doran sich schließlich von seiner Schuld überzeugen lassen. Und Colm selbst war aus zwei Gründen unfähig, etwas zu seiner Verteidigung vorzubringen: Erstens verboten ihm Scham und Stolz, sich zu rechtfertigen, und zweitens litt er unter einer Gedächtnislücke, die er allen Anstrengungen zum Trotz nicht zu füllen vermochte.

Sechs Jahre gingen ins Land. In dieser Zeit verwandte Colm seine ganze Energie und Willenskraft darauf, sein Leben in den Griff zu bekommen. Und er faßte einen Entschluß – eines Tages würde er reich und somit unverwundbar sein. Auf dieses Ziel konzentrierte er sich. Er bewarb sich um ein Universitätsstipendium, bekam es und ging nach Dublin auf das University College, um Betriebswirtschaft zu studieren.

Drei Jahre lang war er ein Musterstudent. Er wohnte in

einem kleinen möblierten Zimmer in der South Circular Road, hielt sich von den Vergnügungen des Studentenlebens weitgehend fern, war ständig in den Listen der Besten zu finden und legte schließlich mit vor Erregung klopfendem Herzen sein Abschlußexamen ab. Sein Erbe hatte er vollkommen vergessen, er dachte nur noch an den Vertrag, den er mit Harrisons Stockbrokers abgeschlossen hatte. Drei Lehrjahre lagen vor ihm; drei Jahre praktischer Arbeit an der Börse. Er würde Finanzanalysen durchführen, Aktienkurse studieren, als offizieller Vertreter der Firma mit Kunden verhandeln, den Seniorpartnern assistieren und so das Börsengeschäft von der Pike auf kennenlernen. Und nach seiner Lehrzeit, wenn er ausgebildeter Börsenmakler wäre, würde er sich in die Firma einkaufen. Er träumte schon von dem Tag, an dem er als Partner bei Harrisons Stockbrokers aufgenommen werden würde.

Und danach …

Von da an, sagte er sich, kommt es nur noch auf mich allein an.

Im Juli 1968, kurz nach seinem Abschlußexamen, kehrte Colm nach Ballykelly zurück. Am ersten Tag in seinem Elternhaus räumte er sein Zimmer auf, sammelte alle Notizen und Aufzeichnungen zusammen, für die er keine Verwendung mehr hatte, und verstaute sie in einem großen Karton. Nun, da für ihn ein neues Leben beginnen sollte, wollte er einen klaren Schlußstrich unter das alte ziehen.

Die Spielsachen aus seiner Kinderzeit stapelte er auf einen großen Haufen; sie konnten auf dem Hof verbrannt werden: ein alter Teddy mit nur einem Auge, mehrere unvollständige Puzzles und eine staubige Comicsammlung. Ganz hinten in seinem Schrank fand er eine abgenutzte Schachtel mit verblaßter rotgelber Aufschrift: SPIEL DES WISSENS. Als er den Deckel hob, schlug ihn die Vergangenheit augenblicklich wieder in ihren Bann. Dieses Quiz, das ihn viele Stunden lang fasziniert hatte, hatte seinen Wissensdurst anregt. Er erinnerte sich, wie er als Kind voller Begeisterung Karte um Karte aufgenommen, auf der einen Seite die Fragen und auf der anderen die Antworten gelesen hatte. Ganz zuoberst lag eine Karte aus dem Sachgebiet Geschichte, als ob sie darauf wartete, daß er sie noch einmal zur Hand nahm. »Wer war Savonarola?« stand darauf geschrieben.

Bedächtig nahm Colm Spielbrett und Karten aus der Schachtel. Er lag wieder krank im Bett, hörte die müden Schritte seiner Mutter auf der Treppe und drehte rasch die Karte um. »Savonarola war ein Mönch, der im 15. Jahrhundert in Florenz lebte und als irrsinnig galt«, war die Antwort.

»Mama, was ist ein Mönch?«

»Ein Mönch ist ein Priester.«

»Warum war dieser Sa-vo-na-ro-la-Mönch denn irrsinnig?«

Seine Mutter blickte auf das Spielbrett. »Ich weiß es nicht, *a cushla*. Frag den Rektor.«

»Mama, wo liegt Florenz?«

»In Italien … du weißt doch, dem warmen Land im Süden.«

»Ja, ich weiß. In Italien gibt es viele Ruinen. Ich habe Bilder in einem Buch gesehen. Da ist vor langer Zeit ein Vulkan ausgebrochen, in einer Stadt, die Pompeji heißt. Wenn ich erwachsen bin, will ich dorthin fahren.« Und als seine Mutter ihm liebevoll die Hand auf die Stirn legte, fügte er hinzu: »Ich nehme dich natürlich mit, Mama. Wir fahren zusammen!«

Seine Mutter lächelte. »Das tun wir, *a stór*.«

Als Mr. Roche, der Rektor, das nächstemal vorbeikam, fragte Colm ihn, wieso ein Priester irrsinnig werden konnte, und sein Lehrer blickte ihn verdutzt an.

»Das hat er von seinem neuen Lieblingsspiel«, erklärte seine Mutter hastig.

Mr. Roche inspizierte das Spiel. Bei seinem nächsten Besuch brachte er Colm ein Buch über das mittelalterliche Italien mit. Ein Kapitel behandelte Florenz und enthielt auch ein Schwarzweißbild von Savonarola. Darunter stand: ›Girolamo Savonarola, 1452–1498‹. Das Portrait zeigte ein kraftvolles, von einer schwarzen Kapuze eingerahmtes Profil. Der Rest war unkenntlich.

Colm starrte das Bild wie gebannt an. Die Macht, die dieses asketische Gesicht ausstrahlte, faszinierte ihn. Er las den kurzen Lebenslauf des Mönches und erfuhr, daß er einen erbitterten Kampf gegen die Korruption und Unmoral innerhalb der Kirche geführt und in Florenz eine große Anhängerschar um sich versammelt hatte, bis er gefangengenommen, der Folter unterzogen und an den Galgen gebracht worden war; seinen Leichnam hatte man anschließend auf dem Scheiterhaufen verbrannt.

Von da an erschien Colm das fanatische Gesicht des Mannes oft im Traum, und er quälte sich mit vielen verschiedenen Fragen herum. Wie konnte ein Priester irrsinnig werden? Warum hatte man ihn gefoltert und getötet? Wieso hatte er sich mit seinen Reden so viele Feinde gemacht? War es denn falsch, offen zu sagen, was man dachte?

Er bekam Fieber. Seine Mutter hörte seinem Gestammel zu, las das Buch, nahm es ihm fort und gab es Mr. Roche zurück.

Ihre Stimme klang Colm immer noch im Ohr. »Dieser Mann hat in ein Irrenhaus gehört«, sagte sie tadelnd. »Man stelle sich vor ... ein Mönch, der sich gegen den Papst auflehnt!« Danach hatte sie die Stimme gedämpft und seinem Lehrer einen vorwurfsvollen Blick zugeworfen. »Derartige Lektüre ist nichts für einen netten Jungen wie Colm!«

Und jetzt stand er mit dem alten Spiel in der Hand da, lauschte den Stimmen der Vergangenheit und dachte mit all dem Zynismus seiner einundzwanzig Jahre, daß dieser Mönch doch wirklich ein armer Idiot gewesen war. Flüchtig rieb er mit der Hand über die Karten, die ihm einst eine ganz neue Welt eröffnet hatten, dann warf er die Schachtel auf den Haufen der zum Verbrennen bestimmten Sachen, ging nach unten, zog seine Gummistiefel an und machte sich auf den Weg zu den Wiesen.

Die Heuernte war in vollem Gange. Sein Vater und seine Geschwister harkten das duftende, von der Sonne getrocknete Gras zu kleinen Haufen zusammen, die dann auf einen Leiterwagen verladen und zu dem großen Heuschober auf der anderen Seite des Gehöfts geschafft wurden. Es war ein herrlicher Tag; in der Luft lag der süße Geruch nach Gras und Erde, den Colm so liebte. Der betagte Ford Consul des Gemeindepfarrers ratterte langsam über die schmale Straße, bog dann in die offenstehende Einfahrt zum Nugent-Hof ein und blieb vor dem Haus stehen.

Colm blickte auf und sah den Priester über den mit Hekken gesäumten Seitenpfad auf die Wiese zukommen.

»Hallo, Pater«, rief Alice, die ihre Harke in der einen Hand hielt und sich mit der anderen ihren alten Sonnenhut in den Nacken schob. Auch Liam rief einen Gruß, sein Vater winkte vom Traktor herab, und Packy Flynn, der Landarbeiter, tippte an die Krempe seiner schweißfleckigen Kappe.

Der Priester stapfte über das Feld und eröffnete das Gespräch mit ein paar belanglosen Bemerkungen. »Nun, wie geht's denn so, Alice? Es gibt keine Ruhe für die Bösen, was?«

»Dann müssen wir schon verdammt böse sein, Pater.« Allgemeines Gelächter erscholl.

»Jedenfalls habt ihr gutes Wetter für die Heuernte.« Und ohne Übergang sagte Pater Doran dann beiläufig: »Kann ich kurz unter vier Augen mit dir sprechen, Colm?« Dann zog er ihn außer Hörweite seiner Geschwister.

»Deine Mutter hat mir etwas Geld anvertraut, das ich dir aushändigen möchte«, brummte er dann schroff. »Sie hat bestimmt, daß du es in diesem Sommer bekommen sollst. Weißt du darüber Bescheid?«

»Sie erwähnte so etwas, als sie im Sterben lag«, erwiderte Colm zögernd, »aber ich dachte, da wäre sie vielleicht schon …«

Pater Doran blickte über die Wiese hinweg zu dem strohgedeckten Dach von Johnny Munroes Haus, das sich über die Hecken und die Steinmauer erhob. Er hatte nicht viel für den alten Johnny übrig, der den Leuten die Karten legte und die Abergläubischen im Dorf mit seinen Prophezeiungen häufig in Angst und Schrecken versetzte.

»Sie war geistig vollkommen klar, falls du das meinst. Sie hat mir das Geld gegeben, damit ich es für dich aufbewahre … und ausdrücklich bestimmt, daß du es verwenden sollst, um auf Reisen zu gehen.«

Das einst dunkelbraune, dichte Haar des Gemeindepfarrers schimmerte nun silbrig, und sein Gesicht wies tiefe Furchen auf. Er stand bereits im Winter seines Lebens, und der ewige Kampf gegen weltliche Versuchungen hatte ihn ausgelaugt. Sein Leben war eine einzige Kette von Enttäuschungen gewesen, und nun fühlte er sich leer und ausgebrannt; ein Mann, der seine ganze Kraft eingesetzt hatte, um seinen Zielen treu zu bleiben.

Nun blickte er Colm an und verzog unwillig die Lippen. Er war mit der letzten Verfügung der verstorbenen Maura Nugent ganz und gar nicht einverstanden, da er großen Respekt vor Geld hatte. Und er wollte es nur ungern einem Jungen zukommen lassen, der unerklärlicher Gewaltausbrüche fähig war. Aber als rechtschaffener Mann brachte er es nicht über sich, sein Wort zu brechen.

»Es sind fast zweihundert Pfund … du mußt damit ins Ausland fahren. Nur unter dieser Voraussetzung kannst du dein … Erbe antreten.«

Colm schnappte nach Luft.

»Mit dem Geld hätte man sicherlich etwas Besseres anfangen können, aber deine Mutter hat ihre Wünsche sehr deutlich geäußert. Sie sagte, du solltest es nutzen, um auf Reisen zu gehen und all die Orte zu besichtigen, für die du dich so interessiert hast …« Er brach ab. Nach einer kurzen Pause fuhr er fort: »Deine Mutter war eine ungewöhnliche Frau – hat ihr Leben lang geschuftet und nie einen Penny verschwendet, und dann das …«

Doch Colm hörte gar nicht richtig zu. Eine Welle der Euphorie hatte ihn überkommen. Vor seinem geistigen

Auge entstanden Bilder ferner Länder, Strände, fremder Sprachen und fremder Gesichter. Er dachte an seine früheren Reiseträume, an die Geschichtsbücher und griechischen und römischen Sagen, die er während der langen Tage und Nächte seiner von Krankheiten geprägten Kindheit verschlungen hatte. Und er erinnerte sich an das, was er über Florenz gelesen hatte, und wußte augenblicklich, was er mit diesem unverhofften Geldsegen anfangen wollte.

»Wo willst du denn hinfahren?«

»Nach Italien. Ich möchte Rom und Herkulaneum und Pompeji sehen ... vielleicht auch noch Florenz. Reicht das Geld dafür?«

»Ja. Es ist sogar mehr als genug, wenn du sparsam bist und in Jugendherbergen übernachtest. Wenn du allerdings mit dem Flugzeug reisen möchtest, dann ...«

»Nein, ich werde mit der Fähre nach Frankreich fahren und von dort aus trampen.«

»Wann soll es losgehen?«

»Nach der Heuernte ... vielleicht Ende nächsten Monats ...«

»Gut, dann werden wir nach Kilgarret fahren und der Bank einen Besuch abstatten. Kannst du jetzt gleich mitkommen?«

Colm blickte sich argwöhnisch um. »Ja, Pater.«

Er nahm auf dem Beifahrersitz des Ford Consul Platz und begleitete Pater Doran nach Kilgarret. Während der Fahrt warnte der Priester ihn eindringlich vor den Gefahren, die einen jungen Mann im Ausland erwarteten.

»Laß dich nicht von den leichtfertigen jungen Leuten, die du auf dem Kontinent treffen wirst, zu Sünden verleiten. Die meisten von ihnen haben für die moralischen Werte, mit denen du aufgewachsen bist, nur Hohn und Spott übrig.« Pater Doran senkte seine Stimme. »Auch wenn du einmal vom rechten Weg abgewichen bist, Colm – sieh zu, daß es kein zweites Mal passiert.«

Ärger stieg in Colm auf, doch er beherrschte sich und schwieg. Er hält mich für einen hoffnungslosen Fall, dachte er, als er neben dem Priester an der Kasse der Munster and Leinster Bank in der Hauptstraße von Kilgarret stand. Der Kassierer zählte ihnen das Geld langsam vor, Pater Doran griff danach und schob sein junges Gemeindemitglied nach draußen. Im Wagen drückte er Colm ein Bündel Banknoten in die Hand.

»Steck das Geld weg, Colm«, befahl er. »Steck es in die Tasche, damit niemand es sieht.«

Colm gehorchte. Dann zog Pater Doran eine Quittung hervor, die Colm unterschreiben mußte. Damit bestätigte er, daß Maura Nugents geheime letzte Verfügung erfüllt worden war und Colm Nugent einhundertneunzig Pfund ausbezahlt bekommen hatte. Der Priester schob die Quittung in seine Brusttasche.

Die Fahrt über die Main Street legten sie schweigend zurück. Colm starrte auf die Schaufenster von Clohessy's Gemischtwarenladen, vor denen lange Reihen Gummistiefel aufgebaut waren, und auf die Apotheke und die kleinen Cottages am Stadtrand, ohne wirklich etwas wahrzunehmen. Sein plötzlicher Reichtum hatte ihn benommen gemacht.

Als sie den Hof erreicht hatten, schlug Pater Doran die Einladung, noch mit hereinzukommen, aus. Colm dankte ihm und sah dem Auto nach, das am Tor wendete und dann die staubige Straße entlangfuhr. Dann ging er in sein Zimmer, zählte das Geld und versteckte es im zerschlissenen Futter eines alten Mantels, der ganz hinten in seinem Kleiderschrank hing.

»Was wollte Pater Doran denn von dir?« fragte sein Vater später.

»Ich sollte ihn nach Kilgarret begleiten«, erklärte Colm, und sein Vater, wortkarg wie immer, nickte nur und stellte keine weiteren Fragen.

Als die Heuernte vorüber war, alle Garben in dem großen Heuschober gestapelt worden waren, radelte Colm nach Kilgarret und betrat Clohessy's Laden. Dieses Geschäft stellte eine der Hauptattraktionen der Stadt dar. Über der

Tür hing ein Schild: Clohessy & Co., Textilien und Schuhwerk. Hier wurde ein buntes Gemisch von Gummistiefeln, Herrenbekleidung, wasserdichten Jacken und anderen Kleidungsstücken feilgeboten. Ein Schild neben der Markise, auf welchem das Logo der Firma Singer prangte, teilte den Kunden mit, daß hier auch Nähaufträge angenommen wurden.

Einst hatte Colm dieses Geschäft mit seinen Gerüchen nach neuen Waren und den dort ausgestellten Anzügen und Kleidern, Haushaltsgegenständen und schimmernden verzinkten Eimern heiß und innig geliebt. Der Grund dafür hieß Catherine Clohessy – Kattie für ihre Freunde – und war die älteste von Dan Clohessys drei Töchtern und die Freundin seiner Schwester Alice. Heute kam sie sofort auf ihn zu, um ihn zu bedienen. Ihr Vater, der mit anderen Kunden beschäftigt war, rief ihm ein kühles: ›Hallo, Colm‹ zu. Kattie arbeitete in Dublin bei einer Bank und verbrachte ihren Urlaub zu Hause. Als sie Colm erkannte, errötete sie leicht und lächelte. Er bekam sie in der letzten Zeit nur noch selten zu Gesicht, denn sie besuchte den Hof seiner Eltern nicht mehr so oft wie früher. Colm ignorierte den leichten Anflug von Schmerz, den ihr Anblick in ihm auslöste, und teilte ihr seine Wünsche mit. »Ihr habt nicht zufällig einen billigen Rucksack da, Kattie ... und einen Schlafsack?«

»Willst du verreisen?«

»Ja, nach Italien.«

»Ehrlich? Ist das dein Ernst?«

Er nickte.

Kattie warf ihrem Vater einen fragenden Blick zu, woraufhin dieser ihr zeigte, wo sie nachschauen sollte. Sie legte ihm eine Auswahl an Leinenrucksäcken vor und holte aus dem hinteren Teil des Ladens drei zusammengerollte Schlafsäcke herbei.

»Ist es das, wonach du suchst?«

»Ganz genau.«

»Himmel, hast du ein Glück, Colm Nugent!« rief sie plötzlich. »Kannst es dir erlauben, einfach so nach Italien zu fahren!« Ihr Tonfall klang neckend, doch er meinte, einen Hauch von Neugier und Neid herauszuhören.

Er entschied sich für einen schwarzen Leinenrucksack mit einem Tragegestell aus Metall und einen leichten Schlafsack und bezahlte mit einem Teil seines neuen Reichtums. Ja, Catherine, dachte er, bald bin ich auf dem Weg nach Italien. Er unterdrückte das altvertraute Herzflattern, das sich einstellte, als sich ihre Blicke trafen, und flüchtete sich in Zynismus. Schließlich war sie nichts weiter als ein kleines dummes Mädchen aus der Provinz. Von der Sorte gab es mehr als genug.

»Danke, Kat«, sagte er steif, als er sich verabschiedete.

»Schreibst du mir mal eine Karte?« fragte sie mit einem schüchternen Lächeln, das ihre leicht schiefstehenden Vorderzähne entblößte.

»Klar doch!«

Er verließ den Laden und spazierte die Hauptstraße von Kilgarret entlang, erfüllt von dem befriedigenden Gedanken, all dies bald hinter sich lassen zu können; bald den anklagend auf ihn gerichteten Fingern und den geflüsterten Bemerkungen zu entkommen: »Da geht der Nugent-Junge, ihr wißt doch – der, der vom Clonarty College geflogen ist!«

Jahrelang hatte er sich danach gesehnt, allen zu beweisen, was in ihm steckte. Unermüdlich hatte er Nacht für Nacht an dem kleinen Tisch in seinem Zimmer über seinen Büchern gesessen. Im Winter war es oft genug so kalt gewesen, daß er sich in einen dicken Mantel hüllen und sich immer wieder auf die Finger blasen mußte, um sie zu wärmen. In jenen Nächten hatte er geduldig wie eine Spinne im Netz seine Zukunft geplant – und seine Rache.

Manchmal wünschte er sich an all die Details erinnern zu können, die zu seinem schimpflichen Ausschluß aus dem College geführt hatten. Aber der dunkle Fleck in seinem Gedächtnis ließ sich nicht löschen, so sehr er sich auch das Hirn zermarterte, und so wurde er schließlich zu einer unterschwelligen Bedrohung, zu einem Gespenst, dem er nicht entgegenzutreten wagte.

»Ich fahre nach Italien«, teilte er seiner Familie eine Woche vor seiner Abreise mit. »Ich möchte den nächsten Monat dort verbringen.«

Sie saßen gerade beim Essen. Moll Flannery, das Dienstmädchen, trug Eier und Schinken auf. Packy Flynn leistete ihnen in der Küche Gesellschaft. Er hatte auf seine unbeholfene Weise mit Molly geliebäugelt, aber nun spitzte er wie alle anderen die Ohren. Er war auch der erste, der sich von seiner Überraschung erholte.

»So'n junges Bürschchen wie du, und haut einfach in'n fremdes Land ab …«

Colms Vater achtete gar nicht auf Packy, sondern fragte barsch: »Und woher hast du das Geld für diese Expedition?«

Colm machte eine unverbindliche Handbewegung und blickte von seinem Vater zu Packy und wieder zurück. Packy saß offenbar wie auf glühenden Kohlen. Alice warf ihrem Bruder einen warnenden Blick zu, denn was Packy wußte, wußte bald auch das ganze Dorf. Colm zuckte die Achseln. Der Rest der Mahlzeit verlief schweigend. Schließlich zog sich Packy zurück.

»Nun?«

»Es ist Mamas Geld, Dad. Sie hat es bei Pater Doran für mich hinterlegt. Ich soll es für eine Reise ausgeben. Sie wollte, daß ich diesen Sommer ins Ausland fahre.«

Colms Vater zuckte zusammen und holte vernehmlich Atem. Von diesem seltsamen Vermächtnis hatte er keine Ahnung gehabt. Nach dem Tod seiner Frau hatte er in der kleinen Blechdose, die sie immer in ihrer Kommode verwahrte, nach ihren Ersparnissen gesucht. Als er sie leer fand, hatte er angenommen, daß sie das Geld entweder ausgegeben hatte oder es gestohlen worden war. Er verdächtigte weder seine Kinder noch Molly oder Packy des Diebstahls, da er wußte, daß die Küchentür tagsüber stets unverschlossen war. Jeder zufällig vorbeikommende Landstreicher hätte das Geld nehmen können, wenn Molly außer Haus war.

Sein Gesicht blieb vollkommen unbeteiligt, doch tief in

seinem Inneren wuchs die Bitterkeit, die er gegen seinen Sohn empfand, und begann zu brodeln.

»Du könntest mit diesem Geld für deinen Unterhalt hier bezahlen«, sagte er scharf. Colm verbiß sich die scharfe Antwort, die ihm auf der Zunge lag. Er fühlte sich plötzlich sterbenselend, sprach aber trotzdem mit ruhiger Stimme weiter. Schon Jahre, bevor er nach Clonarty kam, hatte er eine wichtige Lektion gelernt: Zeig niemals deine Gefühle.

»Ich zahle genug für meinen Lebensunterhalt! Wenn ich zu Hause bin, schufte ich von früh bis spät auf dem Hof. Seit Jahren habe ich dich keinen Penny mehr gekostet. Ich habe Stipendien bekommen und arbeite nachts in Dublin, um mir ein bißchen dazuzuverdienen, und wenn das nicht klappt, dann muß es eben so gehen. Notfalls ernähre ich mich nur von Porridge, oder ich improvisiere irgendwie. Alles ist besser, als dich oder sonstwen um Geld zu bitten.« Er blickte seinem Vater fest in die Augen. »Es bleibt dabei: Ich fahre nach Italien!«

Sein Vater stand auf und verließ wortlos den Raum.

Colm verlor kein Wort mehr über seine geplante Reise, sondern ging wie immer seinen Pflichten auf dem Hof nach. Vierzehn Tage später traf ein Brief vom University College Dublin ein, der sein Abschlußzeugnis enthielt – in fast allen Fächern die besten Noten. Er zeigte es seinem Vater, der ein unbestimmtes Grunzen von sich gab und ihn einen Moment lang aufmerksam ansah, ehe sein Gesicht wieder den üblichen undurchdringlichen Ausdruck annahm.

»Im November ist die Abschlußfeier«, sagte Colm. »Kommst du hin, Dad?«

»Ach, auf so einer Veranstaltung wäre ich vollkommen fehl am Platz«, wehrte sein Vater sofort ab.

Verletzt erwiderte Colm: »Mama wäre bestimmt gekommen.«

Tom Nugent gab keine Antwort. Doch an diesem Abend verschanzte er sich mit einer Flasche Whiskey in seinem Zimmer und kam erst am nächsten Mittag wieder zum Vorschein. Er gab seinen Kindern gegenüber keine Erklärung ab, doch seine Augen waren blutunterlaufen, und sein Gesicht wies eine ungesunde rötliche Farbe auf.

Colms Geschwister sahen ihren Bruder nur schief von der Seite an. Er spürte, daß sie sich immer mehr von ihm zurückzogen, ihm die Schuld an der häuslichen Misere gaben, aber er wußte nicht, wie er einen endgültigen Bruch verhindern sollte. Er wandte sich ab und ging auf die Wiesen hinaus. In seinem Inneren tobte ein Gefühlsaufruhr, für den er kein Ventil fand. Er schlenderte zu dem schmalen Waldstreifen am Rand der Farm hinüber, verließ den Pfad, der sich zwischen den Bäumen hindurchwand, ließ sich am Fuß einer alten Buche nieder und schlang die Arme um den Stamm. Die zeitlose Ruhe, die der Baum ausstrahlte, half ihm ein wenig über seinen Kummer hinweg. Er preßte das Gesicht gegen die rauhe Rinde. Was ist besser, fragte er sich, zu leben oder zu sterben? Wenn das Leben nur Schmerz mit sich brachte, warum sich dann bis zum Ende quälen?

Und dann dachte er resigniert: Ich werde nicht nach Italien fahren. Dad kann das Geld haben. Was aus mir wird, interessiert sowieso niemanden.

Johnny Munroe, dem viele nachsagten, er habe das Zweite Gesicht, kam durch den Wald auf ihn zu. Er sah den Jungen unter dem Baum, ehe dieser ihn wahrnahm. Colm bemerkte seine Gegenwart erst, als er schon fast vor ihm stand. Er blickte hoch, doch sein Ärger über die Störung schwand, als er sah, daß Johnny Munroe gar nicht auf ihn achtete, sondern nach irgend etwas zu suchen schien. Er war um die Sechzig und hatte das schmale, ausgezehrte Gesicht eines Mannes, der ein entbehrungsreiches Leben geführt hatte.

»Hier muß irgendwo 'n Päckchen Tabak liegen, das ich letztes Jahr verloren habe«, teilte er Colm augenzwinkernd mit. Als dieser sich widerwillig anschickte, aufzustehen und den trockenen Waldboden nach einem alten Päckchen Tabak abzusuchen, sagte Johnny weich: »Laß dich nicht von deiner Reise abbringen, mein Junge. Du wirst nämlich etwas finden ...«, er senkte die Stimme, »... was dein Leben nicht unerheblich verändern kann.«

Kurze Zeit später versteckte Colm zwanzig Pfund zwischen den Seiten eines Lehrbuches und tauschte fast den gesamten Rest bei der Zweigstelle der Bank of Ireland in Kilgarret in italienische Lire um. »Ach ja, ein paar Francs brauche ich auch noch«, sagte er leichthin. »Ich will ein paar Tage in Paris bleiben.«

Die Augen des Kassierers weiteten sich vor Staunen.

An diesem Abend saß Colm allein in seinem Zimmer und ließ den Blick über seine Besitztümer schweifen – die selbstgefertigten Regale mit seinen Büchern, die Kartons voll ausgemusterter, zum Verbrennen bestimmter Sachen, den Tisch, an dem er Nacht für Nacht wie besessen gearbeitet hatte. Er schaute zu dem Bett hinüber, das er jeden Tag mit militärischer Genauigkeit gemacht und in dem er sich so oft in Alpträumen gewunden hatte, hilflos seinen quälenden Erinnerungen ausgeliefert und von dunklen Racheplänen beseelt. Er mahnte sich, daß dieses Kapitel seines Lebens ein für allemal abgeschlossen war. Nur eines gab es noch, was er tun mußte. Er nahm einen Block zur Hand und setzte einen Brief an Seine Exzellenz James Noonan, DD, Bischof von Clonerris, auf.

Eure Exzellenz,
ich muß Ihnen leider mitteilen, daß Pater Seamus Madden vom Clonarty College nicht der ist, der er zu sein vorgibt. Er hat sich zumindest an einem der seiner Obhut anvertrauten Kinder vergangen, vielleicht sogar an mehreren, und es besteht die Gefahr, daß er weitere derartige Verbrechen begeht, wenn man ihm nicht das Handwerk legt.

Ich bedaure, Ihnen meinen Namen nicht nennen zu können, aber ich versichere Ihnen, daß ich weiß, wovon ich spreche; ich habe es am eigenen Leibe erfahren müssen.

Er verschloß den Umschlag, fuhr mit dem Fahrrad zum nächstgelegenen Briefkasten, warf ihn ein und dachte mit grimmiger Befriedigung daran, daß nun endlich etwas geschehen würde. Dann kehrte er auf den Hof zurück, trug die alten Kartons ins Freie und verbrannte sie hinter der Scheune. Am nächsten Tag fuhr er per Anhalter nach Rosslare, wo die Fähre nach Frankreich ablegte.

In Le Havre angekommen, fragte er sich zur Autobahn durch, trampte nach Paris, wo er in einer Jugendherberge übernachtete, und nahm am nächsten Tag den Zug nach Turin. Von dort aus fuhr er per Anhalter die Riviera entlang. Er war so glücklich wie nie zuvor in seinem Leben; allein, nur mit seinem Rucksack auf dem Rücken, weit weg von der schweigenden Mißbilligung seiner Mitmenschen. Die Anonymität empfand er als Befreiung. Niemand hier kannte seine Geheimnisse und benutzte sie als Waffe gegen ihn, jeder akzeptierte ihn als den, der er zu sein schien. Ihm war, als gehörten sein Vater und seine Geschwister einer anderen Dimension an.

Unwillkürlich mußte er an Johnny Munroe und den Tag denken, an dem sie sich im Wald getroffen hatten. Ein leises Lächeln spielte um seine Lippen. Der alte Johnny hatte recht gehabt.

Er hoffte, hier seinen Frieden zu finden, zu lernen, die Vergangenheit endgültig zu begraben. Doch dieses Gefühl hielt nicht lange an, denn in das italienische Idyll schickte das Schicksal ihm Robin. Noch immer konnte er sie deutlich vor sich sehen – ein kleines, zierliches Mädchen aus New York mit einem abgewetzten alten Rucksack und einer leinenen Schultertasche.

Der Zug verließ den Bahnhof Cherbourg und beschleunigte seine Geschwindigkeit. Colm kuschelte sich in seinen Sitz in der ersten Klasse und gestattete sich einen raschen, befriedigenden Vergleich zwischen seinem heutigen und seinem damaligen Reisestandard. Feine Regentröpfchen rannen unaufhörlich an der Fensterscheibe hinunter. Er hatte nichts zu tun. Er konnte seinen Gedanken nachhängen.

3.

Was war im Jahre 1968 in der Welt geschehen? Wie war es möglich, dachte Colm, während er die vorüberfliegende Landschaft betrachtete, daß ich damals zwar schon bewußt gelebt habe und mich trotzdem nur an so wenig erinnern kann? Das Informationszeitalter war damals noch nicht angebrochen, auch war man noch nicht auf dem Mond gelandet. Präsident Johnson hatte die ersten Friedensgespräche zur Beendigung des Vietnamkrieges eingeleitet, in Paris hatten Studentenaufstände stattgefunden, die Sowjets waren in die Tschechoslowakei einmarschiert, in Irland war Jack Lynch der führende Politiker, und die Wirtschaft erholte sich sehr langsam von jahrhundertelanger Depression.

Aber damals, mit einundzwanzig Jahren, hatte für ihn außer dem warmen Meer, dem blauen Himmel und der berauschenden neuen Freiheit rein gar nichts existiert.

Der Strand von Civitavecchia war nahezu verlassen gewesen. Er lag etwas abseits der üblichen Touristenrouten, und Colm war nur durch Zufall darauf gestoßen. Er war auf dem Weg nach Rom, aber der Fahrer des Sattelschleppers, der ihn mitgenommen hatte, hatte sein Ziel schon erreicht. Er hieß Ferdinando und war ein freundlicher, aufgeschlossener junger Mann mit welligem schwarzem Haar und einem Stoppelbart. Ferdinando hatte seinem Passagier geraten, einfach am Straßenrand auf die nächste Mitfahrgelegenheit zu warten, und ihm auch ein preiswertes Restaurant im Arbeiterbezirk Roms empfohlen, das seinem Cousin gehörte.

»… La Rivetta! Molto bene, ma non troppo caro. Capisce?«

Colm dankte ihm und sagte, er habe ihn genau verstanden. Ein solcher Tip war ihm immer willkommen. *»Grazie.«*

Er sprang auf die glühendheiße Straße hinaus. Ferdinando reichte ihm seinen Rucksack hinunter. »*Arrivederci!*« rief er freundlich, ließ den Motor des riesigen Ungetüms aufdröhnen und fuhr davon. Eine Wolke aus Staub und Abgasen blieb zurück.

Colm beobachtete den vorbeifließenden Verkehr. Die Sonne brannte erbarmungslos auf ihn nieder, und die Luft war erfüllt vom Zirpen der Zikaden. Das Land pulsierte vor Leben.

Unermüdlich hielt er den Daumen in die Höhe. Wagen um Wagen rauschte an ihm vorbei, doch keiner hielt an. Verzagt drehte er sich um. Hinter ihm lag strahlendblau und glitzernd das Meer. Er entdeckte einen kleinen, von Felsen umgebenen Sandstrand und überlegte, ob vielleicht ein Pfad dort hinunterführte. Er könnte kurz schwimmen gehen, im Schatten der Felsen seinen mitgebrachten Imbiß verzehren und seine Reise dann fortsetzen. Aber vielleicht handelte es sich ja um einen Privatstrand. Langsam schlenderte er auf die Bucht zu und stellte fest, daß tatsächlich ein schmaler Weg zum Strand führte. Trotzdem zögerte er, er wollte auf keinen Fall Privatbesitz betreten. Italien war nicht Irland. Er hatte anhand eines kleinen Mißverständnisses an der Riviera bereits lernen müssen, daß die Leute hier keinen Spaß verstanden, wenn es um unbefugtes Betreten ihrer Grundstücke ging.

Aber als er den Pfad hinabkletterte, entdeckte er nichts, was seine Befürchtungen bestätigt hätte. Keine Menschenseele war zu sehen, und nichts deutete auf einen privaten Strand hin. Der Sand war weiß und heiß, das Wasser schimmerte türkisblau.

Colm blickte sich nach allen Seiten um, dann streifte er seine Kleider ab, schob sie nebst seinem Rucksack in eine Felsnische und rannte nackt ins Wasser. Erst als er wieder zum Strand zurückschwimmen wollte, bemerkte er das Mädchen, das denselben von der Straße herabführenden Pfad hinunterkletterte, den auch er benutzt hatte. Sie trug Jeans und ein weißes, rückenfreies Oberteil und hatte ebenfalls einen Rucksack sowie eine Leinentasche bei sich. Sie trug eine Sonnenbrille. Ihr Haar war kurz und hell. Ab und an blieb sie stehen, um sich umzuschauen, doch ihn entdeckte sie erst, als sie schon fast unten am Strand angelangt war. Bei seinem Anblick straffte sie sich, und ihr Verhalten änderte sich. Sie glich einem Hund, der Gefahr wittert, als sie stocksteif stehen blieb und abwartete. Obwohl sie ihn nicht direkt ansah, wußte er, daß sie versuchte, sich eine Meinung über ihn zu bilden. Wie sie so unbeweglich dastand, erinnerte sie ihn trotz ihrer Jugend an eine alte Wahrsagerin, die er einmal beobachtet hatte, wie sie aus dem Kaffeesatz las. Eine Italienerin war sie nicht; ihren Farben und ihrem Benehmen nach zu urteilen wohl eher eine Engländerin oder Amerikanerin.

»Hallo«, rief er ihr zu. »Das Wasser ist herrlich.«

»Hi«, gab sie zurück, rührte sich aber nicht vom Fleck. Ihr Tonfall verriet ihm, daß sie tatsächlich aus Amerika stammte.

»Ich will nach Rom weitertrampen«, fuhr Colm mit der Selbstverständlichkeit fort, mit der sich junge Leute im Ausland an Altersgenossen anschließen, die dieselbe Sprache sprechen.

Aber sie blieb schweigend und unbeweglich stehen. Colm schwamm mit kräftigen Zügen auf die Felsen am Ufer zu, wo er sich im seichten Wasser treiben ließ. Von hier aus konnte er sie deutlicher sehen. Die leichte Brise zerzauste ihr weiches Haar.

»Dreh dich mal kurz um!« bat er sie. »Ich komme jetzt raus, und ich hab' keine Badehose an.«

Er richtete sich auf, watete aus dem Wasser und lief zu seinen Kleidern, ohne das Mädchen anzusehen. Im Schutz der Felsen streifte er rasch seine Shorts und sein Hemd über.

Sowie er sich angekleidet hatte, kam er an den Strand zurück. Er war leer, ebenso wie der Klippenpfad. Zuerst dachte er, sie sei verschwunden, doch dann entdeckte er sie im Schatten der Felsen rechts von dem Pfad. Sie saß im Sand, hatte ihre Gummisandalen ausgezogen, die Jeans hochgekrempelt und planschte mit den nackten Füßen im Wasser herum, während sie einen Apfel aß. Ihr Rucksack diente ihr als Rückenlehne, die Leinentasche stand neben ihr. Colm sah, daß sie mit dem Sternenbanner verziert war.

Das Mädchen blickte kaum auf, als er auf sie zukam, aber sie sprach ihn zuerst an. »Bist du 'n Mick?«

»Ich bin Ire, falls du das meinst.«

Wieder biß sie in ihren Apfel. »Ich auch«, sagte sie. »Teilweise wenigstens. Die Familie meines Dad kommt aus Irland ... aus Listowel. Schon mal was davon gehört?«

»Liegt in der Grafschaft Kerry«, erwiderte Colm, ließ sich auf einem Felsbrocken nieder und schaute auf sie hinab. »Im Südwesten Irlands. Bist du schon einmal dagewesen?«

»Nee. Mein Dad hat das Nest auf die Liste der zu meidenden Orte gesetzt.«

»Tatsächlich?«

»Ja, leider.« Dann fügte sie hinzu: »Ich hab' auch ein bißchen italienisches Blut in den Adern.«

»Demnach bist du ja eine echte Kosmopolitin!«

Sie zuckte die Achseln und blickte auf das Meer hinaus. Ein Schnellboot, hinter dem ein Wasserskifahrer anmutige Kurven beschrieb, schoß ungefähr eine halbe Meile entfernt quer durch die Bucht.

»Es ist ein Genuß, mal wieder Englisch sprechen zu können«, bemerkte Colm. »Mein Italienisch besteht aus *Buon giorno* und *Vado a Roma*.«

»Meins ist auch nicht berühmt, obwohl ich es zwei Jahre auf der Schule gelernt habe.«

»Wann hat deine Familie Listowel verlassen?«

»Mein Dad ist vor dreißig Jahren dort weggegangen.«

Colm musterte sie verstohlen. Trotz ihrer eher geringen Körpergröße hatte sie erstaunlich lange Beine. Ihr kurzgeschnittenes Haar war von der Sonne gebleicht, hellblonde Lichter schimmerten inmitten der kupferfarbenen Strähnen. Ein trotziger Ausdruck lag auf ihrem Gesicht. Ihre Augen waren hinter der Sonnenbrille nicht zu erkennen. Die Haut wies einen dunklen Honigton auf, nur im Nakken leuchteten ein paar rötliche Flecken, die ihm verrieten, daß sie sich kürzlich einen Sonnenbrand zugezogen hatte.

»Wo willst du denn hin?« fragte er weiter.

»Nach Florenz«, antwortete sie. »Und du?«

»Nach Rom. Bist du allein unterwegs?«

Einen Moment lang blickte sie ihn wachsam an. »Schon möglich.« Dann schaute sie wieder auf das Meer hinaus, aß ihren Apfel auf und warf das Gehäuse ins Wasser.

»Aus welchem Teil der Vereinigten Staaten kommst du denn?«

»Aus New York.«

»Bist du Studentin?«

Sie zögerte unmerklich. »Yeah. Ich studiere Kunstgeschichte.«

Colm öffnete seinen Rucksack, holte seine Vorräte hervor und bot ihr ein Brötchen an. »Ist leider nur Salat drauf, aber ...«

»Macht nichts.« Lachend nahm sie ihm das Brötchen aus der Hand. Er öffnete eine Flasche Bier und bot sie ihr an. Sie trank einen Schluck und gab sie ihm wieder zurück.

»Wie heißt du eigentlich?«

»Colm. Colm Nugent.«

»Ich heiße Robin. Na ja, eigentlich Roberta ... aber das ist auf dem Mist meiner Mutter gewachsen.«

»Hast du auch einen Nachnamen?«

»McKay.«

Kleine Wellen plätscherten um ihre Füße und brachen sich am Strand. Nach einer Weile fragte sie: »Was machst du denn beruflich?«

»Ich studiere noch. Ich will Börsenmakler werden.«

»Ehrlich? Da solltest du dich mal mit meinem Daddy unterhalten.«

»Wieso? Ist er auch an der Börse?«

»Das nicht ... aber er ist reich«, fügte sie hinzu, ihn aus den Augenwinkeln musternd. »Hat sich ein Riesenvermögen erarbeitet.« Sie warf ihm einen prüfenden Blick zu, als wolle sie seine Reaktion testen.

»Was treibst du dann so mutterseelenallein in Italien?« fragte Colm sie neugierig.

»Ich bin von zu Hause abgehauen. Mein Daddy wollte mich auf eines dieser piekfeinen Colleges schicken, aber ich denke nicht daran, meine Freiheit aufzugeben.« Wieder blickte sie ihn abschätzend an. »Aber wehe, einer will mir was. Der kriegt es mit Dad zu tun.«

Colm zuckte unbehaglich zusammen, doch sie lächelte nur süß. »Wohin, sagtest du, willst du von hier aus?« erkundigte sie sich.

»Nach Rom. Und von da aus weiter Richtung Süden. Ich möchte Herkulaneum und Pompeji sehen.«

»Wieso kommst du nicht erst mit mir nach Florenz? Die Stadt ist viel interessanter als Rom – im Hinblick auf Kunstschätze und Sehenswürdigkeiten, meine ich.«

Überrascht starrte er sie an.

Sie lachte. »Nichts für ungut, Ire. Denk einfach, ich hätte nur Spaß gemacht.«

Colm traute seinen Ohren nicht. Hier war eine hübsche junge Frau, die ihn einlud, ihr Reisegefährte zu werden, und er wußte nicht recht, wie er reagieren sollte. In gewisser Weise wurde ein Traum für ihn wahr. Neue Horizonte eröffneten sich ihm: die Möglichkeit, endlich ein vollkommen normales Leben zu führen, eine sexuelle Beziehung einzugehen, seine Selbstachtung zurückzugewinnen ...

»Wenn du mit mir nach Rom kommst, gehe ich mit dir auch nach Florenz«, sagte er so beiläufig wie nur irgend möglich.

»Ich komme gerade aus Rom«, erwiderte sie. »Aber gut, ich bin einverstanden.«

Einen Augenblick lang war Colm vor freudiger Erregung wie benommen. Er konnte sein Glück kaum fassen. Nun konnte er mit seinen Altersgenossen gleichziehen, die alle schon Erfahrungen mit Frauen gesammelt hatten oder es zumindest behaupteten. Und sie war Amerikanerin. Vielleicht nahm sie sogar die Pille.

Colm und Robin fuhren per Anhalter nach Rom und mieteten sich in einer billigen Pension in der Via Palestra ein. Es war nur noch ein Zimmer mit Doppelbett frei.

»Welche Seite möchtest du?«

»Welche Seite ich möchte? Ich nehme die Mitte, und du schläfst auf dem Boden.«

Colm empfand erst Enttäuschung und dann widerwilligen Respekt. Außerdem war er todmüde. Morgen war auch noch ein Tag.

Seufzend rollte er seinen Schlafsack auseinander. »In Ordnung.«

Der Fußboden wies ein Mosaikmuster auf. Sie sah ihn zweifelnd an, schien ihre schroffe Art zu bedauern. »Okay. Dafür kannst du morgen nacht das Bett haben, und ich schlafe auf dem Boden. Ausgleichende Gerechtigkeit.«

»Einverstanden.«

Sie reichte ihm ihren eigenen Schlafsack und warf ihm ein Kissen zu. »Benutz das als Unterlage.«

Dann knipste sie das Licht aus und entkleidete sich im Dunkeln. Er hörte sie leise rascheln.

Colm konnte nicht schlafen. Im schwachen Licht, das durch die Schlitze der Fensterläden drang, lag er da und dachte an Ballykelly und Kilgarret, als wären sie ein bloßes Produkt seiner Einbildung. Er lauschte den regelmäßigen Atemzügen des Mädchens und fragte sich, ob sie wohl schon schlief. Er war fast schon eingeschlafen, als das Sirren einer Mücke an sein Ohr drang. Das Mädchen richtete sich ruckartig auf und machte Licht.

»Hab' ich dich!« rief sie triumphierend, beugte sich vor und zeigte ihm die blutigen Überreste des zerquetschten Insekts auf ihrem Arm.

»Wie hast du das fertiggebracht?« fragte Colm schläfrig. »Die kleinen Biester sind doch so verdammt schnell.«

»Wenn sie ihren Motor anwerfen, dann weißt du, daß sie sich auf den Angriff vorbereiten. Du mußt ihnen zuvorkommen und sie sozusagen mit heruntergelassenen Hosen erwischen.«

»Meistens höre ich die Viecher gar nicht«, brummte Colm und kniff die Augen zusammen, weil das Licht ihn blendete. Die Absurdität der Situation reizte ihn zum Lachen. Hier lag er der Länge nach ausgestreckt auf dem Boden, während im Bett neben ihm ein hübsches Mädchen Mücken erschlug.

»Du achtest ja auch nicht auf sie.« Sie knipste das Licht wieder aus.

Aber der Schlaf wollte sich nicht wieder einstellen. Der Boden war hart, und durch das Fenster hörte er die nächtlichen Geräusche Roms. Er dachte an seinen Vater, der jetzt sicher mit verbittertem Gesicht am Feuer saß oder in seinem Zimmer vor sich hin trank, ehe er in sein einsames Bett stieg. Eine Welle des Mitleids überkam ihn. Er dachte auch an Alice und Liam, die eine Einheit bildeten, zu der er keinen Zugang fand, und an Kattie Clohessy, die er zugleich liebte und haßte.

»Schläfst du schon?« fragte er schließlich leise.

»Nein.« Ihre Stimme klang sehr weich. »Ich habe einen leichten Schlaf, würde einen prima Wachhund abgeben.« Nach ein paar Sekunden fügte sie flüsternd hinzu: »Hast du eigentlich nie Angst?«

»Wovor sollte ich Angst haben?«

»Nur so.«

»Vor mir brauchst *du* jedenfalls keine Angst zu haben.«

Sie lachte leise. »Hab' ich auch nicht.«

»Du bist schon ein merkwürdiges Mädchen. Sind alle Amerikanerinnen so wie du?«

»Ich bin doch wohl nicht die einzige, die du kennst.«

»Du bist die erste junge Amerikanerin, die ich aus nächster Nähe erlebe.«

»Ist das hier für dich ›nächste Nähe‹?« Ihrer Stimme hörte er an, daß sie lächelte.

»Nun, wir halten uns immerhin mitten in der Nacht im selben Raum auf.«

»Denk einfach, wir wären Soldaten«, schlug sie nach kurzer Pause vor. »Immerhin habe ich gerade einen Feind besiegt.«

Sie ist ja noch ein Kind, dachte Colm, der versuchte, ihrer Antwort einen Sinn abzugewinnen. Ich habe mich mit einem Kind zusammengetan!

Allmählich dämmerte er in den Schlaf hinüber. Sein

letzter klarer Gedanke galt der Frage, ob sie am nächsten Morgen noch da sein oder ob sie sich mitsamt seiner Brieftasche aus dem Staub gemacht haben würde. Und wenn sie noch da war …

Er erwachte kurz vor Tagesanbruch. Irgend etwas hatte ihn aus dem Schlaf gerissen; er hatte geträumt, Alice würde bitterlich weinen. Doch als er langsam zu sich kam, stellte er fest, daß es kein Traum gewesen war. Das Mädchen weinte. Schweigend lauschte er dem qualvollen Schluchzen, das merkwürdig gedämpft klang, so, als hielte sie sich das Laken vor den Mund, damit er nichts hörte. Er war versucht, sie zu fragen, was denn los war, doch sein Instinkt riet ihm, sich lieber nicht einzumischen. Nach einer Weile erstarb das Schluchzen wieder.

Beim ersten Tageslicht stand er auf, von einem fast überwältigenden Verlangen gepeinigt. Er befand sich allein mit einem Mädchen in einem Raum, in dem sie beide die Nacht verbracht hatten. Was das bedeutete, lag ja wohl auf der Hand. Er dachte an ihre nächtlichen Äußerungen, die ihm so kindisch vorgekommen waren. Nun, sie war kein Kind mehr – und zum Glück auch kein Soldat, was das betraf.

Er beugte sich über sie und sah, daß sie tief und fest schlief. Sie trug nur ein kurzes weißes Baumwollhemd. Das Laken war bis zu ihren Knien hinuntergerutscht, und er konnte den Umriß ihrer kleinen, festen Brüste und die Brustwarzen erkennen, die sich deutlich unter dem dünnen Stoff abzeichneten. Ein seltsames Geschöpf war das, fand er, das da so unvermutet in sein Leben getreten war. Er fragte sich, ob sie eigentlich ganz normal war. Allem Anschein nach war sie von zu Hause fortgelaufen. Aber ihre Familie war reich und würde sicher nach ihr suchen.

Sie hatte ungewöhnlich lange, goldbraune Wimpern. Am liebsten wäre er auf der Stelle zu ihr ins Bett gekrochen, doch sein Ehrgefühl, seine unterschwellige Angst und die Hemmungen, unter denen er sein Leben lang gelitten hatte, hielten ihn zurück. Er kannte sie kaum; er durfte die Situation nicht ausnutzen. Sie könnte aufwachen und das ganze Haus zusammenschreien. Vielleicht war er auch gar nicht imstande, sein Vorhaben auszuführen, er hatte es ja noch nie getan.

Er suchte das auf dem Gang liegende Badezimmer auf, um zu duschen und sich zu rasieren. Du bist ein Feigling, schalt er sich. Man mußte Frauen einfach überrumpeln, bevor sie wußten, was mit ihnen geschah und in Abwehrstellung gehen konnten. Das hatte ihm Eamon Keaveney eingeschärft, und Eamon mußte es wissen, falls an seiner Aufschneiderei etwas dran war.

Als er wieder in das Zimmer kam, schlief sie noch immer. Absichtlich schloß er die Tür lauter als notwendig, aber sie rührte sich nicht. Leichter Schlaf, von wegen. Die würde noch nicht einmal von den Posaunen des Jüngsten Gerichts aufwachen! Er betrachtete ihr entspanntes Gesicht. Gestern hatte sie ausgesehen wie ungefähr zwanzig. Heute wirkte sie eher wie eine Vierzehnjährige. Die Sommersprossen erinnerten ihn an seine Schwester, und der Wunsch, mit ihr zu schlafen, verflog. Rasch kleidete er sich an, setzte sich ans Fenster und beobachtete, wie die Stadt zum Leben erwachte. Fensterläden wurden geöffnet, Bettzeug zum Lüften auf die Simse gelegt, der Verkehrslärm und das Hupen der Motorroller wurde stärker, und die schnell ansteigenden Temperaturen ließen auf einen heißen Tag schließen. Ganz in der Nähe erklang Glockengeläut. Colm blickte zum Bett hinüber, um zu sehen, ob sie inzwischen aufgewacht war. Offenbar lag sie immer noch in tiefem Schlaf. Sehr mit sich selbst zufrieden, dachte er daran, daß er sich nichts vorzuwerfen hatte. Er hatte sich ihr gegenüber den Umständen zum Trotz äußerst anständig benommen.

Als er wieder zu ihr hinüberschaute, hatte sie die Augen aufgeschlagen und blickte ihn an.

»Oh, du bist schon wach«, bemerkte Colm.

»Bin gerade erst aufgewacht. Wir treffen uns unten«, antwortete sie hastig, wie um jeglichem andersgearteten

Vorschlag zuvorzukommen, als sie sah, daß er aufstand. Ihre Stimme klang drängend. »Wieso gehst du nicht schon mal frühstücken, und ich komme in ein paar Minuten nach? Gib mir nur etwas Zeit, um mich anzuziehen.«

Mit ihrem zerzausten Haar, dem schlafverquollenen Gesicht und dem dünnen Hemd wirkte sie ungemein verletzlich, und Colm wurde unvermittelt von einer sengenden Begierde gepackt.

Warum sollte er sein Glück nicht versuchen? Jetzt oder nie, seine Kameraden hatten es ja auch alle geschafft. Wahrscheinlich wartete sie nur darauf, daß er den ersten Schritt tat.

Er trat an das Bett, beugte sich zu ihr hinab, küßte sie und versuchte, seine Zunge in ihren Mund zu schieben. Sie erstarrte, stieß ihn mit erstaunlicher Kraft weg, setzte sich, das Laken um sich gewickelt, auf und starrte ihn vorwurfsvoll an.

»Vergiß es, Ire. Ich kann Sex nicht ausstehen, und ich kann verdammt laut schreien!« Sie zischte die Worte zwischen den zusammengebissenen Zähnen hervor. »Und ich glaube auch nicht an Liebe und solches Gewäsch, also erzähl mir jetzt bloß nicht, du hättest dich auf den ersten Blick in mich verliebt, ich kauf's dir nämlich nicht ab!«

»Es war deine Idee, daß wir zusammen weiterreisen«, empörte sich Colm. »Du hast mich dazu überredet. Du hast auch das Zimmer gemietet. Und jetzt führst du dich auf wie eine Nonne im Mittelalter.«

»Sicher war es meine Idee. Na und? Und ein Doppelzimmer ist billig, außerdem war sonst nichts frei. Aber ich erinnere mich nicht, auch gleich sexuelle Dienstleistungen erwähnt zu haben.«

»Ich vielleicht?«

»Nein. Aber ich lege auch nicht den geringsten Wert darauf, und ich will mich ganz bestimmt nicht von einem großen, gierigen Iren mit einem noch größeren, gierigeren Schwanz als Lustobjekt benutzen lassen!«

Wortlos drehte Colm sich um und verließ den Raum. Die Zurückweisung wurmte ihn, und als er die steinerne

Treppe hinunterging, verspürte er den absurden Wunsch zu weinen.

Zehn Minuten später kam sie in Jeans und einer weißen, ärmellosen Bluse nach. In der Hand hielt sie einen Stadtplan mit der Aufschrift *Pianta di Roma*. Er saß in der kleinen Frühstücksecke neben dem Balkon. Das Fenster stand offen, und eine Taube saß auf dem Geländer und blickte ihn mit schiefgelegtem Kopf fragend an. Mit einer Handbewegung scheuchte er sie weg. Der Vogel flatterte unwillig davon.

»Schau mal her«, sagte Robin in einem beschwichtigenden Tonfall. »Wir befinden uns hier, in der Nähe des Bahnhofs. Laß uns zum Fluß hinuntergehen und uns die Sehenswürdigkeiten anschauen. Vermutlich willst du als erstes den Petersdom besichtigen, wie es sich für einen guten Katholiken gehört.«

Colm suchte vergeblich nach einer giftigen Antwort. Er hatte die letzten zehn Minuten damit verbracht, sich über ihre rüde letzte Bemerkung zu ärgern. Sie musterte ihn eine Zeitlang forschend.

»Ire«, fuhr sie dann fort, als habe sie seine Gedanken gelesen, »du mußt schon ein paar Zugeständnisse machen. Tut mir leid, wenn ich deine Gefühle verletzt habe. Manchmal schlägt eben meine Kindheit voll durch. Irgendwann erzähle ich dir mal alles darüber.«

Er sah sie an. Ihr Gesicht wirkte jetzt freundlich und offen, die Augenbrauen waren hochgezogen, die blauen Augen schimmerten beinahe violett. Die Finger, mit denen sie über den Stadtplan fuhr, waren lang und braun, die Nägel abgekaut. In ihren Jeans und der ärmellosen Bluse sah sie, schmal und sonnenverbrannt wie sie war, eher wie ein Gassenjunge aus.

Sie bestellte einen *caffè latte*, den sie gierig hinunterstürzte, und verschlang dazu ein Brötchen mit Aprikosenmarmelade. Dann sammelte sie die Krümel auf und warf sie auf den Balkon, wo sich eine Horde von Spatzen unverzüglich lauthals zankend darüber hermachte.

»Ich denke, unsere Wege sollten sich besser wieder trennen«, sagte Colm schließlich mürrisch. »Du machst, was du willst, und ich, was ich will. Dann brauchst du nicht soviel Kraft darauf zu verschwenden, die Unberührbare zu spielen.«

Sie starrte ihn mit einem steinernen Gesichtsausdruck an, und dann füllten sich ihre Augen zu seinem Erstaunen mit Tränen. Unwillig zwinkerte sie sie fort.

»Schon gut, ich hab' verstanden. Du bist sauer auf mich, weil ich ein bißchen grob zu dir war. Du hättest dir deine Annäherungsversuche lieber sparen sollen. Ich kann das nicht ertragen, mir wird übel davon. Ich kann nichts dafür.«

»Ich habe nur versucht, dich zu küssen«, widersprach Colm. »Wer dich so hört, muß glauben, ich hätte dich vergewaltigen wollen.«

Die Tasse entglitt ihren Fingern und landete klirrend auf dem Tisch.

»Warum bist du so nervös, Roberta?« erkundigte sich Colm nach einem Moment.

»Robin, wenn ich bitten darf. Und ich bin nicht nervös!«

»Du scheinst vor irgend etwas Angst zu haben«, bemerkte er unfreundlich.

»Vielleicht werde ich ja gejagt. Vielleicht hab' ich ein Verbrechen begangen und werde von Interpol gesucht.«

Als Colm sie daraufhin entgeistert ansah, lachte sie leise, sprang auf und schlang sich ihre Leinentasche um die Schulter. »Nun, da du dich offenbar verabschieden willst – war nett, dich kennengelernt zu haben. Ich hol' nur noch meine Sachen, bezahle meinen Anteil, und dann bin ich weg.«

Colm sah ihr nach. Das Gefühl von Einsamkeit und Verletzlichkeit, das sie ausstrahlte, rührte ihn. Er spürte, daß er ihr Unrecht getan hatte, und wußte nur zu gut, wie man sich fühlte, wenn man falsch eingeschätzt wurde.

Er fing sie ab, als sie, mit ihrem Rucksack kämpfend, aus dem Fahrstuhl kam, und erkannte schlagartig, daß er sie nicht gehen lassen wollte.

»Wart doch mal, Robin … da wir schon mal hier sind,

sollten wir uns auch die Stadt ansehen. Wir könnten doch Freunde sein … wie Bruder und Schwester eben. Wir bleiben noch eine Nacht hier und schauen dann, wie es weitergeht.«

Sie betrachtete ihn nachdenklich. »Mir soll's recht sein … nun, da wir wissen, wie wir zueinander stehen.«

Er griff nach ihrem Rucksack. »Ich bring den schnell wieder nach oben.«

Ein freches Grinsen huschte über ihr Gesicht. »Ich warte dann an der Tür auf dich, Supermann.«

Als er zurückkam, stand sie auf dem Pflaster in der Sonne und lächelte ihm entgegen.

Rom war laut, hektisch und heiß, der Himmel strahlend blau, und der Tiber wand sich wie ein grünes Band durch die Stadt. Robin, die schon ein paar Tage hier verbracht hatte, schien sich recht gut auszukennen. Sie führte ihn zuerst zum Forum Romanum und zum Kolosseum, dann ging sie mit ihm ein Stück am Fluß entlang und überquerte diesen auf Höhe der Engelsburg, wo steinerne Engel den Eingang zum Vatikan bewachten. Obwohl ihre Füße bereits schmerzten, wanderten sie tapfer weiter, die Via della Concilazione entlang bis hin zum Petersplatz. Die Wächter an der Tür des mächtigen Domes verwehrten ihnen den Zutritt, weil Robins Schultern nicht bedeckt waren, woraufhin Colm seiner Empörung ob dieser Arroganz lautstark Luft machte.

»Geh du nur«, beruhigte ihn Robin. »Ich warte draußen auf dich. Geh nur hinein und besichtige diesen Prachtbau, die Zurschaustellung von Macht und Reichtum, die Jungs in den blaugelb gestreiften Uniformen und die leeren Kirchenbänke, auf die du dich nicht setzen darfst, auch wenn dir die Füße noch so weh tun und du sogar einer jahrhundertealten katholischen Familie entstammst. Schau dir die Bronzestatue dieses Burschen an, dessen Zeh vom vielen Küssen und Darüberstreichen fast verschwunden ist, und vergiß Michelangelos *Pietá* nicht, auch wenn du nicht mehr nah herangehen darfst.«

Colm blickte sie zweifelnd an. »Du bist wirklich ein seltsames Mädchen«, bemerkte er dann.

»Geh nur«, wiederholte sie. »Ich warte hier, bis du wiederkommst.«

In der Kirche war es angenehm kühl. Colm schlenderte langsam in dem mächtigen Bauwerk umher. Er nahm mehr die Atmosphäre als die Einzelheiten in sich auf, musterte betrübt die Schlange vor der Statue des heiligen Petrus und blieb schließlich eine Weile vor der *Pietà* stehen.

Als er wieder ins Freie trat, hielt er vergebens nach Robin Ausschau. Sie stand nicht wie verabredet am Portal. Enttäuschung stieg in ihm auf. Bereits jetzt wußte er, daß er sie vermissen würde. Zu gerne hätte er das Geheimnis gelüftet, das sie mit sich herumzutragen schien. Vielleicht war sie in die Pension zurückgekehrt, hatte ihren Rucksack geholt und war ihrer Wege gegangen.

Doch der Gedanke, sie könne sich aus dem Staub gemacht haben, brachte auch eine gewisse Erleichterung mit sich. Wenn sie fort war, konnte er wieder ganz er selbst sein und müßte sich nicht mehr laufend wie ein ungeschickter Trottel vorkommen. Und er, Dummkopf, der er war, hatte angenommen, sie wäre einer der wenigen Menschen, die ihn so akzeptiert hätten, wie er war. Anscheinend hatte er sich gründlich geirrt.

Doch plötzlich entdeckte er sie am Fuß einer der Säulen, die den Platz umgaben. Sie war in die vor ihr auf dem Boden ausgebreitete Karte vertieft. Eine Gruppe Jugendlicher umkreiste sie wie ein Geier seine Beute, doch sie hob noch nicht einmal den Kopf. Ähnliches hatte Colm in Italien schon häufiger beobachtet – alleinreisende Frauen zogen automatisch die Aufmerksamkeit junger Männer auf sich. Sie mußte sie doch bemerkt haben, dachte er, während er über den glühendheißen Platz auf sie zuging. So versunken in den Plan kann sie doch gar nicht sein, daß ihr die unerwünschte Gesellschaft nicht aufgefallen ist. Doch Robin saß nur still da, rollte die verspannten Schultern ein wenig, erhob sich dann, ohne den jungen

Männern Beachtung zu schenken, ging ein Stück weiter und ließ sich an einer anderen Säule nieder. Ihre Bewunderer folgten ihr und bezogen erneut Position. Einige sprachen sie an. »*Signorina ... Lei è Inglese? Vous êtes francaise?* Sprechen Sie Deutsch?«

Sie gab keine Antwort. Ebensogut hätte sie taub sein können.

Als Colm nur noch einen knappen Meter von ihr entfernt war, rief er laut und vernehmlich: »*Is Eireannach í!*«

Das brachte die Burschen aus der Fassung. Sie lauschten den fremdartigen Tönen und taten die Sprache dann als unverständlich ab. Das Irische hatte manchmal wirklich etwas für sich, dachte Colm mit einem stillen Triumphgefühl.

Robin blickte auf und lächelte ihm zu. Sie wirkte sichtlich erleichtert. Ihre Bewunderer zogen sich zurück, als sie feststellen mußten, daß sie nicht allein war.

»Was hast du da eben gesagt?« fragte sie mißtrauisch. »Was für eine Sprache war das?«

»Ich habe ihnen gesagt, du wärst Irin, auf Irisch.«

»Ich wußte gar nicht, daß du Gälisch sprichst.«

»Es ist die Mundart unserer Vorfahren, die älteste Sprache nördlich der Alpen. Du hast ja eine ganze Schar von Galanen um dich versammelt«, fügte er hinzu, wobei er den Burschen einen mißmutigen Blick hinterherwarf.

»Ich kenne das schon, es ist immer dasselbe Spiel. Der Trick besteht darin, nie Augenkontakt herzustellen; man muß einfach so tun, als sei man taub.« Sie griff nach dem Stadtplan. Erstaunt registrierte er, daß ihre Hände zitterten.

»Alles in Ordnung?«

»Was denkst du denn? Glaubst du, ein Haufen dummer Jungen würde mir Angst einjagen? Ich habe einfach nur Hunger.«

Ungläubig starrte er sie an. Sie mußte Witze machen. »Irgend etwas stimmt wohl mit deinem Blutzucker nicht. Aber wir können in einem Restaurant zu Mittag essen, das mir jemand empfohlen hat.« Er suchte in seiner Tasche nach der Adresse, die ihm der Sattelschlepperfahrer Ferdinando gegeben hatte. »Dort soll es ein spezielles Touristenmenü geben, drei Gänge für wenig Geld.«

»Wenn du bezahlst, gerne.« Sie lachte. »War nur Spaß. Wir machen natürlich getrennte Kasse. Ich kann aber auch Brot und ein paar Zutaten besorgen, und wir machen uns Sandwiches, essen in den Pincio-Gärten und spülen alles mit einer Flasche Mineralwasser hinunter. Ist billiger.«

»Wo sind die Pincio-Gärten?«

»Nicht weit von hier. Wir können zu Fuß hingehen. Von der Terrasse aus hat man einen herrlichen Blick über die Stadt. Danach zeige ich dir die Spanische Treppe und das Haus, in dem Keats gelebt hat. Schon mal von ihm gehört?«

»Jeder kennt Keats. Wir haben seine Werke in der Schule durchgenommen.«

»Haben sie dir gefallen?«

»Es geht. Ich hab' für Gedichte nichts übrig – alles sentimentales Geschwätz.«

»Verstehe«, kicherte sie. »Du wirst sicher einen ausgezeichneten Börsenmakler abgeben.«

Sie schlenderten über die Ponte Cavour, dann die Via Ripetta entlang und gelangten schließlich auf die Piazza del Popolo, die von zahlreichen Geschäften gesäumt wurde. Unter den Markisen waren Kisten mit Früchten und Gemüse ausgestellt.

»Warte hier auf mich ... ich bin in ein paar Minuten wieder da.«

Sie wandte sich ab, ehe er antworten konnte, und verschwand in der Richtung, aus der sie gekommen waren. Unschlüssig blieb er stehen und starrte den Obelisken in der Mitte des Platzes an. Er kam sich lächerlich vor und ärgerte sich über sich selbst, weil ihm die Hitze so zu schaffen machte.

Nach wenigen Minuten kam Robin zurück und klopfte vielsagend auf ihre Umhängetasche, ehe sie sie öffnete. Darin befanden sich Tomaten, ein Laib Weißbrot und eine Flasche Mineralwasser. »Lunch ist da!«

»Weißt du, daß du mir unheimlich bist? Du verschwindest und materialisierst dich wieder wie ein Geist.«

»Ich bin eine optische Täuschung«, erwiderte sie. »Komm, da ist der Weg zur Terrasse.«

Sie ging voran, auf die von einem Geländer umgebene Terrasse zu und ließ sich dort im Schatten der Bäume nieder. Colm lehnte sich über das Geländer und ließ den Blick über den unter ihm liegenden Platz schweifen.

Nach einer Weile gesellte er sich zu Robin, die auf einer Bank saß, das Brot bereits halbiert hatte und nun mit einem Taschenmesser die Tomaten in grobe Scheiben schnitt. Sie winkte ihm zu. »Essen ist serviert!«

»Was hast du bezahlt?« Er langte mit der Hand in die Tasche. Da er sich seines schmalen Budgets stets bewußt war, wollte er keinen Schuldenberg anhäufen.

»Hierfür?« Sie kicherte. »Für dieses fürstliche Mahl?« Spöttisch zwinkerte sie ihm zu. »Nicht viel. Mach deswegen kein Theater. Du kannst den Nachtisch spendieren.«

Sie reichte ihm sein Sandwich, grub ihre kleinen weißen Zähne in ihre Hälfte und kaute genüßlich.

»Es geht doch nichts über einen kleinen Imbiß.«

»Yeah ...«

Sie ließen die Wasserflasche von Hand zu Hand gehen, lehnten sich zurück und blickten durch die Zweige der tiefgrünen Pinien zum Himmel empor.

»Es kommt mir so vor, als würde ich dich schon ewig kennen, Ire«, sagte sie plötzlich weich. »Vermutlich habe ich dich in einem früheren Leben schon einmal getroffen, aber ich weiß nicht mehr, in welchem.«

In einem Anflug von Übermut entgegnete Colm: »In meinem vorigen Leben war ich ein Wurm.«

Sie brach in schallendes Gelächter aus.

»Was ist denn daran so komisch?«

»Mir ist gerade eingefallen, daß ich in meinem vorigen Leben ein Vogel war.«

Er blickte auf sie hinab. »Willst du mir durch die Blume zu verstehen geben, daß ich in großen Schwierigkeiten stecke?«

Dann schwieg er, von einer zarten Erinnerung überkommen, von der er nicht wußte, ob sie einem Traum oder der Wirklichkeit entsprang. Sie grinste nur. Er sah zu, wie sie die Krümel in einem Schal sammelte, den sie aus ihrer Tasche genommen hatte. »Für die Vögel«, erklärte sie.

Aus einem Impuls heraus berührte er sacht ihre Hand.

»Robin«, sagte er, »du wolltest doch nach Florenz, wie kommt es dann, daß wir uns auf der Straße nach Civitavecchia getroffen haben? Das ist genau die entgegengesetzte Richtung.«

»Ich bin da böse auf die Nase gefallen. Der Typ, der mich mitgenommen hat, wollte gar nicht nach Florenz. Er hat mir fast mein ganzes Geld weggenommen – ich mußte nämlich zusehen, daß ich ganz schnell aus dem Auto kam – und deshalb hab' ich kaum noch was übrig.«

Colm zuckte erschrocken zusammen. Nun hatte er sich auch noch mit einem mittellosen Mädchen belastet. »Wenn du doch unbedingt nach Florenz wolltest, wieso bist du dann nicht auf direktem Weg dorthin gefahren?«

Sie dachte einen Augenblick nach. »Ich hab' ein Flugzeug nach Rom genommen, das war einfacher. Am Schalter sagte man mir, ich könne von dort aus problemlos nach Florenz weiterreisen, aber das hat leider nicht geklappt.« Sie blickte ihn finster an. »Zufrieden? Reicht dir die Erklärung, oder muß ich mich einem Lügendetektortest unterziehen?«

Colm zuckte nur lachend die Achseln.

Zwischen den Pinien, ganz in ihrer Nähe, tauchte plötzlich ein Polizist auf. Robin sah ihn, schrak zusammen, schüttelte den Schal aus, in dem sie die Krümel verwahrte, und band ihn sich hastig über den Kopf. Colm, dem ihr Unbehagen nicht entging, beugte sich über sie, um dem Polizisten den Blick auf sie zu verwehren. Als er wieder aufsah, hatte der Gesetzeshüter sich entfernt.

»Warum hattest du vor dem Polizisten Angst?«

»Welchem Polizisten?«

»Du konntest dir gar nicht schnell genug deinen Schal umbinden.«

»Mädchen benutzen oft einen Schal, um sich vor der Sonne zu schützen«, erwiderte sie geduldig. »Schon mal was von einem Hitzschlag gehört?«

Er betrachtete ihren sonnenverbrannten Nacken. »Deine Vorsicht kommt etwas verspätet, findest du nicht?«

Sie warf ihm einen verstohlenen Blick zu, dann folgten ihre Augen sofort wieder dem Uniformierten, bis dieser außer Sicht war. Sie wirkte wie ein ungezogenes Kind, das sich vor Strafe fürchtet.

Es interessiert mich nicht, was du getan hast, Robin McKay, dachte Colm, der sich inzwischen sicher war, daß sie ihm nicht die ganze Wahrheit gesagt hatte. Und wenn du den Präsidenten der Vereinigten Staaten erschossen hättest, es wäre mir egal. Ich will auch gar nicht erst wissen, warum du von zu Hause fortgelaufen bist.

Der Regen hatte inzwischen aufgehört. Vermutlich zog er nach Irland weiter, dachte Colm, der sich in seinen bequemen Sitz kuschelte. Jede Wolke dieser Welt fand sich früher oder später in Irland ein. Doch hier klarte der Himmel rasch auf, und die Weizen- und Rapsfelder Frankreichs flogen an ihm vorbei. Er sah auch große, von Sprengern bewässerte Gemüsegärten, alte Dörfchen, die Türme ihrer Kirchen, Kühe und Ziegen und kleine Bahnhöfe, die auf ihn zurasten und sofort wieder verschwanden. Jetzt erst spürte er, daß seine Reise wirklich begonnen hatte. Paris erwartete ihn. Er würde dort übernachten, am nächsten Morgen den TGV nehmen, in Lausanne umsteigen und nach Mailand weiterfahren. Von dort aus war es nur noch ein Katzensprung bis Florenz. Robin würde natürlich nicht dort sein, damit rechnete er erst gar nicht. Aber er würde wieder durch dieselben Straßen schlendern, vor ihrer alten Pension stehen und sich noch einmal dem erhebenden Gefühl hingeben, jung zu sein.

4.

Der Zug erreichte den Bahnhof Paris St. Lazare am späten Nachmittag. Colm nahm ein Taxi zum Hotel Regina an Place des Pyramides, wo er schon einmal mit Sherry gewohnt hatte. Er hatte das Zimmer aus einem halbherzigen Gefühl der Nostalgie heraus gebucht und sich eingeredet, er würde die Gegend mögen.

»Sie können zwischen einem Einzelzimmer mit Bad und einem Doppelzimmer mit Dusche wählen«, erklärte ihm die junge Empfangsdame, während sie seine Reservierung überprüfte. »Was ist Ihnen lieber?«

Colm nahm das Doppelzimmer. Er war an ein großes Bett gewöhnt. Ein Page nahm seinen Koffer und begleitete ihn im Fahrstuhl in die erste Etage. Der Raum hatte eine hohe Decke und war mit eleganten Mahagonimöbeln eingerichtet. Das ganze Hotel strahlte noch etwas von dem Zauber der *belle époque* aus; jener Zeit scheinbar immerwährenden Friedens, in der die Menschen voller Unschuld an den Fortbestand ihrer Welt geglaubt hatten, ohne zu ahnen, daß schon bald zwei furchtbare Kriege das Leben ihrer Kinder und Enkel zerstören würden.

Colm blickte sich um und mußte an Sherry denken, weil das Zimmer genauso aussah wie das, welches sie auf ihrer letzten Parisreise vor zwei Jahren bewohnt hatten. Damals hatte er sie als ebenso selbstverständlich in seinem Leben hingenommen wie sein Haus, seinen Beruf, seine Aktien und Vermögenswerte. Er vermißte sie, aber nicht mit der kummervollen Sehnsucht eines Liebenden, sondern mit dem Egoismus eines Menschen, der auf gewohnte Bequemlichkeiten nicht verzichten möchte.

Unwillkürlich fragte er sich, wie sie und Michael wohl als Paar zurechtkamen. Heimliche Leidenschaft war eine Sache, ständige Nähe eine andere, sie erforderte entweder hingebungsvolle Liebe oder aber ein geraumes Maß an diplomatischem Geschick. Einen Augenblick lang stellte er sich die beiden zusammen im Bett vor, verdrängte den Gedanken aber sofort wieder. Zu eng war er mit der Erkenntnis verbunden, daß er, Colm, nichts von dem mitbekommen hatte, was direkt unter seiner Nase vor sich ging. Er wurde das Gefühl nicht los, um etwas betrogen worden zu sein, was ihn wütend machte, und Wut suchte er, genau wie alle anderen Gemütsregungen, tunlichst aus seinem Leben zu verbannen.

Colm hatte Michael auf der Schule kennengelernt, wo dieser bereits eine der höheren Klassen besuchte. Später hatte er dann bei irgendeiner Firma einen Managerposten ergattert, wo er aber bald wieder entlassen worden war, und danach hatte er sich als Innenarchitekt selbständig gemacht. Sherry hatte ihn auf einer Schulversammlung kennengelernt, zu der auch die Ehefrauen der ehemaligen Schüler eingeladen gewesen waren. Wie lange ihre Affäre schon dauerte, bevor er Wind davon bekam, konnte Colm nicht sagen. Ein Jahr ungefähr, vielleicht auch etwas länger. Michaels Frau war vier Jahre zuvor an Krebs gestorben und hatte ihn mit zwei Söhnen zurückgelassen. Einer war Anwalt, der andere angehender Arzt. Doch Michael selbst stand aufgrund von Fehlspekulationen finanziell nicht besonders gut da und lebte in einem bescheidenen Apartment in Monkstown. Er war es auch gewesen, der Colm damals voller Wehmut auf ihre Schulzeit angesprochen hatte. »Dort haben sie uns zu Männern gemacht«, hatte er mit einem zustimmungsheischenden Nicken gesagt. Als die Zustimmung jedoch ausblieb, war jener Schimmer der Erinnerung in seine Augen getreten, den Colm gleichermaßen fürchtete und haßte. »Natürlich«, hatte Michael dann gedehnt gesagt, »ich vergaß … in deinem Fall sieht das ja anders aus …«

Doch all dies war vor dem Tag geschehen, an dem Colm unerwartet von einer Geschäftsreise zurückgekehrt war und Sherry und Michael schlafend in ihrem Ehebett vorgefunden hatte. Eine Weile hatte er die beiden betrachtet; registriert, wie liebevoll seine Frau sich an seinen Nebenbuhler schmiegte. Er selbst hatte bei ihr nie diesen entspannten, friedlichen Gesichtsausdruck bemerkt, dieses geradezu kindliche Vertrauen. Lautlos hatte er daraufhin das Haus verlassen, das Auto in Sichtweite der Eingangstür geparkt und Sherry über sein Handy angerufen.

»Ich bin auf dem Heimweg«, hatte er zu der schlaftrunkenen Sherry gesagt. »Ich hoffe, du hast mich vermißt.«

Zufrieden hatte er ihre hörbare Verwirrung zur Kenntnis genommen und ruhig abgewartet, bis Michaels Auto aus der Einfahrt geschossen kam und in entgegengesetzter Richtung davonjagte. Zu seiner Überraschung hatte er noch nicht einmal Zorn empfunden. Warum sollte er eine Szene heraufbeschwören? Er war sicher nicht in der Position, den ersten Stein zu werfen, und im Grunde genommen kümmerte ihn die ganze Geschichte herzlich wenig. Warum bin ich so gefühlskalt? fragte er sich bitter. Einst habe ich mit leidenschaftlichem Interesse alles verfolgt, was um mich herum geschah, habe Anteil am Leben genommen – wann nur ist alles in mir erstorben? Fast kommt es mir vor, als hätte ich aufgehört, ich selbst zu sein!

Und nun stand er an dem von schweren Vorhängen eingerahmten Fenster eines Pariser Hotels und blickte auf den Louvre. An Sherry und Michael verschwendete er kaum noch einen Gedanken, aber er begann, diese Reise zu bedauern; diese Besessenheit von einem Zwischenspiel in seinem Leben, das ihn neuerdings verfolgte, eine unvollendete Angelegenheit, die zu Ende gebracht werden mußte.

»Wo bist du zur Schule gegangen?« hatte das amerikanische Mädchen an jenem Abend in Rom gefragt. Sie saßen in einem Touristenrestaurant – nicht in dem, das der Sattelschlepperfahrer empfohlen hatte, sondern in einem anderen in der Nähe der Stazione Termini, dem größten Bahnhof der Stadt. Die mit weißen Papiertüchern bedeckten Tische standen auf dem Bürgersteig. Colm, der seit sei ner Ankunft in Italien sehr bescheiden gelebt hatte, war zu dem Schluß gekommen, es sich durchaus leisten zu können, Robin eine warme Mahlzeit zu spendieren. Sie sah aus, als könne sie eine brauchen, sie war so dünn, als hätte sie sich seit Ewigkeiten nur von Brot und Tomaten ernährt.

»Ich war in einem Internat.«

»In welchem?«

»Einem kirchlichen Internat. Eigentlich war es nur ein zu einer Schule umgebautes altes georgianisches Herrenhaus.«

»Hat es dir da gefallen?«

»Wem gefällt es schon in der Schule?«

»Gute Antwort.« Sie trank einen Schluck Bier und musterte ihn über den Rand ihres Glases hinweg ernst.

»Wie lange bist du schon hier, Robin?« Er wollte nicht über sich selbst sprechen, und schon gar nicht über seine Schulzeit.

»Seit vier Tagen.«

»Und wie lange willst du bleiben?«

»Solange, bis ich es hier satt habe.«

»Ist es für ein junges Mädchen nicht gefährlich, allein in der Weltgeschichte herumzureisen?«

»Schon möglich.« Sie warf ihm einen durchtriebenen Blick zu. »Aber vielleicht nicht so gefährlich, als nicht allein zu reisen.«

»Na, ich tue dir bestimmt nichts.«

»Ach nein?«

»Natürlich nicht. Was sagen eigentlich deine Eltern zu dieser Reise?«

»Fragen, nichts als Fragen!« explodierte sie. »Ich hätte auch ein paar an dich – aus welchem Teil Irlands stammst du, wie ist deine Familie, und welche Universität hast du besucht?«

»Eine ganz hübsche Liste.«

»Wir haben Zeit, und ich kann gut zuhören.« Sie grinste ihn an, während sie ihre Minestrone löffelte. »Also schieß los, Ire.«

Er beobachtete, mit welcher Sorgfalt sie jede einzelne

Nudel aus der Suppe fischte. Ganz offensichtlich nahm sie regelmäßige Mahlzeiten nicht als selbstverständlich hin.

»Ich komme aus der Grafschaft Roscommon«, sagte er, dann wechselte er das Thema. »Erzähl mir doch erst einmal von New York.«

Robin warf den Kopf zurück und lächelte. Ihre Augen begannen fröhlich zu funkeln. Wenn sie lachte, wirkte sie sehr jung.

»New York besteht aus fünf Stadtbezirken. Am meisten los ist in Manhattan. Man kann New York nicht mit europäischen Städten vergleichen. Dort gibt es einfach alles: Geschäfte, Kunstgalerien, Museen, Kneipen, Banken und so weiter, und Greenwich Village, Chinatown, Little Italy ... na ja, und eben so herrliche Wolkenkratzer wie das Empire State Building und das Chrysler-Hochhaus.«

»Es muß doch ein Heidengeld kosten, dort zu leben.«

»Geld ist sicher eine Hilfe. Aber ich kann da kaum mitreden, es ist nämlich das erstemal, daß ich so vergleichsweise primitiv lebe. Wenigstens weiß ich jetzt, wie es der anderen Hälfte der Menschheit ergeht.«

»Der anderen Hälfte?«

»Na ja ... den restlichen fünfundneunzig Prozent«, gab sie zu.

Colm ärgerte sich auf einmal über sie. Er trank einen großen Schluck Bier. »Warum bist du so auf Florenz fixiert?«

Sie zuckte die Achseln. »Wegen meines Florentiner Blutes natürlich.«

»Sei doch einmal ernst!«

»Ich bin ernst! Ich habe dir doch gesagt, daß ich zur Hälfte Italienerin bin. In meinen Adern fließt florentinisches Blut. Mein Kunstlehrer erzählte mir viel über diese Stadt und ihre Geschichte und gab mir Bücher darüber zu lesen. Daher auch mein Interesse. Wußtest du, daß im Mittelalter hier demokratische Strukturen herrschten, zu einer Zeit, wo die halbe Welt von Königen und vom Adel regiert wurde?«

»Als Demokratie würde ich das nicht unbedingt bezeichnen«, widersprach Colm. »Dazu lag viel zu viel Macht in den Händen von zu wenigen Menschen. Denk an die Medici und an diesen wahnsinnigen Mönch Savonarola.«

»Der, der mit seinen Drohungen vom Fegefeuer den Menschen eine Heidenangst eingejagt hat? Wer hat dir von ihm erzählt?«

»Das Spiel des Wissens«, erwiderte Colm.

Robin blickte ihn mißtrauisch an. »Das was?«

»Ein Frage-und-Antwort-Spiel. Als ich zehn war, bekam ich eine doppelseitige Lungenentzündung und mußte mehrere Wochen das Bett hüten. Meine Mutter schenkte mir dieses Spiel. Eine Frage lautete ›Wer war Savonarola?‹ Ich fragte meinen Lehrer, und der brachte mir bei seinem nächsten Besuch ein Buch über das mittelalterliche Italien mit. Darin war auch ein Bild von Savonarola.«

»Wie sah er denn aus?«

Colm rief sich das finstere, fanatische Gesicht wieder ins Gedächtnis. »Merkwürdig, aber irgendwie faszinierend.«

»Warst du als Kind oft krank?«

»Sehr oft. Ich glaube, abgesehen von meiner Mutter hat meine ganze Familie gebetet, ich möge doch sterben, damit sie endlich Ruhe hätten. Der Arzt hatte mich auch schon fast aufgegeben, und wenn Johnny Munroe nicht gewesen wäre, hätte wohl auch meine Mutter die Hoffnung verloren. Der alte Johnny lebt bei uns in der Gegend. Er ist ein bißchen verrückt. Eines Tages kam er mich besuchen, schaute ins Feuer und sagte dann zu meiner Mutter: ›Er wird leben, Missus … vor ihm liegen noch viele Jahre und viele Schwierigkeiten.‹« Colm grinste. Ihm fiel plötzlich seine letzte Begegnung mit Johnny Munroe wieder ein. »Als ich ihn das letztemal traf, ermutigte er mich, diese Reise anzutreten. Er wußte von meinen Plänen, ohne daß es ihm jemand gesagt hatte.«

»Irgendwer wird's ihm schon verraten haben«, meinte Robin trocken. »Keiner dieser Möchtegern-Hellseher ist so schlau, wie er tut.«

Colm kam zu dem Schluß, daß da etwas Wahres dran war.

Sie schlenderten zu dem Hotel in der Via Palestra zurück. Colm fühlte sich ein wenig benommen. Im Preis für das Touristenmenü war eine Flasche Bier eingeschlossen gewesen, aber sie hatten sich hinterher noch jeder eine zweite bestellt. Da die Nacht warm war, beschlossen sie, einen kleinen Spaziergang rund um das Kolosseum zu machen, das des Nachts von Scheinwerfern angestrahlt wurde. Colm griff nach Robins Hand. Sie fühlte sich klein und trocken an, die Haut war erstaunlich rauh.

Plötzlich löste sich eine Gruppe Jugendlicher aus dem Schatten einer Säule und versperrte ihnen den Weg. Einer von ihnen verlangte in gebrochenem Englisch Geld. Colm zuckte die Achseln und hob die Hände, um ihnen klarzumachen, daß er keines hatte.

»Siamo poveri«, erklärte Robin. *»Poveri studenti.«* Ihre Stimme klang ruhig, doch ihre Finger krallten sich so fest in Colms Hand, daß es schmerzte.

Die jungen Burschen blickten zu ihr hin, dann wieder zu Colm. *»E molto bella«*, rief der Anführer der Horde bewundernd.

»Si.« In diesem Moment erkannte Colm, daß sie wirklich sehr hübsch war, und ein Anflug von Besitzerstolz keimte in ihm auf. Zwar bemühte er sich, Ruhe zu bewahren, doch er wußte, sie hatten es mit einer Gruppe Kleinganoven zu tun, die nachts auf Raubzug gingen. Robin und er hatten keine Chance gegen sie, die Jugendlichen waren weit in der Überzahl.

Die Piraten der Dunkelheit verstummten, warteten offenbar auf eine Entscheidung. Dann gab der narbengesichtige Anführer der Bande ein lautloses Zeichen, und mit einemmal waren sie alle verschwunden. Colm spürte, wie Robin ihren Griff lockerte.

»Hast du große Angst gehabt?«

»Angst? Mach dich nicht lächerlich ... ich bekomme nicht so leicht Angst.«

Er bewegte die Finger, um die Blutzirkulation anzuregen. »Zum Glück haben sie keine Messer gezogen. Und sie schienen zu glauben, daß wir kein Geld haben. Du warst wirklich gut, Robin, ganz cool, auch wenn du mir fast die Hand gebrochen hast.«

Sie gab keine Antwort, sondern ging mit unsicheren Schritten weiter und sog scharf den Atem ein, als eine Katze vor ihnen von einer Mauer sprang. Als er ihr die Hand auf die Schulter legte, hob sie ruckartig den Kopf und blickte zu ihm auf.

»Alles in Ordnung. Warum bist du bloß so schreckhaft?«

Robin duschte im Bad auf dem Gang und kam dann, schon für die Nacht umgekleidet, ins Zimmer zurück.

»Es ist nur noch ein einziges trockenes Handtuch da.«

Colm ging ins Bad, stellte sich unter die Dusche, seifte sich ein und sah zu, wie das Wasser gluckernd im Abfluß verschwand. Er suchte das trockene Handtuch, rieb sich ab und streifte ein Paar saubere Shorts über, dann betrachtete er seinen schlanken, sonnengebräunten Körper im Spiegel. Was sie wohl in Wirklichkeit von ihm hielt? Er wünschte, er wäre ein bißchen größer und seine Augen würden nicht so ernst blicken. Wie schaffte man es, auf Frauen unwiderstehlich zu wirken? Er mußte daran denken, wie er am Morgen versucht hatte, sie zu verführen und an ihre Reaktion darauf, und er schämte sich plötzlich, weil er so plump vorgegangen war. Nun, jetzt hatten sie eine Abmachung getroffen. Seltsamerweise verspürte er auch gar nicht mehr den Wunsch, mit ihr zu schlafen, er betrachtete sie einfach als Freundin.

Als er ins Zimmer zurückkehrte, lag sie auf den beiden auf dem Boden ausgebreiteten Schlafsäcken und hatte ein Laken über sich gezogen.

»Heute gehört das Bett dir«, sagte sie. »Ich will keine Sonderbehandlung.«

»Du hättest auch keine bekommen.«

Sie kicherte. »Und ich hatte schon befürchtet, du könntest ein Gentleman sein.«

»Du kannst das Bett haben, wenn du willst«, bot er ihr reumütig an, doch sie lehnte ab, also kroch er selbst hinein und löschte das Licht. Ihre leisen Atemzüge klangen durch den Raum. Er empfand ihre Gegenwart als merkwürdig beruhigend, doch die Begegnung mit der Jugendgang lag ihm noch immer in den Knochen und ließ ihn nicht schlafen. Die Bedrohung, die von den Burschen ausgegangen war, weckte Erinnerungen, die er lieber verdrängt hätte.

»Robin, erzähl mir doch ein bißchen von dir. Ich möchte gern mehr über dich wissen.«

»Neugierig bist du wohl gar nicht, wie?« Ihre Stimme klang müde, kindlich. »Nun gut. Ich lebe vornehmlich in New York, obwohl mein Daddy auch noch ein Haus in Neuengland besitzt. Ich bin fast einundzwanzig, und ich möchte Kunstgeschichte studieren.«

»Du siehst viel jünger aus. Wann wirst du denn einundzwanzig?«

»In einer Woche, am fünfzehnten September.«

»Da haben wir ja am gleichen Tag Geburtstag! Aber ich werde zweiundzwanzig.«

»Ehrlich?« Sie lachte im Dunkeln. »Das müssen wir feiern.«

»Warum willst du deinen Geburtstag denn nicht zu Hause feiern? Deine Eltern würden doch sicher eine große Party für dich geben.«

»Bestimmt«, erwiderte sie nach kurzem Zögern. »Alle meine Freunde würden eingeladen, Daddys Bekannte ... ein Riesenaufwand eben.«

»Erzähl mir von deiner Familie.«

»Meine Leute? Daddy ist eine Institution. Er hat ein Haus in Neuengland, einen Swimmingpool, einen Haufen hochnäsiger, langweiliger Freunde und ist Mitglied in einem Nobelclub. Ich hab' eine achtundzwanzigjährige Stiefmutter, die Diamanten liebt und mich wie die Pest haßt. Von unserem Apartment in der Park Avenue aus kann man den Central Park überblicken. Es hat einen Dachgarten, man kann sogar den See im Park sehen ...«

Colm erblaßte vor Neid. Er hatte schon von der Park

Avenue gehört, von den Superreichen, die dort residierten, von ihren Jachten, ihren Jets und ihren rauschenden Parties.

»In welchem Teil New Yorks liegt der Central Park?«

»In Manhattan. Du hast doch sicher schon mal Bilder von den Wolkenkratzern gesehen – und von der Freiheitsstatue, die ihre Fackel hochhält.«

»O ja«, sagte Colm leise. »Das Sinnbild des Triumphs und der Hoffnung.«

Robins Stimme klang verloren, als sie nach einer Weile flüsterte: »Das hast du schön gesagt. Ich glaube an die Hoffnung im Leben …«

Der traurige Unterton rührte Colm mehr, als er sich eingestehen mochte. Er spürte, daß sie entsetzlich einsam war, und dachte an all die Kleinigkeiten, die ihm aufgefallen waren und die nicht ins Gesamtbild paßten.

»Was ist denn mit deiner leiblichen Mutter passiert?« fragte er behutsam.

»Sie starb, als ich neun Jahre alt war.«

»Das tut mir leid.«

»Mir auch. Aber Daddy hätte sie inzwischen sowieso gegen ein jüngeres Modell eingetauscht.«

»Wirklich?«

»Natürlich. Auch die derzeitige Favoritin sollte sich lieber vorsehen. Sie hat nämlich eine Kaiserschnittsnarbe.«

»Demnach hast du noch Geschwister?«

»Einen kleinen Bruder. Deshalb bin ich ja auch ziemlich überflüssig.«

»Wie heißt denn deine Stiefmutter?«

Robin zögerte. »Elizabeth Jane«, sagte sie dann. »Ich nenne sie manchmal Lizzi … das bringt sie auf die Palme!«

»Womit verdient dein Vater eigentlich sein Geld?«

Robin schwieg so lange, daß er dachte, sie sei eingeschlafen. Doch dann murmelte sie: »Er besitzt eine Reederei … hält sich für den Herrgott persönlich. Hat eine riesige Jacht und all so was. Ich mach' mir nicht viel aus dieser Art von Statussymbolen. Außerdem nennt er einen Privatjet sein eigen ... ziemlich extravagant, aber Lizzie hat darauf bestanden. Sie hat ihn sogar dazu gebracht, das Ding pinkfarben spritzen zu lassen, damit es zu ihrem Lieblingsnagellack paßt.« Nachdenklich fügte sie hinzu: »Mein Daddy hat sich aus dem Nichts hochgearbeitet, weißt du? War arm wie eine Kirchenmaus, als er aus Listowel, dem Königreich Kerry, wie er es nannte, nach Amerika kam.«

»Du hast eine Vorliebe für lyrische Formulierungen, was?«

»In der Schule sagte man mir, ich hätte zum Dichten keine Begabung.«

»Du hast Gedichte geschrieben?«

»Klar. Du noch nie?«

»Richtige Männer schreiben keine Gedichte«, knurrte er. »Aber jetzt würde ich ganz gern ein bißchen schlafen.«

Robin war einen Moment lang still. Dann flüsterte sie: »Gute Nacht ...«

Wie leicht doch die Erinnerungen zurückkommen, wenn man sie ruft, dachte Colm. Jede Kleinigkeit ist unauslöschlich irgendwo im Gedächtnis eingebrannt. Man denkt, man hat bestimmte Dinge vergessen, dabei lauern sie nur in einem Winkel des Gehirns und warten ihre Zeit ab.

Er blickte aus dem Fenster. Der Himmel über Paris färbte sich allmählich kobaltblau. Colm stand auf, fuhr sich mit einem Kamm durch das Haar, zog sein Jackett an und verließ das Hotel. Er überquerte die Rue de Rivoli und ging auf den Louvre zu. Vor der Glaspyramide stand immer noch eine lange Schlange, also beschloß er, einen Spaziergang durch die Tuilerien zu machen. Ein junges Mädchen mit langem Haar saß auf dem Rasen und spielte mit einer Siamkatze. Der Anblick rief eine plötzliche Erinnerung in Colm wach. Sie hatte mit Italien zu tun, mit Hitze, Unwohlsein, einem Mädchen und einer schwarzen Katze, aber sie ließ sich nicht greifen. So sehr er sich auch bemühte, es gelang ihm nicht, das Bild einzuordnen.

Er kehrte in sein Hotel zurück, kleidete sich um, ging nach unten und aß im Hotelrestaurant zu Abend. Von seinem Fenstertisch aus blickte er direkt auf die Rückseite des Louvre.

Nach dem Essen ging er auf sein Zimmer und versuchte, ein wenig fernzusehen, aber die Sendungen waren uninteressant, und er verstand von dem rasend schnell gesprochenen Französisch nur die Hälfte. Er schaltete den Fernseher aus, legte sich im Schlafanzug auf das Doppelbett und versuchte, sich die Erinnerung ins Gedächtnis zu rufen, die ihn in den Tuilerien überkommen hatte. Zum Teufel mit diesen vagen Bildern aus der Vergangenheit, dachte er. Sie hatten nicht unwesentlich dazu beigetragen, daß er sich überhaupt auf diese Reise begeben hatte.

Er betrachtete sein Bild im Spiegel. Das also war Colm Nugent, dieser Mann mittleren Alters, der jünger wirkte als seine neunundvierzig Jahre und dessen Schläfen langsam ergrauten, was ihm, wie Sherry ihm versichert hatte, ein distinguiertes Aussehen verlieh. Doch hinter der Fassade des erfolgreichen Geschäftsmannes verbarg sich ein ungestümer Jüngling, dem die Jahre nichts hatten anhaben können. Dieser Jüngling war es gewesen, der den erwachsenen Colm zu dieser Reise gedrängt hatte.

Robin, dachte er aus einer Laune heraus, erinnerst du dich daran, wie wir durch Rom spaziert sind? Erinnerst du dich an den ersten Abend in Florenz? Wirst du dort sein, Robin, am Sonntag, dem fünfzehnten September, auf der Piazza della Signoria, wie du es versprochen hast? Wirst du kommen, um mich wiederzusehen?

Sei nicht töricht, mahnte ihn sein Verstand. Diese Zeit deines Lebens ist vorbei und läßt sich nicht zurückholen.

Früher einmal hatte er seine Zukunft sorgfältig und methodisch vorausgeplant. Auf den Gedanken, das Leben könnte sich nicht immer nach seinen Wünschen richten, war er gar nicht gekommen. Und dann war so viel geschehen, was er sich damals nicht hätte träumen lassen. Es war ihm nicht gelungen, die Vergangenheit vollständig zu begraben. Er hatte ein künstlerisch ambitioniertes Mädchen namens Sherry geheiratet, das ihn jeden Morgen ängstlich beobachtete, um seine Stimmung einzuschätzen. Die Ehe hatte alte Bindungen nicht automatisch ausgelöscht. Er hatte einen Sohn namens Alan bekommen und ihn von ganzem Herzen geliebt, ohne es ihm je zeigen zu können. In der Schule hatte sich Alan durch hervorragende Leistungen ausgezeichnet, doch nie war es ihm gelungen, seinen anspruchsvollen Vater zufriedenzustellen.

»Siebzig Punkte? Für einen gewöhnlichen Jungen ist das recht ordentlich, aber von dir hätte ich mehr erwartet, Alan!«

Doch dann hatte sein einziges Kind zu seinem dreizehnten Geburtstag ein neues Fahrrad bekommen, sich aus einigen Brettern, die es in der Garage gefunden hatte, eine Rampe gebaut und versucht, Evel Knievel nachzueifern. Und Colm hatte nur noch den Schrei gehört, den letzten Laut seines furchtlosen Sohnes.

Reglos hatte Alan dagelegen, die Augen halb geöffnet. Ein Blutstrom war aus seiner Nase gequollen, der Puls hatte noch einmal geflattert und war dann verloschen. Colm hatte nach dem Gärtner gebrüllt, der einen Krankenwagen rufen sollte. Sherry war mit wild blickenden Augen und kreideweißem Gesicht aus dem Haus gestürmt, während Paddy, der junge Gärtner, über den Rasen und die Beete hetzte, um Colms Befehl auszuführen. Colm wußte nicht mehr, wer sonst noch am Unfallort gewesen war. Er hatte Alans reglosen Körper in den Armen gehalten und ihn auch dann nicht losgelassen, als der Arzt den Tod festgestellt hatte. Doch noch nicht einmal da war er imstande gewesen, Tränen zu vergießen.

Nun, dachte Colm, die Welt ist kalt und Alan bei Gott. Morgen werde ich diese idiotische Reise fortsetzen, erst nach Mailand und dann nach Florenz. Um sieben Uhr fährt der TGV vom Gare de Lyon ab.

Warum tue ich das alles? fragte er sich. Einen Moment lang dachte er daran, die Reise abzubrechen und nach Hause zurückzufahren. Aber dort wartete ja niemand mehr auf ihn. Resigniert stellte er seinen kleinen Reisewekker, drehte sich um und versuchte zu schlafen.

5.

Paola verließ die Arztpraxis in der Via Guelfa und setzte Pasquale zu Hause ab. Der Arzt hatte ihn angewiesen, den Tag im Bett zu verbringen. Er würde zu Popmusikklängen seine Aufgaben erledigen; eine Fähigkeit, die Paola immer wieder in Erstaunen versetzte. Ihre Befürchtungen hatten sich bestätigt. Eine Operation war unumgänglich, die kranke Herzklappe mußte ersetzt werden. Warum muß gerade uns das passieren, dachte Paola, als sie den Wagen abschloß und in ihr Büro eilte. Wir haben uns doch gerade eben erst von Giovannis Tod erholt. Warum kann das Leben nicht so bleiben, wie es ist? Aber mein Sohn soll so schnell wie möglich operiert werden, und zwar von dem besten verfügbaren Chirurgen. Während sie auf den Fahrstuhl wartete, dachte sie an das Grundstück in Sizilien mit Blick auf den Ätna, fragte sich, wieviel es wohl einbringen würde und unterdrückte die Enttäuschung darüber, daß sie es noch vor der geplanten Erschließung verkaufen mußte. Giovanni war so sicher gewesen, daß sie mit dieser Investition ein Vermögen machen würden. Paola riß sich zusammen, betrat das Büro und lächelte der Sekretärin zu.

»*Buon giorno, Serena.*«

Serena teilte ihr mit, daß Signor Banderi, ihr Redakteur, sie zu sehen wünschte. Paola ging schnurstracks in sein Büro.

Antonio Banderis Schnurrbart bebte, als er Paola mit gespielter Entrüstung für ihr Zuspätkommen rügte und sich besorgt nach Pasquales Befinden erkundigte. Dann lobte er ihren letzten Artikel. Er würde nächste Woche erscheinen, sagte er, wenn bessere Fotos zur Verfügung stünden. Außerdem hatte er eine neue Aufgabe für sie, einen Artikel über Korruption bei der Polizei.

»Möchten Sie die hier gern rezensieren?« fragte er, als Paola sein Büro verlassen wollte, und deutete auf einen

Bücherstapel auf seinem Schreibtisch. Eines davon war eine Abhandlung über das Florenz des fünfzehnten Jahrhunderts, ihr Lieblingsthema. Sie liebte dieses Kapitel der Geschichte ihrer Stadt, als Handel und Kunst in voller Blüte gestanden hatten und der Name Medici gleichbedeutend mit politischer Macht und Förderung der schönen Künste gewesen war.

Paola nahm die Bücher mit in ihr Büro, setzte sich an ihren Schreibtisch und rief erst einen Immobilienmakler und dann ihre Freundin und Anwältin Cinzia an. Diese teilte ihr mit, daß das Grundstück in Sizilien jetzt offiziell auf dem Markt war.

»Und wie geht es Pasquale?« fragte Cinzia.

»Im Augenblick ganz gut. Die Medikamente zeigen noch Wirkung. Aber es gibt keinen Anlaß zum Jubeln. Je eher er operiert wird, desto besser.«

Um sieben Uhr morgens war der Gare de Lyon noch fast menschenleer. Colm warf einen Blick auf die Tafel mit den Abfahrtszeiten, stellte fest, daß der TGV von Gleis A abfuhr, trank auf die Schnelle einen Kaffee in einer Snackbar und begab sich dann zum Zug. Eine unbestimmte Abenteuerlust hatte ihn ergriffen.

Der TGV verließ den Bahnhof pünktlich. Die endlose Reihe Pariser Apartmentblocks wurde von Feldern und Wiesen abgelöst. Das Abteil war kühl und bequem, von der hohen Geschwindigkeit kaum etwas zu spüren. Colm hängte sein Jackett an den Haken neben dem Fenster und musterte seine Mitreisenden unauffällig. Die meisten von ihnen waren Geschäftsleute, die jetzt ihre Aktenkoffer öffneten und begannen, sich in irgendwelche Unterlagen zu vertiefen. Manche hatten auch Laptops dabei. Der ihm gegenübersitzende Mann war offenbar Buchhalter von Beruf. Colm versuchte, die Liste in seiner Hand, eine umfangreiche Gewinn- und Verlustrechnung, verkehrt herum zu entziffern, bis der Mann aufblickte und ihn irritiert ansah. Colm wandte seine Aufmerksamkeit wieder der Landschaft zu, die jetzt immer hügeliger und waldreicher wurde. Seine Ohren begannen zu schmerzen, als der Zug in den Tunnel vor Dijon einfuhr, und als er ihn wieder verließ, betrachtete Colm entzückt die unter ihm liegende Stadt und den See, auf dem vier weiße Schwäne ihre Runden zogen. Er hatte Dijon-Ville erreicht.

Gegen Mittag betrat Silvestro Paolas Büro und küßte ihr die Hand.

»*Cugina mia*«, sagte er liebevoll. »Darf ich dich heute zum Lunch ausführen?«

Paola zögerte. Ihr Blick blieb auf dem markanten, lächelnden Gesicht ihres Cousins haften.

»Ich muß kurz zu Hause anrufen und mich erkundigen, ob Pasquale ...«

Er nickte. Sie hob den Hörer ab, tippte die Nummer und hörte Pasquales Stimme.

»Wie geht es dir?«

»Prima. Ich mache gerade Französisch. Tommaso kommt gleich und bringt mir die Hausaufgaben vorbei.«

Tommaso war einer von Pasquales Freunden, der dieselbe Schule besuchte wie er.

»Ich bin zum Essen nicht da. Im Kühlschrank ist noch Pizza. Sag Tommaso, er soll sich ruhig bedienen. Ist das in Ordnung?«

»Ich bin doch kein Baby mehr«, meinte Pasquale beleidigt. »Natürlich ist das in Ordnung.«

»Bist du sehr müde?« wollte Paola fragen. »Wirst du anständig essen und dich dann ausruhen?« Aber sie hörte am Klang von Pasquales Stimme, daß sie auf solche Fragen nur eine schroffe Antwort erhalten würde. Sie dachte an die drei neuen Logiergäste, die gestern abend eingetroffen waren. Aber die waren den ganzen Tag außer Haus, sie würden ihren Sohn nicht stören.

Lächelnd drehte sie sich zu Silvestro um. »Ich bin soweit.«

Colm kam sich inzwischen nicht mehr vor wie ein Geist, der mit der realen Welt nicht mehr in Verbindung steht.

Überall um ihn herum saßen Geschäftsleute, arbeiteten an Laptops oder sprachen leise in ihre Handys. Das Abteil glich dank den Wundern der modernen Technik eher einem Büro als einem Eisenbahnwaggon, dachte er. Er lehnte den Kopf gegen das an der Rückwand angebrachte kleine Kissen und zog den Vorhang ein Stück zu, um das grelle Licht zu dämpfen.

Was hatten Robin und er damals unternommen, in all den Tagen vor dem letzten Akt des Dramas dort in Florenz? Er schloß die Augen und tastete sich weiter in das Labyrinth der Vergangenheit vor.

Als Colm am nächsten Morgen in Rom erwacht war, hatte er Robin bereits vollständig angekleidet am Fenster sitzend vorgefunden. Sie hatte einen Zeichenblock auf den Knien und einen Bleistift in der Hand, legte jedoch beides sofort weg und drehte sich zu ihm um.

»Gut geschlafen, Ire? Hattest du süße Träume?«

»Kann mich an keinen Traum erinnern.«

»Dafür hast du aber sehr merkwürdige Geräusche von dir gegeben.«

Colm bemerkte, daß sie sich die Haare gewaschen hatte. Ein Lächeln lag in ihren Augen.

»Hab' ich das?« entgegnete er sanft, obwohl ein Schatten über sein Gesicht huschte, und stieg aus dem Bett.

»Aber nur ganz leise«, versicherte ihm Robin, die spürte, daß sie einen wunden Punkt berührt hatte, hastig. »Wirklich!«

»Schon gut. Du hast mich nur an meine Schulzeit erinnert ...«

»Inwiefern?«

»Wir schliefen in einem großen Schlafsaal ... und wenn da einer schnarchte, bekam er Ärger mit den anderen. Mich haben sie einmal gefesselt und mit kaltem Wasser übergossen.«

»Wer sind ›sie‹?«

»Na, die anderen Jungs natürlich.«

»Sind sie dafür bestraft worden?«

»Nein.« Colm mußte lachen. »Wer würde ihnen ihr Verhalten auch verübeln? Mit Schnarchern kann niemand im selben Raum schlafen.«

»Da bin ich ja heilfroh, daß ich nicht schnarche. Erzähl mir mehr von deiner Schule.«

»An der war nichts Besonderes. Ein altes Herrenhaus namens Clonarty... der frühere Wohnsitz von Lord Montgomery und Lord Mayne...«

»Hört sich toll an.«

»Es war alles andere als toll. Es gab nur einen einzigen positiven Aspekt.«

»Und der wäre?«

»Man wurde abgehärtet. Dort haben sie einen Mann aus mir gemacht.«

»Na großartig«, spottete sie.

Er lächelte ihr zu und machte sich auf den Weg ins Bad.

Später, in Trastevere, sahen sie den Tauben zu, die auf ihren blutroten Füßchen über den Platz stolzierten. Sie hatten Ferdinandos Empfehlung, das La Rivetta, gefunden und saßen nun an einem Tisch in der Mittagssonne. Colm holte seine Karte aus dem Rucksack und breitete sie auf dem Tisch aus, während sie auf ihr Essen warteten.

»Wo möchtest du als nächstes hin?« fragte sie.

»Ach, es gibt so viel zu sehen, man weiß gar nicht, wo man anfangen soll. Aber ich will dich nicht aufhalten, wenn du es eilig hast, nach Florenz zu kommen.«

»Du hältst mich nicht auf. Ich halte mich höchstens selber auf.« Lachend richtete sie sich auf und schnitt eine Grimasse.

Er lächelte über ihre Faxen. »Muß doch nett sein, reich zu sein und tun und lassen zu können, was man will. Bei mir wird es Jahre dauern, bis ich mir wieder einmal eine Reise nach Italien leisten kann. Ich bin jetzt auch nur hier, weil meine Mutter mir etwas Geld hinterlassen hat. Nicht viel«, fuhr er hastig fort, »gerade genug, um klarzukommen.«

Robin knabberte an einem Zahnstocher. »Tja, und meine Leute haben zwar Geld wie Heu, aber ich selbst besitze keinen roten Heller.«

»Ich weiß. Und die Mafia ist hinter dir her, und dein reicher Daddy sucht dich.«

Ihre Lider flatterten, aber sie lächelte. »Genau so ist es.«

»Mach dir keine Gedanken. Das Essen geht auf mich.«

Robins Augen schimmerten plötzlich feucht. Aber Colm bemerkte es nicht, er war zu sehr mit der Karte beschäftigt. »Schau mal her«, sagte er, auf einen Punkt deutend. »Das ist die *autostrada del sole.* Wir könnten nach Neapel trampen und Pompeji und Herkulaneum besichtigen.« Als sie keine Antwort gab, hob er den Kopf und sah sie an. »Oder bist du so wild darauf, zuerst Florenz zu sehen?«

Sie wich seinem Blick aus. »Es ist nur so, daß ich mir vor ein paar Jahren einmal geschworen habe, eines Tages diese Stadt mit eigenen Augen zu sehen ... damals, als ich noch ein Kind war.«

»Du bist also der Meinung, jetzt kein Kind mehr zu sein.«

»Bestimmt nicht! Ich sagte dir doch, daß ich bald einundzwanzig werde!«

Colm betrachtete ihre sanft geschwungene Kinnlinie und kam zu dem Schluß, daß sie noch keine neunzehn, geschweige denn zwanzig Jahre alt sein konnte.

»Hör auf zu lügen. Deinem Aussehen nach zu urteilen wirst du demnächst höchstens zwölf«, fuhr er sie mit plötzlich aufkeimendem Ärger an.

»Achtzehn«, gestand sie nach kurzem Zögern grinsend und musterte ihn aus den Augenwinkeln heraus. »Wenn du schon unbedingt die Wahrheit wissen willst.« Mit den schalkhaft funkelnden Augen und den kleinen, unregelmäßigen Zähnen erinnerte sie ihn ein wenig an Kattie.

»Ich möchte ja auch nach Florenz. Aber Pompeji und Herkulaneum müssen faszinierende Städte sein – sie wurden vor über zweitausend Jahren unter Lava und Vulkanasche begraben ...«

»Schön und gut, aber es gibt interessantere Dinge auf der Welt«, widersprach Robin. »Zum Beispiel diese Brükke ...«

Colm wartete. Als sie nicht weitersprach, hakte er nach: »Welche Brücke?«

»Als ich dreizehn war«, begann Robin im Tonfall eines Menschen, der sich wünscht, er hätte den Mund gehalten, »fand ich auf dem Bürgersteig eine aus einem Reiseprospekt herausgerissene Seite. Darauf war das Foto der verrücktesten Brücke, die ich je gesehen habe ... der Ponte Vecchio in Florenz.« Sie blickte ihn herausfordernd an. »Auf dieser Brücke gibt es Geschäfte! Ich fand sie wunderbar, und ich möchte unbedingt einmal darüber gehen. Aber fahr du ruhig nach Pompeji weiter, und ich reise nach Florenz.«

Er musterte sie nachsichtig. »Ganz schön mutig von dir.«

»Wie meinst du das?«

»Das liegt doch auf der Hand ... du bist erst siebzehn Jahre alt und reist ganz alleine kreuz und quer durch Italien, nur weil du mal ein Bild von einer alten Brücke gesehen hast. Dein Vater muß außer sich vor Sorge sein.«

»Ist nicht seine Art.«

In ihrer Stimme schwang ein nervöser Unterton mit, der bedenklich nah an Angst grenzte. Plötzlich wurde Colm von dem Wunsch beseelt, sie zu beschützen. »Okay«, sagte er. »Ich gehe mit dir nach Florenz. Pompeji und Herkulaneum können warten.«

Ihre Spaghetti Carbonara wurden serviert, zusammen mit Salat, zwei Flaschen Bier und einem Korb mit Brot. Sie aßen schweigend. Ihr Tisch stand unter einem Sonnenschirm; neben ihnen tanzten die Strahlen der heißen Sonne über das bröckelige Pflaster und den Springbrunnen in der Mitte des Platzes, der hohe Wasserfontänen in die Luft schleuderte. Alte Häuser, deren Fensterläden zum Schutz gegen die Mittagshitze geschlossen waren, blickten schweigend auf sie herab. Die Szene strahlte einen heiteren, zeitlosen Frieden aus.

Robin beendete ihre Mahlzeit, lehnte sich zurück, rückte ihre Sonnenbrille zurecht und blickte sich um. Der Platz lag verlassen da, nur in einem anderen kleinen Restaurant ganz in der Nähe saßen ein paar Menschen im Schatten und aßen zu Mittag. Robin warf die Brotkrümel den Tauben und Spatzen zu, die sofort herbeigeflattert kamen, als hätten sie nur auf ihren Anteil gewartet.

Sie sah ihnen dabei zu, wie sie die Bröckchen aufpickten.

»O Gott, es ist so herrlich hier«, flüsterte sie dann. Colm hörte, wie ihre Stimme zitterte, doch ihr Gesicht hinter der Sonnenbrille blieb undurchdringlich.

»Danke für das Essen«, sagte sie nach einer Weile, sich zu ihm umdrehend. »Du bist großzügig und freundlich. Wenn ich mal mein Millionenerbe antrete, werde ich mich revanchieren.«

Colm lachte und sagte, sie solle ihre Millionen nur behalten. »Irgendwann werde ich selbst einen Haufen Geld verdienen.«

»Das glaub' ich dir gern. Du bringst alle nötigen Voraussetzungen mit. Muß an den schlimmen Erfahrungen während deiner Schulzeit liegen, die haben dich so hart gemacht.«

»Ach, das«, wehrte Colm peinlich berührt ab. »Da hab' ich wohl ein bißchen übertrieben. Du mußt nicht alles wörtlich nehmen, was ich sage.«

Robin wartete darauf, daß er weitersprach. Als er beharrlich schwieg, fuhr sie auf: »Red mit mir, um Himmels willen, und spiel nicht den Geheimnisvollen!« Dann fügte sie provozierend hinzu: »Erzähl mir doch von deiner ersten großen Liebe.«

Colm blickte sie überrascht an. Sie spielte die Rolle der kaltschnäuzigen Abenteuerin für gewöhnlich so gut, daß das Wort Liebe aus ihrem Mund irgendwie unpassend wirkte. Aber die sehnsüchtige Art, mit der sie es aussprach, ließ ihn an ein Kind denken, das verzweifelt nach einem Beweis für die tatsächliche Existenz von Liebe sucht.

»Oder hast du dich vielleicht noch nie verliebt?« bohrte sie weiter. »Na ja, mir kann's ja egal sein.«

»Ach wirklich?« spottete Colm. »Bist du denn selbst schon mal verliebt gewesen? Du scheinst mir nämlich nicht der Typ dazu zu sein.«

Robin schwieg. Colm spürte, daß er einen wunden Punkt berührt hatte, ohne jedoch zu wissen, warum.

»Wieso bin ich nicht der Typ dafür?« wollte sie dann wissen.

»Weil du zu stark und unabhängig wirkst, um auf diesen Quatsch hereinzufallen.«

»Irrtum, mein Lieber«, erwiderte Robin. »Ich war tatsächlich schon einmal verliebt, und zwar in meinen Kunstlehrer. Er hat mir von Italien erzählt, von Botticelli und anderen bedeutenden Künstlern, und er wußte alles über die Ponte Vecchio.«

Colm machte ein interessiertes Gesicht. »Und was hat dir dieser Wunderknabe sonst noch alles beigebracht?«

»Wenn du mir von deiner ersten Liebe erzählst«, beschied Robin ihn knapp, »dann erzähle ich dir auch von meiner.«

Colm stand vor einem schwierigen Entschluß. Entweder gab er nun einen Teil der Wahrheit preis, oder er schwieg weiterhin. Er dachte an Kattie Clohessy. Es drängte ihn schon lange, über sie zu sprechen, sich zumindest einen Teil seines Kummers von der Seele zu reden. Und Robin war eine Fremde. Sie würde bald wieder aus seinem Leben verschwunden sein.

»Als ich zwölf Jahre alt war«, begann er zögernd, »da verliebte ich mich in ein Mädchen namens Catherine Clohessy.« Er blickte seine Gefährtin an, die ihm aufmunternd zunickte. »Das war in dem Jahr, bevor ich auf die Schule geschickt wurde. Catherine war eine Freundin meiner Schwester Alice. Ich habe ihr sogar Liebesgedichte geschrieben.«

Er erwartete ein geringschätziges Schnauben ihrerseits, aber sie flüsterte nur leise: »Das finde ich schön …«

»Diese speziellen Gedichte hatten allerdings ein Nachspiel«, bemerkte Colm trocken.

Himmel, dachte er ärgerlich, warum rede ich bloß darüber? Ich will mich doch gar nicht daran erinnern, ich will nur vergessen!

Einst war Colms Leben in geregelten Bahnen verlaufen. Er lebte auf einem kleinen Bauernhof, und seine Mutter Maura, die, angetan mit einer Kittelschürze, stets irgendwie im Haus beschäftigt war, kümmerte sich besonders liebevoll um dieses Kind, das sie dem Tod abgerungen hatte. »Wie geht es dir heute, *a cushla?* Setz dich und erzähl mir von deinem Tag.«

Der Hof lag inmitten einer flachen, nur von kleinen Hügeln durchsetzten Landschaft. Steinmauern trennten die einzelnen Felder voneinander. Das zum Hof gehörende Ackerland war gut und fruchtbar; Generation um Generation hatte es sorgfältig bearbeitet und regelmäßig gedüngt. Auch die Weiden lieferten ausreichend Gras und Heu, obwohl der Sureen im Winter meist über die Ufer stieg und die unteren Felder überschwemmte. Im Frühjahr blühten Narzissen in dem Waldstück am Rand der Farm, das die Iren Seomra Mór nannten. Im Sommer tauchte die Sonne die Felder in einen goldenen Schein, und zur Erntezeit wehte der Wind den würzigen Duft frischgemähten Heus über das Land. Im Wald hauste eine Horde wilder Katzen, die im Winter auf ihrer Suche nach Futter bis ans Haus kam. Eines Tages wurde ein Jagdtrupp zusammengestellt, um der Plage Herr zu werden.

»Die armen Katzen!« hatte Colm mitleidig ausgerufen. Er selbst hatte an der Jagd nicht teilnehmen können, weil er sich nicht wohl fühlte, aber sein Vater, Liam und Alice waren mitgegangen. Sein Vater haßte es, wenn Colm sich nicht wohl fühlte. Es fiel ihm schwer, seinen Ärger und seine Enttäuschung darüber zu verbergen, daß sich die Liebe seiner Frau fast ausschließlich auf dieses schwächliche Geschöpf richtete, dem sie das Leben geschenkt hatte.

»Sie haben alle irgendwelche Krankheiten«, tröstete ihn seine Mutter, als sie ihm sein Essenstablett brachte. »Es ist gnädiger, sie von ihrem Leid zu erlösen.«

Zwischen seinen Geschwistern herrschte eifersüchtige Rivalität, da sie beide ein Auge auf das Land geworfen hatten, obgleich von vorneherein feststand, daß der robuste, hart arbeitende Liam es bekommen würde, nicht Alice, die mit dem schwerwiegenden Makel behaftet war, eine Frau zu sein.

»Geh mir bitte mit deinem Genörgel nicht auf die Nerven!« schalt Mrs. Nugent ihre Tochter oft. »Du wirst ohnehin eines Tages heiraten und dann auf dem Hof deines Mannes leben.«

»Vielleicht werde ich nie heiraten, und vielleicht möchte ich ja gar nicht auf dem Hof meines Mannes leben!«

Die Auseinandersetzungen zwischen Alice und ihrer Mutter bewegten sich ständig im Kreis. Alice stellte Mauras Ansichten immer wieder in Frage, Maura dagegen hielt hartnäckig am Althergebrachten fest. Doch trotz aller Streitigkeiten liebte Alice ihre Mutter von ganzem Herzen, und all ihre Widerspenstigkeit war nichts weiter als ein Schrei nach Aufmerksamkeit, Anerkennung und Zuwendung.

Ein Jahr nach seinem Ausschluß aus der Schule starrte Alice Colm am Totenbett ihrer Mutter mit schneeweißem Gesicht anklagend an. Sie machte ihn für Mauras Tod verantwortlich, um die Schuld nicht auch bei sich selbst suchen zu müssen.

Aber auch Liam und sein Vater verurteilten Colm. Ihr verbittertes Schweigen sagte alles. Als deine Mutter noch am Leben war, hast du mit deinen ständigen Krankheiten ihre ganze Aufmerksamkeit beansprucht, stand in ihren kalten Augen geschrieben. Jetzt ist sie für immer fort und wird uns niemals mehr den uns zustehenden Teil an Liebe schenken.

Und die unfreiwillige Zeugin all dieses Leides war die kleine Catherine Clohessy gewesen, Alices beste Freundin.

Später fragte sich Colm oft, welche Farbe ihr Haar damals wohl gehabt hatte. Später hatte sie es kupferfarben getönt, aber in ihrer Kindheit war es von einem undefinierbaren Mausbraun gewesen.

Immer, wenn sie über das Wochenende aus Kilgarret zu Besuch kam, lächelte sie Colm aus ihren strahlendblauen Augen an.

»Wie geht's dir, Colm?« Und später flüsterte sie gewöhnlich: »Komm, laß uns zu deiner Burg gehen.«

Colms Burg bestand aus einer Ansammlung übereinandergeschichteter Steine auf der hintersten Weide, die mit Moos und Flechten überzogen waren. Dieser Unterschlupf bildete sein bevorzugtes Versteck, bot ihm Zuflucht vor den Widrigkeiten der Welt. Kattie Clohessy hatte ihn schon bald dort aufgespürt und saß nun oft bei ihm, um seinen Geschichten von Finn McCumhaill und anderen großen Helden der irischen Mythologie andächtig zu lauschen, mit ernstem Gesicht und im Schoß gefalteten Händen. Dieses Idyll dauerte so lange an, bis Alice es störte. »Nun komm schon, Kattie, oder willst du etwa die ganze Zeit mit einem *Jungen* spielen?«

Manchmal, wenn er flink genug war, gelang es Colm, sich in seiner Burg zu verstecken, wenn Pater Doran zu Besuch kam. Der Priester fand sich häufig auf dem Nugent-Hof ein, und Mrs. Nugent behandelte ihn stets mit äußerster Ehrerbietung, bot ihm Sherry und Gebäck an und kochte Tee. Wenn alle Ausweichmanöver nichts gefruchtet hatten, wurde Colm meist mit dem Priester im Salon alleingelassen. Dieser diskutierte mit seinem Schützling dann spirituelle Fragen und warnte ihn häufig vor den Versuchungen, denen ein Junge auf der Schwelle zum Erwachsenwerden ausgesetzt war. Colm selbst wollte nicht über seine sündigen Gedanken sprechen, was der Priester auch immer darunter verstehen mochte. Seine Zunge schien sich dann in seinem Mund zu verknoten, und er brachte kaum ein Wort über die Lippen. Trotzdem nahm er die Macht des Klerus als ebenso gegeben hin wie den Wechsel der Jahreszeiten oder die Tatsache, daß jeder Mensch einmal sterben mußte. Doch Pater Doran, dieser asketische Priester, dem Colm oft als Meßdiener zur Hand ging, hatte ihn schon als potentiellen Kandidaten für das Priesterseminar auserkoren und behandelte ihn wie einen vielversprechenden Novizen in der geheimnisvollen Welt der Kirchenpolitik. »Aus dir werden wir noch einen Bischof machen, Colm!« All diesen Gesprächen haftete ein verschwörerischer Hauch an; ein Priester gab seine Erfahrungen an einen künftigen Priester weiter.

»Wo ist denn Colm schon wieder … drückt sich vor der Arbeit, wie üblich!« pflegte Alice mißmutig zu sagen, woraufhin ihre Mutter sie rasch zum Schweigen brachte.

»Still jetzt … er ist mit Pater Doran im Salon.«

Nachdem sie ihren Sohn in einem langen, schweren Kampf vor dem Tod bewahrt hatte, machte Maura Nugent aus ihrem Stolz auf ihn kein Hehl. Sie war blind für die Eifersucht seiner Geschwister, blind für die Art, wie sie ihn ganz offenkundig bevorzugte, blind für den sehnsüchtigen Wunsch ihres Mannes, mehr für sie zu sein als bloßer Ernährer und widerwillig geduldeter Bettgenosse.

Maura verlieh ihren Hoffnungen und Träumen nur selten laut Ausdruck. Doch Colm sollte Priester werden, womit sie selbst das höchste Ziel erreicht hätte, das sie sich im Leben vorstellen konnte. Träumte sie davon, vor ihrem eigenen Kind niederzuknien, um am Tag seiner Weihe von ihm gesegnet zu werden? Sie betrachtete jedenfalls häufig die Fotos in den Zeitungen, auf denen vom Alter gebeugte Eltern mit gesenkten grauen Köpfen vor ihren Söhnen auf den Knien lagen.

Aber Colm wollte gar kein Priester werden. Seine Gedanken drehten sich um weltlichere Dinge; und als er zwölf war, fast ausschließlich um Kattie. Aber er konnte mit seiner Mutter nicht darüber reden, weil er sie nicht verletzen wollte. Stets hatte sie ihn in Schutz genommen und vor dem Zorn seines Vaters bewahrt, wenn er zu krank war, um auf dem Hof zu helfen. »Der Junge wird eines Tages Priester werden! Laß ihn in Ruhe … sein Platz ist in den Diensten Gottes!«

Sonntags schlüpfte sie in ihren guten Mantel und setzte ihren Hut auf. Ihr Mann Tom fuhr den alten Ford Prefect vor und brachte sie alle zur Kirche. Das Auto konnte man schon von weitem hören, ihm fehlte der Auspufftopf, aber Tom Nugent sah keinen Grund, Geld für einen neuen aus dem Fenster zu werfen. Gelegentlich gab der Wagen auch laute Fehlzündungen von sich, die die Pferde vor ihren Karren so erschreckten, daß sie sich im Geschirr aufbäumten.

Für Colm jedoch nahte der Höhepunkt des Sonntagnachmittags, wenn Kattie Clohessy mit ihren Eltern in einem Austin eintraf, der weder stotterte noch sonst irgendwelche merkwürdigen Geräusche von sich gab. An einem solchen Sonntagnachmittag war sie einmal mit ihm zum Angeln gegangen und hatte, während die selbstverfertigte Angel im Wasser tanzte, die Sonne heiß vom Himmel brannte und die Bäche leise murmelten, sich zu ihm gebeugt und ihn geküßt.

Der Rektor der Dorfschule, Mr. Roche, hatte Tom und Maura Nugent immer wieder versichert, Colm sei ein aussichtsreicher Kandidat für ein Stipendium. »Der Junge wird es noch weit bringen. Denken Sie an meine Worte. Er hat einen wachen Verstand und ein unfehlbares Gedächtnis.«

Im Alter von zehn Jahren, als ihn ein Anfall von akutem Gelenkrheumatismus, gefolgt von einer schweren Lungenentzündung, monatelang ans Bett fesselte, las Colm von morgens bis abends, verschlang gierig jedes Buch, das man ihm gab, und löste schwierige mathematische Probleme im Kopf. Mr. Roche, der es sich angewöhnt hatte, jeden Tag vorbeizuschauen und sich von den Fortschritten seines Musterschülers zu überzeugen, brachte ihm Bücher aus der Bücherei mit, weil Colm über den gängigen Lehrstoff der Schule weit hinaus war. Da von ihm nichts anderes erwartet wurde, als wieder zu Kräften zu kommen, hatte der Junge genug Muße, seinen Intellekt zu schulen. Hauptsächlich aber lernte er deshalb so eifrig, um seinen Vater zu beeindrucken, der kränkliche Kinder verabscheute.

Am Ende gelang es ihm zumindest, sich Tom Nugents widerwilligen Respekt zu verschaffen. Sein Vater begriff wohl, daß es außer der körperlichen auch noch andere Arten anstrengender Arbeit gab, und er wußte auch, daß eine fundierte Bildung eine Grundvoraussetzung auf dem Weg zu Erfolg und Wohlstand war.

Als Colm ein Stipendium für die höhere Schule gewann, feierte die Familie ein Fest. Seine Mutter kochte und briet den ganzen Tag und lud dann den Rektor, Pater Doran und die Nachbarn ein. Alle diskutierten eifrig darüber, welche Schule er nun besuchen sollte.

»Ein Internat ist das Beste für einen Jungen«, erklärte Pater Doran bestimmt. »Dort macht man einen Mann aus ihm.« Die ganze Gesellschaft nickte beifällig. Die Männer hatten dem Whiskey reichlich zugesprochen, die Frauen Sherry getrunken. Ihre Gesichter glühten.

Colm empfand sowohl Stolz als auch Trauer. Bald würde er viele Meilen von seiner großen Liebe entfernt sein und sie nur während der Ferien sehen können.

»Im Clonarty College ist er gut aufgehoben«, fuhr Pater Doran fort. »Es ist eine der besten Schulen des Landes. Sie sollten sich so bald wie möglich mit dem Direktor in Verbindung setzen. Wenn Sie möchten, kann ich einen Termin für Sie vereinbaren.«

Nach dem Essen entschuldigte sich Colm und lief ins Freie, rannte aber nicht zu seiner Burg, wo man vielleicht nach ihm suchen würde, sondern zu dem verfallenen Bergfried aus der Normannenzeit, der auf Johnny Munroes Grundstück stand, direkt neben der Steinmauer, die Johnnys Land von dem der Nugents trennte. Er lehnte sich mit dem Rücken gegen das alte Gemäuer und versuchte nachzudenken, konnte jedoch keinen klaren Gedanken fassen. Zu viel war innerhalb kürzester Zeit auf ihn eingestürmt. In der Ferne hörte er Autos auf der Hauptstraße vorüberrauschen, und gelegentlich riß ihn das Schreien von Johnnys Esel unsanft aus seinen Grübeleien. Colm wußte nicht, wie lange er schon so dagesessen und das Spiel von Licht und Schatten auf den Feldern beobachtet hatte, als er sich der Gegenwart eines anderen Menschen bewußt wurde. Es war Johnny Munroe persönlich. Er saß auf einem umgestürzten Baum und starrte blicklos in die Ferne.

Colm hüstelte. »Hallo, Johnny ... ich hab' dich gar nicht gesehen.«

»Herrlicher Tag heute«, sagte Johnny, drehte sich um und durchbohrte den Jungen mit seinen seltsam wissenden Augen. »Sie schicken dich also fort, nicht wahr?«

»Ja.«

Colm wartete darauf, daß der alte Mann ihm gratulierte oder sonst irgendeinen Kommentar abgab, doch Johnny bewegte nur lautlos die Lippen, als sei er in ein Selbstgespräch vertieft.

»Ich werde das Clonarty College besuchen«, sagte Colm schließlich und erhob sich. In Johnnys Gegenwart fühlte er sich stets etwas unbehaglich.

»Gib gut auf dich acht, mein Sohn«, erwiderte der Alte bedächtig. »Vertraue niemandem. Kummer und Schmerz erwarten dich ...«

Als Colm nach Hause kam, berichtete er seiner Mutter von der Begegnung.

»Dieser Johnny Munroe ist nicht ganz richtig im Kopf. Hör einfach nicht auf ihn.«

Das kirchliche Jungeninternat Clonarty war von einem weitläufigen Parkgelände umgeben. Man erreichte das altehrwürdige georgianische Herrenhaus über eine lange, gewundene Auffahrt, die von der Hauptstraße abzweigte. Hinter dem Gebäude, zur Südseite hin, lag eine große Terrasse, dahinter ein eingezäunter Garten. Das Haus besaß eine wunderschöne, schwarzweiß geflieste Halle. Eine prachtvolle Treppe führte von dort in den oberen Stock.

Als Colm mit seinen Eltern zum Vorstellungsgespräch eintraf, wurden sie in die Bibliothek gebeten, einen großen Raum voll deckenhoher Regale, vollgestopft mit alten, ledergebundenen Büchern. In eine Wand war ein marmorner Kamin eingelassen, und durch die hohen Fenster blickte man auf die Terrasse hinaus. Colm hörte, wie seine Mutter vernehmlich den Atem einsog, und spürte die säuerliche Anerkennung seines Vaters, der sich, seine Tweedkappe zwischen den Händen drehend, schweigend umsah.

Der Direktor legte Colm eine Hand auf die Schulter. »Wir haben ja schon viel von dir gehört, Colm.«

Colm war froh, daß sein Vater aufmerksam zuhörte. Es war einer der seltenen Momente, in denen sein Sohn für ihn wirklich existierte, und ein Gefühl von Triumph stieg in ihm auf. Er hatte es ganz allein bis hierher geschafft; war den ganzen langen Weg ohne fremde Hilfe gegangen. Sein Lerneifer und sein nie versiegender Wissensdurst hatten ihm letztendlich den gewünschten Erfolg beschert.

Das Studieren war Colm zur zweiten Natur geworden; es hatte ihm über die langen Monate der Krankheit hinweggeholfen. Er hatte seine Isolation bekämpft, indem er sich mit den Helden der Literatur identifizierte, knifflige mathematische Probleme löste oder sich in die mystischen Tiefen der Poesie versenkte. Eine normale Kindheit war ihm verwehrt geblieben, aber er hatte Leben, Farbe, Herausforderungen und schöpferische Kraft in unzähligen Büchern gefunden. Doch unbewußt hatte er sich dadurch auch eine beinahe viktorianische Weltanschauung zu eigen gemacht, hatte starre Richtlinien verinnerlicht, die vornehmlich auf Pflichterfüllung und Ehre basierten.

»Er wird uns sicher nicht enttäuschen«, sagte Colms Mutter zu dem Direktor, wobei sie ihren Sohn bewundernd anblickte. »Er ist ein außergewöhnlicher Junge ... und das sage ich nicht nur, weil er mein Sohn ist.« Tom Nugent trat unbehaglich von einem Fuß auf den anderen, aber der Direktor nickte nur.

Dann wurden sie durch das Schulgebäude geführt. Die Schlafsäle, Klassenräume und die Turnhalle waren in den ehemaligen Stallungen untergebracht, Krankenstube, Kapelle und die Studierzimmer lagen im großen Haus, in dem auch die Priester wohnten. Auf dem Weg zur Kapelle kamen sie an einer weit offenstehenden Tür vorbei und warfen einen neugierigen Blick hinein. Der Raum war groß und mit einem runden Tisch sowie zahlreichen Lehnstühlen möbliert.

»Das ist der Gemeinschaftsraum«, erklärte der Direktor, »der von allen Mitgliedern unserer Schule genutzt wird. Natürlich stehen den Schülern darüber hinaus noch Studierzimmer zur Verfügung, wo sie ihre Aufgaben erledigen können.« Er wies auf eine Reihe von Mahagonitüren. An vielen prangten Namensschilder.

»Haben Sie vielen Dank, Pater«, sagte Maura Nugent, als sie sich verabschiedeten. »Ich sehe schon, daß Colm bei Ihnen in guten Händen ist.«

Der Direktor nickte höflich. »Ich versichere Ihnen, daß wir gut für ihn sorgen werden. Wir sehen uns dann im September, Colm.«

In diesem Moment kam ein wohlbeleibter, mit einer Soutane bekleideter Priester durch die Eingangstür des Gebäudes und schritt durch die Halle. Er blickte erst Colm an, dann den Direktor.

»Pater Madden«, sagte dieser, »ich möchte Ihnen Colm Nugent vorstellen, einen unserer neuen Schüler.«

Colm schüttelte die ihm dargebotene Hand und blickte in ein fleischiges, gönnerhaftes Gesicht und ein Paar leicht blutunterlaufene graue Augen. Pater Madden reichte Colms Eltern die Hand. »Ich bin der Vorsteher des Hauses, in dem Colm untergebracht werden wird«, erklärte er jovial. »Wir teilen unsere Schüler auf mehrere Häuser auf, das führt dazu, daß die Jungen ständig im Wettstreit miteinander liegen ... so werden sie bei der Stange gehalten.«

»Pater Madden ist ein anerkannter Autor«, warf der Direktor ein. »Er gilt als Experte für frühe irische Geschichte.«

Colm sah seinen Eltern an, wie beeindruckt sie waren. »Wie wundervoll, Bücher schreiben zu können«, schwärmte Maura Nugent dann auch prompt.

»Das wiederum hält *mich* bei der Stange«, lachte Pater Madden, strich Colm unmerklich über den Kopf und ging weiter.

Colm mißfiel die leichte Berührung. Er sah seine Eltern stolz lächelnd nicken, doch ihm selbst kam es einen Moment lang so vor, als habe sich ein dunkler Schatten über seine Seele gelegt, eine böse Ahnung, ein Vorgeschmack drohenden Unheils.

Wieder zu Hause auf dem Hof angelangt, stellte sein Vater den Wagen ab und summte dabei vergnügt vor sich hin. Maura Nugent eilte in ihre Küche, legte den Mantel ab, band sich ihre Schürze um und begann, das Abendessen zuzubereiten. Liam und Alice saßen bereits am Tisch, begierig darauf, die Neuigkeiten zu hören. Packy Flynn, der mit dem Melken fertig war, betrat die Küche, um sich die Hände zu waschen, und spitzte gleichfalls neugierig die Ohren.

»Na, das sind ja tolle Neuigkeiten!« rief er dann, nahm seine schmierige Kappe ab und legte sie auf ihren Stammplatz auf dem Fensterbrett, ehe er am Tisch Platz nahm. »Is' ja 'ne große Sache, auf so 'ne Schule gehen zu dürfen! Aber eins tät mich doch mal interessieren: Was fangen denn all diese Priester abends mit sich an? 's sind doch erwachsene Männer, un' die sitz'n nur so rum un' starren sich gegenseitig an? Hört sich ungesund an, wenn ihr mich fragt.«

»Nun halt aber den Mund, Packy«, befahl Maura Nugent scharf. »Das sind heilige Männer, die kannst du nicht mit dir und deinesgleichen vergleichen.«

»Wenn Sie's sagen, Ma'am«, brummte Packy, konnte aber nicht umhin hinzuzufügen: »Aber trotzdem sind's und bleiben's doch Männer.«

Die Schuluniform erstanden sie in Dublin; einen grauen Pullover und ein graues Hemd nebst gestreifter Krawatte. Zum erstenmal in seinem Leben trug Colm lange Hosen, das Symbol der Männlichkeit, und er platzte beinahe vor Stolz, als er sich im Spiegel betrachtete.

Einen neuen Koffer und andere notwendige Kleinigkeiten kauften sie bei Clohessy's. Dan Clohessy bediente sie höchstpersönlich und räumte ihnen einen großzügigen Rabatt ein.

»Viel Glück, Colm«, flüsterte Kattie ihm zu, als die Einkäufe im Kofferraum des Wagens verstaut wurden. »Arbeite nicht zu viel … und schreib mir mal.«

Er lächelte sie an. Hübsch sah sie aus, fand er. Sie war gewachsen, war jetzt fast so groß wie er, und ihre Brüste begannen sich allmählich zu runden.

»Mach' ich …«

Sie blieb vor dem Laden stehen und winkte. Colm drehte sich um und nahm das Bild des lächelnden, winkenden Mädchens in sich auf, bis der Wagen um eine Kurve bog und er sie nicht mehr sehen konnte.

In den nächsten Tagen herrschte in dem Haus in Ballykelly hektische Betriebsamkeit. Colms Koffer lag im Salon auf dem Boden und wurde sorgfältig mit seiner neuen Bettwäsche, Leinentaschentüchern, Eßbesteck, Pyjamas, einem Bademantel, Hausschuhen, Handtüchern, Toilettenutensilien, Rugbystiefeln, grauen Pullovern, langen Hosen und Hemden gepackt. Die Schule stellte längst nicht alle Artikel des täglichen Bedarfs, aber Colms Vater hatte widerspruchslos alles bezahlt, was sein Sohn benötigte.

Maura Nugent trällerte Schlager vor sich hin und benahm sich so ausgelassen wie ein junges Mädchen. Auch Thomas Nugent wirkte sichtlich entspannt. Wohlgefällig betrachtete er die sichtbaren Anzeichen dafür, daß sein Sohn zu Höherem berufen war. Am Abend vor Colms Abreise nahm er ihn bei den Schultern und sagte mit der Miene eines Mannes, der Ehrgeiz und Lerneifer widerwillige Anerkennung zollt: »Viel Glück, mein Junge!« Und nickte dazu, wie er es immer tat, wenn irgendeine wichtige Angelegenheit sein Urteil erforderte.

Thomas Nugents ungewohnte Redseligkeit setzte sich auch auf dem Weg zur neuen Schule seines Sohnes fort. »Du hast eine Chance bekommen, die dein Leben verändern kann, Colm. Sei klug und nutze sie auch!«

Maura mußte an diesem Tag zu Hause bleiben. Es galt, das Essen für die Tagelöhner zuzubereiten, die bei der Kartoffelernte halfen, und obgleich Moll Flannery von einer der Nachbarfarmen ihr dabei zur Hand ging, hatte Maura sich noch nicht einmal für ein paar Stunden freimachen können. Aber Colm sah die Tränen, die in den Augen seiner Mutter schimmerten, als sie ihn zum Abschied küßte. Er wußte, wie schwer es ihr fiel, ihn gehen zu lassen.

»Auf Wiedersehen, mein Sohn. Gott sei mit dir!« sagte Maura dann mit fester Stimme.

Eine Stunde später passierte der alte Ford Prefect die massiven Tore des Clonarty Colleges.

Über dem Gelände lag eine fast festliche Atmosphäre. Eine ganze Autoflotte parkte bei den ehemaligen Stallungen. Die neuen Schüler und ihre Eltern waren eifrig damit beschäftigt, Koffer auszuladen und zu den Schlafsälen zu schaffen. Alte Klassenkameraden begrüßten sich lautstark. Inmitten dieses Gewimmels stellte Colms Vater sein altersschwaches, knatterndes Vehikel ab und wuchtete den Koffer aus dem Kofferraum. Einige der Jungen starrten ihn neugierig an. Colm stieg aus, sah sich um und begegnete vielen forschenden Blicken. Er hatte das Gefühl, schweigend gemustert und vielleicht nach seinem Vater und dessen klapprigem Auto beurteilt zu werden. Tom Nugent, der sich anscheinend nicht wohl in seiner Haut fühlte, packte seinen Sohn unsicher bei den Schultern.

»In ein paar Wochen kommen wir dich besuchen. Lerne fleißig und nutze deine Zeit gut. Vergiß nicht, Zeit ist Geld ... hat man sie vertan, kann man sie nicht mehr zurückholen.«

So begann sie, die fast militärische Disziplin des Internatslebens: Aufstehen um sieben Uhr, Licht aus um halb zehn, Unterricht, Sport, Freizeit. Jede Minute des Tages wurde von Priestern mit weißen Kragen und langen Soutanen überwacht. Colm kam in eine Klasse von achtundzwanzig Schülern, unter ihnen viele, die er von früher kannte. Er war dem Haus St. Finbar zugeteilt worden. Insgesamt gab es vier Häuser, alle nach verschiedenen Heiligen benannt.

Er begriff schnell, daß er hier in der Rangordnung ganz unten stand und somit für viele als Freiwild galt. Er zeichnete sich weder beim Rugby noch beim Baseball aus, fühlte sich unter den vielen selbstbewußten jungen Burschen ziemlich unsicher, und auch seine geistigen Fähigkeiten machten ihn hier nicht automatisch zum Star der Klasse. Nur noch selten kamen ihm Lobesworte wie jene, die sein alter Rektor seiner Mutter gegenüber oft geäußert hatte, zu Ohren.

Das Internatsleben war nicht im entferntesten so, wie er es sich vorgestellt hatte. Er hielt die Schule für einen kalten, freudlosen, einsamen Ort, aber er beschloß, das Beste daraus zu machen, und stürzte sich mit Feuereifer auf seine Studien. Er glänzte im Englischen, besonders, was Aufsätze und Gedichte betraf, und er liebte Mathematik, Geschichte und Geografie. Seinen Klassenkameraden war er weit voraus; die Zeit, die er lesend und lernend im Krankenbett verbracht hatte, hatte ihm einen ungeheuren Vorsprung verschafft.

Eines Tages entrollte Pater Canning im Geografieunterricht eine Karte von Italien, hängte sie an die Tafel und fragte, wer ihm etwas über das Land erzählen könne.

Colm hob die Hand. Er war der einzige, der sich meldete.

Nachdem der verblüffte Pater Canning einem für einen Schüler im ersten Jahr überraschend sachkundigem Vortrag gelauscht hatte, fragte er, ob Colm selbst schon einmal in Italien gewesen sei.

»Nein, Pater, ich habe nur darüber gelesen. Aber ich möchte unbedingt einmal dorthin fahren.«

»Kannst du mir die wichtigsten Städte Italiens nennen?«

»Die Hauptstadt ist Rom, Mailand das industrielle Zentrum, aber auch Florenz ist aufgrund seiner Kunstgalerien und alten Kirchen sehenswert.« Colm trat vor und zeigte auf einen Punkt auf der Karte. »Hier liegt es.«

Pater Canning zog die Brauen hoch. »Was weißt du denn über Florenz?«

»Florenz war einst eine Republik, bis eine reiche Familie, die Medici, an die Macht kam. Sie förderte Maler und Bildhauer. Und dann gab es auch noch einen Mönch, der öffentlich die Lebensweise der Menschen anprangerte, bis sie alle ihre Luxusgegenstände verbrannten. Er war das, was man einen Bußprediger nannte, und schließlich brachte er die Leute so gegen sich auf, daß man ihn hinrichten ließ.«

»Meinst du Savonarola?«

»Ja.«

»Gut gemacht, Colm!«

Mit einem triumphierenden Lächeln setzte sich Colm

wieder auf seinen Platz. Aber seitens seiner Klassenkameraden kam kein anerkennendes Murmeln, nur hier und da war ein unwilliger Zischlaut zu hören. Er kannte das Gesetz des Dschungels noch nicht – nur die Stärksten überlebten, und jeder hatte seinen Platz zu kennen. Colm wußte das noch nicht, aber er sollte es bald lernen.

»Schläfst du, Colm?« ertönte Robins Stimme neben ihm. Die Sonne stand jetzt so, daß der Schirm ihre Schultern nicht länger schützte. Helles Licht fiel auf den heilenden Sonnenbrand.

»Nein.«

»Du wolltest mir doch von deinen Gedichten erzählen ... du sagtest, sie hätten ein Nachspiel gehabt, und plötzlich bist du mittendrin verstummt. Ist alles in Ordnung?«

»Natürlich ist alles in Ordnung«, murmelte Colm, der sich mit einemmal der Sonnenstrahlen auf dem Pflaster und der friedvollen Atmosphäre dieses Ortes bewußt wurde. »Was soll denn nicht stimmen?«

»Das weiß ich doch nicht. Kein Grund, mir gleich den Kopf abzureißen.«

»Ich habe nur gerade über etwas nachgedacht«, meinte Colm gereizt, was allerdings nicht der Wahrheit entsprach. Er hatte versucht, die aufkeimende Panik zu unterdrücken, die ihm die Kehle zuzuschnüren drohte.

In seinem ersten Jahr am Clonarty College gab Willy O'Dwyer, der größte und kräftigste Junge der Klasse, den Ton an. Er hatte einen stolzen, sinnlichen Mund, tiefliegende Augen und eine nadelspitze Zunge. Auf dem Rugbyfeld benahm er sich wie ein entfesselter Dämon, und er wurde ob seines dominanten Wesens allgemein gefürchtet. Wo seine Körperkraft nicht ausreichte, sich Respekt zu verschaffen, da setzte er sein bissiges Mundwerk ein.

»Was glotzt du denn so dämlich, du Zwerg?« fragte er laut, als er Colm dabei ertappte, wie dieser ihn anstarrte.

Colm gab ihm, aus dem reichen Erfahrungsschatz unzähliger Auseinandersetzungen mit seinen Geschwistern schöpfend, eine schlagfertige Antwort, die die Umstehenden zum Kichern brachte. Willy zog finster die Brauen zusammen, kam aber nicht mehr dazu, etwas zu entgegnen, da das Klappern der Stühle und ein im Chor gemurmeltes ›Guten Morgen, Pater‹ die Ankunft Pater Maddens ankündigte. Den finsteren Blick, den O'Dwyer ihm zuwarf, bemerkte Colm nicht.

Colm widmete sich mit großem Eifer seinen Studien und machte innerhalb kurzer Zeit beachtliche Fortschritte. Pater Madden, der von seinen Schülern nur respektlos ›der alte Bock‹ genannt wurde, unterrichtete die Klasse in Englisch. Er lächelte dünn, als Colm als einziger ein paar Verse aus *Morte d'Arthur* auswendig und mit perfekter Intonation aufsagte.

»Ausgezeichnet«, lobte er, als Colm geendet hatte. »Du hast es dieser Horde von Tagedieben wirklich gezeigt.«

Von da an betrachtete Pater Madden ihn oft neugierig, und wenn Colm seinem Blick begegnete, las er in den Augen des Priesters etwas, das er nicht verstand.

Als er später erfuhr, daß seine Klassenkameraden ihn heimlich ›Streber Nugent‹ nannten, wußte er, daß er einen schwerwiegenden Fehler gemacht hatte. Nun war er gebrandmarkt, als Außenseiter abgestempelt. Er hätte besser daran getan, Unwissenheit vorzutäuschen.

Trost fand er in seiner Liebe zu Kattie. Schreiben konnte er ihr nicht, denn alle Briefe wurden von seinem Hausvorsteher geöffnet und gelesen. Außerdem wäre es mehr als töricht von ihm gewesen, da seine Ergüsse unter Garantie ihren Eltern in die Hände gefallen wären. Aber in seiner Einsamkeit wurde aus der anfänglichen schüchternen Verehrung eine allumfassende Leidenschaft, die er in Gedichte umsetzte und abends nach dem Unterricht in sein Tagebuch schrieb. Vielleicht zeige ich sie ihr eines Tages, dachte er. Eines Tages bin ich vielleicht ein berühmter Dichter, und meine Werke werden veröffentlicht. Genüßlich malte er sich aus, wie dann sein Bild neben seinen

Gedichten in der Zeitung prangte, und stellte sich vor, wie Kattie es ungläubig anstarrte.

Im Clonarty College blieb kaum jemand von der Prügelstrafe verschont. Benutzt wurde dazu ein dicker Lederriemen, der Furcht und Schrecken unter den Schülern verbreitete und allgemein nur als die Knute bekannt war. Colm entging lange Zeit einer Bestrafung mit der Knute, was ihn zu der voreiligen Gewißheit verleitete, niemals nähere Bekanntschaft mit ihr machen zu müssen.

Eines Abends entdeckte er in seinem Spind einige Heftchen von der Art, wie sie normalerweise nur unter dem Ladentisch verkauft werden. Dergleichen hatte er noch nie gesehen, und er wußte auch nicht, wer sie dort deponiert hatte. Die Hefte waren voller Fotos von nackten Frauen in verschiedenen Stellungen. Unter jedem Bild fand sich eine kurze Beschreibung des jeweiligen Modells.

Colm inspizierte die Bilder mit einer Mischung aus Schuldbewußtsein und ungläubigem Staunen; betrachtete die schwellenden Brüste, die lockend verzogenen Lippen, die aufreizenden Posen. Mit Hilfe einer Taschenlampe vertiefte er sich jede Nacht unter der Bettdecke in diese fleischgewordenen Träume, die seine Fantasie in ungeahnte Höhen trugen.

Auch tagsüber, während des Unterrichts und sogar während des Gottesdienstes geisterten die nackten Frauen durch seine Gedankenwelt. Seine Leistungen verschlechterten sich. Schließlich meldete sich jedoch sein gesunder Menschenverstand zu Wort. Er begriff, daß der Besitz derartiger Lektüre ihn in ernste Schwierigkeiten bringen konnte, und beschloß, sich ihrer zu entledigen, obwohl er sie für sein Leben gern behalten hätte. So zögerte er denn auch, sie wegzuwerfen; teils, weil er nicht wußte, wie er sie unauffällig aus dem Haus schmuggeln sollte, teils, weil es ihm so schwerfiel, sich von ihnen zu trennen. Doch seine Unschlüssigkeit sollte fatale Folgen haben.

Eines Morgens nach dem Frühstück flüsterte ihm sein Klassenkamerad John Hegarty zu, alle Spinde seien durchsucht worden.

Colm blieb vor Schreck beinahe das Herz stehen. Die Präfekten führten des öfteren Spinddurchsuchungen durch, um verbotene Besitztümer wie Zigaretten, Bier oder unzulässige Bücher zu konfiszieren. Er wußte, daß er nun bis zum Hals in Schwierigkeiten steckte, und wartete den ganzen Morgen lang angsterfüllt auf die gefürchtete Aufforderung, sich bei seinem Hausvorsteher zu melden. Sie erfolgte mittags, während des Mathematikunterrichtes.

»Pater Madden möchte Nugent sofort in seinem Arbeitszimmer sehen, Pater.«

Es wurde gerade Geometrie gelehrt. Colm stand an der Tafel, um der Klasse den Satz des Pythagoras zu erklären. »In einem rechtwinkligen Dreieck ist die Summe der Quadraten über den Katheten gleich dem Hypothenusenquadrat ...« Er hatte die Figur gerade an die Tafel gezeichnet. Sein Lehrer grunzte ob der Störung ärgerlich, nickte Colm aber auffordernd zu, woraufhin dieser die Kreide aus der Hand legte und gehorsam den Raum verließ.

Pater Seamus Maddens Arbeitszimmer lag auf dem sogenannten Priesterflur, dem langen, blankgebohnerten Korridor im ersten Stock, der zur Kapelle führte.

An der Tür hing ein Schild mit dem Namen des Priesters. Colm klopfte an, trat ein und bemerkte sofort, daß sein Hausvorsteher die Pornohefte vor sich auf dem Schreibtisch aufgestapelt hatte. Er errötete bis unter die Haarwurzeln. Der Priester bedeutete ihm mit einer Handbewegung zu warten, blickte jedoch nicht von dem Aufsatz auf, den er gerade korrigierte. Colm blieb stehen und sah sich unsicher im Raum um. Im Kamin flackerte ein Torffeuer, und der Regen trommelte gegen das hohe Fenster.

Pater Madden ignorierte Colm eine Weile völlig, dann lehnte er sich in seinem abgewetzten Ledersessel zurück und musterte seinen Schüler unheilverkündend. Der weiße Kragen schnitt in die Haut seines kurzen, fleischigen Halses, und sein Gesicht war gerötet.

»Netter Lesestoff, Nugent«, sagte er gefährlich leise, auf die Hefte deutend, dann schob er das anstößige Material zusammen und warf es in eine Schublade, direkt neben sein Brevier und die Ordensregeln.

»Das Zeug wird unverzüglich verbrannt. Wie kannst du es wagen, solchen Unrat ... diese verdorbenen Frauen ... an unsere Schule zu bringen!« Sein Atem ging schwer. »Wo hast du diesen Schmutz her? Antworte mir, du kleine Ratte!«

»Ich habe die Hefte in meinem Spind gefunden, Pater.«

Der Priester erhob sich und richtete sich zu seiner vollen Größe auf. In seiner schwarzen Soutane wirkte er wie der personifizierte Zorn Gottes. Obwohl Colm nicht wagte, ihm ins Gesicht zu sehen, spürte er doch, daß Pater Madden seine Antwort als Unverschämtheit empfand. Doch Colm log äußerst selten und war es gewohnt, daß man seinen Worten Glauben schenkte.

Er sah, wie Pater Madden den dicken Lederriemen von seinem Schreibtisch nahm. »Zieh die Hose herunter, Junge, und beug dich über den Stuhl da ...«

Völlig entgeistert gehorchte Colm, streifte die lange graue Hose herunter, auf die er so stolz war, und entblößte seine Hinterbacken. Der Priester gebrauchte die Knute mit solcher Kraft, daß Colm sich in die Unterlippe biß, um nicht laut zu schreien. Er spürte den kupfrigen Geschmack von Blut in seinem Mund. Salzige Tränen rannen ihm über die Wangen, und er fühlte sich entsetzlich gedemütigt.

»Laß dir das eine Lehre sein«, sagte Pater Madden schließlich. Colm wollte ihm erklären, daß er die Magazine nicht eingeschmuggelt hatte, sondern sie ihm in den Spind gelegt worden waren, doch er brachte kein Wort hervor.

Als er in den Klassenraum zurückkam, blickte Pater Andrew ihm in das schneeweiße Gesicht, registrierte die blutige Lippe und den unsicheren Gang des Jungen, und einen Moment lang trat ein mitleidiger Ausdruck in seine Augen.

»Setz dich.«

»Ich würde lieber stehenbleiben, Pater«, sagte Colm ohne zu überlegen. Er zitterte am ganzen Leibe. Seine Klassenkameraden, die sehr wohl wußten, was ihm gerade widerfahren war, kicherten höhnisch, oder vielmehr die meisten kicherten. Tim O'Loughlin, der im Schlafsaal das Bett neben dem seinen hatte und der ihm bislang keinerlei Beachtung geschenkt hatte, lachte nicht, ebenso wenig wie ein anderer der neuen Schüler, John O'Neill, der Colm mit aschfahlem Gesicht ansah.

»Wenn du stehen bleiben willst, dann geh ganz nach hinten durch. Ich kann hier vorne keinen Storch gebrauchen.«

Unterdrücktes Gelächter erklang. Die Klasse nutzte die Gelegenheit, den unbeliebten Streber ihre Verachtung fühlen zu lassen, weidlich aus. An diesem Tag lernte Colm eine weitere wichtige Lektion: Zeig niemals eine Schwäche.

Später versuchte Tim, ihn zu trösten. »Der alte Bock versohlt jedem irgendwann mal den Hintern, das ist sein liebster Zeitvertreib. Aber es war O'Dwyer, der dir die Hefte untergeschoben hat. Er hat nach dem Mittagessen vor seinen Kumpanen damit geprahlt.«

Den ganzen Nachmittag schäumte Colm vor Wut. Er sah seinen Feind mit gesenktem Kopf über seinen Aufgaben sitzen; spürte, wie dieser ihn triumphierend musterte, sowie er den Blick abwandte. Nachts tat er kaum ein Auge zu. Der Haß hielt ihn wach, er lag da und lauschte auf die Geräusche des Schlafsaals, das Knarren der Bettfedern, die Seufzer, die regelmäßigen Atemzüge seiner Kameraden und die gelegentlichen Schnarchlaute. Am nächsten Morgen brannten seine Augen, als wären ihm Sandkörner hineingeflogen. Er wartete bis zur ersten Pause, schob sich dann auf dem Flur hinter O'Dwyer und legte ihm die Hand auf die Schulter. Als Willy sich umdrehte, schlug Colm ihm mit aller Kraft ins Gesicht.

»Laß in Zukunft deine dreckigen Pfoten von meinem Spind!«

Willy taumelte gegen die Wand. Zischend stieß er hervor: »Wir treffen uns um halb vier in der Arena, Nugent!«

Die Umstehenden holten vernehmlich Atem. Eine Schlägerei bot stets eine willkommene Abwechslung vom Alltagstrott.

Als Arena bezeichneten die Schüler das Handballfeld, das von den Fenstern des Schulgebäudes aus nicht zu sehen war. Hier lockerte Colm um Punkt halb vier seine Krawatte, rollte seine Ärmel hoch und setzte seine gesamte Körper- und Willenskraft gegen seinen Gegner ein. Es gelang ihm zwar nicht, Willy zu besiegen – dazu war er zu klein –, aber der Kampf wurde unterbrochen, als allen Zuschauern klar wurde, daß der Neue nicht daran dachte, sich zu ergeben. »Das reicht, O'Dwyer«, befahl einer der älteren Jungen. »Hör sofort auf ... es ist genug!«

Mit aufgeplatzter Lippe und blutigen Knöcheln trollte sich Colms Peiniger von dannen. Auch Colms Lippe blutete, sein ganzer Körper schmerzte, doch er wußte, daß er sich endlich Respekt verschafft hatte, als die anderen ihm Platz machten und einer seiner Mitschüler ihm ein sauberes Taschentuch reichte.

»Hast dich tapfer geschlagen.« Das kam von Tim O'Loughlin. »Aber halt die Augen offen, Nugent«, fügte er leise hinzu. »O'Dwyer ist mit dir noch nicht fertig.«

Später hielt einer der Priester ihn an. »Was ist denn mit dir passiert, mein Junge? Hast du dich geprügelt?«

Raufereien waren streng verboten. »Nein, Pater«, log Colm. »Ich bin hingefallen.«

Zwei Tage später stellte Colm fest, daß sein Tagebuch verschwunden war. Er wußte, daß er es in seine Schreibtischschublade gelegt hatte, und suchte fieberhaft danach, sich stets der Tatsache bewußt, daß es seine Liebesgedichte enthielt. Ihm dämmerte, daß sich eine erneute Katastrophe anbahnte.

Am darauffolgenden Tag tauchte das Tagebuch auf Pater Maddens Pult wieder auf. Er hielt der Klasse gerade einen Vortrag über die romantischen Dichter Shelley und Keats.

»Aber wir haben ja selbst einen Romantiker in unserer Mitte, wußtet ihr das, Jungs?« Mit einem tückischen Lächeln hielt er das kleine braune Tagebuch hoch. »Hier drin verbergen sich bemerkenswerte Auswüchse der Dichtkunst …« Und zu Colms Entsetzen räusperte er sich und begann mit einer schrillen Falsettstimme seine aus Einsamkeit und hoffnungsloser Schwärmerei geborenen Zeilen vorzulesen.

Ein Feuer der Liebe brennt tief in mir.
All mein Denken ist erfüllt von ihr.
Mein Herz gehört nur ihr allein.
Es kommt die Zeit, da wird sie mein.

Verwirrt irr' ich durch diese Welt,
Umgeben von Nebeln, auf mich gestellt.
Die Liebe allein mich aufrecht hält
Die sengende Leidenschaft, die in mir schwelt.

Die spöttische Stimme verstummte. »Daß du verwirrt durch diese Welt irrst, hast du zur Genüge bewiesen, Nugent! Aber auf die sengende Leidenschaft können wir dankend verzichten. Hast du denn immer noch nicht begriffen, wohin so etwas führt?«

Die Klasse kicherte und brach schließlich in schallendes Gelächter aus. Der Priester bedachte sein schmächtiges Opfer mit einem schwer zu deutenden Lächeln.

Colm dachte an die Prügel, die ihm dieser Mann verabreicht hatte; hörte das nicht enden wollende Hohngelächter. Ein roter Schleier legte sich vor seine Augen, als er aufsprang und unter dem Gejohle der Klasse auf das Pult zustürmen wollte. Doch er stolperte über einige zu Boden gefallene Bücher und schlug der Länge nach hin.

»Steh auf, du dummer Junge«, zischte der Priester verächtlich, »und beherrsch dich gefälligst.« In seinen Augen glitzerte es, als ob dieser unerwartete Widerstand seine Lebensgeister geweckt hätte. Die Aussicht, den Geist eines Jungen zu brechen, der es gewagt hatte, ihm zu trotzen, schien ihn mit ungeheurem Vergnügen zu erfüllen.

»Ich sehe schon, wir müssen etwas gegen dein ungezügeltes Temperament unternehmen. Diesmal lasse ich dir diesen Ausbruch noch durchgehen – anscheinend leidest du unter einem akuten Anfall eines gewissen Drüsenfiebers!«

Während die Klasse erneut in Gelächter ausbrach, sah Pater Madden Colm fest ins Gesicht. Dann warf er das Tagebuch mit einem spöttischen Lächeln auf Colms Pult. »Keine Sorge, wir werden schon noch einen Mann aus dir machen!«

Colm sah Robin an. »Ich habe ein Liebesgedicht geschrieben, es ist entdeckt worden, und ich habe Ärger gekriegt. Das ist alles.«

»Hast du Schläge bekommen?«

»Allerdings.«

»Hast du dieser Catherine Sowieso davon erzählt?«

»Nein, nie.«

Ihm fiel die nervöse Frage wieder ein, die Kattie ihm bei ihrer nächsten Begegnung gestellt hatte – am St. Stephen's Day, ungefähr drei Monate später. »Colm, hab' ich dir irgend etwas getan ... warum sprichst du denn nicht mehr mit mir?«

»Weil ich Besseres zu tun habe!«

Er sah, wie sie sich verletzt und verwirrt abwandte. Sie konnte ja nicht ahnen, daß hinter der ganzen Sache mehr steckte, als sie es sich hätte träumen lassen – mehr, als er verkraften konnte.

Hier, auf diesem sonnenüberfluteten Platz, weit weg von den Wiesen, über die er und Kattie gemeinsam gegangen waren, von den Ufern des Sureen, wo er ihr das Angeln beigebracht und ihr gelegentlich die Hand gehalten hatte, wo sie ihn im Alter von zwölf Jahren auf die Wange geküßt hatte und danach hochrot angelaufen war, erschien ihm Kattie geradezu unwirklich, so blaß und verschwommen wie ein Bild aus längst vergangener Zeit.

Hier in Italien wäre ihm so etwas nie widerfahren. Hier gab es zu viel Licht. Er sah zu Robin hinüber, die Brot zerkrümelte und es den Vögeln zuwarf.

»Was hast du mit dem Tagebuch gemacht?« fragte sie.

»Es zerrissen.«

»Hast du danach noch mehr Gedichte geschrieben?« Sie schien von seiner Geschichte nicht sonderlich beeindruckt; sie wirkte zwar mitfühlend, aber ansonsten gelassen.

»Dumme Frage«, erwiderte Colm. »Nur Weichlinge schreiben solch sentimentalen Quatsch.«

Er wollte das Thema nicht weiter verfolgen; wollte nicht die Übelkeit erdulden, die die Erinnerung in ihm auslöste, und schon gar nicht die Furcht vor dem, woran er sich nicht erinnern konnte, vor der Lücke in seinem Gedächtnis. Er kannte die Versionen anderer Leute – denen zufolge er seinen Hausvorsteher tätlich angegriffen hatte –, aber er selbst konnte sich an nichts erinnern. Vielleicht war es ja auch besser so; vielleicht tat er gut daran, die Dinge ruhen zu lassen. Aber wenn er sich nicht erinnern konnte, würde er nie erfahren, wer er eigentlich war.

»Damals bin ich erwachsen geworden«, erklärte er Robin bestimmt. »Ich sagte dir doch, dort haben sie einen Mann aus mir gemacht.«

»Ausgezeichnet«, entgegnete Robin sarkastisch. »Es geht doch nichts über einen richtigen Mann – wenn sie nur nicht so selten wären!«

Mühsam kämpfte sich Colm in die Gegenwart zurück und widmete sich wieder der Betrachtung der Landschaft. Der Zug hatte Dijon gerade verlassen. Er blickte auf den neben den Gleisen verlaufenden Kanal und dachte daran, daß er schon einmal in der Nähe von Dijon gewesen war. Damals hatte er den Zug nach Lyon genommen, sich ein Auto gemietet, war nach Peruges weitergefahren und hatte dann ein Wochenende lang die Gegend erkundet. Es war eine schöne Erinnerung. Vielleicht hätte er nun, da er so vieles besser verstand, auch vieles in seinem Leben anders gemacht. Aber leider ließ sich die Vergangenheit nicht zurückholen.

Der TGV glitt durch flaches Ackerland, Felder und Wiesen wechselten sich ab. Colm schloß die Augen. Halb unbewußt nahm er das Zischen vorüberfahrender Züge wahr; ein Geräusch, dachte er schläfrig, als ob ein Nylonseil blitzschnell durch eine Stahlöse gezogen wird. Dann nickte er ein und wurde erst von dem Piepsen eines Laptops geweckt, als der Zug in den Bahnhof von Dole einfuhr.

Diese Reise dauert ja Ewigkeiten. Vielleicht sollte ich einfach hier aussteigen und den Unsinn abblasen, dachte er gereizt, aber in diesem Moment ruckte der Zug wieder an, verließ den Bahnhof und setzte seine Fahrt fort.

Als er Lausanne erreichte, atmete Colm erleichtert auf. Ein großer Teil seiner Reise lag bereits hinter ihm. Er nahm sein Gepäck, stieg aus und genoß die frische Alpenluft, während er auf der anderen Seite des Bahnsteigs auf den Cisalpino wartete, den Expreßzug, der ihn quer durch die Schweiz und schließlich nach Italien befördern würde. Er kam sich vor wie eine Brieftaube, die zu ihrem Schlag zurückkehrt. Ich bin ein törichter Mann mittleren Alters auf der Suche nach seiner verlorenen Jugend, dachte er. Doch diese schlichte Wahrheit klang sogar in seinen eigenen Ohren hohl.

6.

Der Cisalpino verließ Lausanne und schlängelte sich am Genfer See vorbei. Colm hatte einen Fensterplatz neben einer älteren Frau, die zur Seite rückte, um ihn durchzulassen. Sie widmete der herrlichen Landschaft kaum einen Blick, sondern war ganz in ihr Buch vertieft. Colm verstaute seinen Koffer im Gepäcknetz, machte es sich in seinem Sessel bequem und schaute aus dem Fenster. Er bewunderte den See, auf dem zahlreiche Boote unterwegs waren, und die dahinter aufragenden Berge mit ihren schneebedeckten Gipfeln, die bis in die Wolken reichten.

An der italienischen Grenze kamen Polizisten mit großen Schäferhunden an der Leine an Bord und begannen damit, Pässe zu inspizieren und Fragen hinsichtlich der Gepäckstücke zu stellen. Colm zeigte ihnen seinen Koffer und beobachtete, wie die Beamten weiter hinten im Wagen eine Tasche entdeckten, die niemand für sich beanspruchte. Obwohl einer der Fahrgäste behauptete, der Besitzer sei im Speisewagen, öffneten die Polizisten das Gepäckstück, durchsuchten es und ließen die Hunde daran schnüffeln. Colm beobachtete das Ganze mißmutig, mußte aber zugeben, daß derartige Maßnahmen im Zeitalter des Terrorismus und des Drogenschmuggels unumgänglich waren.

Die ältere Frau neben ihm murmelte leise: *»Plus ça change, plus c'est la même chose!«*

Als sie Colms fragendem Blick begegnete, lachte sie bitter auf. »Entschuldigen Sie«, sagte sie auf Englisch. »Ich mußte nur gerade an den Krieg denken.«

»Daran kann ich mich nicht mehr erinnern«, lächelte Colm.

»Richtig, Sie sind zu jung dafür. Es war eine schlimme Zeit. Uniformen, wo man hinsah, und immer verlangten sie für alles und jedes Erklärungen.« Sie sprach Englisch mit französischem Akzent.

»Sind Sie Französin?« fragte Colm.

»Ja. Ich will meinen Sohn und seine Familie besuchen. Sie leben in Mailand.«

»Und ich fahre nach Florenz.«

»Zum erstenmal?«

»Nein, ich war vor langer Zeit schon einmal dort ... ehrlich gesagt, möchte ich dort eine Freundin treffen, mit der ich damals zusammen die Stadt erkundet habe. Ich habe sie seitdem nicht mehr gesehen.«

Die Frau lächelte. »Wie aufregend! Aber haben Sie denn keine Angst, daß sie sich stark verändert haben könnte?«

Colm gab einen unverbindlichen Laut von sich. »Sie wird sich natürlich äußerlich verändert haben, das ist mir klar ...«

»Aber die eigentliche Veränderung ist mit Ihnen vorgegangen«, sagte sie. »Sie werden Ihre Freundin nun mit anderen Augen sehen; Sie werden die Weisheit Ihres bisherigen Lebens in dieses Treffen einbringen. Und sie auch ...«

Die Frau sah ihn an und lächelte nachsichtig. »Aber es wird sicher eine interessante Begegnung für Sie beide werden.«

Colm nickte höflich. Nach einer Weile beschloß er, einen Happen zu essen, entschuldigte sich und suchte den Speisewagen auf. Dort wurde ein ausgezeichnetes Menü angeboten, und es gab auch eine hervorragende Weinkarte. Colm bestellte eine halbe Flasche Chianti und einen Salat, belegte einen Fensterplatz und fuhr fort, die Landschaft zu bewundern. Eine Zeitlang fühlte er sich völlig im Einklang mit sich selbst, aber diese Zufriedenheit verflog, als er abermals die Bedrohung verspürte, die von seiner Vergangenheit ausging. Sie schien ihn einzuholen, sich wie ein Bluthund an seine Fersen zu heften, um ihn in die Enge zu treiben und schließlich zur Strecke zu bringen.

Robin hatte mit den Schatten der Vergangenheit umzugehen gewußt. Was würde geschehen, wenn sie wieder in sein Leben trat, wenn sie sich in zwei Wochen wirklich auf der Piazza della Signoria einfand? Die Robin, die er gekannt hatte, war nun eine Frau mittleren Alters; seine Robin, die einst gesagt hatte, sie würde niemals altern …

Die meisten Erinnerungen sind trügerisch, dachte Colm niedergeschlagen. Nur die, die man am liebsten vergessen möchte, brennen sich unauslöschlich ins Gedächtnis ein.

»Also ziehen wir heute nach Florenz weiter?« fragte Colm. Sie saßen in ihrer Pension in Rom beim Frühstück. Die Nacht lag hinter ihnen; eine weitere Nacht voller Gespräche, die diesmal sie im Bett und er auf dem Boden verbracht hatte. Wieder einmal hatte er sie im Schlaf weinen hören. Aber nun war der Morgen gekommen, und das Fenster des kleinen Frühstücksbereiches stand weit offen. Robin zerbröselte ein Stück Brot zwischen den Fingern und warf die Krümel auf den Balkon hinaus, wo sich die Spatzen gierig darauf stürzten.

»Du fütterst andauernd die Vögel«, stellte Colm fest. »Warum eigentlich?«

»Warum soll ich das Brot wegwerfen? Das wäre Verschwendung. Die Vögel haben auch Hunger.« Colm betrachtete ihr Profil, den sanften Schwung von Wangen und Kinn, ihr helles, leicht gewelltes kurzes Haar. Ihre körperliche Ausstrahlung stand in verblüffendem Gegensatz zu ihrem gassenjungenhaften Trotz. Ihre Haut war bronzebraun, helle Lichter schimmerten in ihrem Haar. In ein paar Jahren und mit ein paar Pfund mehr auf den Rippen wird sie überdurchschnittlich hübsch sein, dachte er. Er versuchte, sie sich im Haus ihres Vaters in Neuengland vorzustellen; sah sie im Geist in einem Abendkleid eine breite, geschwungene Treppe herunterschreiten und eine riesige, schwarzweiß geflieste Halle durchqueren. Das Bild wollte nicht recht zu dem Mädchen passen, das ihm gegenübersaß.

»Hast du jemals Hunger gelitten, Robin?«

Sie musterte ihn mit hochgezogenen Brauen, und ihr Gesicht nahm einen verschlossenen Ausdruck an. »Entschuldige, das war eine dumme Frage«, sagte er rasch.

Sie lächelte. »Da, wo ich herkomme, Ire, sorgt man dafür, daß die Kühlschränke stets gut gefüllt sind. Und wenn das nicht reicht, kann ich den Koch bitten, mir etwas Besonderes zu machen, wenn ich Appetit darauf habe.«

»Was denn zum Beispiel?«

»Nun ... kleine Leckereien wie Kaviar auf Toast.«

»Ich hab' noch nie Kaviar gegessen. Wie schmeckt er denn?«

»Nicht so gut, wie alle behaupten«, sagte Robin nach einem Moment.

»Das dachte ich mir«, entgegnete Colm trocken. »Weißt du eigentlich, wo das Zeug herkommt?«

»Natürlich weiß ich das!«

Colm verfolgte das Thema nicht weiter. Statt dessen bemerkte er: »Muß angenehm sein, einen Koch zu haben. Früher hat meine Mutter das Kochen besorgt, und jetzt ist das Moll Flannerys Aufgabe.«

»Wer ist denn das?«

Colm dachte an die stämmige Moll, die seit dem Tod der Mutter für die Familie sorgte.

»Unsere Haushälterin«, sagte er großspurig.

»Ist sie auch so penibel?« fragte Robin. »Unsere Haushälterin stammt aus Südamerika, sie ist immer tödlich beleidigt, wenn ich Unordnung in der Küche hinterlasse.«

Colm meinte, auch ihre Haushälterin sei in dieser Hinsicht ein richtiger Drachen, da ihm einfiel, wie oft Moll vor sich hingemurmelt hatte, warum in diesem Haus niemand imstande sei, seinen Dreck wegzuräumen.

»Kommst du eigentlich mit deiner Familie gut aus?« fragte Robin plötzlich.

»Natürlich. Wir hängen alle sehr aneinander. ›Einer für alle, alle für einen‹, so lautet unser Motto.«

Robin blinzelte mißtrauisch. »Ich dachte, so was gibt's nur in schlechten Filmen. Wo wohnt ihr denn?«

»In einem alten Haus auf dem Land.«

»Einem großen Haus?«

»Groß genug für alle«, meinte Colm.

»Ihr habt doch eine Art Farm ... gibt's da riesige Weiden und Kühe und all so was?«

»Sicher ...« Sein Lachen klang ein wenig überheblich.

»Mein Daddy hat auch eine Farm in Texas«, gestand Robin. »Aber da halten wir uns nicht oft auf, Lizzie kann die Hitze nicht vertragen. Die Farm umfaßt ungefähr dreißigtausend Acres ... wie groß ist denn euer Hof?«

Heiße Scham stieg in Colm auf. Damit konnte er nicht mithalten.

»In Irland besitzt niemand eine so riesige Farm. Das Land ist gut und fruchtbar, daher sind die Höfe im allgemeinen kleiner. Unserer hat so ... laß mich überlegen ... an die tausend Acres.«

Er verachtete sich selbst für seine Aufschneiderei, als er an die hundert Acres seiner Vorväter dachte, welche der Grund für die ständigen Streitigkeiten zwischen seinen Geschwistern waren. Jahrelang hatte Alice immer wieder gejammert, es sei nicht gerecht, daß das Land nur auf die Söhne übergehe, die Töchter zählten wohl überhaupt nicht.

»Hörst du jetzt endlich auf damit!« hatte seine Mutter dann gereizt befohlen. »Du siehst doch, daß ich das Essen vorbereiten muß!«

Robin wollte mehr wissen. »Erzähl mir von eurem Haus.«

Colm begann, ihr das efeuüberwucherte Gebäude zu beschreiben. Auch hier übertrieb er, was die Größe betraf, füllte die Ställe mit nicht existierenden Pferden und die Scheune mit ebenso fiktiven Eulen, erfand eine prächtige, gewundene Zufahrt und sprach von einer weitläufigen Halle und einem geräumigen Salon mit Aussicht auf den Fluß. Seine Ausschmückungen waren stark an Clonarty angelehnt, das einzige Herrenhaus, das er je gesehen hatte.

»Der Fluß heißt Sureen. Im Winter tritt er manchmal ein bißchen über die Ufer, aber im Sommer kann man dort sitzen und angeln oder ein Picknick veranstalten. Es ist herrlich dort. Schwimmen kann man auch, die Strömung ist ganz schwach. Und im Frühjahr blühen überall Narzissen – soweit das Auge reicht, ist alles gelb ...«

Zumindest letzteres entsprach den Tatsachen, auch wenn der Sureen in Wirklichkeit kein so ruhiges Gewässer war, wie er behauptet hatte, und die Winterüberschwemmungen häufig gutes Land wegtrugen.

»Kann ich dich nicht mal besuchen kommen? Ich würde gerne deine Familie kennenlernen, sehen, wie du lebst ... wenn es mich mal nach Irland verschlägt.«

Colm verspürte erst freudige Erregung, dann wurde ihm das Herz schwer.

»Gerne.«

»Gib mir deine Adresse.«

Sie zog einen Bleistift aus der Tasche und schrieb seine Angaben sorgfältig auf.

»Ist das alles?« rief sie dann erstaunt. »Ballykelly, Rathhanny, County Roscommon? Und die Briefe kommen tatsächlich an?«

Colm nickte nur.

»Himmel«, staunte sie, »ihr müßt ja wichtige Persönlichkeiten sein!«

Er widersprach ihr nicht.

»Vielleicht klappt es ja nächstes Jahr mit einem Besuch in Irland«, überlegte sie laut. »Mal sehen, was daraus wird.«

Wieder nickte er, wich aber ihrem Blick aus und unterdrückte die Panik, die ihn bei dem Gedanken überkam, diese reiche Amerikanerin könnte ihn in dem verfallenen Häuschen überraschen, wo er mit seiner ständig im Zwist miteinander liegenden Familie lebte und wo es weder eine Auffahrt noch Pferde im Stall noch einen Salon mit Aussicht auf den Fluß gab.

Warum mußte ich ihr nur einen Haufen von Lügen auftischen? stöhnte er innerlich. Ich kann nicht ganz bei Trost gewesen sein!

Doch während er sie betrachtete, ahnte er schon die Antwort. Sie war für ihn das Sinnbild der Hoffnung auf ein besseres Leben, und er befand sich schon zu stark in ihrem Bann.

»Dann gib du mir auch deine Adresse«, bat er.

Sie schrieb sie ihm auf, und er verstaute den Papierfetzen in seiner Tasche.

»Robin«, sagte er dann zögernd, »ich möchte dir ja nicht nahe treten, aber … gibt es einen Grund dafür, warum du so oft im Schlaf weinst?«

Sie schrak zusammen. »Vielleicht habe ich ja Alpträume«, erwiderte sie kurz angebunden, fegte die letzten Krümel zusammen und warf sie den Vögeln hin, ohne ihn anzusehen. »Vielleicht hängt es auch mit meiner lausigen Kindheit zusammen. Aber da es im Schlaf passiert, Ire, kann ich mich hinterher nicht daran erinnern. Meiner Meinung nach schlafe ich so ruhig wie ein sattes Baby.«

Sie sah ihn kurz an und wandte den Blick sofort wieder ab. »Ich spreche mal mit Daddys Seelenklempner darüber, wenn ich nach Hause komme, okay?«

Dann erhob sie sich und meinte, wenn sie sich nicht bald auf den Weg machten, würden sie nie nach Florenz kommen. Sie schulterten ihre Rucksäcke, bezahlten die Rechnung und traten auf die Straße hinaus. Sie wollten in einem der Außenbezirke ihr Glück beim Trampen versuchen.

»Habe ich dir schon erzählt, daß ich Florentiner Blut in den Adern habe?« fragte Robin später, als sie am Autobahnrand standen und den Daumen in die Höhe hielten.

»Du hast so etwas angedeutet. Stimmt das wirklich?«

»Sicher. Meine Großmutter mütterlicherseits stammt aus Florenz.«

»Demnach hast du dort noch Verwandte?«

»Yeah … vielleicht. Wenn sie noch dort leben.«

»Wirst du sie besuchen?«

»Wenn ich sie finde …«

Sie erreichten Florenz am frühen Abend.

»Es gibt nur einen Ort, den ich sehen möchte, ehe wir

uns eine Unterkunft suchen«, bat Robin ein wenig atemlos.

»Ich weiß ... diese Brücke.«

Sie warf ihm einen prüfenden Blick zu. Verstehst du, wie wichtig das für mich ist? sagte dieser Blick. Kannst du meine Vorfreude teilen?

Der Mann, der sie mitgenommen hatte, ließ sie an der Piazza Vittorio Veneto aussteigen. Von dort aus mußten sie sich durchfragen, erst zum Bahnhof und dann durch den abendlichen Berufsverkehr zur Via Tornabuoni und hinab zum Fluß.

Die alte Brücke mit ihren Reihen von Juweliergeschäften wurde von der Abendsonne in einen goldenen Schein gehüllt. Ungläubig staunend lief Robin hin und her und brach immer wieder in entzücktes Gelächter aus. In der freien Brückenmitte blieben sie neben der Bronzebüste von Benvenuti Cellini stehen und blickten über die Stadt mit ihren roten Ziegeldächern, Kuppeln und Türmen hinweg. Die Strahlen der sinkenden Sonne brachen sich im Wasser des Arno und blendeten sie. Zum erstenmal seit ihrem nächtlichen Abenteuer in Rom nahm Colm wieder ihre Hand. Klein und rauh lag sie in der seinen.

»Ich mache ein Foto von dir.« Er griff nach seiner Kamera. »Geh ein paar Schritte zurück!«

Lächelnd gehorchte sie. Ihre Haut schimmerte so golden, als habe König Midas sie berührt.

»Die Sonne steht direkt hinter dir, Ire!« rief sie dann begeistert. »Du siehst jetzt aus, als würdest du in hellen Flammen stehen! Komm, ich mach' jetzt auch ein Bild von dir.«

Er reichte ihr die Kamera. »Wenn du gegen die Sonne fotografierst, bekommst du mich nur als Silhouette auf das Foto.«

»Ich weiß«, lachte sie. »Ich bin nicht so dumm, wie du denkst. Also setz dich in Bewegung und stell dich da drüben hin!«

Gleichfalls lachend tat er, wie ihm geheißen.

In dieser Nacht hatten sie zur Abwechslung jeder ein Bett, in einem Zimmer in einer Pension in der Via Nazionale. Wie schon die letzten Abende ging sie ins Bad und kam in ihrem Baumwollhemdchen wieder ins Zimmer zurück, breitete ihre frischgewaschene Unterwäsche zum Trocknen auf dem Balkonstuhl aus, schlüpfte ins Bett und löschte das Licht. Colm liebte diese kleinen Rituale; er lauschte gern dem Knarren des Bettes, dem leisen Rascheln, das sie verursachte, wenn sie sich unter die Decke kuschelte, und dem darauffolgenden wohligen Seufzer. Er knipste seine Nachttischlampe aus, und als sich seine Augen an die Dunkelheit gewöhnt hatten, konnte er ihre Umrisse im Nachbarbett ausmachen.

»Colm?« flüsterte sie.

Es war das erstemal, daß sie ihn bei seinem Vornamen nannte.

»Ja?«

»Du kannst mir noch mehr über dein Leben erzählen, wenn du nicht zu müde bist. Zum Beispiel von deiner Schulzeit ... wie war es in diesem Internat, hattest du nette Lehrer und so weiter ...«

»Davon hab' ich dir schon viel zu viel erzählt. Es würde dich nur langweilen.«

»Nein«, sagte Robin. »Nein, es würde mich nicht langweilen.«

Colm seufzte. »Na gut. Der Unterricht fand in den ehemaligen Stallgebäuden statt, dort, wo Lord Montgomery und Lord Mayne einst ihre Pferde untergestellt und ihre Stallburschen beherbergt hatten. Es war ein großes, hufeisenförmiges Haus direkt hinter dem Hauptgebäude.«

»Wer hat denn im Haupthaus gewohnt?«

»Die Priester. Außerdem war da noch die Krankenstube untergebracht.«

»Trägst du es den Priestern nicht nach, daß sie dich mit dem Riemen verdroschen haben?«

»Nein. Jeder kam mal an die Reihe. Wahrscheinlich war eine gelegentliche Tracht Prügel nur gut für mich.«

»Sehr überzeugend klingt das nicht.«

»Es ist aber mein Ernst. Schlaf jetzt, Robin.«

Er hörte, wie sie sich auf die andere Seite drehte.

»Gute Nacht ...«

Während ihrer Unterhaltung war ihm auf einmal O'Keefe wieder eingefallen, einer der Tagesschüler, der schon im vierten Jahr war. Es wurde gemunkelt, ein Priester hätte ihn um elf Uhr abends in der Stadt mit einem Mädchen erwischt. Dieser Priester war an Lineham's Textilgeschäft vorbeigefahren und hatte die beiden engumschlungen in dem dunklen Hauseingang stehen sehen. O'Keefe hatte den Priester nicht bemerkt, er war zu sehr damit beschäftigt gewesen, seine Kußtechnik zu perfektionieren.

Am nächsten Tag sah Colm Pater Madden in der Vormittagspause über den Flur rauschen, O'Keefe grob am Ohr packen und Richtung Turnhalle zerren.

»O'Keefe kriegt 'ne Abreibung«, flüsterte ihm Tim O'Loughlin, der neben ihm in der Schlange vor dem Süßwarenkiosk stand, leise zu. Die beiden Jungen sahen sich an, lösten sich aus der Reihe, schlichen Pater Madden und seinem Opfer nach und beobachteten durch einen Schlitz in der Turnhallentür, was weiter geschah. Sie hatten erwartet, daß O'Keefe mit der Knute Bekanntschaft machen würde, aber mit dem Anblick, der sich ihnen nun bot, hatten sie nicht im entferntesten gerechnet. Ungläubig sahen sie zu, wie der stämmige Priester mit den Fäusten auf den Jungen eindrosch und ihn mit fliegender Soutane kreuz und quer durch die Turnhalle trieb. Erst als er völlig außer Atem war, ließ er von seinem Opfer ab, das reglos auf dem Boden liegen blieb.

Erschüttert zogen sich die heimlichen Zuschauer zurück.

»Er sollte es seinen Eltern erzählen«, meinte Colm später in der Stiefelkammer zu Tim. »Sie müssen doch erfahren, daß Pater Madden ihn so zugerichtet hat.«

»Sie würden ihm ja doch nicht glauben. Wahrscheinlich halten sie den alten Bock für einen Heiligen, so wie meine Eltern auch.«

»Aber es geht ihn einen Dreck an, was die Tagesschüler außerhalb der Schulzeiten treiben«, ereiferte sich Colm hitzig.

In diesem Moment hörte er Schritte hinter sich, sah die Augen seines Freundes ängstlich aufflackern, fuhr herum und stand Pater Madden gegenüber.

»Sieh mal einer an«, schnurrte der Priester. »Wenn das nicht unser Dichterfürst und Liebhaber schmutziger Heftchen ist!«

Seine Augen quollen leicht aus den Höhlen, während er den wie erstarrt dastehenden Colm lächelnd musterte. »Unser kleiner Dichterfürst«, wiederholte er leise, ehe er sich abwandte und weiterging.

»Gerade noch mal davongekommen!« zischte Tim erleichtert durch die Zähne. Doch Colm wurde von einer bösen Vorahnung erfüllt, und er begann zu frösteln.

Entschlossen schüttelte er die unerfreulichen Erinnerungen ab und lauschte Robins regelmäßigen Atemzügen. Allem Anschein nach schlief sie tief und fest. Er wußte, daß er ihr nie die volle Wahrheit anvertrauen konnte, auch wenn sie ihm noch so sehr zusetzte. Wie ihr Leben in den Vereinigten Staaten wohl wirklich aussehen mochte? Wenn sie tatsächlich einen reichen Vater hatte, dann mußte sie an Luxus und Überfluß gewöhnt sein, und doch war sie stets darauf bedacht, nur ja keine Lebensmittel zu verschwenden. Wenn sie einen reichen Vater hatte, wurde sie wahrscheinlich von vorne bis hinten bedient, aber ihre Hände waren so rauh wie die einer schwer arbeitenden Hausfrau. An ihrer Geschichte stimmte etwas nicht. Robin hatte irgendein Geheimnis, daran bestand für ihn kein Zweifel.

Bist du wirklich die, die du zu sein vorgibst? fragte er sie stumm. Und wenn nicht, wer bist du dann?

Er sah zu ihr hinüber, beobachtete ihren ruhigen Schlaf und empfand auf einmal eine große Zärtlichkeit für sie, fast wie für ein Kind.

Colm erwachte aus seinen Tagträumen, weil der Druck auf seinen Ohren nahezu unerträglich wurde. Er schluckte mehrmals heftig, stellte fest, daß sie durch einen Tunnel rasten, und musterte sein erschöpftes Gesicht in der Scheibe.

Es hat schon etwas für sich, auf dem Landweg durch die Welt zu reisen, dachte er. Nur so lernt man ein Land richtig kennen. Man erfährt eine Wirklichkeit, die durch die wachsende Bedeutung der Luftfahrt und durch moderne Technologien weitgehend in Vergessenheit geraten ist. Eigentlich sollte jeder Mensch darauf achten, mehr im Einklang mit seiner Umwelt zu leben.

Dieser Anspruch erschien ihm jedoch kurz darauf zu vermessen, und er beschäftigte sich wieder mit Robin. War es nicht geradezu ungesund, sich derart auf etwas zu fixieren, was so viele Jahre zurücklag? fragte er sich. Nur – wie kann ich den Dämon Erinnerung austreiben? Warum ist er zurückgekehrt und hat mich verfolgt, bis ich mich zu dieser Reise entschloß? Als ich damals über meinem Schreibtisch zusammengebrochen bin – warum kamen gerade in diesem Moment so viele Dinge an die Oberfläche, die jahrelang begraben waren?

Der Zug tauchte aus dem Simplon-Tunnel auf und fuhr langsam in den Bahnhof von Domodossala ein. Er befand sich in Italien.

In Florenz saßen Silvestro und Paola in Paolas Büro. Silvestro lehnte sich in seinem Stuhl zurück und betrachtete seine Cousine liebevoll.

»Das Essen war ausgezeichnet«, lobte diese.

Er griff über den Tisch hinweg nach ihrer Hand und sah ihr tief in die Augen.

»Erica ist nach Vallambrosa gefahren«, sagte er. »Sie will bis zum Wochenende bleiben, und sie hat gesagt, sie würde dir ein paar Kleinigkeiten mitbringen – Käse, Pilze und solche Sachen. Vielleicht kann ich dir heute abend etwas kochen ... nachdem du deine Gäste abgefüttert hast, versteht sich.«

Paola lächelte. »Ich glaube, ich bleibe lieber zu Hause. Heute abend kommt nämlich der letzte meiner Gäste. Direkt aus Irland.«

»Verstehe. Manchmal kommt es mir so vor, als wären deine Gäste deine Kinder, *carissima*.«

Paola dachte an ihre Logiergäste. In gewisser Hinsicht waren sie tatsächlich vorübergehend ihre Kinder. Da waren die Amerikanerin Darina und Renate, eine Deutsche, die beide Italienisch studierten, und zu guter Letzt die hübsche Redakteurin Jill, die sich für einen Kunstgeschichtekurs eingeschrieben hatte.

»Es ist sehr lieb von Erica, mir immer soviel vom Hof mitzubringen«, sagte sie warm.

»Sie hat dich sehr gern. Und Pasquale natürlich auch.« Er dämpfte seine Stimme ein wenig. »Was hat der Arzt denn zu ihm gesagt?«

»Ich war heute morgen bei ihm. Die Operation darf nicht mehr länger hinausgeschoben werden. Pasquale braucht definitiv eine neue Herzklappe. Ich möchte, daß Professor Santini sie ihm einsetzt. Das Geld dafür bringe ich schon irgendwie auf. Ich werde das Grundstück auf Sizilien verkaufen.«

»Giovannis Investition? Wenn du jetzt verkaufst, verlierst du ein Vermögen!«

Paola zuckte die Achseln. »Ich weiß, aber ich brauche das Geld nun einmal jetzt.«

»Ich würde es dir gerne leihen, Paola, wenn ich es nur hätte.«

»Ich weiß, Silvestro. Danke, daß du so gut zu uns bist.«

Silvestro stand auf, kam um den Schreibtisch herum, legte die Arme um sie und zog ihren Kopf an seine Brust. Dankbar schloß Paola einen Moment lang die Augen, dann löste sie sich aus seiner Umarmung.

»Es ist später geworden, als ich dachte, Silvestro, und ich habe noch zu arbeiten.«

Silvestro küßte sie auf die Wange. »Ich wünschte, ich ...«, begann er seufzend, führte den Satz aber nicht zu Ende. Statt dessen sagte er: »Dein neuer Gast, der heute abend eintreffen soll … ist das ein Mann oder eine Frau?«

»Ein Mann. Er heißt Colm Nugent.«

Silvestro grinste. »Was für gräßliche Namen diese Ausländer manchmal haben.«

»Ich bin selbst eine halbe Ausländerin, Silvestro.«

»Ich weiß. Das macht dich ja so interessant.«

Er verließ das Büro, drehte sich aber auf dem Flur noch einmal um, um ihr durch die Glasscheibe zuzuwinken.

7.

Tiefblau schimmerte der Lago Maggiore unter ihm. Der See mit den kleinen Inseln und Ausflugsschiffen vor dem imposanten Alpenmassiv bot einen paradiesischen Anblick. Doch schon bald ließ der Cisalpino ihn hinter sich und raste weiter durch die sonnige Landschaft in Richtung Mailand. Colm spürte eine altvertraute Ungeduld, gemischt mit freudiger Erregung, in sich aufsteigen: Die Reise näherte sich allmählich ihrem Ende.

Ich komme mir vor, als wäre ich wieder ein Kind, dachte er. Es ist genauso wie früher, wenn wir nach Galway gefahren sind. Oder wie damals, als ich neun Jahre alt war und wir einen Ausflug zum Lough Key gemacht und die achtjährige Kattie mitgenommen haben. Genau wie ich war sie klein für ihr Alter. Er sah sie noch genau vor sich, wie sie versucht hatte, am Ufer des Sees eine Sandburg zu bauen.

»Du kannst aus diesem Sand keine Burgen bauen. Er ist viel zu grob.«

Kattie betrachtete die Ruinen ihrer Burg. »Zu dumm, wirklich«, sagte sie und stob davon, um Schilf zu sammeln.

»Komm, wir wollen lieber einen Graben bauen. Wir können ihn ja hiermit verstärken.«

Colm übernahm das Kommando. Er wies Liam und die beiden Mädchen an, die Schilfrohre miteinander zu verflechten, um den Graben damit auszukleiden. Ein Eimer wurde umgedreht und fest in den Sand gebohrt. Um diesen Eimer herum hoben sie einen Graben aus, und Colm konstruierte aus einem Stück Holz, das er im Kofferraum des Autos gefunden hatte, eine Schleuse. Dann flutete er den Graben.

Lachende Zustimmung ertönte. Liam grub hinter der Burg einen zweiten Kanal, Alice schleppte Steine heran und bepflasterte den Eimer damit. »Damit es echter aussieht!« Maura Nugent saß im Schatten und strickte. Ein Lächeln spielte um ihre Lippen, wenn sie zu den Kindern hinüberschaute. Tom Nugent ging am Seeufer spazieren.

Wo war Robin damals gewesen? In Neuengland? In New York? Hatte eigentlich irgend etwas von dem, was sie erzählt hatte, der Wahrheit entsprochen? Einiges war sicher ihrer allzu lebhaften Fantasie entsprungen. Auch der exzentrischste Millionär ließ seinen Privatjet nicht pinkfarben anmalen, damit er zum Lieblingsnagellack seiner Frau paßte. Was war das überhaupt für ein Rabenvater, der nichts unternahm, um seine verschwundene siebzehnjährige Tochter zu finden? Colm hatte mehrmals die nationalen und internationalen Zeitungen durchgeblättert, ohne das Foto eines vermißt gemeldeten Schulmädchens zu entdecken. Der mysteriöse Vater hatte sich anscheinend auch niemals an die Medien gewandt, um seine Tochter aufzufordern, doch wieder nach Hause zu kommen.

Manchmal war Robin so in sich gekehrt gewesen, daß er nicht an sie herankam. Dann schien sie sich tief in sich selbst zurückgezogen zu haben, an einen Ort, zu dem außer ihr niemand Zugang hatte. Aber meist hatte sie sich aufgeschlossen und teilnahmsvoll gezeigt; hatte ihn als erste mit dem Wunder zwischenmenschlicher Kommunikation bekannt gemacht, das er erst schätzen lernen sollte, als es zu spät war. Und gerade, als er sich an sie gewöhnt hatte, war sie aus seinem Leben verschwunden.

Im Grunde genommen ist das ganze Leben doch nichts als eine Verknüpfung vieler unzusammenhängender Einzelteile, grübelte er. Das Puzzle von Robins Leben zum Beispiel hatte er nur höchst unvollständig zusammensetzen können. Und erst als er älter wurde, hatte er erkannt, wie wichtig der Gedankenaustausch mit anderen Menschen war, aber da war es schon zu spät gewesen. Er war zum Schweigen verdammt.

An ihrem ersten Morgen in Florenz erwachte Colm von einem leisen, schabenden Geräusch. Es kam von Robin, die einen Zeichenblock auf den Knien hielt und mit einem Kohlestift darauf herumkritzelte. Wie gebannt sah er ihr eine Weile zu. Sie saß am offenen Fenster auf dem Bett, hatte die Brauen zusammengezogen und die Lippen zu einem schmalen Strich zusammengepreßt. Sie schien mit ihren Gedanken meilenweit weg zu sein. Gelegentlich hob sie den Kopf, blickte aus dem Fenster auf die Straße hinaus und fuhr dann mit ihrer Beschäftigung fort.

»Was zeichnest du denn da?« fragte Colm plötzlich. Robin schrak zusammen, klappte den Block zu, drehte sich zu ihm um und musterte ihn vorwurfsvoll.

»Du hast mich zu Tode erschreckt! Ich hab' die Straße gezeichnet, ich liebe diese verrückten schiefen Dächer.«

»Darf ich mal sehen?«

Robin hielt ihm den Block hin, und er betrachtete das Bild. Die Straße war von Leben erfüllt, und die Ziegeldächer schienen keine leblosen Gebilde aus Stein und Mörtel zu sein, sondern lebendige Wesen, die endlos miteinander über das bunte Treiben in Florenz schwatzten.

»Ich hab' noch nie Dächer gesehen, die in einem solchen Winkel zueinander stehen ... aber mach dir nichts draus.«

Er duckte sich, als Robin ihm mit der Faust drohte. In ihren Augen tanzte ein fröhlicher Funke.

»Aber es ist gut, Robin, wirklich gut.«

»Red kein Blech!«

Sie gingen zum Frühstück in ein kleines Café an der Ecke und bestellten *caffè latte* und knusprige Brötchen mit Aprikosenmarmelade. Von der zischenden Espressomaschine hinter der Theke her wehte ein köstlicher Duft zu ihnen herüber. Die langen bunten Plastikstreifen vor der Tür schwangen leicht hin und her und hielten das grelle Morgenlicht fern.

Robin begann auf einmal über das mittelalterliche Florenz und die Familie Medici zu sprechen. »Das war vielleicht eine Bande, diese Medici«, sagte sie halb bewundernd. »Unermeßlich reich, mischten überall in der Politik mit, kannten keine Skrupel, und doch brachten sie einen

Kunstmäzen wie Lorenzo den Prächtigen hervor. Hätten glatt Amerikaner sein können.«

Colm lachte.

»Doch«, beharrte Robin. »Was meinst du, wie das amerikanische Wählervolk diesen Lorenzo anhimmeln würde … *Il Magnifico.*« Sie ließ den Namen förmlich auf der Zunge zergehen. »Sie würden ihn zum Präsidenten wählen, und jeder andere Clan könnte einpacken.«

Colm fiel das Buch ein, das Mr. Roche ihm vor so vielen Jahren mitgebracht hatte. »Lorenzo di Medici«, dozierte er, »wurde zum Leiter des Stadtstaates Florenz ernannt. Und er wußte, wie er seine Macht festigen mußte – sowohl sein Sohn als auch sein Neffe traten in den geistlichen Stand ein.«

»Logisch«, stimmte Robin ihm trocken zu. »Man sollte so viele Geistliche wie möglich in der Familie haben, das war schon immer mein Motto.«

Als sie seinen Gesichtsausdruck bemerkte, mußte sie lachen.

»Du bist eine Zynikerin, Robin McKay«, brummte er. »Außerdem steckst du vom Scheitel bis zur Sohle voller Geheimnisse. Zum Beispiel fällt es mir schwer zu glauben, daß jemand einen Jet knallrosa lackieren läßt.«

»Dir mangelt es eben an Fantasie. Mein Daddy sagt immer, Fantasie ist der Schlüssel zu Glück und Erfolg.«

»So, sagt er das? Es fällt mir übrigens noch schwerer zu glauben, daß eine Millionärstochter ohne einen Pfennig Geld in der Tasche in der Weltgeschichte herumgondelt.«

»Tja, so ist es nun einmal«, erklärte Robin fröhlich.

Nachdem Colm sein Frühstück verzehrt hatte, schlug er vor: »Meinst du nicht, du solltest einmal im Telefonbuch nachsehen, ob deine Florentiner Verwandten noch hier wohnen – die, von denen du mir erzählt hast.«

Er sagte das ganz beiläufig und verkniff sich dabei ein Lächeln. Wenn sie nicht tatsächlich ein bißchen Italienisch sprechen würde, hätte er die Geschichte über ihr italienisches Blut in dieselbe Kategorie eingeordnet wie die über den pinkfarbenen Jet. Er vermutete, daß Robin sich eine eigene Traumwelt geschaffen hatte, wußte aber nicht, wie weit sie bei ihren Flunkereien ging. Manchmal war er bereit, ihr buchstäblich alles zu glauben, weil er ihr auch alles zutraute. Schließlich reiste sie mit ihm, einem völlig Fremden, durch Italien und schlief sogar im selben Raum mit ihm. Allein dieser bizarre Umstand bewog ihn, alles für möglich zu halten, was sie betraf.

Sie warf ihm einen unsicheren Blick zu. »Okay, okay«, murmelte sie. »Aber das muß ja nicht jetzt sein. Wozu diese Eile?« fügte sie hinzu, hob den Kopf und sah ihn an. »Ich rufe sie an, sobald ich dazu bereit bin.«

Colm blickte sich um. In einer Ecke des Cafés, direkt neben der Tür, hing ein Telefon, darunter befand sich ein kleines Regal, auf dem ein mit einer Kette an der Wand befestigtes Telefonbuch lag.

Er griff nach ihrer Hand und zog sie zum Telefon hinüber. Ein an der Theke sitzender Gast starrte sie verwundert an. Colm schlug das Telefonbuch auf.

»Na mach schon ... hör auf, um den heißen Brei herumzureden. Wenn du wirklich Verwandte in Florenz hast, dann such ihre Nummer heraus und melde dich bei ihnen. Überleg mal, welche Möglichkeiten sich dir da bieten. Sie wollen dich sicher gern kennenlernen. Es sei denn«, fuhr er bedeutungsvoll fort, »du hast dir die ganze Geschichte aus den Fingern gesogen.« Er ließ sie nicht aus den Augen. »Nun? Nach welchem Namen soll ich suchen?«

Robin schien einiges von ihrem Selbstvertrauen eingebüßt zu haben. Voller Unbehagen zog sie die Schultern hoch.

»Wozu die Eile?« wiederholte sie. »Wir können ja auch ein andermal nachschauen.« Colms Augen wurden schmal. Er sah seine Zweifel bestätigt und hätte am liebsten laut aufgelacht.

»Ich hab' ja gleich vermutet, daß du geschwindelt hast, Robin. Aber jetzt bin ich mir ganz sicher«, sagte er in dem oberlehrerhaften Ton, den er an sich selbst verabscheute.

»Gib doch zu, daß du bloß angegeben hast. Du hast genauso wenig Florentiner Blut in den Adern wie ich. Alles nur dummes Gerede!«

Robin verzog das Gesicht. »Ich versuche doch gerade, mich zu erinnern … halt, jetzt hab' ich's! Ihr Name ist Gabbi … ist mir eben wieder eingefallen.«

Colm brach in schallendes Gelächter aus. »Gabbi! Was für ein Name soll das denn sein? Solchen Blödsinn hab' ich ja noch nie gehört. Wie schreibt man das denn?«

»Das weiß ich nicht genau«, erwiderte sie leise. »Es war der Mädchenname meiner Großmutter, aber geschrieben habe ich ihn noch nie gesehen. Meine Mutter starb, als ich noch klein war, daher kann ich mich nicht mehr genau an alles erinnern.« Trotzig fügte sie hinzu: »Obwohl ich eigentlich ein verdammt gutes Gedächtnis habe!«

»Ach ja? Du hast also nie eine Geburtsurkunde, einen Trauschein oder ein Stammbuch gesehen? Und du willst aus einer reichen Familie kommen? Sehr merkwürdig, das muß ich schon sagen.«

Sie zuckte die Achseln. »Die italienische Seite war in unserer Familie quasi ein Tabuthema«, sagte sie knapp. »Meine Großmutter wurde mehr oder weniger verstoßen, weil sie sich weigerte, den Mann zu heiraten, den man für sie ausgesucht hat.«

»Wie hieß denn deine Großmutter mit Vornamen? Ich nehme doch an, daß sie einen hatte?«

Robin preßte die Lippen zusammen. »Sehr komisch. Sie hieß … laß mich nachdenken … ach ja, Carmina! Sie kam aus einer sehr guten Familie, aber sie brannte mit ihrem Geliebten nach Amerika durch.«

Colm seufzte und sah Robin durchdringend an. Diese hielt seinem Blick gleichmütig stand. »Warum lügst du denn schon wieder?« murmelte er.

»Himmel noch mal, ich lüge ja gar nicht! Aber du bist so mißtrauisch, du würdest die Wahrheit nicht erkennen, selbst wenn du mit ihr zusammenstößt!«

Colm bemerkte erneut einen Hauch von Unsicherheit. Das kleine Persönchen neben ihm verschränkte die Arme und schürzte herausfordernd die Lippen. »Du erinnerst mich an einen alten, zahnlosen Wachhund«, lachte er. »Viel Gebell und nichts dahinter.«

Er schlug das Telefonbuch bei G auf und überflog die Liste der Namen. Kein einziger Gabbi darunter.

Robin machte keinen sonderlich enttäuschten Eindruck. »Vermutlich sind sie fortgezogen. Oder ausgestorben. Eigentlich traurig … vielleicht war meine Oma die letzte der stolzen alten Familie der Gabbis.«

»›Die einzige der Familie‹ trifft wohl eher zu«, murmelte Colm zu sich selbst. Dann fragte er: »Könnte er sich auch mit nur einem B schreiben? Der Name, meine ich?«

Robin überlegte. »Schon möglich.«

Erneut überprüften sie die Einträge.

»Fehlanzeige«, seufzte Colm, dann stutzte er plötzlich. »He, warte mal! Schau mal hier!«

Der Eintrag lautete: ›Di Gabiere, Dott. F., Via Ghiberti 12, Fiesole.‹

Colm drehte sich zu Robin um. Noch immer spiegelten sich Zweifel auf seinem Gesicht wider.

»Das sind sie!« rief Robin triumphierend. »Ich habe dir doch gesagt, daß ich Verwandte in Florenz habe!«

»Di Gabiere ist aber nicht dasselbe wie Gabbi«, belehrte Colm sie. »Genaugenommen besteht nicht die geringste Ähnlichkeit zwischen den beiden Namen.«

»Ich konnte mich eben nicht hundertprozentig genau erinnern«, erwiderte Robin in einem Ton, der verriet, daß sie der Sache überdrüssig wurde. »Außerdem ist das ›Di‹ nur ein Adelsprädikat. Schon mal davon gehört?«

Colm klatschte in die Hände. »Na gut. Ich bin sicher, daß dich deine Verwandten mit offenen Armen aufnehmen werden. Wer hat schon eine Cousine in Amerika?«

Robin lehnte sich mit dem Rücken gegen die Wand. »Ich kann doch nicht einfach unangemeldet da auftauchen.«

»Wo liegt denn Fiesole?« fragte Colm, während er sich die Adresse aufschrieb. »Der Ort, wo dieser Di Gabiere wohnen soll?«

»Keine Ahnung.«

Colm trat an die Theke. Der Barmann stellte dem anderen Gast gerade eine Tasse Espresso hin.

»*Scusi* …«, stotterte Colm. »Fiesole?«

Sowohl auf dem Gesicht des Barmannes als auch auf dem des Gastes malte sich Verwirrung ab. »Fiesole?« wiederholte Colm, der zu begreifen begann, daß seine Aussprache das eigentliche Problem darstellte.

Als den beiden Befragten dämmerte, worauf er hinauswollte, überschütteten sie ihn mit einem italienischen Wortschwall, begleitet von wilden Gesten. Colm reimte sich zusammen, daß er mit dem Bus fahren mußte. Der Bus fuhr am Bahnhof ab.

»*Grazie* …«

Er kehrte zum Tisch zurück, wo Robin inzwischen wieder Platz genommen und die Arme vor der Brust verschränkt hatte. »Du lernst auch nie dazu, Ire«, zischte sie. »Zwei Minuten später hätte sich halb Florenz hier versammelt, um dir den Weg zu erklären!«

»Na und? Ich lasse mich immer gern belehren. Komm, wir werfen mal einen Blick auf den Stadtplan. Er liegt in unserem Zimmer.«

Sie gingen zu ihrer Pension zurück, zogen den Stadtplan zu Rate und stellten fest, daß Fiesole in den Bergen über dem Arnotal lag.

»Was erwartest du denn jetzt von mir?« fauchte Robin giftig, als sie Colm ansah. »Du glaubst doch nicht im Ernst, daß ich einfach bei denen vor der Tür stehe und sage: ›Hey, Leute, ich bin's, eure unbekannte Verwandte!‹«

»Das heißt doch nichts anderes, als daß du dir ein Lügennetz gesponnen hast und jetzt nicht weißt, wie du dich da herauswinden sollst, Robin.«

Robin schüttelte den Kopf. »Ich lüge nur ganz selten. Aber du mußt mir ja nicht glauben. Niemand zwingt dich.«

»Du kannst es ja zumindest einmal versuchen«, beharrte Colm, der sich fragte, wie weit er wohl gehen mußte, um sie dazu zu zwingen, ihre Flunkerei zuzugeben. »Dann hätten wir was zu tun. Und sie werden dich schon nicht auffressen.«

Sie dachte darüber nach. »Nicht jetzt«, sagte sie nervös, als sie erkannte, daß Colm es ernst meinte. »So einen Besuch kündigt man normalerweise schriftlich an. Also werde ich meinem Cousin Signor Di Gabiere schreiben, daß ich hier bin, okay? Heute würde ich mir nämlich lieber die Stadt anschauen.«

Colm seufzte. Er hatte genug von dieser Farce.

»Also gut, gehen wir auf Besichtigungstour.«

Sie verließen die Pension, erstanden einen billigen Reiseführer und machten sich auf den Weg.

Sie überquerten die Piazza della Signoria und blieben vor der durch eine in den Boden eingelassene Gedenkplatte markierten Stelle stehen, an der Savonarolas Leichnam verbrannt worden war.

»Armer alter Savvy«, bemerkte Robin, die das entsprechende Kapitel in ihrem Reiseführer aufgeschlagen hatte. »Das hatte er nun von seinem Versuch, die Welt zu verbessern.«

»Er ist zu vielen Leuten auf die Zehen getreten. Überleg doch mal, damals lag praktisch die ganze Macht in den Händen der Kirche, und dann kommt dieser Typ daher, übt öffentlich Kritik am Papst und beschuldigt die höchsten kirchlichen Würdenträger, Amtsmißbrauch zu betreiben.«

»Sehr gut, Nugent, setzen«, grinste Robin. »Du könntest glatt da weitermachen, wo der alte Savvy aufgehört hat.«

Colm lachte und löste Eintrittskarten für den Palazzo Vecchio. Gemeinsam wanderten sie durch den riesigen Saal der Fünfhundert und die anderen Räume dieses eindrucksvollen Palastes, durch den einst auch *Il Magnifico* geschritten war.

»Kannst du dir vorstellen, wie er hier, an diesem Fenster gestanden und auf die Stadt hinabgeblickt hat?« Robin blieb bei einer Fensternische stehen und strich sacht über das Glas. »Streng deine Fantasie an! Hier hat er gestanden, Lorenzo der Prächtige, einer der bedeutendsten

Männer der Geschichte, genau da, wo jetzt deine Füße sind.«

Colm spürte, wie ihm ein leichter Schauer über den Rükken lief. »Woher hast du nur eine so lebhafte Vorstellungskraft?«

Robin zuckte die Achseln. »Ich hatte einen guten Lehrer«, verkündete sie großspurig. »Er war einfach wundervoll.«

Der verdammte Kunstlehrer, dachte Colm bei sich. Da steckt doch bestimmt mehr dahinter. Er wollte sie näher über diesen Burschen ausfragen, aber sie trabte bereits wieder vor ihm her, betrachtete Decken und Gemälde und blieb an fast jedem Fenster stehen, um einen Blick auf den unter ihnen liegenden Platz zu werfen.

Als sie zum Landkartensaal kamen, hätte Colm beinahe laut aufgelacht, als er die dilettantisch ausgeführte Karte von Irland sah. Andere hingegen, wie etwa die von Italien und den Nachbarländern, waren von beeindruckender Präzision.

Als nächstes kamen die Uffizien an die Reihe. Sie mußten lange anstehen, aber schließlich konnten sie die endlos scheinende Treppe zur Galerie emporsteigen und den ersten Saal betreten. Robin schien es auf einmal eilig zu haben. Sie ließ den Blick flüchtig über die ausgestellten Kunstwerke gleiten und hastete dann gleich in den nächsten Raum weiter.

»Mich interessieren vor allem die Gemälde von Botticelli. Mein Kunstlehrer hat immer davon geschwärmt.«

Colm begann sich allmählich über sie zu ärgern. Er hatte gutes Geld bezahlt, um sich hier in Ruhe umsehen zu können, und sie rannte vorneweg, ohne sich Zeit für das eine oder andere Bild zu nehmen. Und was war bloß an diesem komischen Lehrer so toll gewesen? fragte er sich verdrossen. Mußte ja eine ziemliche Niete gewesen sein, wenn er es nicht weiter gebracht hatte als bis zum Hauslehrer für kleine Mädchen. Aber Robin hatte es im Moment zu eilig, als daß er ihr die eine oder andere versteckte Fangfrage hätte stellen können.

»Kannst du eigentlich auch mal zwei Minuten stillstehen?« fragte er schließlich gereizt.

»Ach, laß mich doch in Ruhe ...« Und weg war sie. Etwas später fand er sie vor Botticellis *Die Geburt der Venus* stehen.

Er trat hinter sie, aber sie bemerkte ihn gar nicht. Sie war völlig in das Bild versunken; die Darstellung der nackten Liebesgöttin mit wehendem goldenem Haar, die in einer Muschel ans Ufer gespült wurde. Nicht übel, dachte Colm säuerlich, während er das Gemälde betrachtete, aber auch nicht so überwältigend, daß sie es stundenlang anstarren muß.

Er überließ Robin ihrer verzückten Bewunderung und ging in den angrenzenden Raum, um sich Leonardo da Vincis *Verkündigung* anzusehen.

Als er sich schließlich wieder auf die Suche nach Robin machte, fand er sie noch immer vor dem Bild *Die Geburt der Venus.* Aufmerksam lauschte sie den Ausführungen eines Reiseleiters, der eine Gruppe englischer Touristen durch die Galerie führte.

»Für dieses Bild hat angeblich *La Bella Simonetta* Modell gestanden, die Geliebte von Lorenzos Bruder Giuliano. Sie war so schön, daß man ihren Leichnam kurz nach ihrem Tod noch einmal durch die Straßen der Stadt getragen hat, damit die Menschen einen letzten Blick auf sie werfen konnten. Sie starb mit nur zweiundzwanzig Jahren.«

»Hast du das gehört?« Robin drehte sich zu Colm um. Sie schien gar nicht bemerkt zu haben, daß er eine Weile nicht dagewesen war.

»Ja und? Wir sprechen vom fünfzehnten Jahrhundert. Damals gab es noch keine Fernseher und Fotoapparate, man hatte kaum eine Möglichkeit, die Schönheit mancher Menschen für die Nachwelt zu erhalten. Also mußte man sie bewundern, so lange es eben ging, notfalls auch noch nach ihrem Tod.«

Robin sah ihn lauernd an.

»Schönheit bedeutet Macht. Deswegen«, fuhr sie nach

kurzem Zögern fort, »tut man auch alles, um sie zu zerstören.«

»Manchmal frage ich mich, warum du immer nur das Schlechte siehst«, fauchte Colm sie gereizt an.

»Und manchmal frage ich mich, warum du so oft die verschlossene Auster spielst«, schoß sie prompt zurück.

»Wie meinst du das?«

Sie schnaubte unwillig. »Du hast die unangenehme Eigenschaft, erst Andeutungen zu machen und dann das Thema zu wechseln. Sobald man mehr aus dir herausbekommen will, machst du die Schotten dicht.«

Das gab Colm zu denken. Als er sie ansah, hatte sie die Lippen kampfbereit verzogen, und er verspürte plötzlich den dringenden Wunsch, sie zu küssen; sie zum Lachen zu bringen. »Mein Geburtstag steht vor der Tür«, sagte er grinsend. »Also sei nett zu mir.«

Sie lächelte. »Es ist auch mein Geburtstag, falls du das vergessen hast.«

»Ach ja, der große einundzwanzigste. Sagst du eigentlich jemals die Wahrheit?«

»Mein Dad behauptet, die Wahrheit wäre der Ruin jeder guten Story«, erwiderte sie augenzwinkernd. »Aber ich lüge ja nicht immer. Nur wenn's unbedingt sein muß.«

»Dein Dad hat so etwas gesagt? Paßt gar nicht zu ihm, das klingt ja, als hätte er tatsächlich Sinn für Humor. Ich möchte mal wissen, warum er nicht nach dir suchen läßt. Ein Mann mit seinen Mitteln müßte dich doch im Handumdrehen finden. Warum will er nichts mehr von dir wissen?«

Er nahm ihre Hand, doch sie entzog sie ihm unwillig. »Du glaubst, du weißt alles, was? Nun, es gibt Dinge, von denen du keine Ahnung hast – Dinge, die du dir nie träumen lassen würdest ...«

Wieder griff er nach ihrer Hand, wohl wissend, daß es im Moment keinen Sinn hatte, sie weiter auszufragen. »Komm, Kleines«, sagte er sanft, da ihm plötzlich auffiel, wie blaß sie war. »Du hast recht, ich weiß längst nicht alles. Also laß uns Frieden schließen. Wir wollen noch den Bargello besichtigen.«

Der Bargello, eine Festung aus dem 13. Jahrhundert, lag nicht weit von den Uffizien entfernt. Einst hatte er als Gefängnis gedient, nun war ein Nationalmuseum darin untergebracht. Eine mächtige Steintreppe führte vom Hof in die einzelnen Stockwerke voller Kunstschätze und Skulpturen von Michelangelo, Cellini und Donatello.

»Was willst du eigentlich später einmal machen?« fragte er, als sie wieder unten im Hof im Schatten standen. »Wenn du erwachsen bist, meine ich.«

Robin warf den Kopf zurück. »Ich *bin* erwachsen!«

»Ansichtssache, aber lassen wir das. Hast du denn irgendein Lebensziel? Willst du Malerin oder Lehrerin oder sonstwas werden? Auch wenn man einen Haufen Geld hat, muß das Leben ohne eine sinnvolle Aufgabe doch ziemlich langweilig sein.«

Robin schwieg eine Weile. »Ich weiß nicht, was ich später mal machen will«, sagte sie dann ungewöhnlich ernst. »Vermutlich hab' ich einfach Angst vor der Zukunft.«

»Warum denn nur?«

Sie zuckte die Achseln, und zu Colms Bestürzung füllten sich ihre Augen mit Tränen. Ärgerlich wischte sie sie weg.

Die Sonne brannte heiß auf die Via del Proconsolo herab, als sie den Bargello verließen und Richtung Fluß gingen. Zwei Polizisten tauchten auf der anderen Straßenseite auf, und Robin bog rasch in die Via dell'Anguillara ein. Colm folgte ihr.

»Warum hast du das getan?« erkundigte er sich.

»Was?«

»Warum bist du weggelaufen, als du die Polizisten gesehen hast?«

Sie starrte ihn finster an. »Bist du verrückt? Ich wollte einfach gern diese Straße entlanggehen, hier waren wir nämlich noch nicht. Glaubst du, ich hab' Angst, daß mein Daddy mich von der Polizei suchen läßt?«

»Dein Daddy kann sich ein ganzes Heer von Privatdetektiven leisten, der ist nicht auf die Hilfe der Polizei angewiesen.«

Darauf sagte sie nichts mehr. Inzwischen waren sie am Arno angekommen und überquerten die Ponte Vecchio.

Robin blieb gleich am ersten Schaufenster stehen und lehnte sich dagegen, als sei sie von der Auslage fasziniert – von den Perlenschnüren, Goldketten und goldgefaßten Kameen.

»Robin, bist du okay?«

»Klar …«

Sie gingen bis zur Brückenmitte weiter, blieben dort Seite an Seite stehen und blickten in den Fluß hinab. Colm hob den Kopf und betrachtete die zypressenbewachsenen Hügel hinter der Stadt. »Irgendwo da drüben muß dieses Fiesole liegen«, meinte er.

Ein Gassenjunge kam auf sie zu und wollte ihnen Postkarten verkaufen. Colm nahm ihm zwei ab. Der Bengel blickte von ihm zu Robin und wünschte ihm dann mit einem seltsam wissenden Lächeln viel Glück.

Was ist schon Glück? dachte Colm, der sich plötzlich merkwürdig erschöpft fühlte. Und wo kann man es finden? War dies hier Glück, dieses Leben von der Hand in den Mund in Gesellschaft einer geheimnisumwobenen Fremden, in deren Gegenwart er sich zum erstenmal seit Jahren wieder wie ein vollwertiger Mensch fühlte? In Ballykelly würde er nie glücklich sein, soviel wußte er. Dort wurde jetzt die Gerste eingebracht oder vielmehr das, was nach dem Platzregen kurz vor seiner Abreise von der Ernte noch übriggeblieben war. Ungefähr um diese Zeit kam Moll für gewöhnlich mit riesigen Kannen mit heißem, süßem Tee auf die Felder, und zur Mittagszeit versammelten sich dann die Knechte und Tagelöhner in der Küche, wuschen sich die Hände, warfen ihre schweißfleckigen Kappen auf die Fensterbank und genossen lachend und schwatzend ihre Mittagspause.

Was sie wohl zu Robin sagen würden? Früher, bevor er in Ungnade gefallen war, wäre er stolz darauf gewesen, sie mit zu sich nach Hause zu nehmen. Ihre Herkunft und ihr fremdartiger Akzent hätten die Neugier und das Interesse des ganzen Dorfes geweckt. Vielleicht würde sich die Haltung all derer, die ihn verurteilten, ändern, wenn sie wirklich einmal zu Besuch käme.

In Robin hatte er eine wertvolle Verbündete. Ihr trotziges Wesen, ihre Verletzlichkeit und die merkwürdige Vertrautheit zwischen ihnen waren der Strohhalm, an den er sich klammern konnte.

Sie schlenderten über die Piazza di Santo Spirito, die von der gleichnamigen Kirche aus dem fünfzehnten Jahrhundert beherrscht wurde. In einem Eckladen deckten sie sich mit frischen Brötchen, Käse und Mineralwasser ein. Robin setzte sich auf eine Bank in der Nähe des Springbrunnens und blickte zur Ostseite des Platzes hinüber. Dort hatten Händler ein paar Marktstände aufgebaut und boten Obst, Gemüse, Haushaltsgegenstände und Kleidungsstücke feil. Colm kaufte ein paar Äpfel, ließ sich neben Robin auf der Bank nieder und biß genüßlich in ein knuspriges Brötchen. Graugrün schillernde Tauben stolzierten über das Pflaster und pickten in den Ritzen herum. Robin verhielt sich ungewöhnlich schweigsam. Sie trank etwas Wasser, lehnte es jedoch ab, etwas zu essen. »Mein Magen spielt ein bißchen verrückt«, erklärte sie, als er sie fragte, ob sie keinen Hunger hätte.

»Hör zu ... ich lauf' schnell zurück und hol dir ein Mittel aus der Apotheke, an der wir eben vorbeigekommen sind.«

»Die ist zu. Um diese Tageszeit sind alle Geschäfte geschlossen.« Robin sammelte die Reste von Colms Imbiß in der Papiertüte zusammen und warf sie den Vögeln hin. Ein paar kleine braune Spatzen machten sich lauthals tschilpend darüber her.

»Du denkst immer an die Vögel«, stellte Colm fest. »Ich hab' noch nie erlebt, daß du sie vergißt.«

»Was sollen wir denn auch mit den Krümeln?«

»Wie geht es dir jetzt?« fragte er ein paar Minuten später.

»Viel besser«, antwortete sie. »Ich glaube, ich war einfach nur müde.«

Am Ende des Platzes wurden die Schatten allmählich länger. Die Hitze nahm zu, und die Händler begannen, ihre Stände abzubauen.

Mehrere junge Leute saßen um den Springbrunnen herum. Ein Pärchen hielt Händchen und schien die Welt um sich herum vollkommen vergessen zu haben.

»Erinnern dich die beiden nicht an deine erste Liebe?« fragte Robin und nickte in Richtung des jungen Paares. Colm schluckte. Er wollte das verfängliche Thema nicht wieder aufgreifen und rettete sich in das Machogehabe, in das er immer verfiel, wenn er sich unsicher fühlte. Trotz aller Vertrautheit zwischen ihnen wußte er nie, wie er sich verhalten sollte, wenn sie ihn unerbittlich mit Fragen über die Liebe bombardierte. Aus irgendeinem Grund hatte sie sich in dieses Thema regelrecht verbissen.

»Ich habe dir doch gesagt, daß ich von diesem sentimentalen Quatsch ein für allemal kuriert bin.«

»Du hast mir nie erzählt, wie es damals weiterging«, sagte sie leise. »Was aus dir und Catherine geworden ist.«

»Gar nichts. In diese Falle tappe ich nie wieder, soviel ist sicher.«

Er hatte nicht vor, sich zu weiteren Enthüllungen hinreißen zu lassen, und wenn sie ihn noch so bedrängte. Er bedachte sie mit einem überheblichen Lächeln in allerbester James-Bond-Manier, das männliche Überlegenheit zum Ausdruck bringen sollte. Doch insgeheim mußte er an einen Winterabend denken, an dem in ihrer Küche eine spontane Party stattgefunden hatte; der erste fröhliche Abend seit dem Tod seiner Mutter. Colms Vater spielte auf der Fiedel, Liam und Alice sowie zwei Freunde, die zufällig vorbeigekommen waren, begannen zu tanzen. Auch die jetzt vierzehnjährige Kattie war da; sie saß im Schaukelstuhl neben dem Feuer.

Colm hatte gerade das Melkhaus mit einem Schlauch ausgespritzt und kam mit frostgeröteten Händen in die Küche. Sein Herz machte einen kleinen Sprung, als er Kattie sah, die ihn schüchtern anlächelte. Seit dem Debakel von Clonarty ging er ihr aus dem Weg, niedergedrückt von Scham, Zorn und Schuldbewußtsein. Doch jetzt schlüpfte er aus seinen Gummistiefeln, wusch sich an der Spüle die Hände, ging auf sie zu und forderte sie zum Tanzen auf. Doch Catherine lehnte ab und verkroch sich buchstäblich in dem Schaukelstuhl. Ihr Gesicht war feuerrot angelaufen. »Lieber nicht, Colm, danke. Ich traue mir den Reel nicht zu.«

Die Musik verstummte, alle anderen starrten ihn schweigend an und wandten dann verlegen den Blick ab. Sie weiß Bescheid, dachte Colm plötzlich voller Entsetzen. Sie kennt die ganze Geschichte, hat sie sich zusammengereimt, oder jemand hat sie ihr erzählt. Und jetzt verachtet sie mich! In diesem Moment haßte er Kattie, haßte sie alle. Er spürte, daß er diesen Zustand nicht mehr lange würde ertragen können. Irgendwie mußte er es schaffen, seinen Ruf und somit seine Identität wiederherzustellen. Dieser Wunsch brannte ebenso stark in ihm wie der Durst nach Rache.

Er wurde sich bewußt, daß er nicht in Irland, sondern in Italien war und in der prallen Mittagshitze schmorte. Er sah Robin fest in die Augen.

»Nein«, wiederholte er, »in diese Falle tappe ich nie wieder.«

Robin runzelte die Stirn. Sie hatte den Blick nicht von seinem Gesicht gewandt. »Ich auch nicht«, erwiderte sie gleichmütig. »Ich glaube nicht mehr an die wahre Liebe.« Doch sie fuhr fort, ihn verstohlen zu beobachten.

»Welche Gefühle hegst du denn heute Catherine gegenüber?« fragte sie plötzlich, beugte sich vor und hielt einer fetten Taube ein Stückchen Brot hin.

Colm kam sich mit einemmal so vor, als habe ihn eine übermächtige feindliche Armee eingekesselt. Betont lässig zuckte er die Achseln. »Überhaupt keine mehr.«

»O doch. Du gibst ihr für irgend etwas die Schuld – jedesmal, wenn du ihren Namen aussprichst, kann ich das spüren.«

»Ich sagte doch, ich bin von ihr kuriert!«

»Wie bist du denn von ihr kuriert worden? Und warum wolltest du überhaupt von ihr *kuriert* werden?« bohrte Robin unerbittlich weiter.

Die Fragen trafen ihn wie Nadelstiche. Wer gab ihr das Recht, ihm mit ihrer Neugier so zuzusetzen?

Er stieß einen gottergebenen Seufzer aus, dann erklärte er in einem etwas gönnerhaften Ton: »Weil ich ein Mann bin und mein Leben in männlichen Bahnen verläuft.«

Robin lächelte. »Und welcher Art sind diese – Bahnen?«

»Begreif doch endlich! Männer und Frauen sind nun einmal verschieden. Männer setzen alles daran, zu Geld und Macht zu gelangen, weil sie nur so die Frauen bekommen, auf die sie scharf sind. Frauen stehen auf dieses sentimentale Liebesgeflüster, also muß man als Mann so tun, als ob man auch dran glaubt, wenn man die Frau rumkriegen will.« Er blickte sie von der Seite an. »Die meisten Männer sind der Meinung, Frauen – Anwesende ausgenommen – taugen nur für die drei großen Fs.« Er lehnte sich zurück, war wieder unverwundbar.

»Was bitteschön sind die drei großen Fs?«

»Finden, Flachlegen, Fallenlassen.« Wieder warf er ihr einen Blick zu und bedauerte seine Worte sofort, als er sah, wie sie zusammenzuckte. Dennoch konnte er nicht umhin, sich im Gefühl männlichen Triumphs zu sonnen. Die Hierarchie war wiederhergestellt. »Ist ein Sprichwort unter Männern«, fügte er hinzu, um der Bemerkung die Schärfe zu nehmen. »Aber ich hab's nicht erfunden.«

Robins Gesicht hatte sich umwölkt. Tiefe Trauer spiegelte sich in ihren Augen wider, und Colm, der sich wie der letzte Idiot vorkam, wünschte plötzlich, er wäre tot. Nach einer Weile meinte sie leise: »Eins muß man dir lassen, Ire ... du bist wirklich ein Ausbund an Höflichkeit.«

»Du fällst für mich nicht unter jenen Begriff von Frauen«, brummte Colm in dem unbeholfenen Versuch, angerichteten Schaden wiedergutzumachen. »Du bist ein Freund.«

Aber Robin lächelte nicht. Sie preßte die Lippen zusammen und sagte, ohne die Stimme zu erheben: »Verrat mir eins, Ire … wovor haben die Typen, die diesen Blödsinn in die Welt setzen, eigentlich solche Angst?«

»Wie kommst du denn darauf?«

Robin musterte ihn verächtlich. »Männer, die sich wie in die Enge getriebene Ratten benehmen, haben immer Angst.«

Er machte ein beleidigtes Gesicht.

»Anwesende ausgenommen, versteht sich«, fügte sie süß hinzu.

Am Nachmittag besichtigten sie den Dom, die aus weißem und blaßgrünem Marmor erbaute Kathedrale von Florenz und danach das Baptisterium mit seinen berühmten Bronzetüren. Seit dem mittäglichen Austausch von Beleidigungen hatten sie kaum ein Wort miteinander gewechselt, und nun lauschten sie schweigend den Ausführungen eines englischsprachigen Reiseleiters. In mittelalterlichen Kirchen sei das Baptisterium immer außerhalb des eigentlichen Kirchenbereiches zu finden, erklärte dieser gerade, da nur getaufte Personen eine Kirche betreten durften.

»Erinnert mich an einen Nobelclub«, murmelte Robin. »Nur die Elite hat Zutritt. Und ich hab' mal an all diesen Mist geglaubt. Ich hab' wirklich daran geglaubt!«

Colm sah sie an. »Was hat dich denn von deinem Glauben abgebracht?« fragte er, aber sie brachte ihn mit einem Blick zum Schweigen und hörte weiter dem Reiseleiter zu.

Der erzählte gerade, daß Dante hier getauft worden war, aber Colm hörte kaum hin; Robins Verhalten hatte ihn zu sehr verwirrt. Trotzdem war er erleichtert, daß sie ihr Schweigen gebrochen hatte. Er hätte sich gerne bei ihr entschuldigt, konnte jedoch nicht die richtigen Worte finden.

»Kannst du dir vorstellen, wie das Leben damals gewesen ist?« fragte er später, um sie aus ihrer Versunkenheit herauszuholen. »Die westliche Welt bestand quasi nur aus dieser und noch ein paar anderen bedeutenden Städten, und fast die ganze Macht lag in den Händen der Päpste.

Über andere Länder war kaum etwas bekannt, es existierten nur Mythen über Cathay und sagenhafte Länder hinter dem Horizont. England und Irland hätten genausogut auf dem Mond liegen können.«

Robin zuckte die Achseln. »Ich dachte immer, das wäre auch heute noch so.«

Er lachte. »Hat dir eigentlich schon mal jemand gesagt, daß du deine Mitmenschen zur Verzweiflung treiben kannst?«

»Nein, aber andere kleine Fehler wurden gelegentlich erwähnt.«

»Als da wären?«

»Nun, zum Beispiel die Neigung, Fantasien mit der Realität zu verwechseln.«

»Aha!«

»Nichts ›aha‹! Weißt du, was mein Dad mir mal erzählt hat?«

»Was denn?«

»Daß er vom letzten Herrscher Irlands abstammen würde.«

Colm lachte gutmütig. Also pochte das Millionärsscheusal auf eine edle Abstammung.

»Laß mich mal überlegen«, sagte er, sich über das Kinn streichend. »Das muß Ruadhri O'Connor gewesen sein, der herrschte so um 1170 herum. Halb Irland behauptet, mehr oder weniger direkt von ihm abzustammen, dein Dad befindet sich also in guter Gesellschaft. Ich selbst bin höchstwahrscheinlich auch um tausend Ecken herum mit ihm verwandt. Damit wären wir Cousins.« Er drehte sich zu ihr um und schlug die Hacken zusammen. »Bist du bereit, die Welt mit mir zu erobern, Cousinchen?«

Robin schnaubte leise, aber um ihre Lippen spielte ein leises Lächeln, das sie sofort zu verbergen suchte, indem sie sich hinter ihrem Reiseführer verschanzte. Sie war zu einer vollständigen Versöhnung noch nicht bereit.

»Ich möchte den *David* sehen«, verkündete sie, als er vorschlug, in die Pension zurückzukehren.

»Welchen David?«

»Banause ... Michelangelos *David* natürlich.« Sie zog den Stadtplan zu Rate. »Es ist nicht weit von hier.«

»In dieser Stadt liegt alles ganz nah beieinander«, murrte Colm. »Aber am Ende summieren sich all diese kurzen Strecken dermaßen, daß man Plattfüße und Krampfadern bekommt.«

Robin kicherte. »Nun hab' dich doch nicht so!«

Michelangelos *David* befand sich in der Galleria dell'Accademia, die, wie Robin gesagt hatte, nur wenige Minuten zu Fuß entfernt lag. Die riesenhafte Figur beherrschte in all ihrer marmornen Pracht den langen Saal der Galerie.

Robin starrte dieses Meisterwerk der Bildhauerkunst entrückt an, und zu Colms Erstaunen traten ihr Tränen in die Augen.

»Ist er nicht wundervoll!« flüsterte sie.

»Seine Hände und sein Kopf sind zu groß«, bemerkte Colm mißmutig. »Außerdem könnte ihm eine Unterhose nichts schaden.«

Robin schnalzte vorwurfsvoll mit der Zunge, fuhr aber dennoch ehrfürchtig fort: »Michelangelo hat diese Statue aus einem einzigen Marmorblock gehauen. Wie mag er das nur fertiggebracht haben?«

Colm betrachtete David lange nachdenklich, dann sagte er: »Vielleicht hat dieser Mann ja einmal gelebt und wurde dann mit einem Fluch belegt und in Marmor verwandelt. Vielleicht hat er Goliath ja gar nicht besiegt, sondern der Riese hat ihn überlistet und auf ewig versteinert.«

Robin berührte sacht seine Hand. »Du mußt ihn nur anschauen, um zu sehen, wie er seinen Gegner übertroffen hat«, sagte sie weich. »Er wußte, daß er unverwundbar war.«

Colm konnte kaum noch stehen. Er blickte sich suchend nach einer Sitzgelegenheit um und fand keine. »Nun, Madam«, stöhnte er ergeben. »Wohin willst du mich als nächstes schleppen? Ich sehe schon, daß ich keine Gnade zu erwarten habe.«

»Wie wäre es mit San Marco, der Kirche deines alten Kumpels Savonarola?« Robin kramte den Stadtplan hervor. »Nur die Straße runter und dann über einen großen Platz ...«

Seufzend folgte ihr Colm nach draußen, und sie gingen die von laut hupenden Mopeds wimmelnde Straße hinunter, überquerten den Platz und betraten die Kirche.

Das Innere der Kirche San Marco war während der Barockzeit umgebaut worden, die hohe Decke und der ursprüngliche Altar waren jedoch erhalten geblieben. Kein Mensch hielt sich in dem Gebäude auf. Colm und Robin blieben eine Weile still stehen – froh, der Hitze und dem Lärm entronnen zu sein, der draußen auf dem Platz herrschte. Dann wanderten sie langsam umher und betrachteten die Sehenswürdigkeiten.

Auf der linken Seite entdeckten sie die sitzende Bronzestatue eines in einen weiten Umhang gehüllten Mönches. Nur die Schuhe ragten unter dem Saum seines Gewandes hervor. Er saß ganz allein da, keine Bewunderer umringten ihn, und seine Haltung zeugte nicht unbedingt von demütiger Gottesfurcht.

»Wer ist das?« fragte Colm laut und suchte nach einem Namensschild, obwohl er die Antwort schon kannte. Dies konnte nur *eine* historische Persönlichkeit sein, und Colm blickte ihn mit einem Schimmer freudigen Wiedererkennens an wie einen alten Freund.

Leicht vornübergebeugt, mit einem Buch in der Hand, saß Savonarola da und blickte finster vor sich hin. Die Statue wirkte überlebensgroß, und das Gesicht des Mönches glühte vor visionären Träumen und strengen Grundsätzen.

Die Figur unterschied sich von allem, was sie bislang in Florenz gesehen hatten, mehr noch, sie war völlig anders als alles, was Colm in seinem bisherigen Leben zu Gesicht bekommen hatte. Dies war kein hedonistisches Kunstwerk mit perfekt gemeißeltem Torso, kein frömmelnder Heiliger mit entrückt auf Gott gerichtetem Blick. Statt dessen strahlte die Statue eine nahezu greifbare Spannung aus, die Colm zu seiner Verwunderung als Zorn identifizierte, als nackten, blinden *Zorn*.

Schweigend betrachteten die beiden jungen Leute die Skulptur. Colm, von dem Anblick völlig überrumpelt, spürte einen Kloß im Hals. Dieser unheimliche Mönch, der ihn als zehnjährigen Jungen so fasziniert hatte, saß nun vor ihm und sah aus, als wolle er ihn jeden Moment ansprechen. Vorsichtig berührte Colm den unter dem Gewand hervorlugenden Schuh, zog aber gleich darauf die Hand zurück, als fürchte er, Savonarola könne plötzlich zum Leben erwachen.

»Bemerkenswerter Bursche«, flüsterte Robin dann. »Obwohl ich nicht unbedingt erwartet hätte, sein Denkmal in einer Kirche vorzufinden. Immerhin ist er exkommuniziert worden.«

»Er war hier der Prior«, gab Colm zurück, sah sich in der prächtigen Kirche um und konzentrierte sich dann wieder auf die asketische Gestalt vor ihm. »Damals sah es hier allerdings etwas anders aus. Die Leute strömten in Scharen herbei, um seine Predigten zu hören. Sie müssen stolz auf ihn gewesen sein. Immerhin hat er ganz Europa in Aufruhr versetzt.«

»Damit ist es jetzt vorbei«, murmelte Robin. Sacht fuhr sie mit dem Finger über die Bronzehand. »Jetzt ist er zum ewigen Schweigen verdammt.«

»Dein Glück«, meinte Colm unfreundlich. »Er hätte dich wahrscheinlich auf dem Scheiterhaufen verbrennen lassen.«

»Und weshalb?«

»Weil du für eine Frau eine ziemlich spitze Zunge hast, und weil du es wagst, Kritik an seiner Person zu üben. Er sieht nicht so aus, als würde er mit seinen Gegnern zimperlich verfahren.«

Unbeeindruckt legte Robin ihre kleine Hand über die Savonarolas und blickte ihm in die furchterregenden Bronzeaugen.

»Wenn ich so über sein Leben nachdenke«, sagte Colm

mit gedämpfter Stimme, »dann frage ich mich, ob er sein furchtbares Ende wohl vorausgeahnt hat.«

Robins Augen füllten sich mit Tränen. »Genau deshalb jagt mir ja das Leben auch solche Angst ein«, gestand sie. »Man weiß nie, was auf einen zukommt ...«

»Du mußt dir doch keine Sorgen machen, Robin ... du hast doch alles, was man sich nur wünschen kann.«

»Weißt du ... wenn ich an meine Zukunft denke ... ich kann sie mir einfach nicht bildlich vorstellen. Ich sehe sie wie durch einen Nebel ... weiß nicht, was dahinter liegt.« Sie hielt inne und blickte sich in der stillen Kirche um. »Und immer habe ich so ein komisches Gefühl ... ich weiß, daß etwas Schreckliches geschehen wird.«

Bei ihren Worten lief Colm ein kalter Schauer über den Rücken. Er faßte sie bei den Schultern und drehte sie zu sich herum. Sie lächelte schief, schüttelte dabei aber unwillig den Kopf.

»Der alte Savvy hier hatte es besser«, sagte sie stockend. »Ihm gab sein Glaube Kraft. Er war sich sicher, daß Gott über alle Menschen wacht. Ich hab' auch mal an dieses Gewäsch geglaubt, aber als ich Gott dringend brauchte, war Er nicht da.«

Colm verbiß sich die Bemerkung, die ihm auf der Zunge lag, und musterte sie statt dessen forschend.

»Robin, was ist dir nur zugestoßen?«

Sie wandte sich ab. »Ich habe mich immer bemüht, alles richtig zu machen. Aber wenn alles schiefgeht, was du anfaßt ... wenn du nichts und niemandem trauen kannst ... dann weißt du irgendwann nicht mehr, wer du eigentlich bist. Und deswegen habe ich solche Angst vor der Zukunft.«

Colm legte ihr den Arm um die Schulter. »Du hast eine wundervolle Zukunft vor dir«, flüsterte er ihr leise, aber bestimmt ins Ohr. »Davon bin ich felsenfest überzeugt.«

Er drehte sich zu der Statue Savonarolas um, blickte ihm fest in das fanatische Gesicht und sagte halblaut: »Ich bitte dich, der du einst an diesem Ort gepredigt hast und für Gleichheit und Gerechtigkeit eingetreten bist, diesem

Mädchen ein glückliches und erfülltes Leben zu schenken. Sie hat es verdient.«

Ohne es selbst zu merken, beendete er den anfänglich scherzhaft hervorgebrachten Satz in einem ungewohnt ernsten und eindringlichen Tonfall.

»Wieso habe ich es verdient?« fragte Robin. Sie klang überrascht und verschüchtert zugleich.

»Einfach deshalb, weil du du bist. Ist das nicht Grund genug?«

Eine seltsam gedrückte Stimmung hatte sie ergriffen, als sie aufstanden, um zu gehen. Colm warf ein paar Lire in eine Geldbox und entzündete eine Kerze. »Die ist für Robin«, sagte er zu Savonarola.

Robin wühlte in ihrer Tasche, fand etwas Kleingeld und tat es ihm nach. Dann blickte sie ein letztes Mal in das bronzene Gesicht des ehemaligen Priors der Kirche San Marco. »Und die ist für Colm.«

»Er ist mir irgendwie unheimlich«, gestand sie Colm dann, preßte eine Hand gegen den Magen und verzog stöhnend das Gesicht.

»Du bist übernervös«, meinte Colm. »Deswegen wird dir auch so oft übel. Und deine Nervosität überträgt sich auf mich. Jetzt setz dich erst mal, und ruh dich einen Moment aus.«

Nebeneinander ließen sie sich auf einer Kirchenbank nieder und warteten ab, bis es Robin wieder besser ging.

»Weißt du, ich könnte dir da Geschichten erzählen ...«, sagte Robin abends, als sie auf der Piazzale Michelangelo in einem Restaurant saßen. Ihre Übelkeit schien völlig verflogen zu sein, und sie verzehrte mit sichtlichem Genuß ihr Nudelgericht. Von der großen Terrasse aus konnten sie den Turm des Palazzo Vecchio, die Kuppel des Duomo, die Ponte Vecchio samt ihrer Schwesterbrücken sowie den Fluß überblicken, der sich wie ein glitzerndes Band durch die Nacht wand. Robin hatte drei Gläser Wein getrunken, und ihrer Stimme hörte man an, daß sie leicht beschwipst war und diesen Zustand genoß.

Colm betrachtete bewundernd ihr Profil. Ein leichter Wind war aufgekommen und zerzauste ihr feines Haar. Er spürte, daß Robin begonnen hatte, sich in seiner Gesellschaft wohlzufühlen. Ihm lag inzwischen sehr viel an ihrer Freundschaft, half sie ihm doch, zu sich selbst zurückzufinden. Selbst der Haß, den er gegen seine Person aufgebaut hatte, verflog allmählich.

»Was für Geschichten denn?« fragte er neugierig. Er ahnte, daß sie kurz davor stand, ihm etwas anzuvertrauen, das sie bislang für sich behalten hatte. »Möchtest du mir vielleicht etwas über deinen Kunstlehrer erzählen?«

»Welcher Kunstlehrer? Ach, du meinst den armen Mario! Bist du etwa eifersüchtig?«

Auf Colms unwilliges Grunzen hin fuhr sie rasch fort: »Okay, okay, ich erzähl's dir. Ich war fünfzehn und er vierundzwanzig. Er sah geradezu unverschämt gut aus. Sein Name war Graf Mario Vespucci. Sieh mich nicht so an, er war wirklich ein italienischer Graf. Seine Familie hatte all ihr Geld verloren, und deshalb mußte er für seinen Lebensunterhalt arbeiten. Er unterrichtete Kunstgeschichte und Italienisch. Die Familie besaß ein baufälliges Schloß in der Romagna – das ist weiter südlich von hier, ich habe Fotos davon gesehen. Ich zeigte ihm mein Bild von der Ponte Vecchio, und daraufhin erzählte er mir von Florenz und von den berühmten Malern und deren Werken ...«

»Also deswegen interessierst du dich so für all das Zeug. Dieser Typ hat dich sozusagen mit der Nase darauf gestoßen.« Er musterte sie aus den Augenwinkeln heraus. »Aber laß dich nur nicht unterbrechen. Wie ging die Sache weiter?«

»Ich fing an, mich nach der Schule mit ihm zu treffen. Wir gingen stundenlang im Central Park spazieren und redeten über Gott und die Welt. Schließlich sahen wir uns auch jedes Wochenende. Manchmal mieteten wir uns Fahrräder und unternahmen lange Ausflüge. Wir waren eben bis über beide Ohren ineinander verliebt.«

Fröstelnd rieb sie sich die bloßen Oberarme. »Er sagte,

wir würden heiraten, sobald ich etwas älter wäre. Dann wäre ich heute Contessa Vespucci.«

»Red doch kein dummes Zeug, Robin!«

»Glaub es, oder laß es sein.«

»Wirklich romantisch, so eine Affäre zwischen Lehrer und Schülerin. Wie lange ging das denn so weiter?«

»Nicht lange. Die Nonnen kriegten Wind davon ... jemand hat uns zusammen gesehen. Mario wurde sofort gefeuert.«

»Und du hast Ärger bekommen?«

Sie antwortete nicht gleich. Schließlich sah sie Colm an und zuckte die Achseln. »Es wird langsam kühl, findest du nicht?«

Colm war sich zwar ziemlich sicher, daß dieser mysteriöse Mario Vespucci überhaupt nicht existierte, aber empfand trotzdem plötzlich einen Anflug von Eifersucht. Er nahm ihren Sweater von der Rückenlehne seines Stuhls, stand auf und legte ihn ihr um die schmalen Schultern. Dabei ließ er sich mehr Zeit, als nötig gewesen wäre, strich sanft über ihren Nacken und den seidigen Haarflaum und fragte sich dabei, ob dieser Mario, sofern es ihn gab, oder jemand anderer vor ihm schon einmal dasselbe getan hatte. Sie blieb still sitzen, ohne die geringste Gefühlsregung zu zeigen. Dadurch ermutigt ließ er seine Hand an ihrem Hals hinab über die Schulter unter ihre Leinenbluse gleiten und umfaßte eine kleine, feste Brust. All dies geschah in Bruchteilen von Sekunden.

Ihre Brust fühlte sich seidenweich an, die Brustwarze richtete sich unter seiner Berührung auf, und er hörte, wie sie scharf den Atem einsog. Mit einemmal überkam ihn eine fast schmerzhafte Welle der Begierde. Er wollte sie am ganzen Körper liebkosen, sie halten, in sie eindringen, sich in ihr verlieren. Kaum noch Herr seiner Sinne tastete er nach ihrer anderen Brust. Die Erregung drohte ihn zu überwältigen.

Doch Robin reagierte anders als erwartet. Sie schrak zusammen, als sei sie gerade aus einer Trance erwacht, und stieß ihn heftig von sich.

»Nimm deine schmierigen Pfoten von mir!« zischte sie wutentbrannt. »Vermutlich gehört das auch zu deinem Finden, Flachlegen, Fallenlassen-Ritual. Du hast ja keine Ahnung, wie das ist … wenn jemand dich nur benutzt wie ein Ding, das man anschließend wegwirft!«

»Robin, ich wollte doch nicht …«

Aber sie war schon aufgesprungen, lief davon, ohne sich noch einmal zu ihm umzudrehen, und verschwand in der Menge.

Colm rannte hinter ihr her. »Robin!« rief er. »So warte doch, Robin!«

Doch sie war nicht mehr zu sehen.

In düsterer Stimmung kehrte er in die Pension in der Via Nazionale zurück. ›Frauen!‹ dachte er. ›Nichts als ein Haufen alberner Gänse. Erst aufheizen, dann abblitzen lassen! Noch nicht einmal einen kleinen Spaß können sie verstehen …‹ Er war mittlerweile todmüde, doch etwas, was sie gesagt hatte, ging ihm trotzdem nicht aus dem Kopf. ›Du hast ja keine Ahnung, wie es ist, wenn jemand dich nur benutzt!‹ Er duschte und ging zu Bett, konnte jedoch trotz seiner Erschöpfung nicht einschlafen. Immer wieder redete er sich ein, daß es ihm gleichgültig war, ob er sie je wiedersah. Er hatte genug von ihren Launen. Flüchtig dachte er über den vergangenen Tag nach. Die Szene, die sich vor der Statue Savonarolas abgespielt hatte, kam ihm wieder in den Sinn. Warum habe ich mich nur wie ein verdammter Narr aufgeführt? fragte er sich grollend. Warum habe ich bloß dagestanden und wie ein zweitklassiger Wahrsager die Zukunft heraufbeschworen?

Er knipste das Licht aus und glitt in den Schlaf hinüber.

Doch der Schlaf brachte ihm keine Erleichterung. Diesmal geisterte nicht Savonarola durch seine Träume, sondern Pater Madden. Der alte Bock … seine Hände … sein keuchender Atem … sein feines Lächeln …

»Du sollst sofort in Pater Maddens Arbeitszimmer kommen!«

Mit hämmerndem Herzen und bleischweren Beinen

schlich er über den Flur. Als er vor der Mahagonitür mit dem Messingknauf und dem Schild mit der Aufschrift ›Pater Madden‹ stand, drohte ihm der Mageninhalt in die Kehle zu steigen.

Mit zitternden Händen klopfte er an. Die ruhige, autoritäre Stimme rief von drinnen: »Komm herein.«

Colm drehte den Knauf und trat ein. Der Raum lag im Dämmerlicht, nur eine Schreibtischlampe brannte. Im Kamin flackerte ein schwaches Feuer, und die schweren Vorhänge waren zugezogen.

Pater Madden saß hinter seinem Schreibtisch und studierte einige Papiere. Hinter ihm hing ein Kruzifix an der cremefarbenen Wand.

Der Priester nahm keine Notiz von Colm, sondern hielt den Blick starr auf die vor ihm liegenden Papiere gerichtet. Die Lampe verbreitete ein gedämpftes grünliches Licht, das sein Gesicht geradezu gespenstisch erscheinen ließ. Auf Colm wirkte er wie ein gottähnlicher, mächtiger Riese. Am anderen Ende des langen Schreibtisches lag die Knute.

Unschlüssig blieb der Junge stehen. Er war sich seiner Ohnmacht wohl bewußt. Verzweifelt versuchte er, seine Lage einzuschätzen. In wie tiefen Schwierigkeiten steckte er, wie viele Schläge hatte er zu erwarten? Doch je länger er reglos vor dem Schreibtisch stand, desto stärker wurde der perverse Wunsch, sich anzubiedern. Er wünschte sich plötzlich nichts sehnlicher, als von diesem Mann gemocht zu werden, der in seinen Augen allwissend war und uneingeschränkt über die kleine Welt herrschte, in der er, Colm, nun einmal leben mußte. Doch er wagte nicht einmal, den Priester auch nur anzulächeln.

»Nun?« fragte Pater Madden schließlich streng. »Was meinst du wohl, warum du hier bist?«

»Ich weiß nicht, Pater.«

»Keine blasse Ahnung, wie? Glaubst du, ich lasse dich aus dem Unterricht holen, um dir eine kleine Pause zu verschaffen?«

Colm starrte auf das Kruzifix. »Nein, Pater.«

»Also?«

Colm scharrte nervös mit den Füßen. Ihm schwante, worum es ging, nämlich darum, daß er vor O'Loughlin getönt hatte, die Priester hätten außerhalb der Schulstunden keine Gewalt über die Tagesschüler.

»Ich habe etwas gesagt, das ich nicht hätte sagen dürfen, Pater.«

»Verrat, Sir!« tönte der Priester. »Behandelt man so seine Lehrer? Wir tun alles für euch, setzen uns für euch ein, bemühen uns nach Kräften, euch zu wertvollen Mitgliedern der Gesellschaft zu machen. Wir versuchen, euch moralische Werte zu vermitteln. Wir widmen unser ganzes Leben«, seine Stimme dröhnte nun wie Donnerhall, »unser ganzes Leben eurer Erziehung, und das ist nun der Dank!«

Colm war den Tränen nahe. Die Anschuldigung traf ihn hart. Auf einmal begriff er die Schwere seiner Verfehlung, weil er die Angelegenheit jetzt vom Standpunkt der Priester aus betrachtete. Diese Männer dachten nur an das moralische Wohl ihrer Schüler, brachten Opfer dafür, und er, Colm, hatte ihre Autorität untergraben. Am liebsten wäre er vor Scham im Boden versunken. Hoffnungsvoll blickte er zur Tür hinüber, aber die war geschlossen, der Fluchtweg verbaut. Kalter Angstschweiß brach ihm aus, als er sah, wie Pater Madden die Knute streichelte. Er wußte, was ihm bevorstand, und konnte ein Schluchzen nicht unterdrücken. Die Angst hatte über Schuldbewußtsein und mühsam aufrechterhaltene Selbstbeherrschung gesiegt.

Der Priester war aufgestanden und baute sich nun mit der Knute in der Hand vor ihm auf. Die lange schwarze Soutane wogte um seinen massigen Körper.

»Schließ die Tür ab!«

Colm gehorchte. Er ging zur Tür und drehte den Schlüssel herum.

»Zieh die Hose herunter und beug dich über diesen Stuhl!«

Wieder gehorchte Colm, wog dabei aber seine Möglichkeiten ab. Er konnte fliehen, sich zur Wehr setzen oder sich auf eine Diskussion einlassen, doch er fürchtete die Folgen, die ihm daraus erwachsen würden. So tröstete er sich damit, daß alles bald vorüber sein würde, und ertrug die Schläge ohne einen Laut. Dann stand er auf und versuchte, die Hosen wieder hochzuziehen. Einen Moment lang herrschte Stille im Raum.

»Wir müssen einmal miteinander reden, Colm ...«

Pater Maddens Stimme hatte sich auf einmal verändert, klang jetzt ein wenig heiser. Er nahm Colm beim Ellbogen, führte ihn zu einem Stuhl vor dem Feuer und nahm selber darauf Platz.

»Weißt du eigentlich, wie weh es mir tut, dir eine Tracht Prügel verpassen zu müssen?«

Colm gab keine Antwort. Er verstand die Veränderung nicht, die mit dem Priester vorgegangen war. Es schien ein völlig fremder Mann zu sein, der ihn jetzt mit gütigen Augen ansah. Krampfhaft hielt der Junge den Bund seiner Hose fest, damit sie nicht ganz herunterrutschte.

»Es tut mir mehr weh als dir, Colm ... glaubst du mir das?«

Colm nickte. Seine Wahrheitsliebe war vorübergehend vergessen. Angelegentlich betrachtete er den Parkettfußboden und mußte absurderweise an den Mathematikunterricht und den Satz des Pythagoras denken, als er das geometrische Muster sah.

Verzweifelt versuchte er, den Schmerz und die soeben erlittene Demütigung zu ignorieren und die aufsteigenden Tränen zurückzuhalten. Die unerwartete Freundlichkeit seitens seines Peinigers war mehr, als er ertragen konnte. Noch immer hielt er seine Hose mit einer Hand fest, da der Priester seinen Ellbogen nicht losgelassen hatte. Und plötzlich spürte er, daß etwas in der Luft lag, was er nicht zu deuten vermochte; etwas, was Unterwerfung forderte und Belohnung verhieß.

Er drehte sich um, sah Pater Madden ins Gesicht und bemerkte, daß dieser ihn mit weit aufgerissenen Augen und halb geöffneten Lippen anstarrte. In diesem Moment kam es ihm so vor, als habe er eine Geheimtür aufgestoßen und könne nun einen Blick in die Seele des Priesters werfen. Ein seltsames Machtgefühl stieg in ihm auf. Der Priester griff nach Colms anderer Hand, so daß ihm die Hose um die Knöchel fiel, und zog den Jungen auf seinen Schoß.

Colm war klein für sein Alter. Halb abgestoßen, halb fasziniert sah er zu, wie der Priester seine Oberschenkel streichelte. Ihm war, als stünde er neben sich und beobachtete die Vorgänge von der Warte eines unbeteiligten Zuschauers aus. Dennoch war er sich der sexuellen Komponente des Ganzen durchaus bewußt. Er wußte, daß hier etwas geschah, was nicht geschehen durfte. Trotzdem ging er einen stillschweigenden Handel ein, indem er zuließ, daß ein Mann, den er bislang für die Verkörperung Gottes auf Erden gehalten hatte, seine Hand zwischen seine Beine schob und dort auf Wanderschaft ging, streichelte, drückte und intimste Bereiche erkundete, bis Colm ganz gegen seinen Willen darauf reagierte. In diesem Moment wurde in ihm ein Selbsthaß geboren, der ihn sein ganzes Leben lang begleiten sollte.

Er versuchte, sich loszumachen, doch der Priester hielt ihn fest. Sein Atem kam in kurzen, abgehackten Stößen.

»Ich will doch nur mal sehen, ob du schon ein bißchen gewachsen bist. Guter Junge ... guter Junge. Du brauchst niemandem davon zu erzählen ... das ist eine Sache unter Männern.« Er keuchte immer heftiger, öffnete dann seine eigene Hose, nahm Colms Hand und führte sie auf und ab – vollkommene Macht auf der einen, unfreiwillige Komplizenschaft auf der anderen Seite.

»Das bleibt unter uns«, mahnte Pater Madden danach, dann nahm er eine Bibel aus dem Regal und legte Colms Hand darauf. »Sprich mir nach: Ich schwöre bei allem, was mir heilig ist, daß ich dieses Geheimnis niemals verraten werde.«

Colm schwor. Pater Madden holte eine Tafel Schokolade aus seiner Schreibtischschublade und reichte sie ihm.

»Ich weiß doch, daß ihr jungen Hüpfer ständig Hunger habt«, meinte er augenzwinkernd.

Jemand rief seinen Namen. »Colm! Colm ... es ist nur ein Traum! Wach auf, um Himmels willen!«

Robin beugte sich über ihn. Er war in Schweiß gebadet, und das Laken klebte ihm am Körper.

»Jesus!« stöhnte er. »Ich dachte, du wärst der alte Bock!«

Robin lachte leise. »Ich mag ja manches sein, aber mit einem Bock habe ich bestimmt keine Ähnlichkeit.« Sie setzte sich auf die Bettkante und musterte ihn besorgt.

»Das, was vorhin passiert ist, tut mir leid«, sagte Colm, sobald sich sein Herzschlag wieder verlangsamt hatte. »Ich hätte dich nicht so betatschen dürfen.«

Sie blickte ihn ernst an. »Nein«, erwiderte sie, »das hättest du allerdings nicht tun dürfen.« Sie wollte noch etwas hinzufügen, aber Colm drehte sich abrupt zur Seite. Sie sollte nicht sehen, daß er am ganzen Leibe zitterte. Er schloß die Augen.

Robin drang nicht weiter in ihn. Durch die Wimpern hindurch sah er zu, wie sie ein frisches Nachthemd aus ihrem Rucksack holte. Irgend etwas hatte sich darin verfangen und fiel nun klappernd zu Boden. Es war ein kleines Kruzifix.

Colm erschauerte. Robin verstaute das Kreuz wieder in ihrem Rucksack. Er hörte, wie sie ins Badezimmer ging, hörte sie zurückkommen, hörte, wie sie das Licht ausmachte. Nun drangen nur noch ein paar schwache Strahlen durch die Ritzen der Fensterläden.

Ich hätte den Hundesohn umbringen sollen, dachte er grimmig. Ich hätte ihm gleich an Ort und Stelle die Kehle aufschlitzen sollen.

Colm erreichte Mailand.

Achtundzwanzig Jahre ist es her, seit ich das letztemal hier war, dachte er, damals, gegen Ende jenes Septembers, auf dem Rückweg von Florenz. Ob die Menschen wohl jemals darüber nachdenken, daß das Leben um so schneller an ihnen vorbeirauscht, je älter sie werden? Robin hatte einmal zu ihm gesagt: »Unsere Zeit ist eigentlich schon vorbei. Siehst du denn nicht, daß die Zukunft schon voll wehmütiger Sehnsucht auf uns zurückblickt?«

Er stieg aus, zog seinen Koffer hinter sich her und lauschte der mechanisch klingenden Männerstimme aus dem Lautsprecher, die die Abfahrt eines Zuges verkündete. Ein Blick auf seine Uhr belehrte ihn, daß er noch eine halbe Stunde Zeit hatte, um seinen Anschlußzug nach Florenz zu erreichen.

Er ging zur Bahnhofshalle und blickte über die langen Treppen hinweg auf den unter ihm liegenden Ausgangsbereich. Menschen hasteten umher, Koffer wurden über den Mosaikboden geschleift. Ab und an übertönten Lautsprecherdurchsagen das Stimmengewirr. Kaffeeduft wehte von den Imbißbuden zu ihm herüber, Reisende drängten sich vor den Anschlagtafeln und den Schaufenstern der Geschäfte. Alles war wie damals, nur daß er jetzt keine Robin bei sich hatte. Kein hellblonder Schopf hüpfte neben ihm her, kein sonnengebräuntes Gesicht blickte mit trotzig verzogenem Mund zu ihm auf. Gedankenverloren sah er einer jungen Frau in Jeans und mit kurzgeschnittenem hellen Haar hinterher und stellte sich vor, die vergangenen Jahre wären mit einem Schlag ausgelöscht. Gleich würde sie sich umdrehen, lächeln und fragen: »Hey, Ire, suchst du jemanden?«

Damals hatte Robin ihm häufig Rätsel aufgegeben. Heute, im Rückblick, erkannte er, daß sie nur eine sehr unsichere, verängstigte junge Frau gewesen war, die versucht hatte, ihre Furcht hinter einer Maske übertriebenen Stolzes zu verbergen. Eine Freundin wie sie hatte er nie wieder gefunden.

Trotzdem hast du sie einfach zurückgelassen, obwohl sie in Gefahr war, meldete sich eine kleine, anklagende Stimme zu Wort. Du hast sie genauso im Stich gelassen wie alle anderen auch.

Habe ich in meinem Leben eigentlich einmal etwas gut

und richtig gemacht? fragte er sich mit aufsteigender Panik. Kann ich irgend etwas vorweisen, was all meine Fehler aufwiegt? Doch ihm wollte partout nichts einfallen, so sehr er sich auch das Hirn zermarterte.

Der Schnellzug nach Rom mit Aufenthalt in Bologna und Florenz fuhr auf Gleis Neun ab. Colm stieg in sein Abteil erster Klasse ein, verstaute seinen Koffer und lehnte sich in seinem Sitz zurück, um das bunte Treiben auf dem Bahnsteig zu beobachten.

Ich habe mich zu sehr verändert, dachte er trübe. Was nutzt es mir, in Erinnerungen zu schwelgen? Ich bin nicht mehr der, der ich einmal war. Im Laufe der Jahre habe ich viele Narben davongetragen.

Er fragte sich, ob während seiner Abwesenheit im Büro alles seinen gewohnten Gang lief. Da ihm der Gedanke keine Ruhe ließ, kramte er sein Handy hervor, tippte eine Nummer ein und ließ sich mit seiner Sekretärin Jane verbinden. Diese versicherte ihm, daß alles in bester Ordnung war; Jack würde Colms Akten mit bearbeiten, da gäbe es keine Probleme. Und ja, sie hätten seine Nummer in Florenz, falls sie ihn dringend erreichen müßten. Er solle nur seinen Urlaub genießen.

Colm steckte das Handy wieder ein, lehnte sich zurück und dachte über alle Verwicklungen in seinem Leben nach: Sherrys Überlaufen zu dieser Null Michael zum Beispiel. Nun, sie trug ganz allein die Schuld daran, daß sie jetzt in relativer Armut leben mußte. Auch seine Leidenschaft für Kattie war verflogen, als hätte es sie nie gegeben. Er hätte sich nie noch einmal auf sie einlassen dürfen, sondern sie als Kindheitserinnerung im Gedächtnis behalten sollen. Aber er war nicht imstande gewesen, die Chance, die sich ihm geboten hatte, ungenutzt verstreichen zu lassen. Zu viel hatte für ihn auf dem Spiel gestanden, sein Selbstbild, ja, seine ganze Identität hatte davon abgehangen, daß sie ihn, den sie als Jungen zurückgewiesen hatte, wenigstens als Erwachsenen akzeptierte. Ein leises Schuldgefühl keimte in ihm auf. Entschlossen schüttelte er die unerfreulichen Gedanken ab und versuchte zu schlafen. Allmählich begann er, diese Reise ernsthaft zu bereuen.

In Florenz saß Paola an ihrem Schreibtisch und arbeitete an ihrem jüngsten Artikel. Ihr Kontaktmann hatte ihr Informationen über bestimmte Polizeibeamte zugespielt, die Bestechungsgelder annahmen. Paola umriß die Geschichte vorsichtig, ohne auf Einzelheiten einzugehen, und vermied jegliche persönliche Stellungnahme. Sie würde weitere Recherchen anstellen und dem Artikel dann den letzten Schliff geben; sie hatte ja noch ein paar Tage Zeit.

Ihre Gedanken wandten sich Pasquale und dann ihren Logiergästen zu. Sie hatte Darina und Renate im selben Zimmer einquartiert und hoffte, die beiden würden sich vertragen. Die Engländerin Jill war still und fast schon übertrieben höflich, aber Paola kannte die englische Mentalität gut genug, um nicht allzuviel darauf zu geben. Heute abend sollte nun der vierte Gast eintreffen, der Ire Colm Nugent. Zum Glück konnte es sich bei ihm unmöglich um den Studenten handeln, den sie im Römischen Theater kennengelernt hatte.

Alles Schöne im Leben war verflogen, nur Pflichten und Verantwortung waren ihr noch geblieben. Warum soll es mir besser ergehen als so vielen anderen? dachte Paola. Wer ist schon sein Leben lang glücklich?

Auf dem Weg zur Damentoilette traf sie Silvestro im Flur, der ihre Niedergeschlagenheit spürte und ihr tröstend die Hand drückte. In gewisser Hinsicht war er für sie ein Fels in der Brandung, aber ein Fels, der sich, wie sie wohl wußte, jederzeit in einen Vulkan verwandeln konnte. Er ahnte ja nicht, daß sie mit einer Freundin über ihn gesprochen hatte.

»Sei vorsichtig, Paola. Ganz offensichtlich kriselt es in seiner Ehe, irgend etwas fehlt ihm wohl. Vielleicht träumt er davon, mit dir zu leben, weil er glaubt, du könntest ihm seine verlorene Kindheit zurückbringen. Aber Träume sind eine Sache, sie in die Tat umzusetzen eine ganz andere. Du weißt doch, daß im wirklichen Leben die ›andere Frau‹ immer die Böse ist.«

Paola wußte, daß die Freundin recht hatte. Trotzdem dachte sie manchmal daran, sich auf eine Beziehung mit Silvestro einzulassen. Sie sehnte sich verzweifelt nach einem Menschen, dem sie vertrauen und mit dem sie ihre Sorgen teilen konnte; sehnte sich nach Wärme und Liebe. Doch dann meldete sich stets ihr kühler Verstand zu Wort und warnte sie vor den möglichen Konsequenzen. Eine heimliche Affäre konnte nicht lange von Bestand sein. Und dann? Würde sie ihn dann auch noch als Freund verlieren?

Nein, dachte Paola. Besser, die Dinge bleiben, wie sie sind.

Sie überprüfte ihr Spiegelbild und trug noch etwas Lippenstift auf. Melancholische schwarze Augen blickten ihr entgegen. Sie war sich ihrer Schönheit bewußt, bildete sich aber nichts darauf ein. Warum auch? Hatte ihr Aussehen ihr jemals genutzt?

Sie bürstete ihr goldblondes Haar und faßte es auf dem Hinterkopf zusammen. Als junges Mädchen hatte sie sich aus einer Laune heraus ihre braunen Locken färben lassen, und dabei war es geblieben, weil Giovanni der Kontrast zwischen den dunklen Augen und dem hellen Haar so gut gefallen hatte. Sollte sich herausstellen, daß Colm Nugent tatsächlich mit dem Jungen aus ihrer Vergangenheit identisch war, würde er sie schwerlich wiedererkennen.

Ihre Gedanken schweiften zum nächsten vor ihr liegenden Problem ab, dem Abendessen. Brathähnchen schien ihr eine gute Idee zu sein, und davor vielleicht Spaghetti. Sie ging in Silvestros Büro, um sich von ihm zu verabschieden.

Er stand auf und küßte ihr die Hand. »*Che gelida manina!*« bemerkte er lächelnd. Einmal, es war schon lange her, hatten sie gemeinsam eine Aufführung von *La Bohême* gesehen.

»Meine Hände sind ständig kalt, Silvestro. Das ist ein Teil meines englischen Erbes.«

Silvestro legte den Kopf schief. Seine Augen funkelten schalkhaft. »Ich wärme sie dir gern, *cara.* Ich wärme dir alles, du mußt nur einen Ton sagen.«

Paola lachte und drohte ihm mit dem Zeigefinger.

Gott, betete sie stumm, als sie das Gebäude verließ, sind denn neckische Spielchen alles, was ich in diesem Leben noch zu erwarten habe?

2. Teil

1.

Colm erschien die Rückkehr nach Florenz nach achtundzwanzigjähriger Abwesenheit irgendwie unwirklich. Wie im Traum nahm er wahr, wie der Zug in den Bahnhof Santa Maria Novella einfuhr, und zuckte zusammen, als eine blecherne Stimme den Lärm auf dem Bahnsteig übertönte und Abfahrtszeiten verkündete.

Er stieg aus, bahnte sich einen Weg durch die Masse der Rucksacktouristen, entdeckte den Taxistand und reichte dem Fahrer den Zettel mit seiner Adresse in der Via de' Tornabuoni. Auch der Name seiner Zimmerwirtin stand darauf: Signora Nosterini.

Das Taxi kämpfte sich durch den Berufsverkehr und hielt wenig später vor einem Haus mit einem großen schwarzen Tor. Colm bezahlte, gab dem Fahrer ein großzügiges Trinkgeld, um ihn für die kurze Fahrt zu entschädigen, und stieg aus. Vor dem Tor blieb er stehen und überflog die Namensschilder in ihren Plastikhüllen, ehe er einen Klingelknopf drückte. Eine helle Jungenstimme tönte aus der Gegensprechanlage. »*Si?*«

»Colm Nugent.«

»Ich mache Ihnen die Tür auf.«

Ein Summer erklang. Colm drückte die kleine, in das mächtige Tor eingelassene Tür auf und betrat einen dämmrigen, gepflasterten Innenhof. Von dort aus gelangte man in einen zweiten, größeren Hof, an dessen Ende eine breite Steintreppe ins Haus führte. Auch ein Fahrstuhl war vorhanden, den man lediglich mit einem Drahtnetz gesichert hatte. Mit einem sirrenden Geräusch kam er herunter, hielt mit einem dumpfen Ruck an, und die Tür ging auf.

Ein ungefähr sechzehnjähriger Junge stand in der Kabine und sah Colm an. Er war groß und schlank und hatte die stolzen Gesichtszüge, die man oft auf alten Florentiner Gemälden findet.

»Signor Nugent?« fragte er mit einer höflichen kleinen Verbeugung.

»Si.«

Der Junge forderte ihn mit einer Handbewegung auf, in den Aufzug zu steigen. Colms Gedanken überschlugen sich. Fieberhaft suchte er nach den italienischen Phrasen, die er über seine Sprachkassetten gelernt hatte, und erinnerte sich gerade rechtzeitig daran, daß man Fremde in der Höflichkeitsform, also in der dritten Person anredete.

»Lei è il figlio di Signora Nosterini?«

Der Junge bestätigte durch ein Kopfnicken, daß er in der Tat Signora Nosterinis Sohn war. *»Si. Mi chiamo Pasquale.«* Dann fuhr er auf englisch fort: »Unser Apartment liegt im dritten Stock.«

»Aha«, sagte Colm schwach, dem die italienischen Worte ausgingen. Der Anblick des Jungen rief Erinnerungen an Alan in ihm hervor, und er mußte heftig schlucken.

Der Fahrstuhl hielt. Sie traten auf einen Korridor mit Mosaikfußboden hinaus. Genau gegenüber war eine schwarze Holztür, auf die Pasquale nun zusteuerte. Colm setzte seinen Koffer in einer rotgefliesten Diele ab, wo eine hochgewachsene, schlanke Frau mit denselben aristokratischen Gesichtszügen wie ihr Sohn auf ihn zukam, um ihn zu begrüßen. Ihre stolze Haltung gefiel ihm, er sah sie genauer an und stellte fest, daß sie schön war.

»Buona sera, Signora Nosterini.«

Sie neigte den Kopf, aber in ihren Augen flackerte den Bruchteil einer Sekunde lang etwas auf, was Colm nicht verstand. Dann lächelte sie. *»Paola«*, sagte sie ernst. *»Mi chiamo Paola.«* Sie schüttelten sich die Hände.

»Mi chiamo Colm«, stellte er sich dann vor, fügte aber sogleich auf englisch hinzu: »Sie sprechen meine Sprache?«

»Ein bißchen«, entgegnete sie augenzwinkernd. »Aber Sie sind hier, um Italienisch zu lernen, nicht wahr?«

Colm kam sich mit einemmal beobachtet vor. Er blickte sich um und sah, daß Pasquale ihn mit einem schwer zu deutenden Gesichtsausdruck betrachtete. Dann wandte der Junge sich ab und verschwand.

Die Diele des Apartments war nahezu quadratisch. An einer Wand hing ein lebensgroßes Portrait seiner Gastgeberin. In einer Ecke stand ein Tischchen mit einem Stapel Zeitschriften, auf dem ein rotes Telefon thronte. Colm drehte sich zu seiner Wirtin um und bemerkte, daß sie ihn aufmerksam musterte. Noch immer spielte ein leises Lächeln um ihre Lippen.

»*Lei è …*«, begann Colm, doch sie schnitt ihm das Wort ab.

»Wir duzen uns hier alle«, erklärte sie auf englisch. »Das schafft eine familiäre Atmosphäre.

»Ausgezeichnet! Macht das Leben leichter«, meinte Colm dazu.

Paola führte ihn zu seinem Zimmer. Er folgte ihr einen Flur entlang, wo ein paar kleine Statuen in Wandnischen standen, und bewunderte ihre Hüften, die beim Gehen sanft hin- und herschwangen. Ihr Haar ließ ihn an eine Masse gesponnenen Goldes denken, und wenn sie ihn ansah, leuchteten ihre intelligenten schwarzen Augen in dem klassisch schönen Gesicht. Sie muß schon über vierzig sein, dachte Colm, aber sie schert sich nicht darum. Wirklich eine großartige Frau!

Sie zeigte ihm seine Unterkunft und das Badezimmer auf der anderen Seite des Flurs. »Außer dir habe ich noch drei weitere Studenten im Haus«, erklärte sie. »Ich bin Witwe; mein Mann starb letztes Jahr.« Dann warf sie ihm einen Seitenblick zu und fügte hinzu: »Gegessen wird um acht.«

Colm schloß die Tür und inspizierte sein Zimmer. Weiße Wände, Mosaikfußboden. Über dem Bett hing ein kleines Kruzifix. Die Fensterläden waren geschlossen. Er stieß sie weit auf und blickte auf die Straße hinab. Verkehrslärm brandete ihm entgegen. Zu seiner Rechten lag die Piazza Santa Trinità mit der Säule der Justitia; der Platz, über den er vor langer Zeit einmal mit einem Mädchen namens Robin McKay gegangen war. Er ließ den Blick über die Fußgängermenge schweifen; suchte fast unbewußt nach der schmalen Gestalt mit dem sonnengebleichten Haar, an die er sich so glasklar erinnerte, konnte sie aber natürlich nirgendwo entdecken. Sein Herz begann zu hämmern, ihm wurde schwindelig, und er mußte sich am Fensterbrett festhalten, weil er fürchtete, in Ohnmacht zu fallen. Die Geräusche von der Straße schienen wie durch Watte an seine Ohren zu dringen. Die Warnungen seines Arztes schossen ihm durch den Kopf, und er bekam es plötzlich mit der Angst zu tun.

Als er sich ein wenig erholt hatte, zwang er sich, erneut auf die Straße hinabzuschauen und meinte zuerst, einer Sinnestäuschung zu erliegen. Auf der anderen Straßenseite ging ein junges Mädchen in Jeans und einem weißen Baumwolltop. Es war vor allem ihre Körpersprache, die Colms Aufmerksamkeit fesselte, aber auch das helle Haar, die kleinen Füße in weißen Turnschuhen und das zarte Profil stimmten. Dieses Mädchen glich der jungen Robin bis aufs Haar, sie bewegte sich sogar mit derselben natürlichen Anmut. Ein Lieferwagen ratterte vorbei und versperrte ihm den Blick auf sie, und als er wieder freie Sicht hatte, war sie verschwunden.

Einen Moment lang blieb Colm wie angewurzelt am Fenster stehen, dann taumelte er auf das Bett zu und ließ sich mit wild klopfendem Herzen darauf nieder. Nach einer Weile zog er die Schuhe aus und legte sich hin.

Sein weißbezogenes Einzelbett mit dem Mahagonikopfteil hätte in eine Mönchszelle gepaßt. Colm richtete sich auf, nahm das Kruzifix von der Wand und verstaute es in einer Schublade. Auf einem Stuhl fand er zwei dicke weiße, sorgfältig zusammengefaltete Handtücher. Sonst gab es im Zimmer noch ein Nachtschränkchen, ein Bücherregal, einen Schreibtisch nebst Stuhl am Fenster und einen Kleiderschrank aus Walnußholz mit mehreren Schubfächern. Ein abgetretener Orientteppich in verblichenen Rot- und Brauntönen bedeckte den Boden.

Den einzigen Schmuck bildete ein gerahmter Druck an der Wand, eine Toskanalandschaft. Der Raum strahlte eine schlichte, zeitlose Eleganz aus, die durch den schwachen Duft nach Sandelholz, der in der Luft lag, noch verstärkt wurde. Colm blieb ein paar Minuten ruhig auf dem Bett liegen, bis sich sein Herzschlag wieder normalisiert hatte und er spürte, daß er wieder zu Kräften kam. Plötzlich wurde ihm bewußt, daß er Urlaub hatte, und augenblicklich stellte sich ein überwältigendes Freiheitsgefühl ein. Kein mit Akten übersäter Schreibtisch erwartete ihn, keine Telefone würden aufdringlich schrillen, keine Sekretärin würde Termine in seinen übervollen Kalender eintragen. Ich komme mir auf einmal vor wie ein junger Student, der noch sein ganzes Leben vor sich hat, dachte er.

Er stellte fest, daß ihm die Kleider am Körper klebten und beschloß, ein Bad zu nehmen. Aber dann fiel ihm ein, daß es wohl ratsam wäre, die Hausherrin vorher zu fragen, ob es diesbezüglich irgendwelche Regeln gäbe. Also machte er sich auf die Suche nach seiner Wirtin.

»Posso prendere un bagno?« fragte er zögernd, weil er sich lächerlich vorkam.

»Si, certo ...«

Paola stand in der kleinen Küche am Gasherd und rührte in einem riesigen Topf. Wieder spielte jenes belustigte Lächeln um ihre Lippen.

Was findet sie nur so komisch an mir? wunderte sich Colm.

Er ging ins Badezimmer und nahm ein nahezu kaltes Bad. Danach fühlte er sich besser. In seinem Zimmer kleidete er sich um, zog ein weißes Hemd von Ralph Lauren an und legte sich wieder auf das Bett. Eine Mücke saß an der Decke und wartete geduldig auf den richtigen Moment, um sich auf ihr Opfer zu stürzen. »Man muß sie sozusagen mit heruntergelassenen Hosen erwischen«, hatte Robin einmal gesagt. Aber er, Colm, wurde ohnehin nur selten gestochen, seine Arme und Hände waren zu stark behaart und seine Haut zu dick.

Er dachte über seine Wirtin nach. Aus irgendeinem Grund amüsierte sie sich über ihn, das war ihm klar. Er paßte einfach nicht in ihre kleine Welt.

Mach einfach das Beste daraus, redete er sich zu. Versuch, wenigstens ein paar Tage durchzuhalten, du kannst ja immer noch in ein Hotel umziehen. Wer weiß ... vielleicht erweist sich dieser Aufenthalt ja als ganz interessante Erfahrung ...

Das Abendessen wurde im Eßzimmer serviert, einem großen, hellen Raum, in dem zwei Bücherschränke, ein Sideboard und ein ovaler antiker Tisch standen. Eine halb offenstehende Schiebetür führte zu dem zum Hof gelegenen, mit üppig blühenden Geranien bepflanzten Balkon hinaus. Die leichten Gardinen flatterten sacht in der schwachen Brise, die von draußen hereinwehte, aber kaum dazu beitrug, die erdrückende Schwüle im Raum zu mildern. So erstarb die Unterhaltung am Tisch auch bald, nachdem die üblichen Höflichkeitsfloskeln ausgetauscht worden waren.

Seine Mitbewohnerinnen, drei junge Frauen, waren nacheinander zu Tisch gekommen. Darina, die jüngste, die seiner Schätzung nach ungefähr vierundzwanzig Jahre zählte, war Amerikanerin. Die Engländerin Jill mußte um die Dreißig sein; eine hübsche Blondine, die ein pinkfarbenes Etuikleid mit passendem Bolerojäckchen und dazu viel Goldschmuck trug. Renate, die dritte, kam aus Deutschland, war Mitte Zwanzig und hatte blaue Augen und helles Haar. Ihr ganzes Benehmen verriet, daß sie das Leben für eine todernste Angelegenheit hielt und sie nicht gewillt war, sich Steine in den Weg legen zu lassen. Bezeichnenderweise war sie die einzige, die fließend Italienisch sprach. Alle drei unterzogen Colm einer verstohlenen Musterung. Jill begrüßte ihn mit ein paar nahezu unverständlichen Sätzen und lachte über ihre eigenen Fehler, Renate gab auf jede Frage eine grammatikalisch perfekte, akzentfreie Antwort. Die Amerikanerin erinnerte ihn aufgrund ihrer nasalen Aussprache manchmal an Robin. Sie erzählte begeistert von einem Nachtclub namens *Il Cane,* den sie am Abend zuvor besucht hatte. Pasquale sagte wenig, aber er reichte Schüsseln herum, schenkte Wein nach und half, Geschirr vom Eßzimmer in die Küche zu tragen und neue Platten herauszubringen. Colm fiel auf, daß Paola ihren Sohn ständig im Auge behielt.

Auf einmal kam er sich in dieser Runde vor wie ein Fossil. Das berauschende Gefühl, die Sorglosigkeit seiner Studententage zurückgewonnen zu haben, verflog. Als Student durfte er sich zwar bezeichnen, war er doch hier, um sich weiterzubilden, aber das änderte nichts daran, daß er sogar älter als die Hausherrin war.

Renate fragte Colm auf italienisch, ob er von der Reise sehr erschöpft sei. *»Sei stanco dopo il viaggio?«* Colm verstand und gab zu, daß dem tatsächlich so war. Mühsam klaubte er alle fremden Vokabeln zusammen, aber als er erklären wollte, daß er auf dem Landweg gereist war, gingen ihm die Worte aus, und er verfiel wieder ins Englische.

»Du mußt wirklich sehr müde sein«, meinte seine Wirtin, und er nickte nur wortlos.

Das Essen war hervorragend. Erst gab es Spaghetti mit Tomatensauce und Basilikum, danach ein riesiges Brathähnchen mit gemischtem Salat.

»Bist du zum erstenmal in Florenz?« fragte Paola auf italienisch, während sie ihm auflegte, und er sagte nein, er sei in seiner Jugend schon einmal hiergewesen.

Als Paola sich entfernte, um ein Telefongespräch entgegenzunehmen, wechselte Colm ins Englische. »Wie lange seid ihr Mädels denn schon hier?«

»Wir sind gestern erst gekommen.« Jill lächelte breit und zeigte dabei viele blitzende Zähne. Sie wirkte wie ein Mensch, der sich stets krampfhaft bemüht, zu allen freundlich zu sein.

»Aber wir sind keine *Mädels* mehr«, warf Darina süß ein.

Colm zuckte betroffen zusammen und versuchte, sich mit einem Scherz aus der Affäre zu ziehen. »Da muß ich mich wohl geirrt haben. Was seid ihr denn dann? Wie Jungen seht ihr nicht gerade aus.«

»Wie wär's denn mit ›Frauen‹?«

Colm überhörte die Spitze und zog nur die Augenbrauen hoch, um männliche Überlegenheit zu demonstrieren. »Aus welchem Teil der Vereinigten Staaten kommst du denn?« fragte er weiter.

»Philly«, antwortete Darina in einem Ton, der weiteren gönnerhaften Bemerkungen einen Riegel vorschieben sollte.

Colm aber war nicht gewillt, der amerikanischen Amazone das letzte Wort zu überlassen, also wich er auf sicheres Terrain aus und sagte milde: »Ich war noch nie in Philadelphia.« Doch das erwies sich als Fehler, denn sie grinste nur spöttisch.

»Die Stadt wird's überleben.«

Colm blickte aus dem Fenster, zu den alten roten Dächern auf der anderen Seite des Hofes hinüber. Die schnippische Bemerkung hatte ihn so sehr an eine andere junge Amerikanerin erinnert, daß es ihm schwer fiel, dieser hier eine passende Antwort zu geben. Außerdem war er müde und hatte wenig Lust, sich auf ein Streitgespräch einzulassen.

»Es ist furchtbar heiß«, sagte er lahm, wohl wissend, daß er dummes Zeug redete. Aber wenigstens konnte er so das Thema wechseln.

»Du hättest letzte Woche hier sein sollen«, mischte sich Jill diplomatisch ein. »Da herrschten hier Temperaturen wie in der Sahara, ich hab's in einer alten Zeitung gelesen.« Unterstützungsheischend wandte sie sich an Pasquale. »Stimmt's?«

»Ja«, erwiderte dieser höflich. Er sprach Englisch mit starkem Akzent. »Es war sehr warm.«

Renate beteiligte sich nicht an dem Gespräch. Ihre tadelnde Miene belehrte jedoch alle, daß sie nicht hier war, um Englisch zu lernen. Sie würde einen guten Drachen abgeben, dachte Colm, wenn sie ein paar hundert Jahre alt wäre, Feuer speien würde und Schuppen statt weicher, rosiger Haut hätte.

Paola Nosterini kam an den Tisch zurück und blickte die jungen Frauen mißbilligend an.

»Sie sieht es nicht gern, wenn wir Englisch sprechen, sie nimmt ihre Pflichten sehr ernst«, flüsterte Jill Colm verschwörerisch zu. Ganz offensichtlich wollte sie ihn in den kleinen Kreis miteinbeziehen. Colm mußte auf einmal an seine Schulzeit denken. Auch damals hatte er, der Neue, versucht, Zugang zu einer verschworenen Gemeinschaft zu finden – und war gescheitert.

Pasquale nickte in Richtung des Telefons und fragte seine Mutter: »*Chi ha telefonato?*«

»Silvestro.«

Der Junge nickte, verstummte wieder und lauschte geduldig der stockend geführten italienischen Unterhaltung. Er sprach nur, wenn er angeredet wurde. Ihm gefällt es nicht, daß seine Mutter zahlende Gäste aufnimmt, dachte Colm, der ihn genau beobachtete. Er betrachtet uns als unerwünschte Eindringlinge. Unwillkürlich mußte er an Alan denken, der jetzt in Pasquales Alter wäre. Aber Alan war ein großer, kräftiger Junge mit gesundem Appetit gewesen, der immer gelacht hatte, wenn Sherry ihn an die Küchenwand gestellt und ihn gemessen hatte. »Du bist ja schon wieder gewachsen! Wir werden dir noch einen Stein auf den Kopf legen müssen, junger Mann!«

Ihre Prophezeiung hatte sich bewahrheitet. Nur stand auf dem Stein: Alan Nugent, 1981–1994.

Während er Pasquale betrachtete, wurde sich Colm wieder einmal der Leere in seinem Leben bewußt. Niemals würde er seinen Sohn zum Mann heranreifen sehen. Niemand nannte ihn mehr Dad, niemand brauchte ihn. Niemand liebte ihn.

Er fragte sich, warum der Junge so wenig aß. Er stocherte nur in seinem Essen herum, und seine Mutter blickte immer wieder ängstlich zu ihm hinüber. Macht sie sich Sorgen, weil er keinen Hunger hat? fragte sich Colm verstimmt. Warum benimmt sie sich wie eine Glucke? Oder spielt er nur Theater, um Aufmerksamkeit zu erregen?

Als Darina Anstalten machte, erneut ins Englische zu verfallen, hob Paola den goldenen Kopf, blickte sie streng an und sagte auf italienisch: »Darina, wenn du immer Englisch sprichst, verschwendest du nur deine Zeit, und unsere dazu.«

Renate nickte beifällig. »*E vero!*« stimmte sie zu und verstrickte ihre Wirtin dann in ein in rasend schnellem, bis zur letzten Silbe korrektem Italienisch geführtes Gespräch.

Colm widmete sich wieder seiner Mahlzeit. Ich bin zu alt für so etwas, dachte er. Warum habe ich mich nur hierherlocken lassen wie eine Motte, die es zum Licht zieht? Soll ich nicht lieber in das Vier-Sterne-Hotel an der Piazza Santa Maria Novella umziehen, an dem ich auf dem Weg hierher vorbeigekommen bin? Es lag nicht weit weg, nur ein paar Minuten zu Fuß, und dort wäre er wieder sein eigener Herr und würde sich nicht länger wie ein Schuljunge vorkommen.

Renate, die es sichtlich genoß, im Mittelpunkt zu stehen, sprach ihn plötzlich auf italienisch an. Dabei zwinkerte sie so vergnügt, als hätte sie seinen Verdruß gespürt und würde sich königlich darüber amüsieren. Colm räusperte sich. Zwar konnte er die Frage verstehen – es ging um das Klima in Irland –, aber er brachte keine Antwort zustande, er war viel zu müde.

»*Mi dispiace*«, stammelte er, stockte und verstummte. Dann fielen ihm auf einmal ein paar passende Worte ein, und er erzählte ihr, daß es in Irland kalt war und oft regnete. Absichtlich übertrieb er etwas, um das Gespräch in die Länge zu ziehen.

Seine Wirtin fächelte sich unterdessen mit einer Serviette Luft zu und verfolgte seine Ausführungen lächelnd. Colm blickte wieder auf seinen Teller hinab. Er schaffte es beim besten Willen nicht, solche Riesenmengen zu essen. Zwar hatten die Nudeln und die mit frischem Basilikum gewürzte Tomatensauce köstlich geschmeckt, trotzdem hatte er nur die Hälfte seiner Portion verzehrt und das Hähnchen kaum angerührt.

»*Non ti piace?*« fragte Paola, als sie die Teller abräumte. Einen Moment lang ruhten ihre Augen neugierig auf ihm. Ihr Interesse an seiner Person flößte Colm Unbehagen ein. Wieder spürte er ihre heimliche Belustigung.

Er sagte, das Essen sei sehr gut gewesen, er habe nur

keinen rechten Appetit gehabt. Und dabei bemerkte er, daß Pasquale auf seinem Stuhl herumrutschte, als er sah, wie sich seine Mutter mit ihrem neuesten Gast befaßte.

Zum Nachtisch gab es frisches Obst, und dann entschuldigten sich die drei jungen Frauen und ließen Colm und Paola am Tisch zurück. Paola strich ihrem Sohn sacht über die Hand, als er aufstand, und musterte ihn besorgt. Der Junge seufzte gereizt.

»Ich helfe dir später bei deinen Englischaufgaben«, sagte seine Mutter auf englisch zu ihm.

Pasquale wirkte auf einmal verlegen. Er warf Colm einen flüchtigen Blick zu. »Du mußt mir nur bei den Gedichten helfen, Mamma, den Rest schaffe ich allein.«

Paola brachte Kaffee für sich und Colm, goß jedem von ihnen einen Verdauungsschnaps ein, nippte daran und seufzte, dann sagte sie in perfektem Englisch: »Das wäre überstanden. Jetzt können wir Englisch sprechen, wenn du möchtest. Hast du die Reise gut überstanden?«

Colm starrte sie überrascht an. Sie sprach mit einem unverkennbaren Oxfordakzent.

»Eben kam ich mir noch wie ein Schuljunge vor«, entgegnete er langsam. »Aber jetzt kehre ich langsam in die Welt der Erwachsenen zurück.«

Sie lachte leise und zuckte entschuldigend die Achseln. »Es tut mir leid, aber wenn ich nicht eingreife, spricht Darina nur Englisch, und Renate ärgert sich darüber.« Sie musterte ihn einen Moment forschend, runzelte die Stirn und fragte dann: »Was hat dich denn ausgerechnet nach Florenz geführt?«

»Nostalgische Gründe sozusagen. Ich war als Student schon einmal hier, mit einer Freundin aus Amerika, und ich wollte die Stadt gern wiedersehen. Aber jetzt fürchte ich, daß ich inmitten all dieser goldenen Jugend eine recht bizarre Figur abgebe.«

»Die goldene Jugend ist mit unserer Generation ausgestorben«, erwiderte Paola knapp. »Wir hatten noch Träume, die jungen Leute von heute dagegen denken nur noch nüchtern und realistisch.«

Ihr Oxfordakzent paßte nicht recht zu ihrem fremdländischen Äußeren, den leuchtenden Augen und dem lebhaften Gesicht. Colm fand sie wunderschön. In ihr vereinten sich Stolz, heitere Gelassenheit und eine gehörige Portion Humor.

»Du sprichst hervorragend Englisch«, lobte er. »Wo hast du das gelernt?«

»In England. Ich bin zur Hälfte Engländerin.«

»Also hast du das Glück gehabt, zweisprachig aufzuwachsen?«

»Eigentlich nicht. Meine Mutter starb, als ich noch ein Baby war. Aber ich hatte zwei Großtanten in Cambridgeshire, bei denen ich lebte, als ich für ein Jahr eine Sprachenschule in England besuchte – das war 1970. Natürlich hatte ich auch hier an der Schule Englischunterricht ... und manchmal habe ich sogar wildfremde Touristen angesprochen und in ein Gespräch verwickelt.« Sie sah ihn aufmerksam an, als sie die letzte Bemerkung machte. Irgendeine Erinnerung schien damit verbunden zu sein.

Colm nickte höflich. Etwas stupste gegen sein Bein. Er blickte an sich hinunter und entdeckte eine kleine schwarze Katze, die aus ihrem Körbchen gekrabbelt war, sich schnurrend an ihm rieb und dann auf Paolas Schoß sprang.

»Mi amore!« rief diese liebevoll, hob das Tierchen hoch, küßte es und hielt es dann Colm hin.

»Sieh sie dir einmal an. Sie hat bernsteinfarbene Augen.«

Als sie die Arme hob, zeichneten sich ihre vollen Brüste unter der dünnen Bluse ab, und Colm verspürte auf einmal das dringende Verlangen, eine Frau in den Armen zu halten. Es war weniger ein physisches Bedürfnis als vielmehr der Wunsch nach Wärme, Zärtlichkeit und Nähe.

»Also machst du gewissermaßen eine Reise in die Vergangenheit«, bemerkte sie plötzlich.

Colm runzelte die Stirn. Er haßte es, wenn man ihm Gefühlsduselei unterstellte.

»So kann man das nicht sagen. Ich dachte, wenn ich

hierher zurückkäme, könnte ich vielleicht manches besser verstehen. Damals ist hier einiges geschehen … aber das ist eine lange Geschichte über jugendliche Torheiten.«

Paola warf ihm einen fragenden Blick zu, enthielt sich aber jeglichen Kommentares.

Als er seinen Schnaps ausgetrunken hatte, bedankte sich Colm für das Essen und sagte, er wolle noch einen kleinen Spaziergang machen.

»Ich gebe dir einen Schlüssel.« Paola stand auf, holte aus einer Schublade des Bücherschrankes einen Ring mit drei Schlüsseln und hielt ihn Colm hin.

»Der ist für die Eingangstür, der Messingschlüssel für das Sicherheitsschloß der Wohnungstür, und mit dem kleinen hier schließt du auf.«

»Danke, Paola.« Colm zögerte und bot ihr dann an: »Soll ich dir beim Abwaschen helfen?« Eigentlich verabscheute er Hausarbeit, aber es erschien ihm unangemessen, daß diese so aristokratisch wirkende Frau vier völlig Fremde bedienen sollte.

»Nein, ich schaffe das schon, vielen Dank.«

Colm ging in sein Zimmer, um seine Jacke zu holen, fuhr dann mit dem Fahrstuhl nach unten und trat in die Abendsonne hinaus. Zwar riet ihm eine innere Stimme, sich angesichts seines heutigen Schwächeanfalls doch lieber auszuruhen, aber er ignorierte sie. Dieselbe Stimme fragte ihn auch, warum er nahe daran gewesen war, seiner Gastgeberin etwas anzuvertrauen, worüber er noch nie gesprochen hatte. Was 1968 in Florenz geschehen war, war und blieb sein sorgfältig gehütetes Geheimnis. Wenn er daran dachte, tat er es stets als törichte Episode seiner Jugend ab. Aber die ganze Geschichte hatte auch einen gewissen Nutzen für ihn gehabt, wie er schon bald erkannt hatte. Sie hatte ihn gelehrt, sich einen undurchdringlichen Panzer zuzulegen.

Ein kleiner Spaziergang kann nicht schaden, dachte er. Der Arzt hatte ihm ja Bewegung verordnet. Nur Streß und Überanstrengung sollte er möglichst vermeiden.

Zehn Minuten später hatte er die Via Nazionale erreicht.

Er blieb auf der Straßenseite gegenüber der Pensione Zellini stehen und blickte zum Fenster im ersten Stock empor.

Nichts hatte sich verändert, absolut nichts! Da war der Balkon, auf dem sie ihre Baumwollschlüpfer zum Trocknen aufgehängt hatte, da waren die hohen Fensterläden, die beim Öffnen immer so geknarrt hatten. Und dahinter lag zweifellos der altvertraute kleine Raum mit dem angelaufenen Messingleuchter und den schmalen Betten. Hier schien die Zeit stehengeblieben zu sein. Halb hoffte er, das Zimmer sei seit damals nie mehr benutzt worden und läge nun spinnwebverhangen und staubig da wie ein alter Schrein.

Ach, Robin, du wirst es nicht glauben, aber ich bin wirklich wieder hier. Trotz all deiner Sticheleien bin ich zurückgekommen. Werde ich dich am fünfzehnten auf der Piazza della Signoria treffen? Wirst du dein Wort halten?

Natürlich nicht, höhnte sein nüchterner Verstand. Und selbst wenn sie kommen würde – was dann? Wir sind jetzt zwei völlig Fremde, sie hat ja in all den Jahren ihr eigenes Leben geführt.

Langsam ging er die Straße entlang und blieb an der Ecke stehen, um einen Moment zu verschnaufen und sich ein letztes Mal zur Pensione Zellini umzudrehen. Ein junges Mädchen in Jeans und einem weißen Top ging gerade in entgegengesetzter Richtung an dem Haus vorbei. Es war dasselbe Mädchen, das er schon einmal von seinem Fenster aus gesehen hatte.

»Robin …«, flüsterte er, von Erinnerungen überwältigt. Am liebsten wäre er ihr gefolgt, sah aber ein, daß er sich nur lächerlich machen würde. Das Mädchen beschleunigte seine Schritte, bog links in die Via Faenza ein und verschwand.

Colm schlenderte zu dem Apartment in der Via de' Tornabuoni zurück.

Er schloß die Tür auf und fuhr mit den Fahrstuhl nach oben. Paola war nirgends zu sehen, aber als er zu seinem Zimmer ging, hörte er ihre Stimme im Schlafzimmer ihres Sohnes. Die Tür stand halb offen, und im Vorbeigehen warf er einen flüchtigen Blick hinein. Pasquale saß gegen mehrere Kissen gelehnt in seinem Bett und hielt ein Buch auf den Knien. Seine Mutter hockte neben ihm auf der Bettkante, las langsam und deutlich eine Strophe eines englischen Gedichtes vor und erklärte anschließend die Bedeutung bestimmter Worte.

Als sie Colms Schritte auf dem Flur hörte, unterbrach sie ihren Vortrag kurz und nickte ihm zu, dann setzte sie die Lektion fort.

Ihr Sohn beobachtete sie ernst. Sie beugte sich über ihn und legte ihm die Hand auf die Stirn. »Geht es dir gut, mein Schatz?«

Pasquale nickte ungehalten. *»Si, Mamma, si!«*

In der ersten Nacht in Italien fand Colm kaum Schlaf. Einmal döste er ein und träumte von Catherine Clohessy. Als er, ihr Bild immer noch vor Augen, erwachte, wußte er zuerst nicht, wo er war. Benommen musterte er die fremde Umgebung, dann kehrte die Erinnerung zurück.

Aber Kattie ließ sich nicht wieder ins Land der Träume verbannen. Er sah sie als Zwölfjährige vor sich, als sie seine schüchterne Leidenschaft angefacht hatte, dann sah er die vierzehnjährige Kattie, die sich weigerte, mit ihm zu tanzen. »Lieber nicht, Colm, danke ...« Wieder stieg der alte schwelende Zorn in ihm auf, der sich nicht nur gegen sie, sondern eher gegen die ganze Welt richtete.

Als sie zweiunddreißig war, hatte er sie zufällig in Dublin wiedergetroffen. Er hatte sie an einem Samstagmorgen in das Kilkenny Design gehen sehen, war ihr gefolgt und hatte sich im Restaurant im obersten Stock hinter ihr in die Schlange eingereiht.

Sie drehte sich um. Wiedererkennen blitzte in ihren Augen auf, als sie seinen Namen rief. Ihre Freude über das Zusammentreffen war unverkennbar.

»Sieh an, sieh an«, sagte Colm. »Lange nicht gesehen, was, Kattie? Wie viele Jahre ist das jetzt her?«

»Vier«, antwortete sie. »Seit der Beerdigung deines Vaters sind wir uns nicht mehr über den Weg gelaufen.«

Er bestand darauf, ihren Lunch – Salat mit Räucherlachs – zu bezahlen und führte sie an einen Tisch.

»Erzähl mir doch ein bißchen von dir«, forderte er sie auf. »Was machst du denn so?«

Kattie errötete. »Ich arbeite immer noch bei der Bank of Ireland in Kilgarret ... als stellvertretende Filialleiterin.« Auf diesen Aufstieg war sie ganz offensichtlich sehr stolz. Wenn sie überrascht war, daß er so gar nichts über ihr Leben wußte, ließ sie es sich nicht anmerken. Colm war schon lange nicht mehr nach Hause gefahren, um Liam und Alice zu besuchen, er brachte es kaum fertig, die Straße nach Roscommon entlangzufahren. Ein- oder zweimal hatte er es versucht, aber spätestens bei Kinnegal hatte sein Magen zu rebellieren begonnen, und er war umgekehrt. Seit dem Tod seines Vaters hatte er keinen Fuß mehr nach Ballykelly gesetzt. Der Hof war auf Liam übergegangen, Alice hatte einen hiesigen Farmer geheiratet und hatte zwei Söhne.

Catherine hatte ein angenehmes Lächeln und ein eher zurückhaltendes Wesen. Ihre Zähne standen immer noch leicht schief, aber sie hatte eine gute Figur und ein hübsches Gesicht. Eine freudige Röte lag auf ihren Wangen, ihre Augen leuchteten. Jeder, der sie sieht, denkt, sie hätte ihre verloren geglaubte Liebe wiedergefunden, dachte Colm zynisch.

»Du läßt dich ja zu Hause nicht mehr blicken«, sagte sie vorwurfsvoll. »Ich frage immer nach dir, wenn ich Alice besuche.«

Colm setzte ein schuldbewußtes Lächeln auf. »Ich hab' so viel um die Ohren, weißt du ...«

»Du hast geheiratet, wie ich hörte?«

»Ja. Ich hätte dich ja dazu eingeladen, aber wir haben uns in Paris trauen lassen. Wir wollten keinen großen Trubel.«

»Wie romantisch!« seufzte Kattie versonnen.

»Und du, bist du verheiratet?« Verstohlen blickte Colm auf ihre rechte Hand.

»Nein. Vor ein paar Jahren war ich kurz davor, aber wie das so ist ... es hat eben nicht geklappt.«

Colm sah sie mitfühlend an. Sie schaute sich im Restaurant um.

»Ich bin gern hier«, sagte sie. »Manchmal treffe ich mich hier mit meiner Freundin Eileen, wenn ich nach Dublin komme. Ich kenne sie von der Schule her«, erklärte sie überflüssigerweise.

»Bist du oft in der Stadt?«

»Fast jedes Wochenende. Ich kann bei Eileen übernachten, sie hat eine Wohnung am Fisherman's Wharf.«

Colm sagte, das freue ihn für sie. Dabei musterte er sie verstohlen; registrierte all die vertrauten Kleinigkeiten, die einst seine stürmische Liebe geweckt hatten – die lustigen Mausezähnchen, die Sommersprossen, die sanften haselnußbraunen Augen. Doch außer einer Art unterschwelligen Zorns, für den er sich selbst verachtete, weil er wußte, daß er ungerecht war, empfand er nichts bei ihrem Anblick. Seine frühere Leidenschaft für sie war in dem Moment erloschen, als sie ihn zurückgewiesen und sich förmlich in diesen verdammten Schaukelstuhl verkrochen hatte, während sich die ganze Familie an seiner Demütigung weidete. Er verabscheute Frauen, die die Spröde spielten. Sie hatte ihn zum Narren gemacht!

Aber was wurde eigentlich aus einem Strom unerfüllter Hoffnungen? Zog er vorüber wie ein nächtlicher Sturm und hinterließ eine Spur emotionaler Verwüstung? Oder erweckte er in den Menschen Durst nach Rache, die Bereitschaft, das zu zerstören, was man nicht für sich gewinnen konnte?

»Hast du heute abend schon etwas vor?«

»Nichts Wichtiges …«

»Warum gehst du dann nicht mit mir essen?«

Sie wirkte plötzlich angespannt. »Danke, das ist lieb von dir, aber ich fürchte, ich kann nicht.«

»Sherry ist nicht da, falls du deswegen Bedenken hast«, sagte Colm halb belustigt, halb ärgerlich. »Und ich will dich bestimmt nicht auffressen, Kattie. Ich dachte nur an ein Schwätzchen unter Freunden … über die alten Zeiten.«

»Na gut, wenn du meinst …«

O Herr, bewahre mich vor ländlicher Unschuld, dachte er resigniert. Während er ihr in den Mantel half, taxierte er ihren Körper. Sehr hübsch, alle Rundungen an der richtigen Stelle, gute Titten.

Sie lächelte ihn unter dichten dunklen Wimpern hervor an. »Danke für den Lunch, Colm.«

»War mir ein Vergnügen. Gib mir deine Adresse, ich hole dich um halb acht ab.«

Freudige Röte überzog ihr Gesicht. Hastig kritzelte sie etwas auf die Rückseite des Briefumschlags, den er aus der Tasche gezogen hatte.

»A bientôt, Madame.«

Die Röte vertiefte sich. »Colm, du bist wirklich sehr nett.«

Ja, dachte er, nur in der Nacht, als wir in der Küche getanzt haben, war ich dir nicht gut genug. Da bist du vor mir zurückgewichen, als hätte ich die Pest.

Nachdem sie gegangen war, schalt er sich einen Narren. Laß die Finger von ihr, mahnte er sich. Ruf sie an und sag, dir ist etwas dazwischengekommen. Doch noch während er darüber nachdachte, wußte er schon, daß er das nicht fertigbringen würde. Entgegen aller Vernunft begehrte er diese Frau, und er hatte es sich schon vor Jahren zum Ziel gesetzt, sich zu nehmen, was er wollte. Er hatte gelernt, sich mit einer Aura von Arroganz und Unergründlichkeit zu umgeben, und er hatte Erfolg damit gehabt. Die meisten Leute betrachteten arrogante, schwer zu durchschauende Menschen als Herausforderung und versuchten, ihre Fassade zu durchdringen. Außerdem neigten sie dazu, denen, aus denen sie nicht schlau wurden, Charaktereigenschaften wie Stärke, Wagemut und Entschlossenheit anzudichten. Colm wunderte sich immer wieder darüber, wie gut diese Masche funktionierte. Sie hatte nicht unwesentlich zu seiner Karriere beigetragen, hatte ihm Wohlstand und Erfolg beschert und ihn aus der Masse des törichten, kleingeistigen Volkes herausgehoben. Aber warum fühlte er sich trotzdem, als würde er ziellos durch das Leben treiben und nach etwas suchen, was es vielleicht gar nicht gab?

In Florenz brach die Morgendämmerung an. Bald war es Zeit, aufzustehen, sich dem neuen Tag zu stellen und die bösen Vorahnungen der Nacht zu verdrängen. Colm stellte fest, daß er sich auf seinen Sprachkurs freute. Auch die kleine Familie, in der er vorübergehend lebte, und besonders seine Gastgeberin hatten seine Neugier geweckt. Wirf die Flinte nicht gleich ins Korn, mahnte er sich. Du könntest jetzt auch zu Hause vor dem Fernseher sitzen. Stattdessen hast du einmal im Leben einem Impuls nachgegeben und bist hierhergekommen. Vielleicht war es ja ein Fehler, aber das muß außer dir selbst ja niemand wissen. Also warte ab, was passiert. Laß es einfach drauf ankommen. Und quäl dich nicht länger mit den Schatten der Vergangenheit herum.

2.

Ein aus dicken Weißbrotscheiben, Aprikosenmarmelade und *caffè latte* bestehendes Frühstück erwartete ihn. Paola saß in einem grünseidenen Morgenrock am Tisch und hob den blonden Kopf, um ihn zu begrüßen. Der Tag versprach erneut, glühendheiß zu werden.

»Buon giorno, Colm. Hai dormito bene?«

»Si.«

Er sah keinen Grund, ihr zu gestehen, daß er kaum ein Auge zugetan hatte. Trotzdem fühlte er sich frisch und ausgeruht und freute sich auf den vor ihm liegenden Tag.

Paola schenkte ihren Gästen Kaffee ein und verschwand dann in der Küche. Pasquale erschien, nahm schweigend am Tisch Platz, aß eine Scheibe Brot und trank Milchkaffee dazu. Als es klingelte, betätigte er die Gegensprechanlage und sagte, es sei der Junge, der ihn zur Schule mitnähme. Dann küßte er seine Mutter zum Abschied. *»Ciao, Mamma.«*

Wieder bemerkte Colm, daß Paolas Augen ihrem Sohn folgten.

Darina gähnte und meinte, sie sei hundemüde, sie habe die halbe Nacht in einer Disco vertanzt. Renate entgegnete etwas auf italienisch, das Colm nicht verstand. Wie immer trug sie eine todernste Miene zur Schau. Jill lächelte gutmütig, antwortete ebenfalls auf italienisch mit englischem Akzent. Sie trug ein weißblau gemustertes T-Shirt und weiße Jeans.

Nach ein paar Minuten machte sich Colm auf den Weg zur Piazza di Santo Spirito. Mit seiner schwarzledernen Aktentasche, die einen Notizblock, ein Wörterbuch und seinen goldenen Füllfederhalter enthielt, kam er sich irgendwie lächerlich vor. Zum Glück lag die Schule ganz in der Nähe, er mußte nur wenige Minuten zu Fuß gehen.

Er überquerte den Arno über die Brücke Santa Trinità.

Zu seiner Linken lag die Ponte Vecchio mit den kleinen, ockerfarben gestrichenen Geschäften, die Robin so geliebt hatte. Colm blieb stehen, drehte sich um und blickte zu den Hügeln von Fiesole hinüber. Ich komme mir vor wie ein kleiner Junge auf dem Weg zur Schule, dachte er. Dabei liegt die Jugendzeit schon lange hinter mir. Aber läßt man eigentlich jemals im Leben irgend etwas ganz hinter sich? fragte er sich. Was muß man tun, um bestimmte Dinge vollständig in Vergessenheit geraten zu lassen?

Innerhalb weniger Minuten erreichte er die Piazza di Santo Spirito; jenen Platz, wo Robin und er einst bei Brötchen und Mineralwasser Rast gemacht hatten. Gedankenverloren ließ er den Blick über den still plätschernden Springbrunnen und die Fassade der alten Kirche aus dem fünfzehnten Jahrhundert schweifen. Nichts hatte sich in den fast dreißig Jahren verändert. Aber wahrscheinlich hatte sich hier fast drei Jahrhunderte lang nichts verändert, was waren da schon ein paar Jahrzehnte?

Es kostete ihn eine knappe Minute, die Scuola Linguistica zu finden.

Colm erklärte der Sekretärin, daß er am Tag zuvor zu spät in Florenz angekommen war, um noch an dem Einstufungstest teilzunehmen. Die Frau gab sich sehr zuvorkommend, bat ihn zu warten und bot ihm einen Stuhl an. Wenig später führte ihn eine Lehrerin in einen kleinen Raum mit Blick auf die Piazza und händigte ihm einen Prüfungsbogen aus, anhand dessen seine sprachlichen Fähigkeiten bewertet wurden. Danach folgte eine kurze Unterhaltung auf italienisch, während der Colm hauptsächlich seine per Kassette einstudierten Sätze herunterrasselte. Danach entschuldigte sich seine Prüferin und verließ den Raum. Colm wartete etwa zehn Minuten. Er trat ans Fenster und spähte durch die Fensterläden auf den unter ihm liegenden Platz. Er hatte sich schon lange keinem Test mehr unterziehen müssen und kam sich wieder vor wie ein Student im ersten Semester. Unten auf der Piazza, direkt neben dem Springbrunnen, saß ein Mädchen mit einem Buch in der Hand auf einer Bank. Neben ihr sonnte sich eine schwarze Katze. Das Mädchen hatte langes dunkles Haar und schien völlig in ihre Lektüre vertieft. Auch Robin und er hatten einmal auf dieser Bank gesessen. Dann streichelte das Mädchen ihrer Katze über den Rükken, und plötzlich kehrte die Erinnerung zurück, die ihn schon in Paris gequält hatte. Das Mädchen, das Buch, die Katze. Wo? Er hatte das Mädchen angesprochen ... das mußte damals in Florenz gewesen sein, aber er hatte Robin nicht bei sich gehabt. Die Erinnerung blieb schattenhaft. Colm zerbrach sich den Kopf, bis ihm auf einmal das Bild der madonnenhaften jungen Frau in Robins Alter, die ihm ein Glas Wasser gegeben hatte, wieder kristallklar vor Augen stand. Wo hatte dieser Zwischenfall stattgefunden? An irgendeiner antiken Stätte, überall waren Ruinen gewesen. Natürlich ... das alte römische Theater in Fiesole! Jetzt fiel ihm alles wieder ein. Er erinnerte sich genau an die bezaubernde Anmut des Mädchens, nur ihr Gesicht blieb verschwommen. In diesem Moment öffnete sich die Tür, die Lehrerin kam zurück und eröffnete ihm, er sei dem Fortgeschrittenenkurs I – eine Stufe über dem Grundkurs – zugeteilt worden, und bat ihn, sich im Unterrichtsraum Drei einzufinden.

Dort saßen zwölf überwiegend junge Leute. Nur eine Schülerin, eine Frau namens Anna, schien älter zu sein als Colm. Sie erklärte ihm sofort, sie sei zwar in Italien geboren, habe aber fast ihr ganzes Leben in einem französischsprachigen Kanton der Schweiz verbracht. Ihr Italienisch lasse sehr zu wünschen übrig, denn sie sei mit einem Franzosen verheiratet und würde daheim nur Französisch sprechen.

Der Morgen verstrich, und allmählich wurde es drückend heiß im Raum. Der Lehrer schloß die Fensterläden, um den Lärm von draußen fernzuhalten, und verteilte Blätter mit Grammatikfragen, Lückentexten und Wortbildern, die analytisches Denken erforderten.

Nach einer Weile begann der Unterricht Colm Spaß zu machen. Er fühlte sich in seine Kindheit zurückversetzt, wo ihm noch kaum Verantwortung abverlangt worden war. Er genoß es, sich ein wenig hervorzutun, fehlende Worte in seinem Wörterbuch nachzuschlagen und sich in stockende Unterhaltungen verwickeln zu lassen. All dies ließ sich mit der immerwährenden Hektik an der Börse nicht vergleichen, und erst jetzt begriff er allmählich, unter welchem Streß er daheim tagtäglich stand.

Eine Stunde später war die Hitze so unerträglich geworden, daß jemand die Fenster wieder aufriß. Mopedgeknatter, Gehupe und Verkehrslärm erfüllten das Klassenzimmer. Als die Glocke zur Pause läutete und Colm aufstand, wurde ihm übel, und er verspürte den dringenden Wunsch, sich in einem kühlen Raum eine Weile hinzulegen. Besser, er kehrte in die Via de' Tornabuoni zurück und ruhte sich ein wenig aus.

Langsam schlenderte er zu dem Haus zurück, fuhr mit dem Fahrstuhl nach oben und schloß die Wohnungstür auf. Er hatte nicht erwartet, Paola zu Hause vorzufinden; er wußte, daß sie einer Arbeit nachging, weil sie am Abend zuvor davon gesprochen hatte. Vermutlich war sie Sekretärin, hatte er gedacht. Doch zu seiner Überraschung sah er sie im Eßzimmer vor einem Computer sitzen. Ihr goldenes Haar war perfekt frisiert, sie hatte sich sorgfältig geschminkt und saß kerzengerade da, vollkommen auf den Bildschirm konzentriert. Als sie Colms Schritte hörte, blickte sie auf, schob ihre schwarzgerahmte Lesebrille hoch und grüßte ihn freundlich.

»*Ciao, Colm. Come stai?*«

Auf italienisch log Colm, es ginge ihm gut, und hängte vorsichtshalber noch eine unverbindliche Bemerkung über das Wetter an: »*Fa caldo oggi.*«

»*Caldo a morire ...*«, erwiderte sie.

Ja, dachte er, das hat sie treffender ausgedrückt, als sie ahnt. Es ist zum Sterben heiß.

»Himmel«, hatte Robin einmal gestöhnt, »kühlt es sich denn hier nie ab? Immerhin haben wir schon September!«

Colm ging in sein Zimmer, legte sich auf das Bett und beobachtete die Lichtstrahlen, die durch die Ritzen der

Fensterläden fielen. Kurz vor dem Einschlafen stellte er sich einen Moment lang vor, im Raum befände sich noch ein zweites Bett, und in dem läge ein kleines, zierliches amerikanisches Mädchen, verwundbar wie ein Vögelchen, aber stolz wie Luzifer persönlich.

Einmal hatte sich Robin lautstark beschwert: »Hör doch endlich auf, dich im Bett hin- und herzuwälzen! Wir sind doch nicht auf hoher See!«

Weder konnte er ihr die furchtbare Wahrheit anvertrauen, noch konnte er sie verdrängen. Längst vergessen Geglaubtes kam mit Macht zurück. Das Badezimmer, in dem Pater Madden ihn manchmal eigenhändig von Kopf bis Fuß gewaschen hatte, die vielen Zusammentreffen im Arbeitszimmer des Priesters, wo dieser ihn mißbraucht und damit eine Würde verletzt hatte, von der Colm bis dahin gar nicht wußte, daß er sie besaß. Und er hatte all dies schweigend zugelassen, hatte sich mit seinem Peiniger verschworen und somit zu seiner eigenen Vernichtung beigetragen. Damals war Colm noch nicht in der Lage gewesen, das volle Ausmaß dessen, was mit ihm geschah, und die möglichen Auswirkungen auf sein späteres Leben zu erkennen.

Da waren zum Beispiel die Träume, die kurz nach seinem Schulausschluß eingesetzt hatten. Zumeist tauchte das Gesicht des alten Bocks überlebensgroß vor ihm auf, mit hervorquellenden Augen und dicken, feuchten Lippen, bis er zitternd und schweißgebadet erwachte. In diesen Träumen sah er manchmal Farben, die es in der realen Welt gar nicht gab. Er wußte, daß das, was ihm angetan worden war, jenseits seiner Vorstellungskraft lag, und doch versuchte er immer wieder verzweifelt, endlich zu begreifen.

Nachdem er das Clonarty College verlassen hatte, hatte er oft gedacht: Wenn ich es doch nur verstehen könnte! Wenn ich alles verstehen könnte, könnte ich mich damit auseinandersetzen, es verarbeiten und dann vielleicht endgültig begraben.

Wenn ich nur mit jemandem darüber reden könnte, dann könnte ich lernen zu verstehen.

Nach dem Tod seiner Mutter hatte Colm gehofft, bei seinem Vater Trost zu finden, weil er allmählich unter seiner Bürde zusammenzubrechen drohte. Doch seine schüchternen Versuche, ein vertrauliches Gespräch in Gang zu bringen, waren so schroff zurückgewiesen worden, daß er entmutigt aufgegeben hatte. Er begriff, daß von dieser Seite keine Hilfe zu erwarten war. Tom Nugent bemühte sich nach Kräften, die bloße Existenz dieses Sohnes, der ihm soviel Unglück beschert hatte, zu ignorieren. Aber Colm liebte seinen Vater, und im Laufe der Zeit begann er selbst zu glauben, daß er den Haß und Widerwillen, den dieser ihm entgegenbrachte, auch verdiente.

»Wach auf, Colm!« hatte Robin geschrien. »So wach doch auf, verdammt noch mal!« Es war schon das zweitemal innerhalb einer Nacht, daß er sie im Schlaf störte. Durch ihr Davonlaufen auf der Piazzale Michelangelo hatte sie ein schlafendes Ungeheuer geweckt, das ihn jetzt unerbittlich in seinen Träumen heimsuchte.

Colm erwachte mit einem Ruck. Das Licht brannte, und Robin beugte sich in einem dünnen Baumwollnachthemd über ihn und schüttelte ihn heftig.

»Wach auf ... es war nur ein Alptraum!«

Colm schlug die Augen auf. Sein Herz hämmerte wie wild, und er war wiederum in Schweiß gebadet. Langsam wurde er sich bewußt, daß er sich in Florenz befand, tausend Meilen entfernt vom Clonarty College und von einem Mann in schwarzer Soutane mit perversen Gelüsten und absoluter Macht. Er war in Florenz, zusammen mit einer guten Freundin.

»Entschuldige, Robin. Ich wollte dich nicht wecken.«

»Wovon hast du denn geträumt?«

»Ach, das war nicht weiter wichtig.«

»Dafür hast du aber einen ganz schönen Krach gemacht.«

Colm blickte zur Decke empor. »Von der Schule«, gestand er leise. »Es hatte etwas mit der Schule zu tun.«

»Bist du verprügelt worden?«

»So könnte man es nennen.«

Robin richtete sich auf und schniefte vernehmlich. »Verstehe.«

Die Federn knarrten, als sie wieder in ihr eigenes Bett zurückkroch. Er hörte, wie sie sich unter die Decke kuschelte, und wurde plötzlich von tiefer Zärtlichkeit für sie erfüllt. Als sie das Licht ausknipste, drehte er sich zu ihr um.

»Robin?«

»Hmm?«

»Das von vorhin ... auf der Piazzale Michelangelo ... das tut mir wirklich leid. Ich weiß gar nicht, was in mich gefahren ist.«

»Ich auch nicht.« Sie wälzte sich gleichfalls auf die andere Seite. »Vergiß es. Wahrscheinlich habe ich einfach überempfindlich reagiert.«

»Nein, du hattest vollkommen recht. Tut mir leid.« Seine Stimme klang rauh.

»Colm, es liegt nicht an dir. Das vorhin hat mich an etwas erinnert, aber mit dir hatte es nichts zu tun.«

Und als Colm ansetzte, die naheliegende Frage zu stellen, bat sie ihn, den Mund zu halten und endlich zu schlafen.

Der Schlaf wollte sich jedoch nicht einstellen. Colm lag hellwach in der Dunkelheit und dachte an Clonarty; an den Widerhall, den jedes Geräusch in den langen Fluren verursachte, die riesigen Bilder mit religiösen Motiven, das Tellergeklapper im Speisesaal, an den Geruch nach gekochten Kartoffeln und Eintopf mit Zwiebeln, an das Gewirr von dreihundert Jungenstimmen.

Und er dachte an die Übelkeit, die ihn ständig aus heiterem Himmel heraus überkommen hatte. Körperliche Ursachen dafür waren nicht festgestellt worden, und er hatte sich mehr als einmal gefragt, warum ihm die ganze Sache eigentlich so zusetzte. Schließlich war er weder ernsthaft verletzt noch mit dem Tode bedroht worden, und über irreparable seelische Schäden hatte er damals noch nicht nachgedacht.

Plötzlich kehrte eine ganz bestimmte Erinnerung mit Macht zurück. Er war an der Reihe, während der Messe als Ministrant zu dienen. Der alte Pater Moriarty, der Kaplan, hatte ihn für dieses Amt auserwählt.

»Colm … nächsten Sonntag bist du als Meßdiener eingeteilt.« Colm wußte, was er zu tun hatte, er hatte dieses Amt seit seinem achten Lebensjahr regelmäßig ausgeübt und das Ritual immer genossen, weil er sich Gott dabei näher fühlte.

Aber das hatte sich inzwischen geändert. Das Bewußtsein seiner Schuld erstickte sogar seine Hingabe an die Religion.

Samstags wurde die Beichte abgenommen. Der alte Pater Moriarty saß hinter dem Gitter.

»Vergib mir, Vater, denn ich habe gesündigt …« Und dann rasselte Colm all seine kleinen Sünden herunter: Faulheit, schludrig erledigte Hausaufgaben, Diebstahl eines Bleistiftes, der Gebrauch unanständiger Worte.

»Ist das alles?«

Die Worte, die ihm auf der Zunge lagen, wollten ihm nicht über die Lippen.

»Ja, Vater …«

»Keine sündigen Gedanken, keine … äh, Selbstbeflekkung oder etwas in dieser Art?«

»Nein, Vater!«

»Wie alt bist du, mein Junge?«

»Dreizehn, Vater …«

Der Priester brummelte, Colm sei recht klein für sein Alter, und erlegte ihm seine Buße auf. »Drei Vaterunser und drei Ave Maria, mein Sohn.«

Colm sah durch das Gitter, daß sein Beichtvater die Hand zur Absolution erhob und den grauen Kopf senkte. Seine Stola schimmerte im Dämmerlicht tiefviolett. *»Ego te absolvo …«*

Colm schlüpfte aus dem Beichtstuhl, schlich in demütiger Haltung auf eine Kirchenbank zu und kniete nieder, um seine Bußgebete herzusagen. Doch in seinem Kopf hallte eine Zeile aus dem Katechismus wider.

»Wer im Beichtstuhl lügt, der begeht eine große Sünde, denn er lügt Gott den Herrn an, und statt Vergebung zu erlangen, wird er Seinen Zorn auf sein Haupt herabbeschwören ...«

Und er, Colm, *hatte* im Beichtstuhl gelogen und wider den Heiligen Geist gesündigt. Morgen würde er das Abendmahl empfangen müssen, ein Sakrileg, da eine schwere Sünde auf seinem Gewissen lastete. Und die Strafe für ein solches Sakrileg bestand in ewiger Verdammnis.

Ich werde das Abendmahl nicht entgegennehmen, schwor er sich. Ich werde mich einfach weigern.

In dieser Nacht tat er kein Auge zu. Er sah sich selbst, wie er den goldenen Hostienteller unter sein eigenes Kinn hielt, sah Pater Moriarty mit dem Ziborium auf sich zukommen, sah sich den Kopf abwenden und die Annahme der Hostie verweigern.

Der Morgen kam. Pater Phelim, ein junger Priester, der in einer Zelle direkt neben dem Schlafsaal schlief, intonierte mit volltönender Stimme den Weckruf *Bendicamus Domino.*

Colm kroch aus dem Bett. Es war kalt, und als seine Füße den nackten Steinboden berührten, begann er zu zittern. Einige Langschläfer vergruben sich stöhnend unter den Decken, um Zeit zu schinden, bis Pater Phelim ihnen das Bettzeug wegriß. Müde trotteten die Jungen zum Waschraum, der sich rasch mit Dampf von den Duschen und Waschbecken füllte. Es war nicht Colms Duschtag, also wusch er sich an einem Becken und putzte sich dann die Zähne. Die ganze Zeit zitterte er wie Espenlaub, obwohl es im Raum längst warm geworden war.

Nachdem er sich angekleidet hatte, ging er in die Sakristei hinüber. Pater Moriarty war noch nicht da, doch die Gewänder der Priester – dunkelviolett für den ersten Sonntag der Fastenzeit – lagen schon bereit. In dem Regal in der Nische fand er die schwarze Soutane und den weißen Chorrock des Meßdieners, streifte beides über und wartete auf den Priester, der die Messe lesen sollte. Er hatte sich einen Plan zurechtgelegt: er würde einfach den Kopf abwenden, wenn ihm die Hostie angeboten wurde. Hinterher würde ihn der alte Moriarty natürlich nach dem Grund fragen, und er würde sagen, er hätte aus Versehen sein Fasten gebrochen und am Morgen ein Stück Schokolade gegessen.

Die schmale Tür ging auf, doch anstelle von Pater Moriarty, den Colm erwartet hatte, erschien Pater Madden. Er zuckte zusammen, als er Colm sah, sagte aber keinen Ton, sondern musterte den Jungen nur finster. Colm wandte den Blick ab. Seine Knie waren butterweich geworden, und das Bewußtsein seiner Schuld schien ihn zu erdrükken. Er mußte all seine Willenskraft aufbieten, um ein unbeteiligtes Gesicht zu wahren.

Der Priester begann, sich auf die Messe vorzubereiten. Er wusch sich die Hände und murmelte lateinische Gebete vor sich hin, während er die einzelnen Kleidungsstücke anlegte: erst das Schultertuch, dann die Albe, dann die Schärpe, die Manipel und schließlich das violette Meßgewand, das von Nonnen in irgendeinem abgelegenen Kloster prächtig bestickt worden war.

Auf ein Nicken des Priesters hin ergriff Colm die Meßkännchen mit Wein und Wasser und ging in die Kapelle. Pater Madden folgte ihm gemessenen Schrittes, blieb am Fuß des Altars stehen, verneigte sich, bekreuzigte sich und stimmte dann mit fester, nüchterner Stimme, aus der Colm eine versteckte Warnung herauszuhören meinte, das *Introibo ad altare Dei* an, auf das Colm, mit dem vorgeschriebenen *Ad Deum qui laetificat juventutum meam* antwortete. Die lateinischen Phrasen kamen ihm ohne langes Überlegen über die Lippen, sie waren für ihn ein Stück Heimat.

Die Messe zog sich dahin. Voller Angst wartete Colm auf das Abendmahl. Er sah, wie Pater Madden die Hostie in beide Hände nahm, das Knie beugte und ein Gebet sprach. Im nächsten Moment hatte er sich die Hostie in den Mund geschoben, senkte den Kopf und nippte an dem Kelch.

Währenddessen ging Colm rasch seinen Pflichten nach, legte ein weißes Tuch auf den Altar und murmelte das

Confiteor vor sich hin. Wenige Minuten später trat Pater Madden an das Altargitter und begann, die Hostien zu verteilen. Colm hielt den Hostienteller unter jedes Kinn, damit nur ja kein Krümel des geweihten Brotes zu Boden fiel. Jeder Junge schloß die Augen und streckte die Zunge heraus, um die Hostie entgegenzunehmen.

Schließlich wandte sich Pater Madden zu Colm und hielt auch ihm eine Hostie hin. Colm erstarrte, betete darum, daß sich die Erde auftun und ihn verschlingen möge. Als nichts dergleichen geschah, starrte er die massige Gestalt an, die sich vor ihm aufgebaut hatte, bemerkte den zwingenden Blick und hielt wie hypnotisiert den Hostienteller unter sein eigenes Kinn, öffnete den Mund und streckte die Zunge heraus. Die trockene, bröselige Hostie kratzte ihn in der Kehle. Er wußte, daß er verdammt war.

Seine Leistungen verschlechterten sich dramatisch. Seine englischen Aufsätze wimmelten nur so von Fehlern, die ihm früher nie unterlaufen wären, in Geschichte und Geografie, früher seine Glanzfächer, kam er überhaupt nicht mehr mit, und auch seine Kenntnisse in Religion ließen immer mehr zu wünschen übrig. Er hatte eine mentale Blockade entwickelt, die sich nur noch schwer überwinden ließ. Nur zur Mathematik fand er noch Zugang, aber auch in diesem Fach sackte er allmählich ab.

»Melde dich bei deinem Hausvorsteher, Nugent. Diese Arbeit ist eine Beleidigung für deine Lehrer! Du solltest dich schämen!«

Wieder schlich er den langen, blankgebohnerten Flur entlang, blieb vor der schimmernden Mahagonitür mit dem Namensschild stehen und klopfte zögernd an.

»Herein.«

»Du schon wieder, Colm?« Die Augen seines Peinigers leuchteten auf, ein gieriger Funke begann darin zu tanzen. Wortlos reichte Colm ihm die Nachricht von Pater Andrew.

»Dafür gibt es keine Entschuldigung!«

Pater Madden griff nach der schweren Lederknute.

»Zieh die Hose herunter, Junge!« Erst benutzte der Priester die Knute, dann die bloße Hand, dann alles andere. Dabei schnaufte er vor rechtschaffener Befriedigung. Der Junge verdiente es nicht anders.

»Siehst du, Nugent ...«, das Keuchen wurde stärker, »... das hast du nun davon!«

Je heftiger der Priester seinen Körper attackierte, desto stärker zog sich Colm in sich selbst zurück. Doch seine Entrücktheit schien seinen Peiniger, den es nach der bedingungslosen Unterwerfung seines Opfers verlangte, nur noch weiter anzustacheln. Die Milde, die er anfangs hatte walten lassen, um Colm gefügig zu machen, war längst einer Art höhnischer Verachtung gewichen. Nun betrachtete er ihn als sein ureigenstes Geschöpf, mit dem er tun und lassen konnte, was er wollte. Colm befand sich mit Leib und Seele in seiner Gewalt, und dafür verabscheute der Priester ihn und gedachte, ihn furchtbar zu bestrafen.

Während der Fastenzeit fanden die alljährlichen Exerzitien statt; drei Tage innerer Einkehr, die Vorträgen, Gebeten und Meditation gewidmet waren. Private Unterhaltungen waren strengstens untersagt. Pater Lawless, ein zu Besuch weilender Franziskanermönch, leitete die Exerzitien. Einer seiner Vorträge behandelte das Thema Sexualität. Die Jungen lauschten ihm begierig, da jeder von ihnen gelegentlich mit pubertären Problemen zu kämpfen hatte.

»Ihr alle werdet sicher des öfteren von verwirrenden Gedanken über Frauen und Mädchen heimgesucht und träumt sogar nachts auf sehr plastische Weise von ihnen. So etwas ist vollkommen normal, es gehört zu eurer Entwicklung und bedeutet nur, daß ihr langsam erwachsen werdet. In einigen Jahren habt ihr vielleicht selbst schon Kinder ...«

Unterdrücktes Gekicher ertönte, die Jungen stießen sich gegenseitig in die Rippen oder scharrten verlegen mit den Füßen.

»Aber vergeßt nicht, daß eure Körper Tempel des Heiligen Geistes sind. Ihr dürft nichts tun und nichts mit euch tun lassen, was diese Tempel entweihen könnte!« Der alte Franziskaner schlug mit der Hand auf sein Pult. Das Licht, das durch die Buntglasfenster fiel, ließ seine Brillengläser grünlich schimmern. »Wenn ihr euch der sündigen Lust hingebt, wird Gott euch eines Tages dafür zur Rechenschaft ziehen!« donnerte er dann in einem Tonfall, in dem Savonarola die Gottlosen zum ewigen Fegefeuer verdammt haben mochte.

Die Jungen schwiegen betreten.

Colm hörte entsetzt zu. Die Worte des alten Mönches trafen ihn tief. Er konnte die Augen nicht länger vor dem verschließen, was er getan hatte, konnte sich nicht länger einreden, eine Lüge während der Beichte und die anschließende Annahme der geweihten Hostie sei nichts weiter als eine läßliche Sünde. Er würde sich vor Gott dafür verantworten müssen! Schon sah er sich nach seinem Tod in der Hölle schmoren, doch es gelang ihm, sich seine Furcht nicht anmerken zu lassen. Als sein Nachbar Fiach O'Carroll ihn in die Rippen stieß, reagierte er nicht.

»He, Nugent«, flüsterte Fiach, als Pater Lawless seinen Vortrag beendet hatte, »weißt du schon, daß du morgen als Meßdiener eingeteilt bist? Eigentlich wäre Hegarty dran gewesen, aber der mußte plötzlich nach Hause. Sein Onkel ist gestorben.«

Colm warf einen Blick auf die Liste, die draußen vor der Kapelle im Flur hing. Hegartys Name war durchgestrichen worden. Statt dessen stand nun Nugent darüber. Wieder sollte er bei der Messe dienen, obwohl eine ungebeichtete Sünde auf seinem Gewissen lastete! Diesmal würde ihn der Teufel in die Krallen bekommen; diesmal gab es kein Entrinnen mehr!

Am nächsten Morgen stolperte Colm auf der Treppe und fiel die Stufen hinunter. Pater Phelim, der unten stand, half ihm auf. »Hast du dir etwas getan?« fragte er, nachdem er sich davon überzeugt hatte, daß sein Schützling noch am Leben war. »Hast wohl geträumt, wie?«

»Mein Ellbogen tut weh, Pater«, jammerte Colm und betastete dabei vorsichtig seinen rechten Arm. »Gebrochen ist er wohl nicht, aber so kann ich doch unmöglich bei der Messe dienen!«

Pater Phelim befahl ihm, sich auf eine Bank zu setzen, und untersuchte den Ellbogen und Colms Knöchel. Beide waren leicht geschwollen, und Colm zuckte zusammen, als er sie abtastete. »Ich lasse bestimmt alles fallen, wenn ich Meßdiener sein muß.«

Nacktes Entsetzen malte sich auf dem Gesicht des jungen Priesters ab. Vermutlich sah er schon zerbrochene Meßkännchen, zu Boden gefallene Hostienteller und entweihte Hostien vor sich.

»Na gut.« Er blickte sich suchend um. Die anderen Jungen kamen nach und nach die Treppe herunter und begaben sich zur Kapelle.

»Duggan, du nimmst Nugents Platz als Meßdiener ein.« Pater Phelim sah Colm zweifelnd an. »Und du solltest nach der Messe lieber bei der Hausmutter vorbeischauen, Nugent.«

»Ja, Pater.«

Colm humpelte zur Kapelle, wobei er darauf achtete, einen möglichst unbeholfenen Eindruck zu machen. Mit steif vom Körper abgespreiztem rechtem Arm ließ er sich auf seine Bank sinken und sah Pater Lawless zu, der gerade mit der Messe begann. Ihm fiel auf, wie erschöpft und gebrechlich der Franziskaner in seiner groben Kutte und den Sandalen wirkte. Seine Unterschenkel waren von blauen Krampfadern durchzogen.

Colm blieb voller Erleichterung in seiner Bank sitzen, während seine Schulkameraden nacheinander zum Altar gingen, um das Abendmahl zu empfangen. Mit gesenkten Köpfen kehrten sie an ihre Plätze zurück, und nicht wenige warfen Colm befremdete Blicke zu.

Diesen störte das wenig. Er hatte ein Alibi, er konnte guten Gewissens sitzenbleiben. Doch dann sah er, wie Pater Phelim zu ihm hinüberschaute, sich von seinem Betschemel erhob, in den Altarraum ging und Pater Lawless etwas zuflüsterte. Der alte Franziskaner griff erneut nach dem Ziborium und kam zu Colms Entsetzen durch das

Kirchenschiff direkt auf ihn zu. Duggan folgte ihm mit selbstgefälliger Miene. Er hielt den Hostienteller in den Händen.

»Du kannst nicht zu Jesus kommen, mein Sohn«, sagte Pater Lawless mit einem gütigen Lächeln, »also kommt Jesus zu dir.« Er entnahm dem Gefäß eine Hostie, und Duggan hob den Teller hoch.

Colm senkte den Kopf und biß sich in die Hand. Er hörte jemanden schreien: »Nein, nein, nein!« Das Echo schien in der ganzen Kirche widerzuhallen.

Erst später begriff er, daß der Schrei aus seinem eigenen Mund gekommen war.

Colm schrak zusammen, als es an der Tür klopfte, riß sich mühsam aus seinen von Träumen geplagtem Halbschlaf und überlegte, wo er eigentlich war. Dann fiel es ihm wieder ein. Er war in Florenz, in Paola Nosterinis Wohnung. »Ja bitte ... herein.«

Die Tür öffnete sich einen Spaltbreit. Seine Wirtin steckte den Kopf ins Zimmer. »Tut mir leid, wenn ich störe, aber ich dachte, ich hätte einen Schrei gehört. Ist alles in Ordnung?«

»Ja ... alles bestens. Ich bin eingenickt und muß schlecht geträumt haben.«

Colm spürte, daß ihm der Schweiß in Strömen über den Rücken rann.

»Ich wollte mir gerade eine Kleinigkeit zu essen machen«, sagte Paola. »Nur ein Omelett mit frischen Pilzen. Möchtest du auch eins?«

Groß, schlank und elegant stand sie auf der Schwelle. Sie war durchaus nicht verpflichtet, ihren Gästen Lunch zu servieren. Sie war seine Verbindung zum normalen Leben, und wenn er sich mit ihr unterhalten konnte – sei es auch nur über ein so banales Thema wie das Wetter –, half ihm das vielleicht, sich wieder in der Realität zurechtzufinden.

»Danke, Paola, gerne, wenn es nicht zuviel Mühe macht.«

Paola schaute sich im Zimmer um. Ihr Blick blieb einen Moment lang an der Stelle über dem Bett hängen, wo das Kruzifix gehangen hatte. Fragend sah sie ihn an.

»Ich habe es abgenommen«, erklärte Colm. »Ich schlafe nicht gern unter Kruzifixen.«

Sie hob die Augenbrauen, ging aber nicht weiter darauf ein. Statt dessen sagte sie: »Lunch ist in fünf Minuten fertig.«

Er folgte ihr in die Küche, einen kleinen Raum, der auf den Hof hinausging. Hier also bereitete diese Frau jeden Tag nach ihrer eigenen Arbeit ein Drei-Gänge-Menü für sechs Personen zu! Die kleine Küche wirkte heimelig – cremefarbene Fliesen, Marmorfußboden, ein alter Gasherd, ein kleiner Tisch aus Pinienholz. Es duftete nach heißem Olivenöl und Kräutern. Die Fensterläden waren halb geschlossen.

Paola servierte die Omeletts, erst seines, dann ihres. Auch eine Schüssel mit grünem Salat stand auf dem Tisch.

»Du hättest dir meinetwegen nicht so viel Arbeit machen sollen«, meinte Colm betreten.

»Nicht der Rede wert. Du warst ein bißchen blaß um die Nase, als du zurückgekommen bist. Fühlst du dich wirklich wohl?«

»Doch, doch ... mir macht nur die Hitze zu schaffen.«

Er probierte sein Omelett. Köstlich. Paola schenkte ihm ein Glas Weißwein ein. »Auch wir Einheimischen haben unter der Hitze zu leiden, falls dich das tröstet.«

Colm trank einen Schluck Wein. Er schmeckte kühl und erfrischend. »Der Wein ist ausgezeichnet, Paola.«

»Ja. Es ist ein Vernacchia di San Simignano, er kommt aus der Toskana, nicht weit von hier.«

Colm bewunderte ihr akzentfreies Englisch. Italienisch sprach sie mit der weichen, leidenschaftlichen Betonung, die diese Sprache erforderte, aber daß es ihr auch gelang, den trockenen, präzisen Tonfall der Engländer so genau zu treffen, fand er bemerkenswert.

»Es ist eine interessante Abwechslung, einmal einen Gast in meinem Alter hier zu haben«, bemerkte sie nach einer Weile. »Du fällst aus dem Rahmen, wenn ich das einmal sagen darf.«

»Inwiefern denn?«

»Nun, du bist ganz offensichtlich nicht gezwungen, Italienisch zu lernen – du stehst weder kurz vor einem Examen, noch studierst du Sprachen, um Dolmetscher oder Übersetzer zu werden. Demnach bist du mehr zu deinem Vergnügen hier. Ich habe die Erfahrung gemacht, daß vor allem Frauen manchmal aus Spaß solche Sprachkurse belegen, aber du bist der erste Mann mittleren Alters, der bei mir wohnt ...« Sie lachte verlegen. »Deswegen setze ich mich auch über meine eigenen Regeln hinweg und spreche Englisch mit dir.«

»Ich habe diese Reise tatsächlich nur zum Vergnügen unternommen«, sagte Colm. »Ich wollte mich noch einmal so frei fühlen wie ein junger Student, und ich wollte Italien von Grund auf kennenlernen. Deshalb wohne ich ja auch hier, in einer Familie. Hotels sind so unpersönlich, man kommt sich da wie ein geduldeter Außenseiter vor.«

Er hob den Kopf und sah ihr in die Augen. »Und da ist noch etwas ... ein Gefühl von Nostalgie ... die Suche nach etwas längst Vergangenem ... man könnte es als törichte Schrulle eines alternden Mannes betrachten.«

Paola schürzte die Lippen. »Jeder Mensch muß seinen Gefühlen folgen, daran ist nichts Lächerliches. Aber du hast mir doch gestern erzählt, daß du nach Florenz zurückgekommen bist, weil hier vor vielen Jahren etwas geschehen ist, was dich nicht losläßt.«

Colm starrte auf seinen Teller. »Vor achtundzwanzig Jahren habe ich hier ein Mädchen kennengelernt ...«

Paola erstarrte. Sie beobachtete ihn aufmerksam, aber er hielt den Blick auf den Teller gesenkt. »Wir wohnten damals in der Via Nazionale«, fuhr Colm fort. »Sie war Amerikanerin.«

»Aha.« Paola lehnte sich in ihrem Stuhl zurück. »*Un grande amore?*« fragte sie mit einem weichen Lächeln. »So etwas vergißt man nie, nicht wahr?«

»Ich habe sie aus den Augen verloren«, bekannte Colm.

»Später versuchte ich, sie zu finden, aber ohne Erfolg. Die Adresse in New York, die sie mir gegeben hatte, war falsch.«

»Du hast nach ihr gesucht?«

»Ja. Sobald ich meinen ersten Job hatte und es mir finanziell erlauben konnte, reiste ich nach New York und blieb dort eine Woche, aber ich konnte sie nirgends finden.« Er blickte Paola an. »Weißt du, sie hat mir die ganze Zeit Lügengeschichten aufgetischt, das hat die Suche natürlich erschwert. Schließlich habe ich eine Anzeige in der *New York Times* aufgegeben …«

»Hast du denn Antworten bekommen?«

»Nur eine … und zwar anonym.«

»Hat sie dir weitergeholfen?«

»Sie lautete: Die Frau, nach der Sie suchen, ist tot.«

Paola beugte sich vor. Ihr journalistischer Instinkt war geweckt. »Was hast du dann gemacht?«

»Ich habe amerikanische und irische Personenstandsregister überprüfen lassen. Ohne Erfolg. Kein Totenschein war zu finden. Ich wußte ohnehin nicht so recht, ob ich an ihren Tod glauben sollte. Ich dachte, ich würde sie im Laufe der Zeit vergessen, und das habe ich in gewisser Weise auch getan, aber vor kurzer …« Er dachte an den stechenden Schmerz in der Brust, die Todesangst und an das Gesicht, das er in diesem Moment so glasklar vor sich gesehen hatte. »Vor kurzem fiel sie mir wieder ein. Und ich erinnerte mich an ein Versprechen, das wir uns damals gegeben hatten. Wir wollten uns an meinem fünfzigsten Geburtstag hier in Florenz auf der Piazza della Signoria wiedertreffen.«

Er warf einen Blick auf Paolas Gesicht und fügte hinzu: »Das ist am nächsten Sonntag. Sie wird natürlich nicht kommen, obwohl ich fast sicher bin, daß sie noch lebt.«

Auf seine Worte folgte Schweigen, und er kam sich mit einemmal lächerlich vor. Verlegen stammelte er: »Ich weiß, es klingt sentimental, aber …«

»Du brauchst dich nicht zu schämen«, beruhigte ihn Paola. »Vergiß nicht, daß du mit einer Italienerin sprichst. Für uns sind Gefühle etwas Selbstverständliches.«

Sie stellte eine Obstschale auf den Tisch und spielte mit einem Apfel herum. Colm bemerkte, daß ihr Blick voller Interesse auf ihm ruhte. Anscheinend versuchte sie, sich eine Meinung über ihn zu bilden. »Ich denke«, sagte sie dann langsam, »daß wir in unserer Jugend unser Leben besonders intensiv leben, und wenn wir älter werden, versuchen wir, dieses Gefühl wiederzufinden. Manchmal ist es auf kurze Momente beschränkt, manchmal umfaßt es auch eine längere Zeitspanne. Auch du versuchst jetzt, einen wichtigen Teil deines Lebenspuzzles wiederzufinden; einen Teil, den du damals hier in Florenz verloren hast. Warst du sehr verliebt in dieses Mädchen?«

Die Direktheit der Frage brachte Colm etwas aus der Fassung. »Verliebt? Ich weiß nicht, vermutlich schon. Wir waren gute Kumpel, wie man so sagt. Doch, irgendwie habe ich sie geliebt ...«

»Sie dich auch?«

»Ich denke schon.«

»Hat sie denn nie versucht, wieder mit dir Kontakt aufzunehmen? Hat sie dir geschrieben oder dich vielleicht angerufen?«

»Nein. Warum sollte sie auch? Als sie mich am dringendsten brauchte, habe ich sie im Stich gelassen.«

Paolas Augen wurden schmal. »Glaubst du, sie hat dich deswegen gehaßt?«

»Ich war ihr keine große Hilfe. Ich hätte bei ihr bleiben sollen, aber ich bin gegangen und habe sie allein zurückgelassen. Vielleicht stimmt es, was in dem anonymen Brief stand, und sie ist gestorben.«

»Vielleicht. Aber sie war jung. Warum sollte sie so früh sterben?«

»Du glaubst, daß sie noch lebt?«

Paola lächelte über seinen Eifer. »Ich halte es für sehr wahrscheinlich.«

»Trotz des anonymen Briefes?«

»Gerade deswegen. Ein Fremder hätte seinen Namen und seine Adresse angegeben. Warum hat der geheimnisvolle Schreiber das nicht getan? Weil er irgend etwas zu verbergen hatte? Weil dir sein Name vielleicht bekannt vorgekommen wäre?«

»Meinst du, sie hat den Brief selbst geschrieben?«

»Ich halte es für möglich. Vielleicht wollte sie eure Freundschaft nicht erneuern und wollte vermeiden, daß du sie findest.«

»Also hat sie mich inzwischen vergessen.«

»Nein, so leicht vergißt man solche Sachen nicht. Aber vielleicht hat sie alle Erinnerungen an dich unter der Rubrik Vergangenheit oder Fehler meiner Jugend oder etwas Ähnlichem abgelegt.«

Colm bemühte sich, ein undurchdringliches Gesicht zu wahren, aber es gelang ihm nicht so recht. Finster runzelte er die Stirn.

»Komm schon«, lachte Paola. »Ich habe ja nur Vermutungen angestellt. Sie war doch bestimmt nicht das einzige Mädchen, in das du während deiner Jugend verliebt warst.«

»Nein, es gab da noch eine, bei uns zu Hause in Irland. Aber es hat nicht geklappt.«

»Und damals in Florenz hast du auch kein nettes italienisches Mädchen kennengelernt?«

Paola stellte diese Frage ganz beiläufig. Die leichte Veränderung in ihrem Ton bemerkte Colm nicht. Er dachte an das in helles Sonnenlicht getauchte Römische Theater und an langes braunes Haar.

»Ich habe tatsächlich ein bemerkenswertes italienisches Mädchen getroffen. Gerade heute morgen wurde ich wieder an sie erinnert. Ich habe ihr bei ihren Englischaufgaben geholfen.«

»Hat sie dir denn mal geschrieben?« fragte Paola weich und beugte sich zu der Katze hinunter, die aus ihrem Korb gekrabbelt war und sich nun gähnend streckte.

Das Telefon klingelte. Paola stand auf und nahm den Hörer ab.

»*Si?*« Sie hörte einen Moment zu und sagte dann: »*Vengo fra qualche minuti.*« Sie legte auf. »Ich muß gleich weg.«

Colm räumte Teller und Besteck ab und stellte alles in die Spülmaschine. »Laß die Gläser stehen«, meinte Paola. »Ich spüle sie später von Hand.«

Colm wurde das Gefühl nicht los, nach allen Regeln der Kunst ausgehorcht worden zu sein. Wahrscheinlich wußte diese Frau jetzt weit mehr über ihn, als er ihr hatte verraten wollen.

»Woran arbeitest du da?« fragte er und nickte mit dem Kopf in Richtung des Eßzimmers. Durch die offene Tür konnte er den Bücherstapel, die Papiere und die schwarzgerahmte Lesebrille sehen.

»Ich bin Journalistin und schreibe für *La Nazione*.« Sie lachte, als sie sein Gesicht sah. »Keine Angst, ich veröffentliche nichts ohne Genehmigung.«

Unwillkürlich mußte er mitlachen. »Ich glaube auch kaum, daß ganz Italien danach lechzt, meine Lebensgeschichte in der Zeitung zu lesen.«

»Darf ich dich mal was fragen?«

»Nur zu.«

»Bist du katholisch? Nicht, daß mir das wichtig wäre«, fuhr sie hastig fort. »Ich bin nur neugierig, weil ich dachte, alle Iren wären katholisch.«

»Das bin ich auch, oder vielmehr, ich war es. Warum fragst du?«

»Nun ... ich habe mich gewundert, weil du das Kruzifix in deinem Zimmer abgenommen hast. Die meisten Katholiken fühlen sich wohler, wenn ein Kreuz an der Wand hängt.«

»Jetzt hältst du mich wohl für eine verlorene Seele?«

»Unsinn! Mir ist es ganz egal, woran du glaubst oder auch nicht glaubst.«

»Ich kannte mal jemanden, der ein Kreuz an der Wand hinter seinem Schreibtisch hängen hatte«, erklärte Colm nach kurzem Zögern. »Und dieser Jemand war kein besonders guter Christ, obwohl er Priester war.«

»Verstehe«, sagte Paola langsam. »War er einer deiner Lehrer?«

Als Colm nickte, sah sie ihn voller Verständnis an. Etwas wie Mitleid glomm in ihren Augen auf. »Was ist aus ihm geworden?«

»Er lebt immer noch herrlich und in Freuden«, antwortete Colm bitter. »Er ist auf der Karriereleiter immer höher geklettert, fast wäre er sogar Bischof geworden. Und vor kurzem hat er einen Autounfall unbeschadet überstanden.«

Paola schloß die Fensterläden und stellte die Gläser in die Spüle. Irgend etwas an der Art, wie sie sich bewegte, kam Colm merkwürdig vertraut vor.

»Du erinnerst mich an jemanden, Paola, aber ich weiß nicht, an wen.«

»An deine Frau vielleicht?« fragte sie mit einem kurzen Auflachen und warf ihm einen forschenden Blick zu. »Weil ich gerade Hausarbeit erledige?«

Colm runzelte die Stirn. »Möglich ...« Er versuchte, sich Sherry beim Geschirrabräumen vorzustellen, aber das Bild blieb verschwommen. »Meine Frau und ich sind geschieden«, sagte er, weil er aus irgendeinem Grund wollte, daß sie das wußte. »Sie hat vor kurzem wieder geheiratet und scheint mit ihrem Mann sehr glücklich zu sein.«

»Und du, Colm, bist du auch glücklich?« Sie sprach mit sehr weicher Stimme, wie um den persönlichen Charakter der Frage zu mildern.

Er sah sie an und meinte obenhin: »Ach, ich bin immer glücklich ...« Doch dann bemerkte er sofort, daß sie ihm nicht glaubte.

»Eine Frage noch, dann bist du von mir und meiner unersättlichen Neugier erlöst. Dieses italienische Mädchen, das solchen Eindruck auf dich gemacht hat ... wo hast du es kennengelernt?«

»In dem Römischen Theater in Fiesole. Zumindest glaube ich das. Und um deine Frage von vorhin zu beantworten«, fügte er mit einem entschuldigenden Lächeln hinzu, »nein, sie hat mir nie geschrieben, obwohl sie meine Adresse hatte.«

Einen Moment lang herrschte Schweigen, dann sagte Paola: »Ich muß los, im Büro wartet noch Arbeit auf mich.«

An der Tür blieb sie stehen und drehte sich noch einmal zu ihm um. »Hast du Lust, mit Jill und mir heute abend etwas zu unternehmen? Die beiden anderen gehen in eine Disco, da will Jill nicht mit. Ich habe ihr versprochen, ihr den Piazzale Michelangelo zu zeigen ... von da aus kann man die ganze Stadt überblicken.«

»Warum nicht?« Colm lächelte sie an. »Dort war ich schon einmal ... mit Robin.« Er sah Paola in die Augen. »So hieß meine amerikanische Freundin nämlich.«

Am Morgen nach seiner unruhigen Nacht hatte Colm zu Robin gesagt: »Ihr Frauen wißt gar nicht, wie gut ihr's habt. Männer tun doch alles für euch.«

»Was für ein Blödsinn«, erwiderte Robin gereizt.

»Na, sieh dich doch mal an«, beharrte Colm. »Ein reicher, verwöhnter Fratz, der von zu Hause wegläuft und durch Italien gondelt, ohne daran zu denken, daß sein Dad krank vor Sorge sein muß.«

Robin schwieg, was ihr gar nicht ähnlich sah. »Er liebt dich«, fuhr Colm fort, entschlossen, sie aus der Reserve zu locken. »Und wie behandelst du ihn zum Dank? All seine Millionen können ihm doch seine Tochter nicht ersetzen!«

Robin wandte den Kopf ab. »Niemand liebt mich, und niemand wird mich je lieben ...«

»Wieso denn nicht? Komm schon, Robin, was ist mit dir los? Irgend etwas ist doch mit dir passiert.«

Robin zuckte die Achseln. »Jemand hat mir mal gesagt, das, was dir passiert, ist nicht so wichtig. Entscheidend ist, wie du darauf reagierst.«

»Von wem stammt denn diese Weisheit?«

»Von einem Mann namens Jack.«

»Und wer war das?«

Robin zögerte, dann brummte sie: »Mein Vater.«

»Dein Vater, bei dem du dich nie meldest und den du nicht um Geld bitten willst? Den du eben wegen seines Geldes und seiner zynischen Art zutiefst verabscheust? Und der so viel Sinn für Humor hat und behauptet, von irischen Königen abzustammen?«

»Ach, laß mich in Ruhe, ja? Ich hab' doch wohl das Recht auf meine eigene Meinung!«

»Robin, du spinnst.«

Sie lächelte schief. »Ich weiß.«

Paola betrat ihr Büro und ließ sich hinter dem Schreibtisch nieder. Sie dachte über den Lunch mit Colm nach. Er war zweifellos mit dem jungen Studenten identisch, den sie damals getroffen hatte, aber er war ganz anders, als sie ihn in Erinnerung hatte. Die Jahre hatten allzu deutliche Spuren hinterlassen. Er wirkte, als ob ihn irgend etwas quälte. Und was diese Robin anging ... er mußte mit ihr zusammen gewesen sein, als sie sich an jenem Tag vor langer Zeit in Fiesole kennengelernt hatten. Damals hatte er sie mit keinem Wort erwähnt, und nun hatte ihn die romantische Erinnerung an sie nach Florenz zurückgeführt. Die Vorstellung rührte Paola fast zu Tränen. Daß Colm nach so langer Zeit immer noch an dieses Mädchen dachte, verriet ihr, wie leer sein Leben sein mußte. Was mochte er in all den Jahren nur getan haben? Fest stand jedenfalls, daß er nicht sonderlich glücklich geworden war, sonst würde er sich nicht so verzweifelt an eine längst verblaßte Erinnerung klammern. Es war interessant, stellte sie mit heimlicher Genugtuung fest, daß auch sie, Paola, als junges Mädchen einen bleibenden Eindruck bei ihm hinterlassen hatte. Jetzt erkannte er sie natürlich nicht wieder, es war zu lange her, und sie hatten sich ja nur sehr flüchtig gekannt. Und er schien auch den langen Brief voller Hoffnungen und Träume vollkommen vergessen zu haben, den ihm eine junge Italienerin einst geschrieben hatte. Sie dachte an Giovanni in seinem Grab. Den Tag, an dem man ihr die furchtbare Nachricht überbracht hatte, würde sie nie vergessen. Auf der Piazza Barberini in Rom hatte ein Autofahrer versucht, einem anderen Wagen auszuweichen, hatte dabei die Kontrolle über sein Fahrzeug verloren und einen Fußgänger überfahren. Dieser Fußgänger war ihr Mann gewesen. Giovanni und sie hatten gute und schlechte Zeiten miteinander durchgemacht. Kurz bevor er nach Rom aufgebrochen war, hatten sie einen heftigen Streit gehabt, einen von vielen in der letzten Zeit. Ihre Beziehung war von Anfang an recht turbulent verlaufen, aber sie hatten einander sehr geliebt und waren jeder stets für den anderen dagewesen. Und nun war Giovanni fort. An die Lücke, die er in ihrem Leben hinterlassen hatte, hatte sie sich bis heute nicht gewöhnt.

Pasquale war ihr geblieben; ihr Sohn, der kurz nach dem Tod seines Vaters an Gelenkrheumatismus erkrankt war. Die Folge davon war ein bleibender Herzklappenfehler, der so schnell wie möglich operativ behoben werden mußte, sonst würde sie ihren Sohn auch noch verlieren.

3.

Pünktlich zur nachmittäglichen Vorlesung über Kunstgeschichte kehrte Colm an die Scuola Linguistica zurück. Der Saal, in dem der Vortrag stattfand, lag im Dämmerlicht, die Fensterläden waren fest geschlossen. Nur das leise Klicken des Diaprojektors war zu hören. Der Lehrer sprach langsam und deutlich. Sein Thema war Botticelli.

Sandro di Mariano Filipepi, genannt Botticelli, was Fäßchen bedeutete, war um 1444 als Sohn des Gerbers Mariano Filipepi geboren worden. Er hatte als Lehrling bei Filippo Lippi angefangen und schon bald damit begonnen, eigene Aufträge auszuführen. Innerhalb von zehn Jahren war er zu einem der bedeutendsten Maler von Florenz aufgestiegen.

Bild um Bild erschien auf der Leinwand: die *Verkündigung Mariens, Der Frühling,* die *Anbetung der Heiligen drei Könige* und *Die Geburt der Venus.*

Aber erst die Verschwörung der Familie Pazzi gegen die Medici im Jahre 1478 rückte Botticelli in das öffentliche Interesse. Die Pazzis verübten mit Billigung des Papstes während einer Messe einen Anschlag auf Lorenzo und Giuliano de' Medici. Der fünfundzwanzigjährige Giuliano wurde getötet, Lorenzo verwundet, konnte sich aber in die Sakristei retten. Die Verschwörer wurden noch am selben Abend gehängt. Botticelli bekam den Auftrag, ihre Portraits über die Tore des Bargello zu malen, unter anderem auch das Bildnis des Erzbischofs von Pisa, der ebenfalls an der Verschwörung beteiligt gewesen und später gehängt worden war.

Das muß der Institution Kirche ja einen schweren Schlag versetzt haben, dachte Colm säuerlich. Einer ihrer höchsten Würdenträger ein verurteilter und hingerichteter Mörder!

Was hatte Robin doch gleich gesagt, als er sie gefragt hatte, wie sie über Macht dachte?

»Macht sollte dazu eingesetzt werden, die Hilflosen zu schützen«, hatte sie knapp bemerkt. »Aber was ist, wenn ausgerechnet die bösen Jungs diejenigen sind, die alle Macht in ihren Händen halten?«

Am Tag nach seiner unruhigen Nacht waren Robin und er spät aufgestanden und hatten dann den Boboli-Garten besichtigt. Er lag hinter dem Pitti-Palast, dem früheren Wohnsitz der mächtigen Familie Pitti, die sich stets bemüht hatte, den Medici ihre Vormachtstellung abzuringen. Gegen Mittag hatte Robin aus ihrer Schultertasche Brot, eine Flasche Wasser, Obst und ein paar papierdünne Scheiben Prosciutto hervorgeholt.

»Wo hast du denn den Schinken her? Er schmeckt köstlich.«

»Ich hab' ihn geklaut.«

Colm starrte sie entgeistert an. »Wie bitte?«

»Ich hab' ihn geklaut! Gemopst, stibitzt, geklemmt, mitgehen lassen, gestohlen! Ich will nichts davon, ich hab' ihn für dich besorgt.«

»Warum willst du denn nichts abhaben?«

»Weil mir bei dem Gedanken an Essen übel wird.«

Colm fragte sich, ob ihre ständig wiederkehrende Übelkeit wohl vom Streß herrührte. Nun, eine Ausreißerin hat allen Grund, Angst zu haben, dachte er. Es rührte ihn, daß sie den Schinken eigens für ihn gestohlen hatte, aber zugleich machte er sich große Sorgen um sie. Er hob den Kopf und blickte zu den Pinien empor, die sich über seinem Kopf im Wind wiegten.

»Robin«, sagte er, »wenn du beim Stehlen erwischt wirst, landest du in einem italienischen Gefängnis. Und da soll es nicht sehr komfortabel sein.«

Sie zuckte die Achseln. »Was soll ich machen?« sagte sie. »Ich habe nur noch ein paar Dollar übrig, und ich möchte nicht, daß du immer für mich mitbezahlst. Ich muß sehen, daß ich einen Job finde.«

»Warum telegrafierst du denn nicht nach Hause? Dein Vater würde dir doch sicher sofort Geld schicken.«

»Weil ich keine Lust habe, ihn anzubetteln, darum!«

»Gut, dann melde dich eben bei deinen Verwandten in Fiesole. Die können dir bestimmt einen Job verschaffen.«

»Ich kann nicht«, erwiderte sie geradeheraus. »Vielleicht sind sie ja gar nicht mit mir verwandt, und überhaupt ... ich habe keine Lust, in der halben Stadt herumzufahren. Ich fühle mich nicht besonders wohl.«

»Du meinst, diese Leute sind mit tödlicher Sicherheit nicht mit dir verwandt, und du suchst jetzt nach Ausreden.«

»Ich habe wirklich Florentiner Blut in den Adern, ob es dir nun gefällt oder nicht«, entgegnete Robin ruhig. »Ich kann es nicht ändern.«

Einen Moment lang schämte sich Colm für seine Zweifel. »Ich denke, ich werde selbst hingehen, ihnen sagen, daß du hier bist, und sie auf deinen Besuch vorbereiten.«

»Wenn du das tust, sind wir geschiedene Leute!«

Über ihnen drangen die Strahlen der Mittagssonne durch das Geäst der Bäume. Die Bank, auf der sie saßen, war aus Stein, eine von vielen, die die Wege säumten. Daneben stand eine Statue des Feuergottes Vulcanus, der seinen Hammer schwang. Colm betrachtete seine Begleiterin, die in mürrisches Schweigen versunken war. Sie trug eine blaue Bluse, die ihre Haut dunkler und ihr Haar heller erscheinen ließ. Bei ihrem Anblick stieg erneut wilde Begierde in ihm auf.

»Hat dir schon mal jemand gesagt, wie hübsch du bist?«

Sie sah ihn mißtrauisch an. »O ja ...« Einen Augenblick lang starrte sie blicklos ins Leere, dann blitzte sie ihn zornig an. »Jedes männliche Wesen belästigt mich andauernd mit solchem Quatsch!«

»Nicht alle ...«

Wieder musterte sie ihn lange. »Schon möglich«, sagte sie dann ruhiger. »Warum warst du eigentlich letzte Nacht so durcheinander? Du hast doch wieder von der Schule geträumt. Wer hat dich damals bloß so furchtbar verprügelt?«

»Das ist nicht weiter wichtig.«

»Wirklich nicht?«

Colm gab keine Antwort. Er schluckte den letzten Bissen herunter, kostete den rauchigen Geschmack des Prosciuttos aus und spülte ihn dann mit Mineralwasser hinunter. Ihre Fragen hatten ihn aus der Fassung gebracht. Zum erstenmal seit langer Zeit kam er sich wieder so vor, als wäre er verdammt, ohne Hoffnung auf Erlösung.

»Ich glaube, dir ist während deiner Schulzeit etwas zugestoßen, womit du bis heute nicht fertig geworden bist«, fuhr Robin fort.

»Ich bin von der Schule geflogen, wenn du es unbedingt wissen willst«, knurrte Colm gereizt.

»Warum? Was hast du denn angestellt?«

»Ich möchte nicht darüber sprechen.«

»Warum denn nicht?«

»Weil du mich dann nicht mehr lieben würdest«, witzelte er gezwungen.

»Ich liebe dich sowieso nicht, also kommt es auf dasselbe heraus. Man könnte meinen, du wärst vergewaltigt worden ... so zimperlich, wie du dich anstellst.«

Die Mineralwasserflasche entglitt Colms Händen und fiel klirrend zu Boden.

Robin hob sie auf, stellte sie neben sich auf die Bank und sah ihn an. Ihre Augen verengten sich, ein nachdenklicher Ausdruck trat auf ihr Gesicht, und sie griff nach seiner Hand. Colm entzog sie ihr hastig. Er kam sich nackt und verletzlich vor. Zum Teufel mit den Weibern! Man durfte ihre Hand halten, wenn sie ihre verdammte Neugier stillen wollten, aber wehe, man ging noch einen Schritt weiter ... genausogut könnte man versuchen, die Jungfrau Maria zu verführen!

Robin stand auf, ging zur Nachbarbank und griff nach einer Zeitung, die jemand dort liegengelassen hatte. Sie schlug das Blatt auf und vertiefte sich stirnrunzelnd in ihre Lektüre, ohne Colm noch eines Blickes zu würdigen. Plötzlich zuckte sie zusammen, blinzelte zu ihm hinüber, zerknüllte die Zeitung dann hastig und warf sie in die nächste Mülltonne.

»Was steht denn drin?«

»Der übliche Mist!«

Robin kam zurück und nahm die Mineralwasserflasche von der Bank. »Willst du noch einen Schluck?« Colm schüttelte den Kopf. Sie trank das Wasser aus und ließ die Flasche neben der Zeitung in den Mülleimer fallen. Dann drehte sie sich um und sah Colm an, doch der wich ihrem Blick aus.

»Du brauchst gar nicht so zugeknöpft zu tun«, fauchte sie ihn an. »Jeder Mensch hat ein paar Dinge, über die er nicht sprechen möchte. Glaub mir, du bist nicht der einzige!«

»Ach ja?« gab er wütend zurück. »Wie steht's denn mit dir, Robin? Über was sprichst du denn nicht gerne?«

Ohne ihn anzuschauen sagte sie leise: »Du vertraust mir nicht, warum sollte ich da dir vertrauen?«

»Ach, erspar mir dieses ›Wie du mir, so ich dir‹-Gehabe!«

Robins Augen blitzten.

»Weißt du, was dein Problem ist? Du bist ein bißchen zu sehr von dir eingenommen!«

»Warum gibst du dich dann überhaupt mit mir ab? Verschwinde doch einfach!«

»Gute Idee. Genau das werde ich tun.«

Robin warf sich ihre Tasche über die Schulter und stolzierte Richtung Ausgang davon. Colm sah ihr nach und wartete darauf, daß sie sich noch einmal umdrehte. Doch sie blieb nur kurz stehen, blickte verstohlen über ihre Schulter zurück, warf dann den Kopf in den Nacken und ging weiter.

Vermutlich erwartet sie, daß ich ihr hinterherrenne, dachte Colm mürrisch. Für wen hält sie sich eigentlich? Aber trotzdem vermißte er sie bereits; ihm war, als sei der Tag ohne sie ein wenig trüber geworden.

Sein Blick fiel auf die Zeitung, die Robin weggeworfen hatte. Er stand auf, fischte sie aus dem Mülleimer heraus, setzte sich wieder und blätterte darin herum. Es war eine *International Herald Tribune.*

Rasch überflog er die Nachrichten aus dem In- und Ausland, die Anzeigen und die Bilder. Plötzlich stach ihm eine Schlagzeile ins Auge.

UNTERWELTBOSS VON CALLGIRL ERSTOCHEN

Er las den kurzen Artikel durch. Ein New Yorker Callgirl hatte ihren Zuhälter ermordet, einen stadtbekannten Playboy, dem Verbindungen zur Mafia nachgesagt wurden. Die Polizei hatte die Fahndung eingeleitet, aber das Mädchen war untergetaucht.

War das der Artikel, der Robin so erschreckt hatte? Wohl kaum. Colm suchte nach anderen möglicherweise interessanten Meldungen, fand jedoch nichts, was Robin beunruhigt haben könnte. Er zuckte die Achseln und warf die Zeitung wieder in den Abfalleimer. Dann spazierte er durch den Garten und besichtigte die Grotten in der Nähe des Ausgangs; drei künstlich angelegte, mit Fresken und Skulpturen geschmückte Höhlen. Immer wieder hielt er nach Robin Ausschau, konnte sie aber nirgendwo entdekken.

Er wußte nicht recht, was er jetzt machen sollte. Offensichtlich war sie beleidigt abgezogen und hockte jetzt vermutlich schmollend in der Pension. Und was sollte er mit dem Rest des Tages anfangen? Rasch überschlug er im Geiste seine Möglichkeiten. Dann kam ihm der Gedanke, nach Fiesole zu fahren und seine Neugier hinsichtlich ihrer angeblichen Verwandten zu befriedigen.

Colm verließ den Garten, ging zur nächsten Haltestelle und nahm den Bus nach Fiesole. Er holte sein Notizbuch, in dem die Adresse der Di Gabieres stand, und seinen Reiseführer aus dem Rucksack, und während der Fahrer den Bus durch die Haarnadelkurven manövrierte, las er, daß sich in Fiesole Ruinen aus der Etrusker- und der Römerzeit sowie ein altes Amphitheater befanden.

Der Bus erreichte die Endstation. Colm stieg aus, blieb einen Moment am Terrassengeländer eines Straßencafés stehen und bewunderte die unter ihm liegende Stadt. Im

Dunst der Mittagshitze wirkte Florenz wie ein verwunschener Ort aus einem Märchen. Wo Robin wohl stecken mochte? Sie war auch nicht besser als andere Frauen; wenn es darauf ankam, spielte sie Miss Rührmichnichtan. »Jeder Mensch hat ein paar Dinge, über die er nicht sprechen möchte ...«, äffte er sie in Gedanken nach. Aber war sie bereit, sich ihm anzuvertrauen? O nein!

Als er bemerkte, daß die Gäste, die im Café im Schatten saßen, ihm neugierige Blicke zuwarfen, wandte er sich ab und ging weiter. Wenigstens würde er heute nacht seine Ruhe haben, dachte er. Bestimmt war sie ihrer Wege gegangen, und er hatte das Zimmer für sich allein. Gut so. Reisende sollte man nicht aufhalten. Aber vielleicht kam sie ja doch noch zurück ...

Er fragte sich zur Via Ghiberti durch und blieb schließlich vor einer prächtigen Villa mit einem riesigen Garten stehen. Das kleine Emailleschild am Tor trug die Nummer 12. Das Grundstück war von einer hohen, von Bougainvillearanken überwucherten Mauer umgeben. Colm spähte zwischen den Gitterstäben des Tores hindurch und stellte fest, daß vor dem Haus ein schattiger, mit Terrakottatöpfen und kleinen Skulpturen dekorierter Vorhof lag, von dem aus man das ganze Tal überblicken konnte. In die Mauer neben dem Tor waren zwei Worte eingemeißelt: Villa Carmina.

Colm stutzte. »Wie hieß denn deine Großmutter mit Vornamen?« hatte er Robin gefragt.

»Carmina.«

Nachdenklich betrachtete er die beiden Worte. Abermals stiegen leise Zweifel in ihm auf.

Plötzlich hörte er Stimmen; erst die eines Mannes, dann die eines Kindes. Wieder spähte Colm durch das Tor, kniff die Augen zusammen und sah hinter Mimosen und Passionsblumen die Ecke eines Tennisplatzes. Er wußte nicht, ob er es wirklich wagen sollte, hier zu klingeln und diese offensichtlich schwerreiche Familie davon in Kenntnis zu setzen, daß eine mittellose junge Amerikanerin, deren Großmutter Carmina geheißen und vielleicht den Nachnamen Di Gabiere getragen hatte, sie gern kennenlernen wollte.

Nein, er konnte unmöglich so mit der Tür ins Haus fallen! Doch er wurde jäh aus seinen Überlegungen gerissen, als zwei große Mastiffs aus den Büschen brachen und sich gegen das Tor warfen. Colm wich vor ihren gefletschten Zähnen ängstlich zurück, doch noch ehe er sich wieder gefaßt hatte, trat ein hochgewachsener, ganz in Schwarz gekleideter Mann an das Tor. Colm bemerkte, daß sein Haar von grauen Strähnen durchzogen war und seine Augen sich verengt hatten.

»*Si?*« fragte er gebieterisch.

Colm scharrte verlegen mit den Füßen. »Oh ... hallo«, stammelte er.

Der Mann verfiel ins Englische. »Suchen Sie jemanden?«

»Sind Sie Signor Di Gabiere?«

»Ja.«

»Entschuldigen Sie die Störung ... ich wollte nur fragen ... wissen Sie, ich habe eine Freundin, die aus New York stammt, und sie meint, sie könnte vielleicht mit Ihnen verwandt sein. Ihre Großmutter kam aus Florenz und hatte denselben Nachnamen wie Sie ... jedenfalls glaubt sie das. Ihr Name – der der Großmutter, meine ich – war Carmina. Sie ist um die Jahrhundertwende herum nach Amerika ausgewandert ...«

Colm brach ab. Am liebsten wäre er im Erdboden versunken. Er war vollkommen überrumpelt worden, und er wußte, welchen Unsinn er geredet hatte. »Es tut mir leid ... aber sie ist wirklich ein großartiges Mädchen, nur zu schüchtern, um Sie selbst aufzusuchen.«

Signore Di Gabieres Gesicht verriet nicht, was er dachte. »Natürlich kann es sein, daß sie sich irrt und gar nicht mit Ihnen verwandt ist«, fuhr Colm rasch fort. Dieser Di Gabiere mußte um die Vierzig sein und sah aus, als wäre mit ihm nicht gut Kirschen essen. Unschlüssig blieb er einen Moment stehen, dann drehte er sich um und wollte gehen.

»Warten Sie!« rief die herrische Stimme ihm nach. »Wie heißt denn dieses Mädchen?«

»Robin ... Roberta McKay«, sagte Colm, wandte sich zu dem Mann um und blickte ihm in die schmalen schwarzen Augen. »Sie ist mit mir zusammen unterwegs oder war es zumindest ... heute hat sie mich einfach sitzenlassen. Ich weiß nicht, wo sie ist.«

Signore Di Gabieres Gesichtsausdruck besagte deutlich, daß seine Geduld nun genügend strapaziert war. »Sie ist nicht mit mir verwandt«, sagte er kalt, wobei er Colm durchdringend anstarrte. »Und ich schätze es nicht, wenn man mich belästigt.«

Colm machte sich auf die Suche nach dem im Reiseführer erwähnten Römischen Theater, fand es und setzte sich auf die oberste Stufe der Steintreppe. Nach der Begegnung mit den Mastiffs und ihrem Herrn kam er sich vor wie ein Narr. »Du Vollidiot«, schalt er sich selbst. »Ich habe eine Freundin, die meint, sie könnte vielleicht mit Ihnen verwandt sein! Warum mußte ich mich auch so dämlich anstellen!«

Er sah sich in dem halbkreisförmigen Theater um, entdeckte die Ruinen anderer antiker Gebäude und verfallene Stufen, die zu einer Art Tempel führten. Doch sein Blick blieb an einer jungen Italienerin mit fast taillenlangem, seidig braunem Haar hängen, die einige Stufen unter ihm saß und eine schwarze Katze auf dem Schoß hielt. Sie war in ein Buch vertieft, nur ab und zu streichelte sie mit der linken Hand der Katze über den Rücken.

Wieder blickte sich Colm in dem alten Theater um. Ein zeitloser Friede schien über den zweitausend Jahre alten Steinen zu liegen. Die dunkelgrünen Zypressen raschelten leise im Wind, Zikaden zirpten, und das Mädchen streichelte weiter seine schwarze Katze. Colm sah ihr zu, und mit einemmal überkam ihn eine bleierne Müdigkeit.

Er streckte sich der Länge nach auf den Steinen aus. Die Sonne brannte ihm erbarmungslos ins Gesicht, es fühlte sich an, als würde seine Haut mit tausend kleinen Nadeln traktiert. Am liebsten würde ich mich der Sonne opfern, dachte er trübe. Ich wünschte, sie würde mich auslöschen, aufsaugen, völlig in sich aufnehmen!

Als er sich ein paar Minuten später wieder aufrichtete, sah er, daß das Mädchen zu ihm hinüberschaute. Er lächelte sie an, woraufhin sie hastig den Blick abwandte und die Nase wieder in ihr Buch steckte. Colm musterte sie interessiert. Sie war ungefähr siebzehn Jahre alt und besaß die klassische Schönheit, die vielen Florentinerinnen zu eigen war. Er stand auf, ging zu ihr hinüber und setzte sich neben sie.

»Buon giorno.«

Das Mädchen hob den Kopf. Da sie eine Sonnenbrille trug, konnte er ihre Augen nicht erkennen. Sie wirkte schüchtern und selbstbewußt zugleich. *»Buon giorno«*, antwortete sie mit einem leisen Lächeln. Ihre ganze Haltung zeugte von heiterer Gelassenheit.

»Parla Inglese?« fragte Colm.

»Ja, ein wenig.« Sie sprach mit starkem Akzent. »Ich lerne es in der Schule.«

Die Katze rührte sich in ihrem Schoß, fixierte Colm aus schmalen grünen Augen, streckte dann eine Pfote hoch und fuhr die Krallen aus.

»Das ist Miranda«, erklärte das Mädchen.

»Wohnst du hier in Fiesole?«

»Ja. Mein Vater hat ein Restaurant. Wo kommst du denn her?«

»Aus Irland. Ich bin Student.«

»A ja, Irland«, sagte sie mit einem stolzen Lächeln. »Das ist doch das Land mit den vielen … *come si dice* … Hügeln, die das Meer zurückhalten.«

Colm mußte lachen. »Du meinst Holland. Irland ist eine Insel westlich von Großbritannien.«

Sie kicherte verlegen. »Ja, jetzt weiß ich …«

»Wie heißt du denn?«

»Ich habe viele Namen, aber gerufen werde ich Paola. Und wie heißt du?«

»Colm.«

Sie klappte ihr Buch zu und sagte, sie müsse jetzt nach Hause. Colm warf einen Blick auf das Buch. Es war alt, hatte einen schwarzen Einband, und der in Goldbuchstaben aufgedruckte Titel war schon verblaßt. Wenn es ein bißchen kleiner wäre, sähe es aus wie ein Meßbuch, dachte Colm, und ohne Vorwarnung sah er plötzlich den Schreibtisch Pater Maddens vor sich, das Brevier, die Knute daneben, den massigen Mann, der sich über ihn beugte, das Kreuz an der Wand, das dämmrige Licht der Schreibtischlampe. Die Erinnerung traf ihn wie ein Schlag. Fast meinte er, den Geruch nach Bohnerwachs, Zigarettenqualm und dem Torffeuer im Kamin wahrzunehmen.

Übelkeit stieg in ihm auf, er würgte, schlug die Hand vor den Mund und sprang mit einem entschuldigenden Blick in Richtung des Mädchens auf.

»Dir ist schlecht, nicht wahr?« rief Paola ihm nach. »Das kommt von der Sonne, sie ist zu stark für dich. Du solltest nach Hause gehen.« Auch sie stand auf, nahm ihre Katze und ihr Buch und eilte davon.

Voller Bitterkeit stellte Colm einmal mehr fest, daß Frauen alle gleich waren. Kaum gab es Schwierigkeiten, rannten sie davon, diese feigen kleinen Biester! Er taumelte auf die Bäume am Rande des Theaters zu und übergab sich dort heftig. Als er wieder aufblickte, stand das Mädchen hinter ihm und beobachtete ihn. Sie hielt ein Glas Wasser in der Hand, Buch und Katze hatte sie nicht mehr dabei. Wortlos reichte sie ihm das Glas.

Colm nahm einen Schluck, spülte sich den Mund und spie aus, dann trank er das Glas gierig leer. Er schämte sich für seine unfreundlichen Gedanken. »Danke«, sagte er leise, als er ihr das Glas zurückgab. »Ich muß etwas gegessen haben, was mir nicht bekommen ist. Du bist wirklich nett«, fügte er dann hinzu. Es rührte ihn, daß sich eine völlig Fremde so um ihn kümmerte.

»Du bist die Sonne nicht gewöhnt«, erklärte Paola. »Du hättest dich in den Schatten setzen sollen. Das Restaurant meines Vaters, Il Zucchino, ist gleich da drüben.« Sie zeigte quer über den Platz. »Wenn du möchtest, kannst du dich da ein bißchen erholen.«

Das Angebot war gut gemeint, aber Colm dachte sofort,

sie sei nur auf Gästefang aus, und schüttelte den Kopf. Das Mädchen zuckte die Achseln und ging dann ohne ein weiteres Wort davon. Colm fiel die erstaunliche Würde auf, die sie trotz ihrer Jugend schon ausstrahlte, und plötzlich bereute er seine schroffe Ablehnung.

»Warte!« rief er ihr nach. »Es tut mir leid, ich wollte nicht unfreundlich sein!«

Sie wartete, bis er sie eingeholt hatte, und führte ihn dann zum Restaurant Il Zucchino. Auf der schattigen Terrasse standen mehrere Holztische, es war angenehm kühl und roch nach heißem Olivenöl und Kräutern.

Die Tische waren alle belegt, aber Paola ging Colm voran durch die Küche in einen kleinen Innenhof. Überall standen Töpfe mit Grünpflanzen, und in zwei großen Steinurnen blühten üppige Geranien. Eine schwarzgekleidete Frau kam lächelnd auf sie zu.

»Das ist meine Stiefmutter Maria«, stellte Paola vor und wandte sich an Maria. *»Maria, questo è Colm, un amico Irlandese.«*

Maria schüttelte ihm die Hand, fragte ihn, was er essen wollte, zählte die Gerichte auf der Speisekarte auf und schalt dann Paola aus, weil sie zu spät zum Lunch gekommen war.

Das Mädchen hob in gespielter Demut die Hände und lachte. Dann drehte sie sich zu Colm um. Diesem war nicht entgangen, daß sie ihn als ihren Freund bezeichnet hatte; ihn, einen Fremden, den sie einfach so, ohne weitere Umstände, mit zu sich nach Hause genommen hatte. Langsam legte sich seine innere Anspannung und wich einem Gefühl tiefen Friedens. Er blickte sich in der grünen Oase um. Die Katze Miranda kam herangeschlichen und sprang dem Mädchen auf den Schoß.

»Du machst Urlaub in Italien?« fragte Paola, die dunklen Augen auf ihn gerichtet.

»Ja. Ich trampe durch das Land … du weißt schon, nur mit einem Rucksack als Gepäck.«

Verwirrt zog sie die Brauen zusammen. »Was ist ein Rucksack?«

»Eine Tasche, die man auf dem Rücken trägt, so ungefähr …« Colm straffte die Schultern, drückte die Brust heraus und tat, als rücke er einen imaginären Rucksack zurecht.

Das Mädchen schlug lachend eine Hand vor den Mund. »*Ah, si* … ich verstehe. Bald wird mein Englisch besser. Ich habe zwei Tanten in England und werde dort auf eine Schule gehen.«

Colm, der von ihrer Fröhlichkeit angesteckt wurde, stimmte in das Lachen ein.

»Geht es dir jetzt besser?«

Er nickte. »Viel besser, danke.«

Sie betrachtete ihn lächelnd. »Du siehst auch nicht mehr so blaß aus. Ißt du mit mir zu Mittag?«

In der Küche brutzelte etwas, und der Duft gebratenen Fleisches wehte aus der offenen Tür herüber. Colm dachte an sein mageres Budget. Er konnte sich ein Essen im Restaurant eigentlich nicht leisten, und er wollte nicht als Schnorrer dastehen, obwohl ihm der Magen vernehmlich knurrte. Seine Übelkeit war verflogen. Die Katze räkelte sich gähnend, und das Mädchen sah ihn erwartungsvoll an. Colm zögerte.

»Du bist mein Gast«, sagte Paola bestimmt. »Du sprichst englisch mit mir, und ich gebe dir etwas zu essen.«

Leise kichernd stand sie auf, ging in die Küche und kam mit einem Tischtuch aus Papier und Besteck zurück. Kurz darauf erschien Maria und servierte ihnen Kalbsschnitzel mit Salat.

»*Grazie, Maria.*«

»*Buon appetito.*«

Maria verschwand wieder in der Küche. Colm und Paola begannen zu essen. Sie schenkte ihm ein Glas Wein ein und fragte ihn dann über Irland aus. Während er antwortete, beobachtete er sie unauffällig. Ihre Bewegungen waren voller Anmut, ihr braunes Haar wies hier und da hellere Strähnen auf und glänzte wie Seide. Sie war ganz anders als Robin, sie wirkte ruhig und gelassen, während Robin ständig unter Spannung zu stehen schien.

Nach dem Essen holte sie ein englisches Lehrbuch hervor, das lauter Kurzgeschichten enthielt.

»Ich weiß nie genau, wie man manche Worte ausspricht. Kannst du mir helfen?«

»Gerne.«

Geduldig ging er mit ihr Satz für Satz durch und erklärte, warum Worte verschieden geschrieben und dennoch gleich ausgesprochen wurden. Dann schrieb er ihr seinen Namen und seine Adresse auf. Maria kam mit einem Fotoapparat aus der Küche und machte ein Foto von Paola und ihm.

»Was bedeutet dein Name?« erkundigte sich Paola, auf den Zettel deutend. »Was heißt Colm?«

»Taube, glaube ich«, erwiderte er mit todernstem Gesicht.

Stirnrunzelnd griff Paola nach dem Wörterbuch. »*Ah, si ... un colombo!* Auf italienisch würdest du Colombo heißen.«

»Das klingt ja, als wäre ich ein Elefant«, lachte er.

Es war schon später Nachmittag, als er sich verabschiedete und sich für das Essen bedankte. »Das war ein schöner Tag, Paola, vielen Dank.«

»Ich wünsche dir alles Gute«, sagte sie. »Geh nicht zuviel in die Sonne. Ich werde dir schreiben, aber du mußt mir auch antworten.«

Ihr Madonnengesicht wirkte sehr ernst. Aus einem Impuls heraus griff Colm nach ihrer Hand und küßte sie. Hinter ihnen lag Florenz in der Sonne, und vor diesem Hintergrund sah sie auf einmal aus wie eine Gestalt auf einem mittelalterlichen Gemälde.

Er hätte ihr gerne gesagt, daß er sich mit Freuden jeden Tag der Sonne aussetzen würde, würde er dadurch mehr Mädchen wie sie kennenlernen. Aber er wußte, daß dieser Tag in ihrer Gesellschaft ein einmaliges Geschenk des Schicksals gewesen war; dazu bestimmt, ihm sein trostloses Dasein hinterher um so deutlicher vor Augen zu führen.

Er kehrte nicht direkt in die Pension zurück, sondern

schlenderte noch eine Weile in Fiesole umher und sah sich die Kathedrale Santo Romolo und den Palazzo Vescovile an. Als die Luft kühler wurde, nahm er den Bus zurück ins Zentrum von Florenz.

Es war schon acht Uhr, als er die Pension erreichte. Antonio, der Portier, saß an der Rezeption und bohrte in seinen Zähnen herum.

»*Buona sera.*« Mit unverhohlener Neugier starrte er Colm an und händigte ihm dann seinen Schlüssel aus.

Colm erwiderte den Gruß. Er war enttäuscht, daß der Schlüssel an der Rezeption hing, denn das bedeutete, daß Robin noch nicht da war. Seine Wut auf sie war verraucht, er war mit sich und der Welt zufrieden und bereit, sich mit Robins Ängsten auseinanderzusetzen. Zumindest im Moment hatte er vergessen, wie anstrengend sie sein konnte. Jetzt betrachtete er sie einfach als gute Freundin.

Als er die Tür zu ihrem Zimmer aufschloß, spürte er sofort, daß etwas nicht stimmte. Er knipste das Licht an, trat ein und schloß die Tür hinter sich. Alle Sachen von Robin waren verschwunden. Ihr Rucksack, der an der Wand gelehnt hatte, fehlte, ebenso ihre Zahnbürste, ihr Kulturbeutel und die Sachen, die sie in den Schrank gehängt hatte. Colm ging auf den Balkon hinaus. Auf der Straße unten eilten einige Fußgänger vorbei, Robin jedoch war nirgendwo zu sehen.

Er trat in das Zimmer zurück und hob ihr Kopfkissen hoch. Das Nachthemd war ebenfalls weg. Robin hatte nichts zurückgelassen. Tiefe Niedergeschlagenheit überkam ihn. Er lief zur Rezeption hinunter und fragte Antonio, der sich gerade eine Zigarette anzündete, wann genau Robin die Pension verlassen hatte. Der Mann blinzelte ihn durch den Zigarettenqualm hindurch an und blickte auf seine Uhr.

»*E andata via alle sette …*«

Um sieben Uhr! Vor einer geschlagenen Stunde war sie verschwunden! Wo mochte sie hingegangen sein? Vermutlich war sie in eine andere Pension umgezogen, denn nicht einmal sie würde nachts per Anhalter fahren. Sie konnte aber auch am Bahnhof sein, das war etwas, was sich zu überprüfen lohnte.

»Grazie.«

Colm rannte durch die Halle hinaus ins Freie und lief die Via Nazionale hinunter, weiter zur Piazza Santa Maria Novella und ins Bahnhofsgebäude hinein.

Hier wimmelte es von Menschen, die sich unterhielten, auf ihren Koffern saßen oder telefonierten. Eine Lautsprecherdurchsage folgte auf die nächste. Colm entdeckte ein Mädchen mit hellem Haar, das neben einem schäbigen Rucksack kauerte, doch als er näherkam, stellte er fest, daß es nicht Robin war.

Er ging am Restaurant und am Warteraum vorbei und gelangte am Ende zu einem Fußgängerausgang, einer Art Betonrampe, die zu einem Parkplatz führte. Die Gleise verliefen weiter über eine Brücke über die Viale Filipo Strozzi, die Colm in der Entfernung ausmachen konnte. Rechts von dem Ausgang lag ein fast leerer Parkplatz, der nur von ein paar Laternen erhellt wurde.

Colm ließ den Blick über den verlassenen Platz schweifen und wollte sich gerade wieder abwenden, als sich ein Mann aus dem Schatten löste. Zuerst schenkte Colm ihm keinerlei Beachtung, doch als der Mann näherkam, machte irgend etwas an seiner Art, sich zu bewegen, ihn stutzig. Der Unbekannte war mittelgroß, untersetzt und kräftig gebaut und hatte ein fleischiges Gesicht mit schlaffen Lippen. Er trug eine selbstgefällige Miene zur Schau. Etwas an ihm kam Colm vage bekannt vor.

»Na, fühlen wir uns jetzt besser«, hatte Pater Madden verächtlich grinsend gefragt. *»Fällt in Ohnmacht wie ein hysterisches Mädchen! Wie kann man nur so ein Schwächling sein!«*

Der Mann rempelte Colm im Vorbeigehen an.

»Scusi ...«

Und dann blieb er stehen und lächelte Colm an. Colm sah Pater Maddens tabakgelbe Zähne, sah seinen heißen Blick auf sich ruhen und spürte, wie die alte Ohnmacht ihn befiel, gefolgt von einem Drang, dem er erst einmal zuvor in seinem Leben nachgegeben hatte – dem Wunsch, zu töten. Ohne recht zu wissen, was er tat, packte er den Mann bei der Kehle, schleuderte ihn zu Boden und hämmerte seinen Kopf gegen den Beton. In diesem Moment hörte er Robins Stimme: »Colm ... Colm, hör auf, um Himmels willen!« Und dann merkte er, wie sie ihn von seinem Opfer wegzerrte. Der Mann rappelte sich stöhnend hoch. Colm warf ihm einen letzten Blick zu, dann folgte er Robin und rannte, so schnell er konnte, auf die Viale Filipo Strozzi zu.

Den größten Teil der Nacht verbrachten sie auf einem trokkenen, von schützenden Bäumen umgebenen Rasenstück. In der Ferne war schwach der nächtliche Verkehrslärm zu hören. Colm zitterte am ganzen Leibe. Das Entsetzen vor sich selbst und vor dem, was er beinahe getan hätte, wenn sie nicht gerade noch rechtzeitig aufgetaucht wäre, lähmte ihn. Robin wartete geduldig, bis er sich beruhigt hatte.

»Ich hätte ihn am liebsten umgebracht! Ich dachte, er wäre der verdammte alte Bock!«

Plötzlich bemerkte er die feinen Fältchen, die um Robins Augen lagen, und ihm wurde bewußt, daß sie eines Tages unauslöschlich in ihr Gesicht eingegraben sein würden.

»Der was?«

»Ich habe mich erinnert, begreifst du das denn nicht? Mit einem Schlag war alles wieder da!«

»Ja, was denn, um Himmels willen? Ich kann doch nicht hellsehen.«

»Dieser Priester bei uns an der Schule ... ich habe versucht, ihn umzubringen!«

»Tatsächlich?« bemerkte Robin ungerührt. »Und? Ist es dir gelungen?«

Colm konnte sich nicht daran erinnern, wie er in die Krankenstube gekommen war. Durch das offene Fenster hörte er Vogelgezwitscher. Heller Sonnenschein fiel in den Raum. Er blickte sich um. Die anderen fünf Betten waren leer.

Doch der innere Friede, den er empfand, hielt nicht lange an. Allmählich sickerten die Ereignisse in der Kapelle wieder in sein Bewußtsein. Voller Scham erinnerte er sich daran, wie er geschrien hatte, als ihm die Hostie gereicht wurde. Und alle seine Mitschüler, alle seine Lehrer waren Zeuge dieser Schande gewesen! Schon begann er, sich im Geiste Entschuldigungen zurechtzulegen. Wenn er vorgab, den Verstand verloren zu haben ... würde er sich je wieder bei seinen Kameraden Respekt verschaffen können? Doch alles erschien ihm besser, als als Versager und Schwächling angesehen zu werden. Vielleicht verlor er ja seine wenigen Freunde, aber lieber wurde er als gemeingefährlicher Verrückter gefürchtet, als als Niete verachtet.

Er bemerkte erst, daß sich die Tür geöffnet hatte, als er das leise Klirren eines Rosenkranzes hörte. Sein Besucher war der alte Franziskaner Pater Lawless, der ihm freundlich die Hand entgegenstreckte. Seine braune Kutte raschelte.

»Ah, du bist ja wieder wach. Wie geht es dir denn?«

Colm ergriff die blaugeäderte Hand. »Danke, ganz gut, Pater.«

»Ausgezeichnet. Hast du Hunger?«

»Nein, Pater.«

Der alte Priester holte tief Atem und stieß ihn ebenso vernehmlich wieder aus. Er blickte den ins Kissen gekuschelten Jungen an, sah sich in der Krankenstube um und richtete die Augen dann wieder auf Colm.

»Was ist passiert?« fragte er mit leiser, gütiger Stimme. »Warum wolltest du die Hostie nicht entgegennehmen?«

Colm erstarrte. Er gab keine Antwort, sondern schloß die Augen und wandte sich ab.

Der Priester zog etwas aus seiner Tasche und legte es sich um den Hals. Als Colm die Augen wieder aufschlug, sah er, daß Pater Lawless jetzt die dunkelviolette Stola eines Beichtvaters trug.

»Nun erzähle mir alles, mein Sohn«, forderte er den Jungen sanft auf. »Rede dir alles von der Seele, dann wirst du dich besser fühlen. Nichts ist so schrecklich, als daß Gott es nicht vergeben könnte.« Er hob die Hand. *»In nomine Patris et Filii et Spiritus Sancti …«*

Noch immer hüllte Colm sich in Schweigen. »Es ist alles in Ordnung«, beruhigte ihn der alte Priester. »Du brauchst nicht aufzustehen oder dich auch nur aufzusetzen. Sag mir einfach nur, was dich bedrückt.«

»Ich habe eine große Sünde begangen«, flüsterte Colm schließlich.

»Wirklich, mein armes Kind? Und was für eine Sünde war das?«

Colm blickte seinem Beichtvater in die Augen und las dort unendliche Geduld und Verständnis für menschliche Schwächen. »Ich habe während der Beichte gelogen und trotzdem am nächsten Tag das Abendmahl empfangen. Und das nicht nur einmal, sondern mehrmals, seit …«

»Aha.«

Vom Sportplatz her drangen laute Jungenstimmen herüber. Die Hausmutter öffnete die Tür und steckte den Kopf in die Krankenstube, zog sich aber auf einen Wink des Franziskaners hin sofort wieder zurück. Der alte Priester hielt den Blick gesenkt und stellte schließlich die lange gefürchtete Frage so leise, daß Colm sie kaum hörte. »Und was für eine Lüge hast du im Beichtstuhl erzählt, mein Sohn?«

Colm vermied es, dem Priester ins Gesicht zu sehen. Statt dessen starrte er krampfhaft zur Decke empor. Doch seine Augen füllten sich mit Tränen, als er gestand: »Ich habe bestimmte Sachen verschwiegen.«

»Sünden des Fleisches, mein Sohn?«

»Ja!« sagte Colm heftig.

Pater Lawless verzog keine Miene. »Die Sünden des Fleisches sind meistens nicht so schwerwiegend, wie du glaubst«, meinte er. »Der Körper hat seinen eigenen starken Willen. Du wirst lernen, ihn zu beherrschen, aber das braucht seine Zeit.«

Er musterte den verstörten Jungen mitfühlend. »Wenn es um Dinge geht, die du mit dir selbst angestellt hast, wird Gott dich verstehen.« Einen Moment herrschte Stille. »Warst du dabei alleine, mein Sohn?«

Colm drehte das Gesicht zur Wand. »Nein!«

Wieder Stille. Der Franziskaner wartete geduldig ab und nickte Colm ermutigend zu, als dieser ihn wieder ansah. Doch Colm wich dem Blick des Priesters aus und schwieg.

»Hast du zusammen mit jemand anderem gesündigt?« bohrte Pater Lawless mit ruhiger Stimme nach.

»Ja, mit einem Mann, einem Priester, wenn Sie es unbedingt wissen müssen! Aber ich habe einen Eid geleistet. Ich habe auf die Bibel geschworen, niemals auch nur ein Sterbenswörtchen darüber zu verraten!«

Der Franziskaner zuckte zusammen. Zögernd drehte Colm sich zu ihm um, doch sein Beichtvater betrachtete ihn nur mit unverminderter Güte, obwohl jetzt ein entschlossener Zug um seine Mundwinkel lag. »Manche Schwüre sind nicht bindend. Erzähl mir jetzt alles.«

Nach einer Weile begann Colm zu weinen. »Gut, ich sag's Ihnen«, stammelte er. »Ich erzähle Ihnen, was passiert ist, aber ich kann Ihnen seinen Namen nicht sagen. Okay?«

»Okay.«

Als Colm geendet hatte, sah er den Priester ängstlich an.

»Bin ich verdammt, Pater?«

»Nein, mein Sohn.«

Der Priester erteilte Colm die Absolution. Ein angespannter Ausdruck lag auf seinem Gesicht, als er die Stola abnahm, sorgfältig zusammenfaltete und in die Tasche seiner Kutte schob. Einen Moment lang blieb er schweigend sitzen.

»Colm?«

»Ja?«

»Ich möchte, daß du mir einen Gefallen tust.«

Voller Furcht wartete Colm ab, was nun kam.

»Ich möchte, daß du morgen, wenn es dir besser geht, zu mir kommst und mir die ganze Geschichte noch einmal erzählst.«

Colm verzog das Gesicht. »Warum? Ich habe Ihnen die Wahrheit gesagt!«

»Das weiß ich. Aber was du mir eben erzählt hast, fällt unter das Beichtgeheimnis. Deswegen möchte ich, daß du es mir noch einmal unter vier Augen wiederholst, dann kann ich dir auch helfen. Willst du das tun?«

Colm bekam es mit der Angst zu tun. Wenn er dem Franziskaner die ganze Geschichte außerhalb der Beichte erzählte, würde der einen Riesenwirbel veranstalten. Und Gott allein wußte, was das für Folgen haben würde ...

Trotzdem nickte er leicht, als ob er mit dem Vorschlag einverstanden wäre, und schloß die Augen. Er wollte allein sein. Der alte Priester verstand und verließ geräuschlos den Raum.

Colm verbrachte auch noch den folgenden Tag in der Krankenstube. Pater Phelim, der ihn besuchen kam, machte er weis, er habe sich bei seinem Sturz den Kopf angeschlagen und sei in der Kapelle plötzlich von Wahnvorstellungen heimgesucht worden – er habe die Hostie für einen Giftpilz gehalten und deswegen angefangen zu schreien.

Pater Phelim blickte zweifelnd drein. Daß jemand beim Anblick der Hostie zu schreien anfing, legte Vermutungen nahe, über die er gar nicht nachdenken wollte. Sie mit einem Giftpilz zu verwechseln klang nach einem Zeichen aus der Hölle.

Die Hausmutter untersuchte Colms Knöchel und Ellbogen und erlaubte ihm, am nächsten Tag wieder aufzustehen, vorausgesetzt, er würde den Knöchel möglichst schonen. Colm wußte, daß sie ihm die Geschichte von den Wahnvorstellungen nicht abnahm. Aber sie war sehr freundlich zu ihm, und als Pater Phelim die Krankenstube verließ, nahm sie ihn beiseite und meinte, der Junge stünde anscheinend unter starkem Streß. War er vielleicht irgendwelchen Schikanen ausgesetzt?

Pater Lawless besuchte ihn vor seiner Abreise noch einmal. Colm stellte sich schlafend, doch der Priester rüttelte ihn wach.

»Colm, gibt es noch etwas, was du mir sagen willst?«

Colm schüttelte den Kopf und wandte sich ab.

»Ich reise heute ab, Colm. Aber ich lasse dir eine Telefonnummer hier, unter der du mich erreichen kannst.« Pater Lawless kritzelte etwas auf ein Stück Papier und legte es auf das Nachtschränkchen. »Bitte ruf mich an. In dieser Angelegenheit muß dringend etwas unternommen werden, aber mir sind die Hände gebunden, wenn du mir nicht hilfst.«

Er wartete ein paar Minuten, doch als Colm keine Antwort gab, drehte er sich um und ging.

Sowie er zur Tür hinaus war, richtete sich Colm im Bett auf, griff nach dem Stück Papier und zerriß es in kleine Fetzen.

Am nächsten Tag durfte er die Messe schwänzen und bis zum zweiten Läuten im Bett bleiben. Er frühstückte in der Krankenstube und ging dann direkt in sein Klassenzimmer. Sein Knöchel war fest bandagiert worden und tat kaum noch weh, nur sein Ellbogen pochte dumpf.

Doch in seinem Inneren war etwas zerbrochen. Er hatte sich verändert. Nach der Beichte war das Schuldgefühl von ihm gewichen und hatte einem schwelenden Zorn Platz gemacht. Seine Klassenkameraden machten einen großen Bogen um ihn. Spinner Nugent nannten sie ihn heimlich. Colm störte sich nicht daran. Er hatte eine deutlich zynische Ader entwickelt. Wenn die Priester die Unterrichtsstunde mit einem Gebet einleiteten, hätte er am liebsten laut gelacht; wenn sie in ihren schwarzen Soutanen mit weißem Kragen vor der Klasse standen, dachte er an große, krächzende Raben. Zum erstenmal seit langer Zeit glänzte er im Mathematikunterricht mit hervorragenden Leistungen. Sein Zorn spornte ihn an. An diesem Tag hatte er keine Englischstunde, also würde er Pater Madden vor dem Abend kaum zu Gesicht bekommen. Aber Colm hatte nicht vor zu warten, bis er zu dem Priester bestellt wurde. Er würde ihm zuvorkommen und ihn aus freien Stücken aufsuchen.

Nach dem Abendessen ließ er seine Hausaufgaben liegen und humpelte, so schnell sein verstauchter Knöchel es ihm erlaubte, durch den Flur auf Pater Maddens Arbeitszimmer zu. Fast genoß er den pochenden Schmerz, fühlte er sich dadurch doch wie ein Mann, der bereit war, seinem Feind gegenüberzutreten. Ohne anzuklopfen stieß er die Mahagoniholztür auf und schlug sie dann mit einem Knall wieder hinter sich zu.

Pater Madden saß hinter seinem Schreibtisch. Er blickte auf, lehnte sich zurück und verzog die Lippen.

»Wie kannst du es wagen, hier einfach so hereinzuplatzen!« donnerte er. Colms Selbstvertrauen schwand dahin.

»Was bist du doch für ein dummer Junge«, sagte der Priester mit merklich gedämpfter Stimme. »Benimmst dich in der Kapelle wie ein Geistesgestörter. Weißt du eigentlich, was über dich getuschelt wird? Es heißt, du hättest den Verstand verloren. Einige behaupten sogar, du wärst besessen. Also reiß dich um Gottes willen endlich zusammen!«

Colms Nasenflügel bebten. Er wollte eine hitzige Antwort geben, doch der Priester kam ihm zuvor.

»Laß das Theater! Du benimmst dich wie ein Waschweib!«

Pater Madden kräuselte höhnisch die Lippen, wie immer, wenn er Frauen oder Mädchen erwähnte.

»Ich habe Pater Lawless alles über Sie erzählt«, sagte Colm langsam.

Der Priester erschrak sichtlich. »So, hast du das?« meinte er gedehnt. »In der Beichte?«

»Ja … und er will, daß ich ihn anrufe und ihm alles noch einmal außerhalb des Beichtstuhls erzähle, damit er etwas gegen Sie unternehmen kann. Er hat mir seine Telefonnummer gegeben.«

Pater Madden lachte verächtlich auf. »Und du meinst wirklich, irgend jemand glaubt diesen Unsinn? Aus dem Mund eines Jungen, der während der Messe anfängt zu kreischen wie am Spieß und dann in Ohnmacht fällt? Du machst dich nur zum allgemeinen Gespött! Und außerdem«, fügte er süffisant hinzu, »hast du auf die Bibel geschworen!«

»Manche Schwüre sind nicht bindend.«

»Jeder Mann ist an seinen Schwur gebunden. Aber da du kein Mann bist und nie einer sein wirst ...«

Zum erstenmal in seinem Leben handelte Colm, ohne vorher zu überlegen und ließ sich einfach von seinen Gefühlen hinreißen. Auf dem Schreibtisch des Priesters lag ein wie ein Schwert geformter Brieföffner mit schmaler, scharfer Klinge und wunderbar ziseliertem Griff. Fast beiläufig griff Colm danach und stürzte sich auf seinen Feind. Pater Madden hob den Arm, um den Angriff abzuwehren, und schrie vor Schmerz auf, als die Klinge ihm tief ins Fleisch drang. Blut durchtränkte die schwarze Soutane und tröpfelte auf den Schreibtisch.

Die Tür flog auf, und ein besorgter Pater Phelim stürzte in den Raum. »Ich bin zufällig hier vorbeigekommen und hörte Lärm. Ist alles in Ordnung?« Ungläubig starrte er auf die Szene, die sich ihm bot, auf den Jungen, der mit dem Messer in der Hand langsam zurückwich, während der massige Priester mit der rechten Hand seinen linken Arm umklammerte und Blut zwischen seinen Fingern hervorsickerte.

»Der Junge ist ein gemeingefährlicher Irrer!« dröhnte Pater Madden. »Er ist eben mit dem Messer auf mich losgegangen.«

Überrascht bemerkte Colm, daß Robin von seinen Enthüllungen nicht sonderlich schockiert schien. »Du hast wirklich Nerven«, sagte er fast bewundernd. »Hörst dir so eine Schauergeschichte an, ohne mit der Wimper zu zucken.«

Robin schnitt eine Grimasse. »Na, so ungewöhnlich ist das, was dir passiert ist, nun auch nicht. Viele kleine Jungen in Klosterschulen werden von schwulen Priestern belästigt; diese Typen halten ihre Machtstellung für einen Freibrief. Aber ich finde es toll, daß du dich gewehrt hast, auch wenn du dafür von der Schule geflogen bist. Ich bin auch mal auf jemanden losgegangen, allerdings nicht mit einem Messer. Weißt du, ich wollte dasselbe tun wie du ... ich wollte das Schwein umbringen!«

Colm fragte sich, ob sie ihm wieder Märchen erzählte. Doch ihr angespannter Gesichtsausdruck belehrte ihn eines Besseren. »Wirklich? Warum denn?«

Als sie nicht sofort antwortete, bat er: »Erzähl mir doch, was passiert ist.«

»Nicht jetzt. Meinst du nicht, wir sollten lieber in die Pension zurückgehen und versuchen, noch ein bißchen zu schlafen? Es ist ja schon fast Morgen.«

»Wahrscheinlich sucht die Polizei schon nach mir«, meinte Colm, dem plötzlich die möglichen Konsequenzen seines Aussetzers bewußt wurden.

»Glaub' ich nicht. Und selbst wenn – du kannst immer noch behaupten, daß er dich zuerst angegriffen hat. Wie deutlich konnte der Typ denn dein Gesicht sehen?«

»Keine Ahnung.«

»Paß auf«, sagte sie nach kurzer Überlegung. »Ich gehe zurück und schaue nach, ob die Luft rein ist. Du kannst ja hier warten.«

»Nein, ich komme mit. Ich will mich nicht drücken.«

Doch ihre Befürchtungen erwiesen sich als grundlos. Kein Polizist war am Bahnhof zu sehen, und kein Streifenwagen erwartete ihn in der Via Nazionale. Antonio ließ sich kurz an der Rezeption sehen und musterte sie gelangweilt. Reibereien zwischen Liebenden schienen für ihn nichts Ungewöhnliches zu sein.

Sowie sie in ihrem Zimmer waren, schleuderte Colm seine Schuhe von sich und warf sich auf das Bett. Eine Zentnerlast war ihm von der Seele genommen worden. Er würde nicht verhaftet werden, und er hatte zum erstenmal einem anderen Menschen seine ganze Geschichte anvertraut. Und Robin hatte sich weder von ihm abgewandt, noch hatte sich ihre Einstellung ihm gegenüber geändert. Vor allen Dingen war es ihm endlich gelungen, sich an alle Einzelheiten zu erinnern, die Gedächtnislücke, die ihn so lange gequält hatte, war verschwunden. Ganz deutlich sah er die blutige Klinge und den ziselierten Griff des Brieföffners vor sich; er erinnerte sich auch daran, wie Pater Phelim auf ihn zugestürzt war und seine Arme gepackt hatte, obwohl ihm die Waffe da schon längst aus den Fingern geglitten war.

»Hast du denn den Verstand verloren, Junge? Du benimmst dich, als wäre der Leibhaftige in dich gefahren!« keuchte Pater Phelim, Colm zornig anfunkelnd. Pater Madden wickelte sich ein Taschentuch um den verletzten Arm und starrte Colm aus zusammengekniffenen Augen drohend an. Colm schwieg. Er schwieg, als seine Eltern benachrichtigt wurden; er schwieg, als seine Mutter haltlos schluchzte, während sie die Auffahrt hinunterfuhren und das große Herrenhaus, Symbol all ihrer Hoffnungen für ihren Sohn, ein für allemal hinter sich ließen. Er schwieg auch, als sein Vater ihn mit der Reitgerte verprügelte und seine Geschwister nicht mit höhnischen Bemerkungen geizten. Selbst als seine Mutter schließlich schwer erkrankte, äußerte er sich nicht zu dem, was vorgefallen war.

»Du hast sie umgebracht!« hielt ihm sein Vater vor, als Maura Nugent ein Jahr später an Brustkrebs starb. »Du hast deine eigene Mutter getötet! Hoffentlich bist du jetzt zufrieden!«

Seine Geschwister starrten ihn mit verweinten Gesichtern anklagend an.

»So etwas nennt man Muttermord!« schrie Alice.

Colm küßte seine Mutter ein letztes Mal auf die wächsernen Lippen, ehe der Sarg geschlossen und in die Kirche gebracht wurde, dann kehrte er zu seiner Arbeit auf dem Hof zurück. Er nahm an der Beerdigung und der anschließenden Trauerfeier teil, und währenddessen reifte ein Entschluß in ihm.

Nach der Beerdigung kam Kattie Clohessy schüchtern auf ihn zu, um ihm ihr Beileid auszusprechen. Sie war die einzige, die ihn überhaupt eines Wortes würdigte. Doch Colm gab nur höfliche Antworten und verabschiedete sich rasch. Auch Kattie würde er es noch zeigen!

»Was hast du denn gemacht, nachdem sie dich rausgeworfen haben?« fragte Robin. »Bist du auf eine andere Schule gegangen?«

»Nein. Ich habe beschlossen, auf eigene Faust weiterzustudieren. Ich habe Fernkurse belegt und mir so das nötige Wissen angeeignet. Du kannst so ziemlich alles erreichen, wenn du nur willst.«

Er verschwieg ihr, daß er sich damals weitgehend von seiner Außenwelt abgeschottet und seine ganze Energie auf seine Studien konzentriert hatte. Tagsüber hatte er auf dem Hof geschuftet, abends bis in die frühen Morgenstunden über seinen Büchern gesessen. Dieser fast fanatische Eifer hatte ihm dann ein brillantes Abschlußzeugnis und das zweite Stipendium seines Lebens eingetragen, das für die Universität in Dublin.

»Ich hoffe, du hast diesen Burschen nicht ernsthaft verletzt«, sagte Robin plötzlich.

»Wen denn?«

»Na, den Mann, auf den du heute abend eingedroschen hast, verdammt noch mal!«

»Ach so, der. Er konnte jedenfalls noch aus eigener Kraft aufstehen, nachdem ich mit ihm fertig war.«

»Mag sein. Trotzdem würde ich mir derartige Aktionen nicht zur Gewohnheit machen«, meinte Robin trocken.

»Woher bist du eigentlich so plötzlich aufgetaucht, Robin? Ich dachte, du hättest dich aus dem Staub gemacht.«

»Nein, ich wollte dich nur an der Nase herumführen. Ich habe im Bahnhofsrestaurant gesessen und Spaghetti gegessen, und da habe ich dich durch das Fenster gesehen. Ich dachte, du würdest reinkommen, aber als du nicht kamst, bin ich dir gefolgt.«

»Wo ist denn dein Rucksack?«

»In einem Schließfach. Ich hole ihn morgen.«

»Du wolltest also wirklich weg?«

»Nein … das heißt, eigentlich schon. Aber ich hab' dich vermißt.«

Colm erinnerte sich, daß sie sich am Morgen nicht wohl gefühlt hatte. »Geht es dir denn jetzt wieder besser?« fragte er besorgt.

»Ja.«

»Morgen ist unser Geburtstag. Wir wollten doch feiern.«

Robin lachte leise. »Nur zu deiner Information, Colm – morgen ist heute! Ich bin achtzehn und du zweiundzwanzig.

Sie knipste das Licht aus und entkleidete sich langsam. Durch die Schlitze der Fensterläden drang das erste schwache Tageslicht ins Zimmer, und Colm konnte sie von seinem Bett aus deutlich sehen. Es war das erstemal, daß sie sich in seiner Gegenwart auszog – erst die Schuhe, dann die Jeans, dann die Bluse. Einen Moment lang stand sie unschlüssig da, ehe sie auch Slip und Büstenhalter ablegte und auf einen Stuhl warf. Noch nie hatte Colm eine Frau aus Fleisch und Blut nackt gesehen. Der Anblick hatte mit den Bildern aus Pornoheften überhaupt nichts gemein. Robin kam quer durch den Raum auf ihn zu, hellhäutig, nur im Gesicht und an den Armen sonnengebräunt, zart und schlank, fast kindlich. Er breitete die Arme aus.

»Wäre es dir recht, wenn wir einfach nur nebeneinanderliegen?« fragte sie scheu.

»Natürlich. Ich liebe dich, Robin.«

»Still«, flüsterte sie. »Das mußt du nicht.«

»Ich hab' so etwas noch nie gemacht«, flüsterte er rauh. »Weißt du, ich war noch nie mit einem Mädchen im Bett.«

»Ich war auch noch nie mit einem Mädchen im Bett, falls dich das tröstet ...«

Lachend suchte er nach ihren Lippen.

»Bitte tu das nicht«, bat sie leise. »Laß uns einfach so liegenbleiben.«

Eingelullt von der Wärme und erschöpft von den Ereignissen der Nacht schliefen sie beide bald ein.

Viel später erwachte Colm mit einem Ruck und blickte auf die kleine, zierliche Gestalt in seinen Armen hinab. Er fühlte sich stark genug, die ganze Welt zu besiegen. Langsam strich er über ihre Brüste, den flachen Bauch, die festen Schenkel. Sie blinzelte, schob seine Hand aber nicht weg. Als er sie küßte, spürte er, wie sich ihre Lippen unter den seinen öffneten.

»Ich hab' so etwas noch nie gemacht«, flüsterte er heiser. »Ich weiß nicht, ob ich … ich glaube, ich kann's nicht. Willst du … ist das so in Ordnung, Robin?«

»Du trittst hier in keinem Wettbewerb an«, gab sie mit zittriger Stimme zurück. »Beruhige dich … ich hab's auch noch nie gemacht.«

»Ehrlich?«

»Ja«, flüsterte sie nach kurzem Zögern. »So etwas noch nie.«

»Und was ist, wenn … ich meine, du könntest ja schwanger werden.«

»Keine Sorge«, beruhigte sie ihn. »Ich menstruiere nicht.«

Colm wußte erst nicht, wovon sie redete, dann fiel der Groschen. Sie mußte diese Frauensache meinen, ihre Periode.

Sie begann, ihn zu streicheln, schmiegte sich an ihn, öffnete sich für ihn, bis er die Beherrschung verlor und auf dem Gipfel der Ekstase laut stöhnte: »O Robin … o Robin …«

Ausgepumpt blieb er auf ihr liegen und streichelte ihr Gesicht. Ihre Augen waren geschlossen.

»Du bist wunderbar«, sagte er leise. »Ich habe noch nie jemanden wie dich kennengelernt.« Als sie keine Antwort gab, flüsterte er: »Ich liebe dich. Hörst du, Robin? Ich liebe dich.«

Robin reagierte nicht, doch er spürte plötzlich Tränen an seinen Fingern und konnte nicht verhindern, daß seine Augen ebenfalls feucht wurden. Zuerst weinte er lautlos; Tränen rannen ihm über die Wangen und tropften in Robins Haar, aber plötzlich zerbrach etwas in ihm, er begann krampfhaft zu schluchzen und vergrub den Kopf im Kissen.

Robin regte sich und drückte ihn fest an sich.

»Schon gut … ich weiß ja … es ist alles gut …«

Engumschlungen schliefen sie ein und erwachten erst am späten Vormittag.

»Herzlichen Glückwunsch zum Zweiundzwanzigsten!« lachte Robin.

»Herzlichen Glückwunsch zum Achtzehnten!«

Sie lächelte ihn an. Colm, der sich daran erinnerte, wie er in ihren Armen geweint hatte, suchte in ihrem Gesicht nach Zeichen von Verachtung, fand aber keine. Plötzlich dachte er an seine gestrige Begegnung mit Signor Di Gabiere. Sollte er ihr davon erzählen? Er entschied sich dagegen. Sie würde doch nur böse werden.

»Robin, würdest du mir einen ganz großen Gefallen tun?«

»Welchen denn?«

»Würdest du mir bitte alles über dich erzählen? Und zwar die wahre Geschichte und keine weiteren Lügengespinste?«

Entschlossen riß sich Colm aus dem Jahr 1968 los. Die Erinnerung kam ihm vor wie ein Märchen: zwei verlorene Kinder allein in einem fremden Land. Zwei Kinder mit geradezu unglaublichen Lebensgeschichten.

Doch jetzt schrieb man das Jahr 1996, bis zur Jahrtausendwende waren es nur noch vier Jahre. Colm blickte sich im Klassenraum um und betrachtete seine Mitschüler. Anna schien eingeschlafen zu sein, der Kopf war ihr auf die Brust gesunken, ihr silbriges Haar schimmerte im Dämmerlicht. Der Dozent sprach gerade über die versteckte Symbolik in Botticellis *Primavera*.

Als der Vortrag zu Ende war und die Fensterläden wieder geöffnet wurden, bemerkte Colm, daß Anna ihn ansah. Als sie ihm verschmitzt zuzwinkerte, mußte er lachen. Sie hatte also überhaupt nicht geschlafen! Er ging zu ihr hinüber, half ihr auf und fragte sie, wie ihr der Vortrag gefallen hatte.

Sie erwiderte nachdenklich, einige Behauptungen seien ihr recht weit hergeholt vorgekommen. »Aber im großen und ganzen war es recht interessant.«

Colm mußte plötzlich an Paola denken. Er stellte sich vor, sie hätte im Klassenzimmer neben ihm gesessen und dem Vortrag gelauscht. Paola war real, keine kürzlich wiederbelebte Erinnerung, kein Schatten aus seiner Vergangenheit. Heute abend würde er sie sehen, sie lachen hören, mit ihr sprechen.

Er begleitete Anna zum Fahrstuhl und trat mit ihr auf die Piazza hinaus. Sie wohnte ganz in der Nähe; er verabschiedete sich von ihr und lief mit schnellen Schritten zur Via de' Tornabuoni zurück.

4.

Paola überstrahlte an diesem Abend alle. Ganz in Rot gekleidet saß sie am Kopfende des Tisches und lächelte ihren Gästen zu. Colm betrachtete sie bewundernd. Sie sah aus, als hätte sie eine wundervolle Nachricht erhalten.

Vielleicht hängt es mit ihrer Arbeit zusammen, dachte er, als ihm einfiel, wie eilig sie es nach ihrem gemeinsamen Lunch gehabt hatte, ins Büro zu kommen.

Obwohl der Abend schwül und stickig war, gelang es ihr, ein Gespräch in Gang zu bringen. Ihre Lebhaftigkeit wirkte ansteckend. Sie fragte Colm und Jill, ob sie noch immer Lust hätten, mit ihr zum Piazzale Michelangelo zu fahren. Beide bejahten.

Colm erkundigte sich bei Jill auf italienisch, was sie beruflich machte. Sie arbeitete in einem Verlag, antwortete Jill, sie redigiere Kinderbücher. Auch sie sah an diesem Abend ausgesprochen hübsch aus. Darina und Renate unterhielten sich über Diskotheken. Darinas Italienisch hatte sich stark verbessert; man merkte, daß sie sich ernsthaft Mühe gab. Pasquale stocherte still in seinem Essen herum und musterte seine Tischgenossen nachdenklich.

Renate fragte Colm über die Gründe für seine Florenzreise aus. Colm gab unverbindliche Antworten, und als sein Blick einmal den von Paola traf, lächelte sie ihm verschwörerisch zu. Wieso werde ich das Gefühl nicht los, daß diese Frau mich genau kennt? dachte er. Fast könnte man meinen, wir wären uns in einem früheren Leben schon einmal begegnet.

Eine Mücke surrte durch das offene Fenster herein und ließ sich auf Renates Arm nieder, ohne daß diese es bemerkte. Colm warnte sie scharf auf englisch: »Renate, du hast einen ungebetenen Gast!« Bis sie ihre Empörung darüber, daß er nicht italienisch mit ihr gesprochen hatte, überwunden hatte, war es jedoch zu spät. Das Insekt hatte sich vollgesogen und schwirrte davon. Renate fluchte leise auf deutsch, rieb sich die juckende Stelle und sagte, sie wolle in ihr Zimmer gehen und sich eine juckreizlindernde Creme holen. Darina riet ihr, nach Einbruch der Dunkelheit Arme und Gesicht mit Autan einzureiben. »Anders kann man die kleinen Biester nicht fernhalten.« Als Renate den Raum verlassen hatte, fügte sie hinzu: »Die arme Renate ist gegen Mückenstiche allergisch. Sie kriegt jedesmal riesige Quaddeln davon.«

Stirnrunzelnd schüttelte Paola den Kopf. *»La poverina ...«*

»Mamma sprüht alle Räume jeden Tag aus«, verteidigte Pasquale seine Mutter auf italienisch. »Aber Mücken sind wie Sizilianer, man wird sie einfach nicht los.«

Jill lächelte Colm zu und blickte ihm einen Moment lang in die Augen. Sie schien mit ihren Gedanken weit weg zu sein. Paola beugte sich zu Pasquale und nötigte ihn, noch etwas zu essen. Der Junge winkte ungeduldig ab. Warum macht sie nur so ein Getue um ihn? dachte Colm. Er ist fast erwachsen, und ganz offensichtlich geht ihm das Theater auf die Nerven. Aber es ließ sich nicht leugnen, daß Pasquale sehr blaß war und aussah, als könne er sich nur mit Mühe auf den Beinen halten. Paola, die ihn genau beobachtete, wurde mit einemmal sehr still, antwortete nur noch mechanisch auf Fragen und wandte den Blick nicht von ihrem Sohn ab.

Zum Nachtisch gab es Obst. Jill griff nach einem Apfel, schälte ihn gekonnt und erbot sich lachend, auch für Colm einen zu schälen, was dieser dankend ablehnte.

Als die Mahlzeit beendet war, entschuldigte sich Pasquale und ging auf sein Zimmer. Auch Darina erhob sich, bedankte sich bei Paola und erklärte, sie wolle sich für eine weitere Nacht in der Disco umziehen. Renate folgte ihr. Sie würde zu Hause bleiben und sich mit ihren Büchern beschäftigen.

Jill blickte Paola erwartungsvoll an. »Wie sieht es aus, Paola?« fragte sie auf Englisch. »Wollen wir schnell abräumen und dann losgehen?«

»Es tut mir leid«, sagte Paola, zu Colm und Jill gewandt, »aber ich muß unseren kleinen Ausflug leider verschieben. Auf mich wartet noch ein Haufen Arbeit, und Pasquale fühlt sich nicht wohl.«

Colm verbarg seine Enttäuschung. Er hatte sich darauf gefreut, Paola bei diesem nächtlichen Ausflug dabeizuhaben, aber er wandte sich trotzdem höflich an Jill.

»Was meinst du?« fragte er. »Bist du dabei? Wir können ein Taxi nehmen.«

»Warst du schon mal auf dem Piazzale Michelangelo?« wollte Jill wissen.

»Einmal. Aber das ist schon lange her. Nimm lieber einen Pullover mit, es kann da ziemlich kühl werden.«

Er drehte sich zu Paola um. »Willst du nicht doch mitkommen? Wir müssen ja nicht so lange bleiben.«

»Nein, lieber nicht. Ich würde ja gerne, aber ...« Paola erhob sich und begann, die Teller abzuräumen. Unwillig winkte sie ab, als ihre Gäste ihr helfen wollten.

Colm holte seine Jacke, und als er zurückkam, sah er Paola in das Zimmer ihres Sohnes gehen. Sie wirkte verstört und besorgt. Als Colm an der offenen Tür vorbeiging, sah er Pasquale auf dem Bett liegen. Wenn das mein Sohn wäre, dachte er verstimmt, würde ich ihm Beine machen! Sich so früh am Abend faul auf dem Bett zu lümmeln, statt Hausaufgaben zu machen oder seiner Mutter zu helfen! Doch dann mußte er daran denken, wie sein eigener Sohn Alan reglos neben seinem neuen Fahrrad im Gras gelegen hatte. Er hatte ausgesehen, als schliefe er, wäre da nicht das Blut gewesen, das langsam aus seiner Nase gequollen war. In diesem Moment hatte Colm gewußt, daß es zu spät war. Zu spät, um Alan zu sagen, wie sehr er ihn liebte; zu spät, um sein gefühlloses Verhalten ihm gegenüber wiedergutzumachen.

Jill wartete in der Diele auf ihn. Sie hatte sich eine Wollstola um die Schultern geschlungen und sah bildhübsch aus.

»Alles klar?« fragte sie fröhlich. Als er ihr zum Fahrstuhl folgte, stieg ihm der Duft ihres Parfüms in die Nase.

Es war ihm wohlvertraut. Miss Dior. Kattie hatte es immer benutzt. Dieser Duft hatte sie umgeben, wenn er sie morgens wachgeküßt hatte, er hatte an ihren Kleidern und dem Seidenschal gehaftet, den er nach ihrer Trennung in seiner Tasche gefunden und ihr mit der Post zurückgeschickt hatte.

Ein Taxi hielt am Bordstein. Colm und Jill stiegen ein, und der Fahrer fädelte sich vorsichtig wieder in den Verkehr ein. Colm blickte müßig aus dem Fenster und zuckte zusammen, als er plötzlich Robins Doppelgängerin wiedersah. Er erhaschte sogar einen Blick auf ihr Profil. Es mußte dasselbe Mädchen sein, das er schon zweimal zuvor gesehen hatte, dachte er. Sie bog gerade in die Via delle Terme ein, und obwohl er sich den Hals nach ihr verrenkte, verlor er sie bald aus den Augen.

»Hast du jemanden gesehen, den du kennst?« fragte Jill.

»Nein, vielmehr das genaue Ebenbild einer Frau, mit der ich vor langer Zeit einmal befreundet war. Die Ähnlichkeit ist wirklich verblüffend.«

»Ich weiß, was du meinst«, sagte Jill. »Angeblich hat jeder Mensch auf dieser Welt irgendwo einen Doppelgänger. Ich finde den Gedanken unheimlich.«

Gereizt dachte Colm, daß sie nicht das geringste begriff. »Ich komme mir vor, als hätte ich einen Geist gesehen. Sogar der Gang und die Haltung stimmen überein. Manchmal glaube ich, ich leide unter Halluzinationen.«

Als Jill keine Antwort gab, sondern nur vielsagend die Augenbrauen hochzog, kam er sich plötzlich lächerlich vor. Rasch wechselte er das Thema. »Schade, daß Paola nicht mitkommen konnte. Etwas Abwechslung würde ihr guttun.«

»Allerdings. Sie arbeitet zuviel und betreut nebenbei noch Logiergäste, da kommt die Freizeit zu kurz.«

»Und diese knappe Freizeit verbringt sie damit, ihren verwöhnten Sohn zu verhätscheln.«

Jill blickte ihn ernst an. »Weißt du eigentlich, daß Pasquale schwer krank ist?«

»So? Was fehlt ihm denn?«

»Er muß operiert werden. Paola will ihn zu einem anerkannten Herzspezialisten schicken und versucht jetzt, das nötige Geld zusammenzubringen.«

»Was für eine Operation muß denn bei ihm durchgeführt werden?«

»Eine Herzklappe arbeitet nicht mehr richtig und soll ausgetauscht werden.«

Colm blickte aus dem Taxifenster in das nächtliche Florenz hinaus. Autoschlangen quälten sich über die verstopften Straßen, Hupen dröhnten, Scheinwerferlichter tanzten über die alten Gebäude. Wie komme ich eigentlich dazu, mir einzubilden, andere Menschen blieben von Schicksalsschlägen verschont? dachte er. Ist das auch eine Art von Egoismus?

»Woher weißt du das?« wandte er sich an Jill.

»Paola hat es mir erzählt. Ich habe mich vor kurzem spätabends mit ihr unterhalten, ich konnte nicht schlafen, und sie war noch auf und arbeitete.«

Das Taxi hielt am Piazzale Michelangelo, sie stiegen aus und setzten sich auf die Terrasse eines Cafés, von der aus sich ein herrlicher Blick über die Stadt bot. Colm fragte Jill, was sie trinken wollte, und bestellte zwei Gläser Weißwein. Ein kühler Wind wehte über den Piazzale, Jill nahm ihre wollene Stola von der Stuhllehne und legte sie sich um die Schultern. Dann beugte sie sich vor und deutete auf die Michelangelo-Statue in der Mitte des Piazzale.

»Dieser Mann war ein Genie, das seinesgleichen sucht«, flüsterte sie. Gelangweilt folgte Colm ihrem Blick. »Diese Kreativität, dieser Schaffensdurst!« schwärmte sie mit verhaltener Stimme weiter. »Man könnte meinen, das Leben hätte ihm nicht genug Zeit gelassen, um all das zu erreichen, was er sich vorgenommen hatte ...«

Solch leidenschaftliche Worte hätte Colm aus ihrem Mund am allerwenigsten erwartet. Mit plötzlich erwachtem Interesse beugte er sich zu ihr hinüber. Die junge Engländerin kam ihm völlig verändert vor, zum erstenmal ließ sie erkennen, welch unterdrücktes Feuer in ihr schlummerte. Doch zu seiner Enttäuschung verstummte sie sofort wieder, als ob sie fürchtete, ihm bereits zuviel enthüllt zu haben.

»Gefällt dir Florenz?« fragte sie dann.

Die banale Frage holte Colm auf den Boden der Tatsachen zurück. Er bejahte, aber seine Gedanken wanderten einmal mehr zu Robin. Hier, fast genau an derselben Stelle hatte er vor fast dreißig Jahren auch mit ihr gesessen. Hier hatte auch Robin im Abendwind gefröstelt, und er hatte ihr ihren Sweater um die Schultern gelegt.

Er versuchte, sie sich vorzustellen, wie sie damals gewesen war, konnte sich jedoch nur an ihre Unschuld, ihre Verwundbarkeit und ihre extreme Jugend erinnern. Wieder überkam ihn das Gefühl, einen unwiederbringlichen Verlust erlitten zu haben, und er fragte sich, warum sie ihm nie geschrieben hatte, warum sie so sang- und klanglos aus seinem Leben verschwunden war. Aber er hatte sie ja im Stich gelassen. Sie hatte ihm nie geschrieben, weil sie dazu nicht mehr in der Lage gewesen war. Er hatte sie damals einfach zurückgelassen, als sie in Todesgefahr schwebte, und sie war gestorben.

»Kommt deine Frau noch nach?« wollte Jill wissen.

»Nein. Wir sind geschieden.«

Und dann fragte er: »Wo ist denn dein Mann, Jill? Wie ich sehe, trägst du einen Ehering.«

»Ich bin Witwe«, antwortete Jill leise.

»Hast du Kinder?«

»Keine eigenen, dafür aber zwei Stiefkinder.«

»Für eine Stiefmutter scheinst du mir aber etwas jung zu sein.«

Jill lächelte. »Stimmt, die beiden sind auch schon um die zwanzig. Und du? Hast du denn Kinder?«

»Nein.«

Er brachte es nicht über sich, über Alan zu sprechen.

Jill ließ ihre Stola, die sie vor der Brust zusammengehalten hatte, los und legte die Hand auf den Tisch. Der seidig schimmernde Stoff ihres Tops spannte sich über ihren Brüsten. Wieder roch er ihr Parfüm – eindeutig Miss Dior. Als er sie ansah, schien sie für ihn einen Augenblick lang all die Frauen zu verkörpern, die ihm je etwas bedeutet hatten – Robin, Kattie, Sherry, ja, sogar Paola. Er griff nach ihrer Hand, und als sie sie nicht zurückzog, beugte er sich vor, nahm sie in die Arme und küßte sie. Er spürte, wie sie überrascht zusammenzuckte, dann entspannte sie sich, und ihre Lippen öffneten sich. Doch plötzlich erstarrte sie und stieß ihn heftig von sich. Colm wunderte sich erst selbst über seine Impulsivität, dann schämte er sich für sein unbeherrschtes Verhalten. Wie hatte er sich nur so gehen lassen können!

»Es tut mir leid, Jill, ich hätte das nicht tun dürfen. Ich weiß auch nicht, was über mich gekommen ist, aber du hast so bezaubernd ausgesehen ...«

Wie trivial diese Worte klangen! Bislang war ihm das noch nie aufgefallen; gedankenlos hatte er sie heruntergerasselt, wenn er während einer Geschäftsreise eine Frau verführen wollte. Er war ohnehin stets der Ansicht gewesen, daß Frauen nur das glaubten, was sie glauben wollten. Jill bildete da keine Ausnahme. Einen Moment lang hatte sie vergessen, daß sie beide zwei Fremde in einem fremden Land waren, und war der Illusion des Augenblicks erlegen. Doch nun saß sie schweigend da und musterte ihn nur kalt. Deutlicher hätte sie ihm nicht vor Augen führen können, daß er sich wie ein billiger Gigolo benommen hatte. Warum konntest du nicht einmal den Mund halten? fragte er sich. Du handelst immer nach demselben Schema, ohne Gespür für die jeweilige Situation. Du benutzt diese Frau doch nur, so wie du schon so viele andere benutzt hast. Du bestrafst sie für etwas, woran sie keine Schuld trägt.

»Ich muß mich bei dir entschuldigen«, stotterte er, seine Unbeholfenheit verwünschend. »Ich hätte mich nicht so vergessen dürfen.«

»Du brauchst dich nicht zu entschuldigen.« Jills Stimme klang eisig. Sie zog ihre Stola enger um sich und schlug vor, jetzt doch besser nach Hause zu fahren. Colm musterte sie verstohlen, als sie den Piazzale verließen; sie war wortkarg und in sich gekehrt.

Im Taxi sagte er leise zu ihr: »Ich wollte dir wirklich nicht zu nahe treten, Jill. Tut mir leid, wenn ich dich gekränkt habe.«

Jill schüttelte unwillig den Kopf. »Schon gut, Schwamm drüber. Du bist ein ausgesprochen attraktiver Mann, Colm, und das weißt du auch selbst sehr gut.«

»Nein«, entgegnete Colm nach kurzer Überlegung müde. »Nein, dessen war ich mir bislang nicht bewußt.«

In der Via de' Tornabuoni verabschiedete sich Jill und verschwand sofort im Haus. Colm blieb vor der Tür stehen, blickte sich unschlüssig um und ging dann zur Via delle Terme zurück, wo er das geheimnisvolle Mädchen zum letztenmal gesehen hatte. Der Gedanke an sie jagte ihm einen kalten Schauer über den Rücken. Er kannte Dutzende von Geschichten über Tote, die auf die Erde zurückkehrten, um bei denen zu sein, die sie einst geliebt hatten. Und Robin hatte ihn auf ihre Weise geliebt, trotz all ihrer gegenteiligen Beteuerungen. Aber hatte er sie wirklich so gut gekannt, um sich dessen sicher zu sein? Unwillkürlich mußte er an Kattie denken. Auch sie hatte geglaubt, ihn durch und durch zu kennen, dabei hatte sie nur das Bild geliebt, das sie sich von ihm gemacht hatte. Aber ich habe nie Wert darauf gelegt, geliebt zu werden, dachte er verdrossen. Was kann ich für Katties Gefühle? Ich habe nicht um ihre Liebe gebeten!

Colm kehrte um und ging nach Hause. Paola war noch auf. Die Tür zum Eßzimmer stand halb offen, und er sah sie im Schein einer Schreibtischlampe vor ihrem Computer sitzen. Ohne den Blick von dem Bildschirm zu wenden rief sie leise: *»Buona sera, Colm«*, und als er ins Zimmer kam, drehte sie sich zu ihm um und lächelte.

Langsam ging er zu ihr hinüber. Auf dem abgeräumten und blankpolierten Tisch lag nun ein Stapel Bücher. Colm überflog den Titel des obersten: *Firenze del Cinquecento.*

In den Glastüren des Bücherschrankes spiegelte sich der Raum wider, der Mann, die sitzende Frau, der flackernde Bildschirm. Paola trug ihre Lesebrille, die sie strenger und abweisender wirken ließ. Einige Haarsträhnen hatten sich aus ihrer Frisur gelöst und fielen ihr ins Gesicht. Von der strahlenden Heiterkeit, die sie beim Abendessen verbreitet hatte, war nichts geblieben. Sie sah erschöpft aus, und unter ihrem linken Auge zuckte ein kleiner Muskel. Als sie nach einem Wörterbuch griff, um etwas nachzuschlagen, beschlich Colm erneut das Gefühl, sie irgendwo schon einmal gesehen zu haben. Er stellte sich Sherry vor, wie sie in ihren Prospekten und Farbmustern herumblätterte, und kam zu dem Schluß, daß er die beiden Frauen verwechseln mußte. Oder war es Kattie gewesen, die beim Lesen immer den Kopf so schiefgelegt hatte? Er konnte sich nicht mehr erinnern.

»Hattest du einen schönen Abend?« fragte Paola auf englisch.

»Ja. Die Aussicht war ganz herrlich.«

Paola wartete darauf, daß er weitersprach. Als Colm beharrlich schwieg, bohrte sie weiter. »Hat der Piazzale denn alte Erinnerungen heraufbeschworen?«

»Allerdings. Ich habe mich gefühlt, als wäre ich wieder zwanzig Jahre alt. Aber leider habe ich mich auch so benommen. Ich hoffe nur, ich habe Jill nicht allzusehr aus der Fassung gebracht.«

»Du weißt vermutlich nicht, daß sie um ihren Mann trauert«, sagte Paola ruhig. »Er starb erst vor zwei Monaten. Er war krank, und sie wollte mit ihm nach Florenz fahren, sobald es ihm wieder besserging. Sie dachte, das Klima würde ihm guttun. Nach seinem Tod entschloß sie sich, die Reise allein anzutreten. Sie hoffte, es würde ihr helfen, mit ihrem Kummer fertigzuwerden.«

»Ach du meine Güte!« Colm schluckte. Du bist doch wirklich ein gefühlloser Klotz, schalt er sich. Paola quittierte seinen Ausbruch mit fragend hochgezogenen Augenbrauen.

»Ich fürchte, ich habe eine Riesendummheit gemacht, Paola«, gestand Colm leise. »Ich bin wohl etwas … zudringlich geworden, warum, weiß ich auch nicht, es ist einfach passiert. Vielleicht habe ich mir eingebildet, sie würde darauf warten. Glaubst du, ich habe sie sehr verletzt?«

Paola musterte ihn eine Weile schweigend und sagte dann: »Du konntest nicht wissen, daß sie in Trauer ist. Und sie ist ja auch eine sehr hübsche Frau. Vielleicht ärgert sie sich über sich selbst ... wenn sie auf deinen Annäherungsversuch reagiert hat.« Ihre Stimme klang sehr weich, und ein Schleier legte sich vor ihre Augen. »Die Erinnerung an ihren Mann ist noch ganz frisch, verstehst du? Vermutlich fühlt sie sich schuldig, sie meint, sein Andenken verraten zu haben. Aber falls dich das tröstet, der Vorfall hat bestimmt auch ihr Selbstwertgefühl gestärkt. Jede Frau in ihrer Situation braucht ab und an greifbare Beweise dafür, daß sie noch immer attraktiv und begehrenswert ist.«

Colm bemerkte, daß ihre Stimme merklich zitterte. Auf einmal erschien sie ihm sehr verletzlich.

»Nimm es mir nicht übel, Paola, aber du siehst müde aus. Warum arbeitest du denn bis spät in die Nacht?«

»Weil dieser Artikel unbedingt noch fertig werden muß. Ich wollte mir gerade einen Kaffee machen, um mich wachzuhalten.«

»Hast du etwas dagegen, wenn ich dir Gesellschaft leiste?«

»Aber nein.«

Paola stand auf und ging in die Küche, Colm folgte ihr, blieb in der Tür stehen und sah zu, wie sie Kaffeepulver in einen Filter schüttete und heißes Wasser darüber goß. Sie holte zwei Tassen aus dem Schrank, reichte sie ihm, griff nach der Kanne mit dem fertigen Kaffee und stellte sie im Eßzimmer auf einen Korkuntersetzer.

»So«, sagte sie mit einem schiefen Lächeln, während sie ihm Kaffee einschenkte, »da hat dir der Anblick des Piazzale Michelangelo also alte Erinnerungen zurückgebracht.« Colm vermerkte verwundert, daß sie schon wieder auf dieses Thema zurückkam. Zweifellos hegte sie großes Interesse an seinen damaligen Erlebnissen und seiner verlorenen Liebe, aber warum?

»Ja«, gab er zu, »dieser Ort hat in der Tat einige alte Erinnerungen geweckt. Mir ist wieder eingefallen, wie entzückt Robin damals von der Aussicht war. Sie war überhaupt ein Mädchen, das sich leicht begeistern konnte. An diesem besagten Abend ist sie mir allerdings davongelaufen und erst spät in der Nacht zurückgekommen ...« Colm verstummte, als ihm aufging, daß Menschen in ihrem Leben anscheinend immer wieder dieselben Fehler machten.

Paola beobachtete ihn, als sie ihm seine Tasse reichte, und wunderte sich einmal mehr über die an Besessenheit grenzende Beharrlichkeit, mit der er sich an einem Traum festklammerte. Dieses geradezu pathologische Verhalten stand in krassem Gegensatz zu seiner kühlen, beherrschten Persönlichkeit und verriet ihr weit mehr über Colm als alles, was er ihr über sein Leben erzählt hatte. Sie hegte den starken Verdacht, daß er diese wehmütige Erinnerung an vergangene Zeiten nur als Vorwand benutzte, um sich nicht den Problemen des wirklichen Lebens stellen zu müssen.

»Du konzentrierst anscheinend einen guten Teil deiner Gefühle auf diese Robin«, sagte sie vorsichtig. »Bist du sicher, daß du sie nicht allein deshalb so verherrlichst, weil du genau weißt, daß sie für dich unerreichbar ist? Wenn sie jetzt, in dieser Minute, zur Tür hereinkäme und dich wiederhaben wollte, wie würdest du dann reagieren? Erfreut – oder eher bestürzt?«

Colm wunderte sich insgeheim über ihr Einfühlungsvermögen. Er war sich in der Tat nicht sicher, was er empfinden würde, wenn Robin plötzlich vor ihm stünde. Zuerst sicherlich überschwengliche Freude. Aber danach? Sie beide hatten sich seit damals verändert; sie mußten in den vergangenen Jahren völlig unterschiedliche Erfahrungen gesammelt haben, auch wenn ihr zufälliges Zusammentreffen in einem fremden Land vielleicht für sie beide eine Art Wendepunkt im Leben bedeutet hatte.

»Ich denke, du hast sie unbewußt zu einer Heiligen hochstilisiert«, fuhr Paola herausfordernd fort, »der du die Bürde deines Lebens zu Füßen legen kannst. Aber das Bild, das du dir von ihr zurechtgezimmert hast, hat mit der Realität nichts zu tun. Sicher, sie hat einen wichtigen Platz in deinem Leben eingenommen, hat dir vielleicht über bestimmte Schwierigkeiten hinweggeholfen, und ganz sicher hat sie dir einmal viel bedeutet. Aber all das ist lange her, und die Vergangenheit ist nur noch ein Traum.«

Sie betrachtete ihn einen Moment lang schweigend, ehe sie leise hinzufügte: »Und sie ist mit Sicherheit kein Ersatz für die lebendige, greifbare Gegenwart.«

»Darf ich dir einmal eine ganz offene Frage stellen?« bat Colm nach kurzem Zögern. Ihr Scharfsinn und ihre heitere Ruhe beeindruckten ihn tief.

»Das kommt ganz auf die Frage an«, antwortete sie. »Was möchtest du denn wissen?«

»Was ist das Geheimnis deiner unerschütterlichen Gelassenheit?«

Sie blickte ihn über ihre Kaffeetasse hinweg ernst an. »Willst du mir schmeicheln?«

»Nein.«

Paola musterte ihn einen Moment lang forschend. »Ich weiß nicht, was du unter unerschütterlicher Gelassenheit verstehst. Ich versuche einfach, die Dinge so zu akzeptieren, wie sie nun einmal sind, und das Beste daraus zu machen. Mir bleibt gerade jetzt auch gar nichts anderes übrig ... ich darf nicht nur an die Gegenwart denken, sondern muß mir auch Gedanken über die Zukunft machen ... und ich darf die Hoffnung nicht aufgeben.«

»Ich verstehe«, sagte Colm weich. »Paola, Jill hat mir das von Pasquale erzählt. Es tut mir leid, daß es ihm so schlecht geht.«

Paola wandte ihm den Rücken zu und starrte auf die Wörterkolonnen, die über ihren Bildschirm flimmerten.

»Sie hätte dich damit nicht behelligen sollen.« Als Colm nichts darauf erwiderte, fuhr sie fort: »Eine seiner Herzklappen arbeitet nicht mehr richtig – eine Folge des Gelenkrheumatismus, an dem er kurz nach dem Tod seines Vaters erkrankte. Ich mache mir große Sorgen um ihn; er muß so schnell wie möglich operiert werden. Heute abend hat er sich elend gefühlt und ist zu Bett gegangen, deshalb konnte ich auch nicht mitkommen.«

»Aber nur weil dein Sohn krank ist, mußt du dich doch

nicht lebendig begraben. Eine so anziehende Frau wie du. Du bist doch noch jung, dein Leben ist noch lange nicht vorbei!«

»Du brauchst mir keine Komplimente zu machen«, sagte sie mit einem gezwungenen Lächeln. »Ich kann auch ganz gut ohne Schmeicheleien leben.«

»Ich habe es ernst gemeint«, sagte Colm ernüchtert.

Sie warf ihm einen flüchtigen, abschätzenden Blick zu. Colm trank seinen Kaffee aus, obwohl er wußte, daß er danach bestimmt nicht schlafen konnte.

»Ich denke, ich gehe jetzt zu Bett.«

»Gute Nacht, Colm.« Paola berührte ihn leicht am Arm. Er zuckte zusammen. Erschrocken sah sie ihn an.

»Entschuldigung ...«

»Ich bin wohl übermüdet«, erklärte er hastig, und dann griff er aus einem Impuls heraus nach ihrer Hand und führte sie an die Lippen.

»Gute Nacht, Paola.«

Sie rührte sich nicht, aber als er sie anschaute, bemerkte er tiefe Trauer in ihren Augen.

Auf dem Weg zu seinem Zimmer kam Colm an Paolas Schlafzimmer vorbei. Die Tür stand offen, er konnte ein Doppelbett und gerahmte Fotos auf dem Nachtschränkchen sehen. Eines zeigte das Gesicht eines jungen Mannes – ihres verstorbenen Ehemannes vermutlich. Mit einemmal bedauerte Colm, daß er so wenig von ihr wußte. Gleichzeitig empfand er zu seiner eigenen Überraschung heftige Eifersucht auf diesen Mann, den sie geliebt, mit dem sie geschlafen und dem sie ein Kind geboren hatte.

Du verlangst wie immer zuviel, mahnte er sich. Alles, was dir gefällt, ob Dinge oder Menschen, willst du besitzen. Hör endlich auf damit! Finde dich damit ab, daß du nicht alles haben kannst!

Er ging ins Bad, legte sich dann auf sein Bett und dachte über Jill und den vergangenen Abend nach. Warum hatte er sich auch wie ein Elefant im Porzellanladen benehmen müssen! Was hatte er sich denn beweisen wollen? Lange grübelte er über sein Verhalten nach und kam endlich zu dem Schluß, daß wohl der Wein, die friedliche Abendstimmung und der vertraute Duft von Jills Parfüm an seinem Ausrutscher, wie er es bei sich nannte, schuld gewesen waren. Zugleich mußte er aber auch zugeben, daß er einen Moment lang unfreiwillig den Panzer abgelegt hatte, hinter dem er den verhaßten und gefürchteten verletzlichen Teil seines Wesens verbarg. Ich habe mich doch wahrhaftig oft genug zum Narren gemacht, dachte er. Am besten verschwinde ich von hier, ehe ich in noch mehr Fettnäpfchen trete. Morgen ziehe ich in ein Hotel um. Wenn ich schon eine Frau brauche, dann sollte ich mir wenigstens eine suchen, die aus demselben Holz geschnitzt ist wie ich, eine erfolgreiche Frau mit Aktienpaketen und einem dikken Bankkonto.

Und was hast du am Ende davon? fragte eine leise Stimme in seinem Hinterkopf. Hör auf, hinter materiellen Dingen herzujagen und fang endlich an, dein Leben zu genießen! Robin gehört der Vergangenheit an, du aber lebst in der Gegenwart. Vielleicht bleibt dir ja trotz Dr. Kellys hoffnungsvoller Prognosen nicht mehr allzuviel Zeit auf dieser Welt, also nutze sie!

Der Gedanke wirkte ernüchternd. Colm stand auf, ging zum Fenster, stieß die Läden auf und blickte auf die Straße hinunter. Robins Doppelgängerin war inmitten der vielen jungen Leute unten auf dem Bürgersteig, deren fröhliches Lachen die nächtliche Stille zerriß, nirgendwo zu sehen

Voller Wehmut erinnerte er sich an seine eigene verlorene Jugend; an die Studentenjahre, von denen er so wenig gehabt hatte. Trotz aller Rückschläge hast du noch eine Zukunft vor dir, beschwor er sich selbst. Also nutze deine Chancen, vergiß Robin und schau nach vorne, nicht zurück.

Am Morgen nach ihrer ersten Liebesnacht hatte Robin ihn mit einer seltsamen Mischung aus Mißtrauen und Verlegenheit gemustert. Sie verbrachte längere Zeit im Bad, und als sie zurückkam, tat sie, als habe sich nichts zwischen ihnen geändert. Colm wußte nicht recht, wie er sich verhalten sollte. Er bemühte sich, ihrer aufgesetzten Forschheit möglichst unbefangen zu begegnen. Einmal bat er sie, ihm doch jetzt endlich ihre wahre Geschichte zu erzählen, woraufhin sie ihn auf später vertröstete. Schließlich schlug er vor, die Kirche Santa Croce zu besichtigen. »Sie ist ganz in der Nähe, nur ungefähr zehn Minuten zu Fuß.«

Sie gingen zum Frühstück in das kleine Eckcafé. Robin wollte weder Brötchen noch *caffè latte*, sondern trank nur ein Glas Wasser.

»Warum willst du denn nichts essen?«

»Igitt! Es ist noch viel zu früh!«

»Geht es dir wieder nicht gut, Robin? Ich finde, du solltest vorsichtshalber mal zum Arzt gehen.«

»Nein, mit mir ist alles in Ordnung, mir ist nur ein bißchen übel.«

»Aber das geht jetzt schon seit Ewigkeiten so ...«

Sie zuckte die Achseln. »Mach dir keine Sorgen. Das geht vorbei. Ich kenn' das schon.«

Sie schlug den Reiseführer auf und erzählte ihm, daß man mit dem Bau der Kirche Santa Croce im Jahre 1294 begonnen hatte und Michelangelo, Machiavelli und Galileo dort begraben lagen. Colm holte die Postkarten hervor, die er dem Gassenjungen auf der Ponte Vecchio abgekauft hatte, und schrieb eine davon an seine Familie. Dann betrachtete er die zweite, eine Luftaufnahme der Stadt, und dachte flüchtig an Kattie.

»Willst du die an Catherine schicken?« fragte Robin plötzlich. Sie schien seine Gedanken gelesen zu haben.

»Nein!« sagte Colm schroff.

Robin beobachtete ihn einen Moment schweigend. »Hast du ihr denn versprochen, ihr zu schreiben?«

»Vielleicht ... aber ich will verdammt sein, wenn ich es tue!«

»Wann hast du sie eigentlich zum letztenmal gesehen?«

Colm fragte sich, ob Robin wohl eifersüchtig war. Er sah sie prüfend an, konnte in ihrem Gesicht aber keine Anzeichen dafür entdecken.

»Kurz bevor ich diese Reise angetreten habe. Ich hab'

mir im Geschäft ihres Vaters einen Rucksack gekauft, und sie hat mich bedient.«

»Und? Hat sie sich gefreut, dich zu sehen?«

»Ich denke schon. Sie hat mich ja gebeten, ihr zu schreiben.«

»Und du hast es ihr versprochen.«

»Ich hab' dir doch gesagt, ich bin fertig mit ihr!«

»Ach ja? Na, laß dir wegen gebrochener Versprechen keine grauen Haare wachsen«, meinte Robin obenhin. »Die meisten Männer betrachten Anstand ohnehin nur als überflüssigen Ballast.«

Die große Franziskanerkirche Santa Croce war der Blickfang des gleichnamigen Platzes. Colm und Robin wanderten langsam durch das riesige Gebäude mit den eleganten viereckigen Stützpfeilern und den hohen Arkaden und besichtigten die Kapellen mit ihren zahlreichen Fresken.

»Du warst also noch nie in den Staaten?« fragte Robin unvermutet. »Nicht ein einziges Mal?«

Colm hatte den Arm um ihre Schultern gelegt und gab vor, ein Fresko zu bewundern, während seine Gedanken die ganze Zeit um die vergangene Nacht kreisten.

»Nein, noch nie.«

»Du solltest unbedingt mal hinfahren.«

»Das habe ich auch vor. Ich komme, sobald ich mir die Reise leisten kann. Meinst du, dein vornehmer Vater wird mich mögen?«

Er blies ihr ein paar Haarsträhnen aus dem Gesicht. Robin lächelte und strich sich über das Haar, gab aber keine Antwort. Schließlich sagte sie: »Sicher wird er dich mögen. Warum auch nicht?« »Weißt du was?« fuhr sie dann fort, ganz offensichtlich bestrebt, das Thema zu wechseln. »Ich bin ja wirklich eine große Kunstliebhaberin, aber langsam geht es mir auf die Nerven, daß immer nur die Männer im Mittelpunkt stehen und Frauen bestenfalls als schmückendes Beiwerk dienen.« Herausfordernd blickte sie ihn an.

Colm begann, sich über sie zu ärgern. Robin war in einer ihrer provokativen Stimmungen. Vielleicht bereute sie schon, daß sie mit ihm geschlafen hatte.

Angewidert betrachtete er die Wandgemälde. Weicheier mit Heiligenschein, dachte er und sagte dann laut: »Ich kann wirklich nicht behaupten, daß ich von überwältigender Männlichkeit erschlagen werde, wenn ich mir diese Werke so ansehe.«

Robin wandte sich grinsend ab. Eine Sekunde später legte sie ihm eine Hand auf den Arm. »Laß es gut sein. Komm, ich spendiere dir ein Eis, dafür reicht mein Geld gerade noch.«

Sie standen in der Nähe des Ausgangs. Colm, der gerade die Denkmäler von Dante und Michelangelo bewunderte, schrak bei der Berührung zusammen und machte sich los. Sie starrte ihn zornig an.

»Was ist denn los? Warum springst du zurück, als hätte dich eine Wespe gestochen?«

»Ich weiß nicht. Es tut mir leid, ich hab's nicht mit Absicht gemacht. Ich kann es nur nicht ertragen, wenn man mich unerwartet anfaßt.«

»Letzte Nacht hat es dir aber ganz gut gefallen«, bemerkte sie beleidigt.

»Das war ja auch etwas ganz anderes.«

»Ach so, du hast also damit gerechnet?«

»Nein«, sagte Colm tonlos. »Nein, natürlich nicht.«

Robin wartete. Anscheinend hoffte sie, er würde näher darauf eingehen, würde ihr versichern, was die letzte Nacht für ihn bedeutet hatte, aber er schwieg.

Wie sollte er seine Gefühle auch in Worte fassen? Wie konnte er ihr erklären, welche Offenbarung die letzte Nacht für ihn gewesen war; ihr, die mit solcher Nonchalance über dieses Erlebnis hinweggegangen war?

»Ich möchte nicht darüber reden.«

Robin schnaubte verächtlich, stakste die Stufen von Santa Croce hinab, überquerte den Platz und lief den Borgo de' Greci entlang.

Colm beeilte sich, sie einzuholen. Schweigend gingen sie über die Kopfsteinpflasterstraße zur Piazza della Signoria und dem mächtigen Palast, von dessen Wachturm aus sich ein Rundblick über die ganze Stadt bot. Robin zählte ihr Kleingeld, blieb am Wagen eines Straßenverkäufers stehen, um die Auswahl an Eissorten zu begutachten, traf dann ihre Wahl – »*Fragola, cioccolata e cassata, per favore*« – und nahm zwei überquellende Eiswaffeln in Empfang.

Nachdem sie bezahlt hatte, reichte sie Colm seine Waffel, ohne ihn dabei anzublicken. Dann zogen sie sich in den Schatten der Loggia della Signoria zurück, schleckten ihr Eis und betrachteten angelegentlich den alten Palast, um jeglichen Augenkontakt zu vermeiden. Robin ließ den Blick langsam über den Platz wandern, über das Reiterstandbild, den Neptunsbrunnen und wieder zum Palazzo. Dabei neigte sie den Kopf zur Seite wie ein neugieriger kleiner Vogel.

»Du hast eine Schwäche für dieses alte Gemäuer, nicht wahr?« fragte Colm vorsichtig. Dieses Thema hielt er für relativ unverfänglich. Über Liebe mochte er mit ihr nicht sprechen. Und obwohl es ihn drängte, seinen Gefühlen Ausdruck zu geben, brachte er kein einziges Wort über die Lippen.

»Ja«, erwiderte sie lakonisch und fuhr fort, sich wieder mit ihrer Eiswaffel zu beschäftigen. Erneut machte sich Schweigen breit. Schließlich konnte Colm es nicht länger ertragen.

»Was gefällt dir denn so gut daran?«

Robin seufzte wie jemand, der sich gezwungen sieht, gegen seinen Willen gewisse Zugeständnisse zu machen. »Die klaren Linien zum Beispiel, wenn du's genau wissen willst.«

»Wir können uns hier ja später einmal wiedertreffen«, schlug Colm aus einer Laune heraus vor. »Wenn wir beide reich und berühmt sind. Was hältst du davon?«

Ohne zu überlegen sprudelte er die Worte hervor, weil er jetzt schon wußte, daß er sie unbedingt wiedersehen, sie für immer für sich gewinnen, ja, sie sogar heiraten wollte, wenn sie einwilligte. Aber wie sollte er ihr das begreiflich machen? Wie sollte er ihr klarmachen, was die letzte Nacht für ihn bedeutet hatte; wie ihr sagen, daß er ohne sie nicht mehr leben konnte? Wie sollte er das überschäumende Glücksgefühl erklären, das ihn überkam, wenn er sie beobachtete, wie sie hingerissen eine Skulptur oder ein Gemälde bewunderte? Sie war ein Teil von ihm geworden; wenn er sie verlor, würde er seinen einzigen Halt im Leben verlieren.

Und er mußte ja schon bald wieder nach Hause zurückkehren. Anfang Oktober sollte er seine Stelle antreten. Zwei Tage würde es ihn kosten, über Land nach Paris und von dort nach Le Havre zu reisen, von wo er die Fähre nach Irland nehmen mußte. Es gab soviel, was er ihr noch sagen wollte, ehe es zu spät war.

»Red doch keinen Unsinn! Du fährst bald zurück nach Hause, und was meinst du, wie schnell du mich vergessen hast ...«

»Dich werde ich nie vergessen, Robin.«

»Na gut«, meinte sie. »Treffen wir uns hier wieder, wenn du alt und grau bist.«

»Wenn ich siebzig bin, zum Beispiel?«

»Nein ... fünfzig. Genau an deinem fünfzigsten Geburtstag.«

Colm erkannte, daß es im Moment unmöglich war, ein ernstes Gespräch mit ihr zu führen. Also ging er auf ihren lockeren Ton ein. »Muß ich denn achtundzwanzig Jahre warten, bis ich dich wiedersehe?«

Sie sah ihn an und lachte. »Nicht unbedingt. Hängt davon ab, wie du dich benimmst. Aber gut, die Sache ist gebongt. Egal, was aus uns wird und wohin es uns verschlägt, wir treffen uns hier wieder, auf der Piazza della Signoria, an deinem fünfzigsten und meinem sechsundvierzigsten Geburtstag. Und zwar dort drüben, im Restaurant Rivoire, wo die Geldsäcke sich die Bäuche vollschlagen.«

»Einverstanden, nur bin ich dann ein alter Kauz, und du ...«

»Ich werde nicht altern«, unterbrach sie rasch. »Ich werde immer noch Robin sein ... immer noch ich selbst.«

»Du wirst diese Verabredung schlicht und einfach vergessen.«

»Ich vergesse meine Versprechen nie. Wart's nur ab!«

»Okay. Aber ich hoffe, daß wir uns eher wiedersehen, Robin. Ich möchte, daß wir in Verbindung bleiben.«

Sie warf ihm einen scharfen Blick zu. »Iß dein Eis auf, sonst wird es kalt«, sagte sie.

Colm spürte, wie seine innere Anspannung langsam nachließ, während er sie beobachtete, wie sie an ihrer Eiswaffel leckte. Eine Welle tiefer Zärtlichkeit überflutete ihn, er beugte sich zu ihr und nahm ihre Hand.

»Danke für letzte Nacht«, flüsterte er nach kurzem Zögern. Etwas Besseres fiel ihm nicht ein.

Robin wandte den Blick ab, schaute kurz ins Leere und dann auf ihre Hand in der seinen. Eine Reihe widersprüchlicher Gefühle malte sich auf ihrem Gesicht ab: Verzweiflung, Trauer und dann eine Art hilflosen Zorns.

»Bedank dich doch nicht bei mir, du Idiot! Was weißt du schon über Liebe?«

»Wovon redest du eigentlich, Robin?«

»Ach, vergiß es. Es ist nur so ... ich dachte, du hättest Catherine geliebt, deswegen verstehe ich nicht, wie du sie so einfach fallenlassen konntest. Du willst dir ja noch nicht einmal die Mühe machen, ihr eine Karte zu schreiben. Ich hoffe, du hast nicht meinetwegen deine Meinung geändert.«

»Mach dich nicht lächerlich. Außerdem habe ich Kattie nicht fallenlassen, wir waren ja nie richtig zusammen.«

»Ihr wart befreundet, und du hast dich in Gedanken oft mit ihr beschäftigt. Du hast sogar Liebesgedichte für sie geschrieben. Und trotzdem bist du auf einmal sang- und klanglos aus ihrem Leben verschwunden. Hat es dir denn gar nichts ausgemacht, sie so zu verletzen?«

»Jetzt hör endlich auf von Kattie zu reden, sie hat mit uns beiden überhaupt nichts zu tun! Etwas wie das mit uns habe ich noch nie erlebt, das hab' ich dir schon mal gesagt!«

»Möglich. Aber ich glaube, wenn du Catherine wiedersiehst, dann änderst du deine Ansichten und willst vielleicht doch etwas mit ihr anfangen – was nicht heißt, daß du sie nicht wieder fallenläßt. Vielleicht liegt es einfach in deiner Natur, andere Menschen zu verletzen.«

»Quatsch!«

»Hmmm«, machte Robin. »Also ich hätte Angst, jemanden wirklich zu lieben.«

»Robin, die alte Geschichte hat doch nichts mit uns zu tun.«

»Vielleicht hast du recht. Vielleicht gehören wir beide einer besonderen Kategorie Mensch an ... wir sind beide sozusagen beschädigte Ware ...«

»Robin ...«

Sie zuckte die Achseln und sah ihn ernst an. »Eines Tages werde ich dir meine Lebensgeschichte erzählen«, flüsterte sie. »Alles, was du wissen willst. Und danach wirst du mich auch nicht mehr wollen. Danach würdest du auch *mir* keine Postkarte mehr schreiben ...«

An diesem Abend kehrten sie früh in die Pension zurück. Robin hatte ihre gute Laune wiedergefunden. Sie zog sich aus, lächelte ihm schalkhaft zu und schlüpfte dann neben ihm ins Bett. Er drehte sich zu ihr um und bedeckte ihr Gesicht mit Küssen.

»Langsam«, murmelte Robin. »Warte noch ein bißchen ...«

In dieser Nacht lernte Colm, was wahre Vertrautheit zwischen zwei Menschen bedeutete. Zuerst verhielt sich Robin zurückhaltend und brachte ihn immer wieder zum Schweigen, wenn er etwas sagen wollte, aber im Laufe der Nacht fing sie an, immer mehr aus sich herauszugehen, ihn zu küssen und seinen Körper intensiv zu erforschen. Als sie ihn schließlich auf sich hinabzog, versuchte er, sich zu beherrschen, um ihr so lange wie möglich Vergnügen zu verschaffen, mußte aber feststellen, daß sein Körper ihm nicht gehorchte.

»Ich hätte nie gedacht, daß ich so etwas einmal erleben würde«, flüsterte er, sowie er wieder klar denken konnte. »Langsam beginne ich zu glauben, daß es sie doch gibt.«

»Was denn?« fragte Robin schläfrig.

»Ein Wort mit fünf Buchstaben«, erwiderte er, ihr sacht über das Gesicht streichend. »Ein Zustand, der trotz aller gegenteiligen Beteuerungen tatsächlich existiert. Er fängt mit einem L an.«

Er sehnte sich danach, sie sagen zu hören, daß sie ihn liebte. Wenn sie es sagte, dann wäre er vielleicht imstande, seine inneren Schleusen zu öffnen und seinen Gefühlen freien Lauf zu lassen.

»Ach, laß doch dieses Gerede«, brummte Robin. Ihr Atem ging schwer, sie lag ruhig und entspannt da, aber ihm fiel auf, daß sie sich gelegentlich mit dem Zipfel des Lakens über die Augen wischte. Diese Geste erfüllte ihn mit einer Mischung aus Zärtlichkeit und Verdruß. Wieder schloß sie ihn von dem aus, was sie wirklich bewegte, und er fand es zunehmend unerträglich, so wenig Zugang zu ihr zu finden.

Doch dann fragte er sich, warum er sich deswegen überhaupt Gedanken machte. Wenn in der Schule von Frauen die Rede gewesen war, dann nur unter dem Gesichtspunkt einer klaren Zweiteilung: es gab Heilige, und es gab Huren. Die logische Schlußfolgerung aus dieser Lehre lautete, daß Robin, die ja ohne viele Umstände mit ihm ins Bett gegangen war, in die Kategorie der Huren fiel. Sie hatte ihn zur Sünde verleitet. Was zählte die Liebe einer solchen Kreatur schon?

Colm schlug die Augen auf, sah, daß sie den Kopf vertrauensvoll an seine Schulter geschmiegt hatte, spürte die Wärme ihres an ihn gekuschelten Körpers, lauschte ihrem Herzschlag.

Das ist der Unterschied zwischen grauen Theorien und dem wirklichen Leben, dachte er. Was wissen die Priester schon von solchen Dingen? Sie verteufeln alles, was sie selbst nicht kennen.

Halblaut flüsterte er: »Ihr habt alle unrecht! Liebe ist keine Sünde, um deretwillen man zur Hölle fährt. Sie ist der Himmel auf Erden!«

Robin regte sich in seinen Armen. Er dachte, sie würde

schlafen, doch dann hörte er sie murmeln: »Auch im Himmel wimmelt es von miesen Typen, vergiß das nicht.«

Colm schwieg einen Moment, dann sagte er leise: »Du ahnst ja nicht, was in mir vorgeht, Robin. Für mich bist du eine Offenbarung!«

Lange lag er schlaflos im Dunkeln. Die Stimmen unten auf dem Bürgersteig waren verstummt; die plötzliche Stille verstärkte das Gefühl völliger Isolation noch, das auf ihm lastete wie ein Alpdruck. Er starrte zur weißgestrichenen Decke empor und überlegte, ob er einen der Thriller in Angriff nehmen sollte, die er vor Reisebeginn gekauft hatte und die seitdem ungelesen auf seinem Nachttisch lagen. Aber er las heutzutage nur noch sehr wenig. Das Interesse an Literatur und Lyrik, das ihm das Stipendium am Clonarty College eingebracht hatte, war verflogen, seit er sich entschlossen hatte, sich nur noch von seinem Verstand leiten zu lassen. Jetzt allerdings fragte er sich, ob er nicht einer Form von Selbstverleugnung erlegen und so zu seinem eigenen Sklaven geworden war.

Was auch immer er sich von seiner Florenzreise erhofft hatte, es war bislang noch nicht eingetreten, und wahrscheinlich würde das auch nie geschehen. Die Antworten, nach denen er suchte, konnte er, so es sie denn überhaupt gab, nur in sich selbst finden, und dazu mußte er das Unmögliche vollbringen und sich mit den Problemen auseinandersetzen, die er bislang so erfolgreich verdrängt hatte.

Er knipste das Licht aus und fiel endlich in einen unruhigen Schlaf, aus dem er schweißgebadet und mit wild hämmerndem Herzen erwachte. Im Traum hatte er Kattie leidenschaftlich geküßt und dann voller Entsetzen festgestellt, daß er eine verwesende Leiche in den Armen hielt, die er durch seinen Kuß getötet hatte. Er war heilfroh, dem Alptraum entronnen zu sein.

Ich hätte die Geschichte mit Kattie nie wieder aufwärmen dürfen, dachte er. Welches Recht hatte ich denn, mich in ihr Leben zu drängen, ihr einen Haufen Lügen aufzutischen und nur zu nehmen, ohne etwas zurückzugeben?

Ich wollte sie zerbrechen, weil ich hoffte, dann von ihr befreit zu sein. Ja, ich wollte mich rächen, aber nicht an dir, Kattie, sondern an dem verhaßten Seamus Madden!

Er erinnerte sich an den ersten Abend, den sie, jetzt beide erwachsene Menschen Anfang Dreißig, miteinander verbracht hatten. Hätte er doch nur die Finger von ihr gelassen!

»Wo würdest du denn gerne essen gehen?« hatte er sie gefragt, und sie hatte gesagt, ihr sei jedes Restaurant recht. So hatte er sie zum Dinner in das Mirabeau geführt, wohl wissend, wie sehr es sie beeindruckte, in das teuerste Restaurant der Stadt eingeladen zu werden. Sie saß ihm gegenüber, vor guter Laune geradezu übersprudelnd, offensichtlich glücklich, mit ihm zusammenzusein, und erzählte Anekdoten aus ihrer beider Kindheit. »Weißt du noch, wie der arme Timmy Donohoe von einem wütenden Bullen quer über Murrays Feld gehetzt worden ist?« Ihre Sommersprossen waren unter einer dichten Schicht Make-up verschwunden, aber wenn sie lächelte, zeigte sie ihre ulkigen schiefstehenden Zähnchen. Plötzlich haßte er sie für ihre Schüchternheit, ihre provinzielle Herkunft, ihre Prüderie und für die Art, wie sie verlegen die Augen niederschlug, wenn er einen etwas gewagteren Scherz riskierte. Aber zugleich fühlte er sich stark zu ihr hingezogen, weil er früher einmal für sie geschwärmt hatte, und er redete sich ein, er könne sich ruhig auf eine Beziehung mit ihr einlassen, solange er nur eine gefühlsmäßige Distanz wahrte. Er wußte, daß ihre gemeinsamen Kindheitserinnerungen ein starkes Band zwischen ihnen bildeten, und nach und nach begriff er, daß sie ihm gerade deswegen vollkommen vertraute.

In der darauffolgenden Woche rief er sie an ihrem Arbeitsplatz an. »Hast du Lust, heute abend mit mir auszugehen? Ich bin gerade in der Gegend.«

»Ach, willst du in Ballykelly übernachten?«

»Nein. Du brauchst auch meiner Familie gegenüber diese Verabredung nicht zu erwähnen.«

Kattie seufzte. »Es ist wirklich traurig, daß du dich mit deinen Geschwistern nicht mehr verstehst. Ich habe mich oft gefragt, was der Grund dafür ist, aber Alice hüllt sich in Schweigen.«

»Du irrst dich, wir verstehen uns nach wie vor sehr gut. Es ist nur so, daß mir die Zeit wegläuft. Der Tag hat einfach nie genug Stunden ...«

Eine Woche später ließ sie sich erneut von ihm zum Essen ausführen, in ein neueröffnetes Landgasthaus mit französischer Küche, und diesmal küßte er sie leidenschaftlich, bevor er sich von ihr verabschiedete. Er drückte sie an sich und spürte, wie sich ihre Brustwarzen unter der dünnen Seidenbluse verhärteten. Offenbar war sie nur allzu bereit, ihre puritanische Erziehung zu vergessen. Belustigt dachte er an die idiotischen Liebesgedichte, die er für diese vermeintliche Göttin geschrieben hatte, als er zwölf Jahre alt war.

Danach hatte sie es ihm leicht gemacht. Er schilderte ihr seine Ehe in den düstersten Farben. Die Beziehung sei am Ende, versicherte er ihr wieder und wieder, die Trennung nur noch eine Frage der Zeit. Etwaige Gewissensbisse unterdrückte er sofort. Er wußte, daß er bei Kattie alte Hoffnungen geweckt hatte, und das nutzte er weidlich aus. Frauen waren alle gleich, man mußte nur wissen, wie man sie zu behandeln hatte.

Als Catherine kurz darauf von ihrer Bank nach Dublin versetzt wurde, machte er aus seiner Freude kein Hehl. Das Schicksal hatte anscheinend beschlossen, ihm in die Hände zu spielen. Er nahm sie zu einem Konzert in der National Concert Hall mit. Hinterher stellte sie verwundert fest: »Ich wußte ja gar nicht, daß du Musik so liebst.«

»Tue ich das?«

»O ja. Ich habe dich beobachtet. Du warst ganz hingerissen.«

Die Bemerkung fuchste ihn. Sie ließ auf Schwäche schließen. Musik zu mögen war eine Sache, sich von ihr hinreißen zu lassen eine ganz andere. Sich seine Verzückung auch noch anmerken lassen war unverzeihlich.

»Nun schau doch nicht so böse. Ich habe dich einfach nur angesehen. Tut mir leid, wenn ich dich damit verärgert habe.«

»Ich bin nicht böse.«

Sie sah ihn ernst an. Er lud sie zum Essen ein und dachte, während sie auf ihre Bestellung warteten, über ihr Leben nach. Sie war die Älteste von drei Geschwistern, in einer Kleinstadt aufgewachsen, Klosterschule, guter Abschluß, dann der Job bei der Bank, Verlobung mit einem Kollegen und bald darauf die Trennung. Nun lebte sie alleine und bekämpfte ihre Einsamkeit, indem sie sich in ihrer Arbeit vergrub.

»Warum hast du eigentlich deine Verlobung gelöst?« fragte er.

»Wir paßten nicht zusammen«, sagte sie schlicht. Weiter ließ sie sich über das Thema nicht aus. Trotz ihrer nach außen hin so umgänglichen Art war sie eine ziemlich verschlossene Person, seine Kattie.

Vermutlich wolltest du ihn vor der Hochzeit nicht ranlassen, dachte Colm zynisch. Typisch für eine Unschuld vom Lande wie dich.

Es sollte sich schließlich herausstellen, daß er mit seiner Vermutung richtig gelegen hatte, denn als er endlich mit ihr schlief, war er ihr erster Mann.

Er ließ sich viel Zeit mit ihr, führte sie häufig zum Essen aus, ging mit ihr ins Theater und ermutigte sie, ihm alles anzuvertrauen, was sie bewegte. Immer wieder ließ er durchblicken, wie schlecht es um seine Ehe bestellt war, und deutete an, daß er Sherry sofort verlassen würde, wenn ihm die richtige Frau über den Weg lief. Auf sein sanftes Drängen hin gestand ihm Catherine dann, warum sie immer noch Jungfrau war. »Ich hatte immer Angst, mich jemandem zu sehr auszuliefern ... weißt du, es fällt mir schwer, Männern zu vertrauen. Muß an meiner Erziehung liegen, du weißt ja, wie Nonnen sind ...«

»Du kannst aber nicht alle Männer über einen Kamm scheren. Du unterstellst ja jedem von vornherein, daß er nur auf das Eine aus ist! Nimm mich zum Beispiel. Ich bin einfach nur gerne mit dir zusammen, ohne gleich etwas von dir zu wollen …«

Während er sprach, beobachtete er sie scharf, um zu sehen, ob es sie kränkte, daß er angeblich nichts von ihr wollte. Befriedigt stellte er fest, daß seine Behauptung ihr einen Stich versetzt hatte. Der Boden war gut vorbereitet, bald würde seine Saat aufgehen.

Als es ihm schließlich gelang, sie zu verführen, mischte sich ein Hauch von Überdruß in seinen Triumph. Er hätte vorhersehen müssen, daß Catherine sich bis über beide Ohren in ihn verlieben würde. Es kam häufig vor, daß Frauen ihrem Verführer völlig verfielen. Dennoch fühlte er sich, als hätte er einen großen Sieg errungen. Nachts lag er schlaflos neben Sherry und dachte an seine erste große Liebe, die nun auch seine Geliebte war.

»Ich bin ja so froh, daß wir uns endlich gefunden haben«, sagte Kattie einmal, während sie zärtlich über sein Gesicht streichelte. »Ich mochte dich schon, als wir noch Kinder waren …«

»Trotzdem wolltest du einmal nicht mit mir tanzen«, meinte Colm obenhin. Er rechnete nicht damit, daß sie sich an den Zwischenfall erinnerte, doch sie wußte sofort, worauf er anspielte.

»Ja, richtig … ich war hinterher ja so wütend auf mich selbst! Weißt du, ich habe so gehofft, du würdest mich auffordern, daß ich wie gelähmt war, als du es wirklich tatest.« Sie blickte ihn ängstlich an. »Man muß wohl ein junges Mädchen sein, um so etwas zu verstehen. Außerdem kamst du mir so verändert vor, seit du vom College zurück warst. Du warst so schroff und abweisend zu mir, daß ich dachte, du haßt mich.«

»Hast du das wirklich geglaubt?«

»Ich wußte, daß du von der Schule ausgeschlossen worden warst. Aber Alice konnte mir den genauen Grund nicht nennen, sie sagte nur, du hättest die Beherrschung verloren und wärst auf einen Priester losgegangen, und du könntest froh sein, daß sie nicht die Polizei gerufen hätten.« Kattie warf ihm einen raschen Blick zu. »Es schien so gar nicht zu dir zu passen, und ich habe mich oft gefragt, was dich wohl dazu veranlaßt hat …«

Sie schwieg erwartungsvoll. »Das ist eine lange Geschichte«, meinte Colm gedehnt. »Ich möchte jetzt nicht näher darauf eingehen.«

Doch trotz aller Vorsichtsmaßnahmen seinerseits wurde die Beziehung zwischen ihm und Catherine immer enger. Sie führten lange Gespräche über ihre Träume, Hoffnungen und Enttäuschungen, er erörterte seine ›gescheiterte Ehe‹ mit ihr, und schließlich erzählte er ihr sogar von einem immer wiederkehrenden Traum. In diesem Traum preßte ihm jemand ein Kissen über den Kopf, das breiter als das ganze Bett war. Das Gesicht der Gestalt mit dem Kissen konnte er nicht sehen, sie trug eine schwarze Maske. Im Traum riß er ihr diese Maske herunter und erwachte dann vor Entsetzen über den Anblick, der sich ihm geboten hatte. Doch er konnte sich hinterher nie an das bloßgelegte Gesicht erinnern.

»Was hältst du davon?«

»Ist dir schon einmal der Gedanke gekommen, du selbst könntest die Gestalt mit der Maske sein?« fragte sie schüchtern. Colm, der sie genau beobachtete, sah ihr an, wie gefesselt sie von ihren Überlegungen war. Es schmeichelte ihr, daß er sein Innerstes vor ihr ausbreitete.

»Du meinst, ich wollte mich aus unbewußtem Selbsthaß heraus selbst ersticken?« Bei dieser Vorstellung mußte er lächeln.

Er erzählte ihr auch von Robin, nicht alle Einzelheiten, aber doch einen guten Teil davon, als sie ihn fragte, ob er schon viele Beziehungen mit anderen Frauen gehabt habe.

»War sie hübsch?« fragte Catherine prompt und mußte dann lachen. »Eine typisch weibliche Frage!«

»Ja, sie war sehr hübsch. Genau wie du.«

Von all den Sekretärinnen, die er verführt hatte, sagte er nichts. Warum sollte er riskieren, daß sie ihn als unverbesserlichen Schürzenjäger einstufte und die Konsequenzen daraus zog. Frauen hatten in diesen Dingen eine andere Einstellung als Männer.

Dabei hatte er es sich zum Lebensmotto gemacht, sich selbst nichts zu versagen. Er hielt es für sein gutes Recht, sich zu nehmen, was er wollte, und das erklärte er einmal auch Catherine.

»Solange du aus dieser Einstellung keinen Freibrief für Ausschweifungen jeglicher Art ableitest, kann ich damit leben«, lachte sie darauf, da sie glaubte, sich seiner Gefühle sicher zu sein. Sie konnte ja nicht wissen, wie empfindlich er schon auf versteckte Kritik reagierte. Außerdem ärgerte es ihn, daß sie überzeugt war, an ihm positive Eigenschaften entdeckt zu haben, die anderen verborgen geblieben waren. »Du bist ein hochintelligenter Mann, Colm, und du hast dir im Laufe deines Lebens eine gewisse Rücksichtslosigkeit zu eigen gemacht, aber letztendlich wird die bessere Seite deines Wesens immer die Oberhand gewinnen. Du bist ausgesprochen gefühlsbetont, und solche Menschen können ihrer wahren Natur nicht entfliehen.«

»Was verstehst du denn unter meiner wahren Natur? Wie wirke ich denn deiner Meinung nach auf meine Umwelt?«

»Kühl und berechnend.«

Das brachte ihn ein wenig aus der Fassung. »Berechnend? Ich?«

Doch sie winkte nur lachend ab.

Im Laufe der Zeit mußte Colm sich eingestehen, daß ihre Beziehung über eine bloße Bettgeschichte hinausging. Er liebte inzwischen auch den Menschen Catherine, nicht mit der verzehrenden Leidenschaft seiner Jugendjahre, sondern mit dem ruhigen Gleichmut eines Mannes, dessen Leben zu seiner vollsten Zufriedenheit verläuft. Zu dieser Zeit begann Sherry, die scheinbar spürte, daß er seine sexuellen Bedürfnisse weitgehend woanders auslebte, ihn immer häufiger unter irgendwelchen Vorwänden im Bett abzuweisen. Eine Zeitlang träumte er sogar davon, mit Catherine zu leben. »Ich möchte dich ganz für mich haben, Kattie. Wir beide sind füreinander bestimmt ...«

Dieser verschleierte Antrag zerstreute Catherines letzte

Bedenken. Sie sehnte sich nach einem Menschen, dem sie ihr ganzes Vertrauen schenken konnte, und war auf eine enge, ausschließliche Liebesbeziehung vorbereitet. Ihre Hingabe rührte ihn; brachte ab und an sogar einen schwachen Abglanz der alten Gefühle zurück, die er für sie gehegt hatte, aber wie damals bemühte er sich, jegliche derartige Regung sofort zu unterdrücken. Er wußte, daß Catherine sich ihm völlig ausgeliefert hatte, und das machte sie für ihn nur noch verwundbarer. Ungefähr zu dieser Zeit schickte sie ihm ein selbstverfaßtes Gedicht.

Du führtest mich an einen Ort
Über der Unendlichkeit
Wo die Zeit erstarb
Und mein Leben zum Stillstand kam.

Ich kenne diesen Ort
Und zugleich ist er mir fremd.

In mir wächst eine Angst
Die mich nie losläßt.

Daraufhin hatte Colm sie in die Arme genommen. »Du dummes Mädchen … es gibt nichts, wovor du Angst haben müßtest.« Er hatte leise aufgelacht. »Du fürchtest dich doch nicht etwa vor mir, oder, Kattie?«

Das Gedicht landete in seinem Terminkalender. Wenn sie nur wüßte, wie sehr er Poesie verabscheute, besonders die von der weinerlichen Art!

Das Licht der Straßenlaternen fiel durch die Fensterläden, und er hörte Paola im Nebenraum umhergehen. Plötzlich verspürte er das überwältigende Verlangen, an ihre Tür zu klopfen und ihr alles anzuvertrauen, was ihn bedrückte. Er hätte ihr gerne gesagt, wie sehr er sie für ihre innere Kraft, ihren Witz und den Stolz bewunderte, hinter dem sie ihre Verletzlichkeit verbarg. Und nicht zuletzt war er für ihre Schönheit sehr empfänglich.

Aber er kannte die Anzeichen. Derselbe Dämon, der schon des öfteren von ihm Besitz ergriffen hatte, wenn es um Frauen ging, drohte jetzt seine Klauen nach Paola auszustrecken. Wie hatte doch Robin einst gesagt: »Die meisten Männer betrachten Anstand ohnehin nur als überflüssigen Ballast.«

Es würde ihm nichts anderes übrigbleiben, als umzuziehen. Er mußte Abstand zwischen sich und Paola schaffen. Zynisch dachte er: Robin war der einzige Mensch, der mich je durchschaut hat, Aber sie wird am Sonntag wohl schwerlich zu unserer Verabredung erscheinen, selbst dann nicht, wenn sie es einrichten könnte.

5.

Wie so oft im Leben sah am nächsten Morgen alles ganz anders aus. Die Sonne schien, seine Mitbewohnerinnen unterhielten sich fröhlich auf italienisch, Pasquale lächelte ihm beim Frühstück zu, und die dunklen Gedanken, die ihn des Nachts gepeinigt hatten, waren verflogen.

Im Laufe der nächsten Tage vergaß Colm seinen Entschluß, er war zu sehr damit beschäftigt, sich an seinen neuen Lebensrhythmus anzupassen. Er besuchte regelmäßig den Unterricht, der ihm viel Spaß machte, stellte er doch eine neue Herausforderung für ihn dar, und er pflegte weiterhin freundschaftlichen Umgang mit Paola, achtete aber strikt darauf, bestimmte Grenzen nicht zu überschreiten. Trotzdem wuchs seine Achtung vor ihr, und er ging dazu über, ihr des öfteren Blumen oder eine Flasche Wein mitzubringen. Er hörte auf, sich mit aller Gewalt an seine neue Umgebung anpassen zu wollen, und wurde bald allgemein akzeptiert. Beinahe begann er, seine Rolle als einziger Mann in einem von Frauen dominierten Haushalt zu genießen. Außerdem spürte er, daß Pasquale über seine Anwesenheit froh war.

Darina beschloß, gute Miene zu bösem Spiel zu machen, Renate verhielt sich weniger gönnerhaft. Colm überraschte Jill mit einer illustrierten Ausgabe von Dantes *Inferno*, für die sie sich höflich bedankte. Sie wußte sehr wohl, daß das Geschenk als Zeichen der Entschuldigung gemeint war, vermied es aber taktvoll, darauf anzuspielen.

Colms Bewunderung für Paola wurde immer stärker. Jeden Morgen am Frühstückstisch hatte sie für ihre Gäste ein aufmunterndes Wort, und oft sprach sie Darina, deren Studium unter ihren nächtlichen Aktivitäten litt und die deswegen zu verzweifeln drohte, Mut zu. *»Buon corragio, Darina!«*

Und jeden Abend tischte sie, nachdem sie den ganzen

Tag gearbeitet hatte, ein ausgezeichnetes, reichhaltiges Menü auf, räumte nach dem Essen alles auf und setzte sich dann an ihren Computer. Abends ging sie nur selten aus.

Häufig bemerkte er, daß ihre Augen so nachdenklich auf ihm ruhten, als stelle er ein Rätsel für sie dar, aber er spürte, daß sie ihn trotzdem mochte. Colm hatte begonnen, sich intensiver mit Pasquale zu beschäftigen, der auf Anweisung des Arztes jetzt soviel ruhen mußte wie möglich und ihn oft bat, ihm bei seinen Englischaufgaben zu helfen. Manchmal, wenn Colm zusammen mit dem Jungen dessen Aufsätze durchging, ertappte er Paola dabei, wie sie ihn mit einem schwer zu deutenden Ausdruck beobachtete. Er fragte sich, ob er sie wohl an ihren so früh verstorbenen Ehemann erinnerte – nicht äußerlich, sondern eher in seiner Eigenschaft als Mentor ihres Sohnes. Der Junge hatte eine rasche Auffassungsgabe und einen scharfen Verstand, und es bereitete Colm überraschenderweise viel Vergnügen, ihn zu unterrichten.

»Was möchtest du denn später einmal machen, Pasquale?«

»Ich will ... *un avvocato* ...«, der Junge zögerte, suchte nach dem richtigen Wort, »... ach ja, Anwalt werden.«

»Ein weiser Entschluß! Alles ist besser, als als Börsenmakler sein Brot zu verdienen ...«

Allgemeines Gelächter. In solchen Momenten kam sich Colm fast so vor, als gehöre er zur Familie. Ihm fiel selbst gar nicht auf, daß er im Umgang mit Pasquale seine übliche Zurückhaltung ablegte und sich so locker und ungezwungen gab wie schon seit langem nicht mehr.

Der Junge blieb jetzt oft morgens im Bett, und manchmal verzichtete Colm auf den vormittäglichen Unterricht, um ein Auge auf ihn zu haben, wenn Paola im Büro war. Er dachte allerdings nie darüber nach, warum er Pasquales Gesellschaft so genoß; ihm gefiel einfach die kindliche Unschuld, mit der der Junge die menschliche Natur mit all ihren Stärken und Schwächen hinnahm. Pasquale war der einzige Mensch, vor dem er sich nicht zu verstellen brauchte. Colm fand auch bald heraus, daß der Junge eine große Schwäche für Literatur und Lyrik hatte. Besonders gern beschäftigte er sich mit den Werken von Oscar Wilde, und einmal bat er Colm, ihm doch einige Werke von Yeats vorzulesen.

Widerwillig tat Colm ihm den Gefallen.

»Aber du liest das ja ganz ohne Gefühl!« rügte Pasquale ihn danach.

»Ich bin eben kein großer Freund von Gedichten«, gestand Colm.

»Wirklich? Warum denn nicht?«

»Weil ich finde, daß sich nur Schwächlinge mit so etwas befassen«, erklärte Colm mit einem verlegenen Lachen.

»Was ist denn ein Schwächling?«

Colm blickte in die klaren braunen Augen des Jungen.

»Das ist ein Mensch mit einem labilen Charakter, weißt du, ein ...«, er suchte nach einem passenden italienischen Wort, »*... un cretino.*«

Dieser Mißgriff löste heftigen Widerspruch aus.

»Ein Schwachsinniger? Aber Poesie ist Balsam für die Seele! Sie ist wie Musik, sie dringt dir ...« Pasquale klopfte sich mit der flachen Hand auf die Brust. »... mitten ins Herz!« Lachend hob er die Hände. »Warum fürchtest du dich davor?«

»Ich fürchte mich doch gar nicht!«

Der Junge lächelte wissend. »Hat die Poesie vielleicht eine gewisse Macht über dich? Wenn du Italiener wärst, hättest du keine Angst davor!«

Eines Tages kam Paola zur Lunchzeit nach Hause und fand zu ihrer Überraschung auch Colm dort vor. Er hatte Pasquale bei ein paar Aufgaben geholfen und dann einen langen Spaziergang zur Ponte Vecchio gemacht. Auf dem Rückweg hatte er etwas Prosciutto, Salat, ein paar Zutaten zum Lunch und eine Flasche Antinori gekauft und war einige Minuten vor Paola in die Wohnung zurückgekehrt. Pasquale schlief. Paola schaute kurz nach ihm und schloß dann leise die Tür. Sie wirkte abgespannt; tiefe Schatten lagen unter ihren Augen. Colm warf ihr einen raschen Blick zu und erbot sich dann, den Lunch zuzubereiten. »Ich bin kein Meisterkoch, Paola, aber zu einem leckeren Salat wird es gerade noch reichen. Und du legst in der Zwischenzeit die Füße hoch.«

Paola sah ihn erstaunt an, zögerte einen Moment und sagte dann: »Ein so erfreuliches Angebot kann ich nicht ausschlagen. Vielen Dank.«

Sie setzte sich vor ihren Computer. Colm holte die Flasche Antinori und zwei Gläser aus der Küche.

»Wünschen Madame vielleicht einen Aperitif?«

»Gern, danke.«

»Arbeit zur Essenszeit ist allerdings nicht gestattet.« Colm nahm sie bei der Hand, zog sie hoch und führte sie zum Sofa im *salone.*

Paola mußte lachen.

»Ich meine es ernst«, sagte Colm. »Du sollst dich ein bißchen ausruhen. Arbeiten kannst du auch nach dem Lunch noch.«

Paola funkelte ihn erst trotzig an, dann lächelte sie und ließ sich auf die Seidenkissen sinken. »Schon gut, schon gut, du hast gewonnen. Ich kann mir dich zwar nur schwer als Hausmann vorstellen, aber ich lasse mich gern von deinen Fähigkeiten überzeugen. Obwohl ich mir schrecklich faul vorkomme …«

»Von wegen!« rief Colm ihr aus der Küche zu. »Du weißt noch nicht einmal, wie man das Wort buchstabiert!«

Er drehte sich zu ihr um, sah, daß sie den Kopf gegen die Kissen gekuschelt und die Beine hochgelegt hatte und widmete sich zufrieden wieder seiner Arbeit. Vor sich hinpfeifend begann er, den Schinken in Streifen zu schneiden und den Salat anzurichten. Er wunderte sich über sich selbst, weil ihm die ungewohnte Tätigkeit solchen Spaß bereitete. Den fertigen Salat stellte er nebst Tellern und Besteck auf ein Tablett und trug es in den Nebenraum. *»Il pranzo è pronto, Signora …«*

»Mille grazie«, lachte sie. *»Sei molto gentile!«*

Es war angenehm kühl im Raum, die fest geschlossenen Fensterläden hielten die erbarmungslose Mittagssonne fern. Paola hob die Hände, als Colm eine Serviette ausschüttelte und ihr auf den Schoß legte. Dann ging er noch einmal in die Küche, um Essig und Öl zu holen. Beides durfte auf keiner italienischen Tafel fehlen.

»Bring bitte Wasser mit«, rief sie ihm nach. »Ich muß einen klaren Kopf behalten!«

»Warum?« gab er zurück. »Vergiß einfach mal deine Pflichten!«

»Geht nicht. Es gibt zuviel, worum ich mich kümmern muß!«

Ihre Stimme klang plötzlich gedämpft, so daß Colm, als er zurückkam, besorgt fragte: »Ist alles in Ordnung?«

»Soweit ja. Mit meiner Arbeit komme ich gut voran. Aber leider hat sich noch kein Käufer für mein Grundstück auf Sizilien gefunden. Ich muß so schnell wie möglich verkaufen, um Pasquales Operation zu bezahlen …« Ihre Miene hellte sich auf. »Aber ich bin sicher, es wird sich bald ein Interessent melden. Das Grundstück ist ein echtes Schnäppchen. Ich würde ja auch meine Wohnung verkaufen und eine kleinere nehmen, aber nach Abzug der Hypotheken würde kaum etwas übrigbleiben. Armer Giovanni! Er hatte gehofft, dieses Stück Land auf Sizilien würde uns finanziell absichern …«

Er hätte lieber eine ausreichende Lebensversicherung abschließen sollen, dachte Colm. Aber vermutlich hat er sich für unsterblich gehalten.

Paola ließ zu, daß er ihr Glas erneut füllte. Er ist wirklich ein äußerst anziehender Mann, dachte sie, aber erstaunlich verwundbar. Sobald man versucht, ihn näher kennenzulernen, zieht er sich in sein Schneckenhaus zurück. Sie fragte sich plötzlich, ob sein Angebot, den Lunch zuzubereiten, wohl als Vorstufe zu einem Verführungsversuch gedacht war. Hoffentlich nicht. Die Freundschaft, die allmählich zwischen ihnen entstanden war, würde so mit einem Schlag zunichte gemacht.

Aber anscheinend hatte er nichts in der Art im Sinn, sondern wollte einfach nur aufmerksam und freundlich sein. Er setzte sich ihr gegenüber auf einen Stuhl und lächelte sie an.

»Erzähl mir von deinen englischen Wurzeln, Paola«, bat er, sich eine Gabel Salat in den Mund schiebend. »Du bist eine interessante Nationalitätenmischung. Rein äußerlich der Inbegriff einer stolzen Florentinerin, aber sobald du Englisch sprichst, meint man, eine treue Untertanin Ihrer Majestät zu hören.«

»Ich sagte dir ja schon, daß ich mit achtzehn ein Jahr bei meinen Großtanten in England verbracht habe, und seitdem bin ich oft auf Urlaub dort gewesen. Meine Mutter war ja Engländerin. Ich kann mich zwar nicht an sie erinnern, aber mein Talent für die englische Sprache muß genetisch bedingt sein.«

»Wo haben deine Tanten denn gewohnt?«

»In Cambridgeshire, in einem Dorf namens Upper Easton. Ihr Haus hieß Manor Cottage und lag direkt am Dorfanger.«

Paolas entrückter Blick besagte, daß sie sich für einen Moment in die Vergangenheit zurückversetzt hatte. »Es war alles so ganz anders als in Italien«, sagte sie leise. »Das Lebenstempo schien langsamer zu sein, und alle Menschen waren so wohlerzogen und höflich, nie schrien sie sich an wie bei uns oder stritten öffentlich ...« Sie lachte. »Es gab kaum Gelegenheit, einmal mit einem netten jungen Mann anzubändeln. Der Höhepunkt des Tages war der Nachmittagstee und anschließend ein Tennismatch. Aber meine Tanten waren auf ihre Art faszinierende Frauen. Beide hatten ihren Verlobten im Krieg verloren. Tante Dora zeigte mir sogar einmal den Totenschein ihres Toby. Im Kampf gefallen stand darauf. Er war Kampfpilot und wurde im Oktober 1918 über Nordfrankreich abgeschossen.«

»Einen Monat vor dem Waffenstillstand«, bemerkte Colm. »Armer Kerl!«

»Nun, Tante Dora war jedenfalls felsenfest davon überzeugt, daß sie ihn irgendwann einmal wiedersehen würde. Sie pflegte zu mir zu sagen: ›Eines Tages sehe ich ihn wieder, Liebes, da bin ich ganz sicher.‹ Ich habe nachts oft geweint., wenn ich daran dachte … so ein vergeudetes Leben … warten auf etwas, was nie eintreten wird, all die Jahre lang …«

Colm schwieg. Tante Doras Schicksal interessierte ihn nicht. Er genoß die friedliche Atmosphäre im Raum, die nicht zuletzt von der still dasitzenden Frau auf dem Sofa ausging. Der Straßenlärm, der gedämpft durch die geschlossenen Fensterläden drang, das Hupen der Mopeds und das Kreischen der Bremsen schienen einer anderen Welt anzugehören.

Paolas Stimme klang sehr weich, als sie nach einiger Zeit wieder das Wort ergriff. »Wie steht es mit dir, Colm? Was wünschst du dir denn noch vom Leben?«

»Ich habe bislang immer merkwürdig isoliert gelebt«, erwiderte Colm, ohne sie anzusehen. »Ich war verheiratet, hatte viele Freunde und war doch immer allein. Ich glaube, ich würde dieser Einsamkeit gerne entfliehen …«

»Man kann alles, wenn man nur will«, sagte Paola bestimmt. »Das Glück ist mit dem Tapferen. Aber eine Veränderung birgt immer auch gewisse Risiken … sie hinterläßt Trauer um das, was du aufgegeben hast.«

»Mit manchen Risiken kann ich leben«, meinte Colm. »Aber nicht mit allen.«

Er stand auf, ging zu ihr hinüber und küßte sie sacht auf die Stirn. Paola blieb still sitzen. Ihr war, als spüre sie den Abglanz einer ungeheuren Leidenschaft in diesem Kuß.

»Du bist eine schöne Frau«, sagte Colm dann, trat einen Schritt zurück und sah ihr tief in die Augen. »Du wirkst irgendwie zeitlos. Ich wünschte, ich wäre dir früher begegnet … damals, als ich noch jung war.«

»Vielleicht bist du das ja.«

Colm lächelte. Den tieferen Sinn ihrer Bemerkung verstand er nicht. »Dein Mann muß dich sehr geliebt haben.«

»Zumindest habe ich ihn sehr geliebt.«

Paola zuckte die Achseln. »Giovanni machte es anderen leicht, ihn zu mögen. Er scheute sich nicht, offen zu seinen

Gefühlen zu stehen, und das Leben mit ihm machte viel Spaß. Vermutlich lag es daran, daß er mit sich und der Welt vollkommen zufrieden war.«

Sie wandte den Blick ab und verstummte.

Ich habe mich im ersten Moment, als ich dich sah, an dich erinnert, Colm Nugent, dachte sie. Was muß ich nur tun, damit auch du dich von selbst an mich erinnerst? Und warum wirkst du so verloren, so voll innerer Unruhe? Was quält dich nur so ...?

Sie hörte ein leises Geräusch hinter sich, drehte sich um und sah Pasquale in der Tür stehen. Der Junge betrachtete sie mit ausdrucksloser Miene.

»Komm und iß einen Happen, Liebling«, sagte sie. »Colm hat uns einen köstlichen Salat gemacht.«

Nachdem Paola sich in ihr Büro zurückgezogen hatte, fragte Pasquale Colm betont gleichgültig, ob er schon einmal in Florenz gewesen sei.

»Du weißt doch, daß ich als Student mal hier war«, antwortete Colm. »Mit einer amerikanischen Bekannten.«

»Deiner Freundin?«

»So könnte man es nennen.«

»Und ihr habt euch alle Sehenswürdigkeiten angeschaut?« Pasquale warf ihm einen verschwörerischen Blick von Mann zu Mann zu.

»Alle nicht. Dafür reichte die Zeit nicht aus. Aber wir haben uns große Mühe gegeben, nichts auszulassen.«

»Und sonst hast du während deines Aufenthaltes hier niemanden kennengelernt ... Italiener, meine ich.«

»Doch ... aber nur flüchtig.«

Pasquale nickte. »Und wie sah es mit den italienischen Mädchen aus?«

Colm lachte. »Du bist ziemlich neugierig, junger Mann. Ich habe die meiste Zeit damit verbracht, Kirchen und Museen zu besichtigen.«

Tatsächlich gab es kaum einen Teil der Stadt, wo Robin und er nicht gewesen waren. Sie hatten alles abgeklappert – Kirchen, Paläste, die Casa Dante, die Festungsanlage Forte di Belvedere und den Palazzo Davanzati. Jeden Tag warfen sie ihr Geld zusammen, zählten, wie viel sie noch hatten, rechneten aus, wie viel sie ausgeben durften und stellten mit wachsender Besorgnis fest, wie schnell ihr Budget dahinschwand. Als Robin keinen Pfennig mehr in der Tasche hatte, stellte Colm zähneknirschend den gesamten Rest seiner Barschaft zur gemeinsamen Verfügung und behielt nur so viel, wie er für die Rückreise brauchte.

»Bald sind wir pleite, Robin. Warum telegrafierst du nicht nach Hause und läßt dir Geld schicken?«

Eines Morgens wühlte sie in ihrem Rucksack herum, förderte eine goldene Rolex-Herrenarmbanduhr zutage und reichte sie Colm. »Wir werden die hier verkaufen.«

Colm blickte sie mißtrauisch an. »Wo hast du die denn her?«

»Sie gehört meinem Vater«, sagte sie. »Aber der hat Dutzende davon, er wird sie nicht vermissen.«

»Wozu braucht er denn so viele Uhren?«

Robin zuckte die Achseln. »Er ist eben ein bißchen exzentrisch.«

Colm musterte sie zweifelnd. »Du hast sie doch wohl nicht etwa geklaut?«

Robin machte ein empörtes Gesicht. »Wofür hältst du mich eigentlich?«

Auf dem Lungarno Acciaioli entdeckten sie einen kleinen Juwelierladen, lungerten eine Weile vor dem Schaufenster herum und betrachteten die Auslage. Robins Selbstsicherheit schien ins Wanken geraten zu sein.

»Bist du sicher, daß die Uhr deinem Vater gehört?« fragte Colm noch einmal.

»Sicher bin ich sicher!«

Sie trug die trotzige Miene zur Schau, die sie manchmal aufsetzte, wenn er sie zu sehr mit Fragen durchlöcherte.

»Paß auf«, meinte sie hörbar verstimmt, »wenn du nasse Füße bekommen hast, dann warte hier. Ich gehe selbst rein!«

Sie warf den Kopf zurück, setzte ein forsches Lächeln

auf und betrat den Laden so selbstbewußt, wie man es von einer Amerikanerin erwartete.

Colm überquerte die Straße, lehnte sich an die Ufermauer und blickte über den Arno. Nach ein paar Minuten kam Robin mit einem koboldhaften Grinsen auf dem Gesicht auf ihn zugerannt.

»Mission erfüllt!«

»Wie viel hast du gekriegt?«

Sie winkte mit einer Handvoll Banknoten. »Dreißigtausend Lire!«

Colm rechnete rasch nach; das waren ungefähr sechzehn Pfund.

»Ich hab' ihm weisgemacht, das wäre die Uhr meines Mannes, der mich wegen einer hübschen Korsin verlassen hätte, und ich säße jetzt ohne einen Pfennig Geld da.« Sie kicherte. »Der arme Mann war den Tränen nah. Er meinte, alle Korsen seien *banditi.* Wenn ich noch mehr erzählt hätte, hätte er mir den Laden überschrieben!«

Colm bog sich vor Lachen. »Robin, du solltest Schauspielerin werden! Oder in die Politik gehen!«

Er war froh, daß es ihr an diesem Morgen so gut ging. Ihre Magenverstimmung muß vom Streß herrühren, dachte er. Sobald sie wieder ein bißchen Geld hat, ist alles bestens. Aber so kann es nicht weitergehen. Sie muß doch nach Hause telegrafieren …

Sie feierten das gelungene Unternehmen im Bahnhofsrestaurant – mit Spaghetti Bolognese mit viel Sauce und einer Flasche Wein. Da sie ausgehungert waren, aßen sie zu viel und zu hastig, und als sie in die Nachmittagshitze hinaustraten, war ihnen beiden leicht übel. Sie kehrten in die Pension zurück, bezahlten bei Antonio für eine weitere Woche im voraus und gingen ins Zimmer, wo sie erschöpft auf Colms Bett fielen und sofort einschliefen.

»Bist du schon wach?« flüsterte Robin einige Zeit später heiser.

Colm regte sich im Halbschlaf. »Hmm? Was?«

Die Fensterläden waren geschlossen, der Raum lag im Dämmerlicht. Robin stand neben dem Bett. »Komm her«, murmelte er schläfrig, nahm ihre Hand und wollte sie zu sich herunterziehen.

»Nein. Ich hab' furchtbare Bauchkrämpfe. Entweder liegt's am Essen, oder ich kriege doch meine Tage. Wie fühlst du dich denn?«

»Mir ging es nie besser. Komm her, dann zeig ich's dir.«

Robin machte sich los und legte sich auf ihr eigenes Bett. Colm war enttäuscht; er hatte mit ihr schlafen wollen, außerdem wurde er immer verlegen, wenn sie so unbefangen über ihre Periode sprach. Dort, wo er herkam, erwähnte man derartige Dinge nicht, die Frauen tuschelten höchstens untereinander darüber.

»Es ist schon ulkig, so von der Hand in den Mund zu leben«, seufzte Robin dann.

»Ich muß wirklich sehen, daß ich einen Job finde, ich will so schnell noch nicht in die Staaten zurück. Glaubst du, daß ich hier Arbeit kriege?«

»Natürlich, warum solltest du nicht? Aber warum willst du denn nicht nach Hause zurück, Robin? Irgendwann mußt du dich deinen Problemen stellen, du kannst doch nicht ewig weglaufen!«

Wieder seufzte sie. »Ich kann nicht zurück. Die Cops sind hinter mir her.« Als sie hörte, wie er vernehmlich nach Luft schnappte, beruhigte sie ihn hastig: »Keine Sorge, das sollte nur ein Witz sein.«

»Du könntest doch Englischunterricht geben. Sprachlehrer werden immer gesucht.«

»Sicher, aber leider braucht man dazu ein Stückchen Papier, das sich Diplom schimpft. Nein, ich müßte einen Job als Au-pair-Mädchen finden oder etwas ähnliches. Oder ich könnte in einem Restaurant aushelfen ...«

Sie brach ab. Eine Weile lauschte Colm ihren regelmäßigen Atemzügen. Sie schien keine große Lust zu haben, das Gespräch fortzusetzen.

»Du könntest mir langsam mal deine Lebensgeschichte erzählen, Robin. Du hast es mir versprochen, und ich möchte so gerne alles über dich wissen.«

»Ach, mein Leben ist viel zu langweilig. Du kannst dir

ja nicht vorstellen, wie sehr es einen anödet, wenn man immer alles bekommt, was man will, ohne einen Finger dafür krumm machen zu müssen.«

»Erzähl's mir trotzdem. Du weißt ja auch alles von mir.«

»Ich bin ziemlich kaputt«, sagte sie matt. Ihre Stimme klang, als habe sie die Stationen ihres Lebens an sich vorbeiziehen lassen und nur wenig Gefallen daran gefunden. »Aber ich werde dir eine andere Geschichte erzählen, eine viel interessantere.«

Colm seufzte. »Dann mal los.«

»In New York gibt es einen Stadtteil, der North Bronx heißt. Dort lebte ein junges Mädchen allein mit ihrem Vater. Die Mutter war tot, der Vater trank, aber er versuchte trotzdem, seiner Tochter ein guter Vater zu sein. Er sorgte dafür, daß sie eine gute Ausbildung erhielt, obwohl kaum Geld da war, und schickte sie auf eine Klosterschule. Er selbst las gern und viel, und durch ihn entdeckte auch seine Tochter ihre Liebe zur Literatur und bekam gute Noten in der Schule. Sie wollte sich um ein Stipendium bewerben und Kunstgeschichte studieren. Sie hatte einen großartigen Kunstlehrer…«

»Das war nicht zufällig dieser Mario Vespucci?« hakte Colm unschuldsvoll nach. »Der Kerl, der eine Contessa aus dir machen wollte?«

»Wie kommst du denn darauf? Nein, dieses Mädchen wurde von Nonnen unterrichtet, und eine gewisse Schwester Anna lehrte im Kloster Kunstgeschichte. Wie dem auch sei, der Vater des Mädchens starb an Leberkrebs, als sie sechzehn war. Er hinterließ ihr keinen Cent, alles Geld war für die Arztrechnungen draufgegangen, und so kam es, daß sie die Wohnung aufgeben und auch die Schule verlassen mußte, weil sie die Gebühren nicht mehr bezahlen konnte. Aber sie wollte auch nicht irgendwelchen entfernten Verwandten zur Last fallen, und schon gar nicht wollte sie auf die Sozialfürsorge angewiesen sein.«

»Was wurde aus ihr?«

Robin holte tief Atem. »Sie packte ein paar Sachen zusammen – Kleider, Wäsche und das Kruzifix ihrer Mutter, weil sie die fixe Idee hatte, es würde sie beschützen – nahm einige Kunstbücher aus der Bibliothek mit, um sich weiterzubilden, und zog los, um einen Job zu suchen.«

Vor Colms geistigem Auge entstand das Bild eines jungen Mädchens mit einem Bündel auf dem Rücken, das eine Wohnungstür hinter sich schließt.

»Hat sie Arbeit gefunden?«

»Ja. Im Schaufenster eines Feinkostgeschäftes in der Fordham Road sah sie ein Schild. Darauf stand: Aushilfe gesucht. Sie bewarb sich um den Job und bekam ihn. Der Besitzer, ein großer, fetter, schmieriger Kerl, sagte, sie könne im Hinterzimmer schlafen, bis sie eine Unterkunft gefunden hätte. Sie willigte ein, weil sie es für die vorerst beste Lösung hielt.«

»Und?«

»Sie war heilfroh, fünfzehn Mäuse die Woche zu verdienen und ein Dach über dem Kopf zu haben. Aber im nachhinein stellte sich heraus, daß sie besser nicht auf das Angebot eingegangen wäre.«

»Wieso?«

»Der Typ, dem der Laden gehörte, war bloß auf eines aus ...«

Die darauffolgende Stille zog sich so in die Länge, daß Colm schon dachte, Robin sei eingeschlafen.

»Worauf denn?«

Robin seufzte. Ihr Atem kam stoßweise, und sie hatte Mühe beim Sprechen. »Was glaubst du wohl, du Unschuldslamm? Er wollte nur das eine! ›Hübsches kleines Küken‹ nannte er sie. ›Ein hübsches kleines Küken wie du braucht jemanden, der sich um es kümmert!‹«

»Und hat er sich um sie gekümmert?« Colms Interesse war geweckt, seine Müdigkeit verflogen.

Robin lachte bitter auf. »Allerdings! Als sie ein paar Tage bei ihm war, bot er ihr fünfzig Mäuse, wenn sie sich nackt von ihm fotografieren lassen würde. Im Lager hatte er ein richtiges Fotostudio, da machte er Aufnahmen von Frauen, die regelmäßig abends vorbeikamen. Manchen zahlte er zehn oder zwanzig Dollar dafür. Dem Mädchen wollte er weismachen, er würde ihre Fotos an den *Playboy* verkaufen und sie zum Star machen. Sie sagte ihm, er könne sie am Arsch lecken, und beschloß, am nächsten Tag ihrer Wege zu gehen. Doch noch in dieser Nacht schlich er sich in ihr Zimmer. Sie schloß zwar immer die Tür ab, aber er kletterte über die Feuerleiter und stieg durch das Fenster ein. Das Mädchen schlief tief und fest; sie träumte, sie würde von einem riesigen Gorilla betatscht. Als sie aufwachte, legte der Kerl ihr seine fette Hand über den Mund und riß ihr das Laken weg. Dann packte er sie und keuchte immer wieder: ›Ganz ruhig, Baby … bleib ganz ruhig …‹«

Robin verstummte abrupt.

»Was passierte dann?«

»Was meinst du wohl?« fauchte sie ihn an. »Streng doch deine kleinen grauen Zellen mal an! Was tut ein großer, fetter, skrupelloser Scheißkerl wohl, wenn er mit einem jungen Mädchen, das halb so groß ist wie er, im Bett liegt? Erzählt er ihr Gutenachtgeschichten oder singt ihr vielleicht ein Schlaflied vor? Oder erzählt er ihr, er wüßte, daß sie ganz allein auf der Welt ist und würde sich daher wie ein Gentleman benehmen? Meinte er, dies sei seine Chance, sich selbst zu beweisen, daß er ein menschliches Wesen und kein Orang-Utan ist? Von wegen! ›Jetzt gehörst du mir, Baby‹, sagte er zu ihr, ›jetzt gehörst du mir.‹ Kannst du dir vorstellen, was in diesem Moment in dem Mädchen vorgegangen ist? Kannst du dir vorstellen, wie sie sich gefühlt hat, als er über sie hergefallen ist? Nein, ich wette, das kannst du nicht! Kein Mann kann das!«

»Wer war dieses Mädchen, Robin?« fragte Colm mit gedämpfter Stimme. Ein ungeheuerlicher Verdacht keimte in ihm auf.

»Ach, nur jemand, von dem ich mal gehört habe.« Der gequälte Unterton war aus Robins Stimme verschwunden; sie sprach jetzt in einem ganz normalen Konversationston.

»Woher kanntest du sie denn?« fragte Colm weiter.

»Ich kannte sie nicht persönlich, sie war bloß die Freundin einer Freundin. Aber ihre Geschichte hat mich einfach nicht losgelassen.«

»Das Leben ist oft ungerecht, Robin. Nicht jeder hat das Glück, zur privilegierten Schicht zu gehören.« Als sie keine Antwort gab, lauschte er ins Dunkel und hörte, wie sie sich von einer Seite auf die andere wälzte. Tiefe Zärtlichkeit für sie stieg in ihm auf. Er blickte zu ihrem Bett hinüber und flüsterte: »Robin, du solltest dich über solche Dinge nicht so aufregen. Du kannst nicht das Leid der ganzen Welt auf dich nehmen.« Er brach ab, räusperte sich und fuhr dann fort: »Du weißt ja, daß ich bald nach Irland zurückfahren muß. Du wirst mir schreiben, nicht wahr? Und du kommst mich besuchen ...«

»Klar ...«

Das klang so gleichgültig, daß er sich zu einer sarkastischen Bemerkung hinreißen ließ. »Du scheinst dich ja vor Begeisterung nicht halten zu können!«

»Was willst du denn hören, verdammt?« fuhr sie auf. »Du bist mein Freund! Ich komme, sobald ich kann, und ich schreibe dir auch. Du wirst mir fehlen, Colm.«

»Was willst du denn machen, wenn ich weg bin? Wirst du nach Hause fahren? Wenn nicht, dann setz dich wenigstens mit deinen Eltern in Verbindung. Du kannst doch nicht ewig durch die Weltgeschichte reisen, Robin! Schaff die Probleme mit deiner Familie endlich aus der Welt.«

»Ich komme schon zurecht.«

»Ich mache mir ernste Sorgen um dich, Robin.«

»Dazu hast du keinen Grund ...«

Ihre Stimme klang wie die eines verängstigten Kindes. Sie war ihm immer noch ein Rätsel; eine Frau, die aus dem Nichts aufgetaucht war und von der er so gut wie nichts wußte. Der Gedanke, sie allein und schutzlos in einem fremden Land zurücklassen zu müssen, erschien ihm unerträglich. Sie war seine Freundin, seine große Liebe, die Frau, die er nie verlieren wollte. Ohne zu überlegen sprudelte er hervor: »Ich möchte dich heiraten, Robin, sobald ich mit der Ausbildung fertig bin und dir etwas bieten kann ... wenn du mich haben willst.«

Tiefe Stille folgte auf seine Worte. Dann raschelten die

Bettlaken leise, als Robin sich im Dunkeln zu ihm umdrehte.

»Du bist ein netter Kerl, Colm, und ich mag dich sehr gerne. Aber ich brauche jemanden, der sich um mich kümmern kann ...«

»Ich werde schon für dich sorgen«, erklärte Colm bestimmt.

»Das kannst du nicht.«

»Und warum nicht, wenn ich fragen darf?«

»Komm, lassen wir das Thema ...«

Doch als Colm nicht lockerließ, flüsterte sie schließlich gepreßt: »Du kannst dich nicht um mich kümmern, weil du ... na ja, weil du selbst nicht weißt, wer du eigentlich bist. Du brauchst eine starke Partnerin an deiner Seite. Und ich bin nicht stark, Colm. Ich tue nur so, weil ich sehr stolz bin. Aber ich bin nicht stark, ganz im Gegenteil. Innerlich bin ich zerbrochen, ausgebrannt, tot!«

Das mußte Colm erst einmal verdauen. »Du bist nur übernervös, Robin. Kein Wunder, eine Ausreißerin wie du hat allen Grund dazu!«

Einen Moment lang herrschte Stille, dann murmelte Robin:

»Vergiß, was ich gesagt habe. Ich rede öfter mal dummes Zeug. Du bist ein wahrer Freund, Colm. So jemanden wie dich werde ich bestimmt nie wiederfinden.«

Colm schnaubte vernehmlich. Hohle Worte, dachte er. Der dunkle Raum drohte ihn mit einemmal zu erdrücken.

»Was hältst du von einem kleinen Spaziergang?« schlug er vor.

»Ich bin todmüde. Ich glaube, ich bleibe lieber hier.«

Goldene Abendsonnenstrahlen fielen durch die Ritzen der Fensterläden. Colm dachte an den Markt in San Lorenzo, wo er vielleicht ein paar preisgünstige Geschenke für seine Familie ergattern konnte – eine Krawatte für seinen Vater, einen Ledergürtel für Liam, einen Schal für Alice – kleine Gaben, um ihren unversöhnlichen Haß zu mildern. Aber Robin wollte nicht ausgehen, und er mochte sie nicht alleine lassen, wenn sie sich nicht wohl fühlte.

»Weißt du, was aus dem Mädchen geworden ist?«
»Welchem Mädchen?«
»Himmel, Robin, aus dem Mädchen, von dem du mir eben erzählt hast!«
Robin seufzte. »Nun, der Scheißkerl hat versucht, sie zu verkaufen.«
Colm schnappte nach Luft. »Sie zu *verkaufen?*«
Er blickte zu ihrem Bett hinüber. »Das gibt's doch gar nicht!«
»Warum sollte es so etwas nicht geben?«
»Weil es unmöglich ist! Man kann nicht einfach hingehen und Menschen verkaufen!« Als sie nicht antwortete, fragte er vorsichtig: »Wie soll er das denn angestellt haben?«
»Er war an einer Peep-Show beteiligt.« Robins Stimme zitterte leicht. »Er nahm an, er hätte das Mädchen gefügig gemacht ... und er hatte diesen Freund, der einen dieser Bumsschuppen besaß ...«
»Was ist das denn?«
»Sag mal, lebst du hinter dem Mond? In New York gibt es einen Ort, der heißt Times Square, und da wimmelt es nur so von Reklameschildern. Sex-Shows, Peep-Shows, Mädchen Live.« Ihre Stimme wurde immer schriller. »Weißt du, was das heißt? Kennst du die Käfige in Hühnerfarmen, wo die Küken zusammengepfercht drin kauern, piepsen und ihre kleinen Schnäbel durch den Maschendraht stecken, als wollten sie darum bitten, doch am Leben bleiben zu dürfen! Aber nein, sie werden gequält, bis aufs Blut gequält und dann schließlich umgebracht, und nicht eine Menschenseele schert sich darum. Genauso ergeht es Frauen, die in solche dreckigen Schuppen verschleppt werden!«
Colm dachte, ihr Geschrei müsse mittlerweile im ganzen Haus zu hören sein, und er fragte sich, ob sie wohl den Verstand verloren hatte.
»Sei doch leiser, Robin, um Himmels willen!«
Sie dämpfte ihre Stimme ein wenig. »Die Frauen, die in einer Peep-Show ausgestellt werden, sind nackt, und die Männer zahlen einen Dollar, um sie durch Sichtfenster zu

beobachten und sich an ihnen aufgeilen zu können, und wenn sie mehr wollen, dann zahlen sie eben ein paar Dollar mehr, und die Frauen müssen zulassen, daß fremde Kerle sie betatschen, müssen ihre schwitzigen Pfoten auf ihren intimsten Körperteilen erdulden, und dabei würden sie am liebsten sterben. Sie wollen einfach nur sterben. Aber sie müssen bei alledem noch so tun, als ob …«

»Robin!«

Aber sie hatte bereits angefangen, krampfhaft zu schluchzen. Colm stieg aus dem Bett, ging zu ihr hinüber, legte sich neben sie und zog sie an sich. Als sie sich etwas beruhigt hatte, versuchte er, sie zu trösten. »Robin, es hat doch keinen Sinn, dich wegen des Schicksals von ein paar Flittchen so aufzuregen.«

Robin erstarrte. »Das eine sage ich dir, Ire, … du bist wirklich ein Spießer, wie er im Buche steht! Aufrecht, rechtschaffen und allwissend! Versuch doch einmal, dir vorzustellen, wie das ist … von Menschen abhängig zu sein, die dir nur Böses wollen.«

»Ich weiß, wie das ist, Robin.«

Sie schwieg einen Moment. Dann sagte sie: »Schon möglich, aber du kannst dir trotzdem kein Urteil über manche Dinge erlauben. Und jetzt mach, daß du aus meinem Bett kommst!«

Colm gehorchte. Sie fing wieder an zu schluchzen, doch als er sie trösten wollte, fuhr sie ihn an: »Verschwinde doch endlich und laß mich allein!«

Die Geschichte konnte unmöglich etwas mit ihr selbst zu tun haben, redete er sich ein, um seine nagenden Zweifel zu beschwichtigen. Robin würde niemals in so einen Schlamassel geraten, sie war viel zu clever dazu.

»Ich kann dich doch in dieser Verfassung nicht allein lassen! Außerdem weißt du ja gar nicht, ob diese Geschichte wirklich stimmt, Robin. Vielleicht regst du dich wegen nichts und wieder nichts auf.«

»Colm, ich kenne sogar den Namen des Mannes, dem der Laden in der Fordham Road gehört – Lemming heißt er, Dave Lemming.«

»Lemminge sind Nagetiere«, bemerkte Colm. »Sie leben in kalten Regionen und fallen gelegentlich ihre eigenen Artgenossen an. Woher weißt du denn den Namen?«

»Meine Freundin hat ihn mir gesagt.«

»Weißt du auch, was aus diesem Mädchen geworden ist?«

Robins Stimme klang etwas gefaßter, als sie leise sagte: »Sie ist entkommen! Eines Tages schlug sie dem Kerl eine seiner eigenen Kameras über den Schädel, stahl etwas Geld und andere Kleinigkeiten und lief weg.«

Colm wartete. »Und dann?« fragte er schließlich.

»Nichts und dann. Sie verschwand.«

»Vielleicht hat sie das Land verlassen«, dachte Colm laut. »Dazu hätte sie aber einen Paß gebraucht.«

»Oh, den hatte sie«, sagte Robin. »Sie hatte ihn für einen Schulausflug angefordert, der dann nie stattfand.«

»Woher weißt du soviel über sie?«

»Meine Freundin hat mir von ihr erzählt.«

»Wie hieß dieses Mädchen denn?«

Robin zögerte. »Ich weiß nicht mehr … sie hatte so einen Allerweltsnamen.«

Sie drehte sich im Bett um. »Der springende Punkt ist doch, daß ihr die Flucht gelungen ist, und wenn sie nur einen Funken Verstand hat, dann sucht sie sich ein neues Leben …«

Als er nicht darauf reagierte, sagte sie weich und beinahe traurig: »Das solltest du übrigens auch tun, Colm, weißt du das?«

Colm vermutete, daß sie ihn wieder einmal provozieren wollte. »Wie meinst du das, ein neues Leben?«

»Ach, nichts. Ich möchte jetzt ein bißchen schlafen.«

Colm stand auf und sagte, er wolle auf den Markt gehen, um ein paar Souvenirs zu kaufen.

»Was ist aus deiner Freundin geworden?« fragte Pasquale. »Ist sie nach Amerika zurückgegangen? Ich habe eine Schulfreundin, deren Mutter stammt auch aus Amerika.«

»Ich weiß nicht, was mit ihr geschehen ist«, erwiderte Colm. »Ich wünschte, ich wüßte es.«

Am Morgen nach ihrem Gefühlsausbruch starrte Robin finster auf ihr Bettlaken. »Himmel, ich blute ja wie ein Schwein!«

Colm richtete sich auf, blickte zum Nachbarbett hinüber und sah, daß die Laken von einer scharlachfarbenen Flüssigkeit durchtränkt waren.

»Robin, was hast du? Was ist das?«

»Was meinst du wohl, was das ist? Rote Farbe?«

»O Gott … du brauchst einen Arzt!«

»Nein, brauche ich nicht! Ihr Männer habt wirklich von nichts 'ne Ahnung!«

Colm betrachtete die Bescherung genauer. »Das sieht ja furchtbar aus. Kann ich denn gar nichts für dich tun?«

»Nein. Frauen bluten manchmal, wußtest du das nicht? Du kommst mir vor, als wärst du aus dem Mittelalter in die Gegenwart katapultiert worden.«

»Aber was du da hast … das ist doch nicht normal!«

Robin krümmte sich vor Schmerzen. »Ich hole jetzt einen Arzt«, rief Colm ihr zu, schlüpfte in seine Hose und stürzte zur Tür.

»Warte! Es ist alles in Ordnung. Ich muß nur das Laken auswaschen.« Seitwärts wie ein Krebs kroch sie in ihrem blutbefleckten Nachthemd zu ihrem Rucksack und wühlte darin herum. »Dreh dich um, verdammt noch mal!«

Colm gehorchte. Als er wieder zu ihr hinsah, trug sie saubere Unterwäsche und schien sich etwas erholt zu haben. Langsam schleppte sie sich zu einem Stuhl, sank darauf nieder und hielt sich den Unterleib.

Colm zog das Laken von ihrem Bett, ließ kaltes Wasser in das Waschbecken laufen und drückte den Stoff durch. Das Wasser färbte sich rot, und er mußte es mehrmals wechseln und die Blutflecken mit Seife und seiner Nagelbürste bearbeiten, bis das Laken leidlich sauber war. Er wrang es aus und breitete es auf dem Balkon auf zwei Plastikstühlen zum Trocknen aus.

»Meine Schwester hatte nie so starke Blutungen«, sagte er.

»Woher willst du denn darüber Bescheid wissen?«

»Das tue ich auch gar nicht«, gab er zu. »Früher hielt ich die Periode einer Frau immer für eine Art Migräneanfall.«

Robin lachte glockenhell auf, dann sog sie scharf den Atem ein und stöhnte. Colm hob das blutige Nachthemd auf, wischte damit den Boden sauber und wusch es dann gleichfalls im Waschbecken aus.

»Du hast Anlagen zum Mustergatten.« Robin kicherte leise und krümmte sich dann wieder zusammen. »Himmel, ich sollte wirklich mein lockeres Mundwerk halten.«

»Bist du sicher, daß du keinen Arzt willst?«

»Wir haben nicht genug Geld für Arztbesuche.« Sie blickte ihn an und senkte die Stimme. »Mir geht es gut. Frauen haben oft solche Probleme ... wirf mir mal das Handtuch da rüber.«

Colm reichte ihr das Handtuch. Sie legte es auf ihr Bett und kroch stöhnend unter die Decken.

Colm blieb unschlüssig stehen und sah sie hilflos an.

»Geh raus und amüsier dich oder so was. Du gehst mir auf die Nerven!«

Er trat auf den Balkon hinaus, schnupperte den Duft von frischgebackenem Brot und Kaffee, der von dem Eckcafé herüberwehte und fingerte an dem feuchten Laken herum. Es würde bald wieder trocken sein. Allmählich bekam er Hunger, seit dem Lunch gestern hatte er nur etwas Obst gegessen. Er würde in das Café hinuntergehen und ein paar Brötchen holen.

»Was hältst du denn von Frühstück? Ich geh' runter und hol uns was ...«

»Gute Idee«, nuschelte sie. Das Sprechen schien ihr Mühe zu bereiten. »Und laß dir ruhig Zeit.«

Colm ging die Treppe hinunter und trat in die Morgensonne hinaus. Er beschloß, einen kleinen Spaziergang zu machen, damit Robin Zeit hatte, sich zu erholen, und schlenderte zur Piazza di Santa Maria Novella hinüber, um die gleichnamige Kirche zu besichtigen.

Doch er konnte seinen Ausflug nicht richtig genießen. All seine Gedanken drehten sich um Robins Gesundheitszustand, der ihm trotz all ihrer gegenteiligen Versicherungen Sorgen bereitete. Waren solche starken Blutungen wirklich normal? Wenn ja, dann waren Frauen wirklich vom Schicksal geschlagen. Dann fiel ihm ein, was Robin gesagt hatte, ehe sie zum erstenmal miteinander geschlafen hatten. »Keine Sorge, ich menstruiere nicht.« Damals hatte er nicht recht verstanden, was sie meinte, aber jetzt wußte er, daß sie gelogen hatte.

Ach, Robin, dachte er verzagt, sagst du eigentlich jemals die Wahrheit?

Als er die Kirche verließ, verflogen seine trüben Gedanken. Sie sollte es wissen, beruhigte er sich. Sie sollte wissen, ob so etwas normal ist oder nicht.

Normalerweise liebte er diese Morgenstunden, wo die Hitze noch halbwegs erträglich war. Aber heute rührte sich kein Lüftchen, und der Himmel war diesig. Da er seit dem Tag in Fiesole in Florenz noch nicht viel Zeit für sich alleine gehabt hatte, beschloß er, das Beste daraus zu machen und eine Weile am Fluß entlangzugehen.

Auf dem Rückweg kaufte er im Eckcafé ein paar Schinkenbrötchen und zwei Milchkaffee in Styroporbechern. Als er das Café verließ, hörte er in der Ferne Donnergrollen und erreichte die Pension gerade noch, ehe die ersten Regentropfen fielen.

Der Regen drang durch die Fensterläden und bildete kleine Pfützen auf dem Fußboden. Colm stellte seine Einkäufe auf dem kleinen Tisch in der Ecke ab, lief zum Fenster und schloß es. Dann drehte er sich zum Bett um.

»Frühstück ist serviert, Madame.«

Robin lag reglos da und antwortete nicht. Ihre Augen waren geschlossen. Erst dachte Colm, sie würde schlafen, doch als er genauer hinsah, fiel ihm auf, daß ihr Gesicht totenblaß und ihre Lippen blau angelaufen waren. Neben ihr lag das rot verfärbte Handtuch. Als er sich zu ihr herabbückte, sah er, daß auch die Matratze voller Blut war.

»Robin!«

Robin stöhnte, schlug die Augen aber nicht auf. Colm rannte aus dem Zimmer und suchte Antonio, der unglücklicherweise kein Englisch verstand.

»Meine Freundin … *la mia fidanzata é malata* … holen Sie einen Arzt … *medico* … *molto presto* … ein Notfall!«

Antonio kam an die Zimmertür, warf einen Blick in den Raum und eilte zum Telefon an der Rezeption. Dann rief er nach seiner Frau, einer kleinen, tüchtig aussehenden Person, die Colm noch nie ohne einen Mop in der Hand angetroffen hatte. Als sie das Mädchen im Bett und das Blut sah, wurde sie blaß.

»O Dio!« kreischte sie. *»O Dio!«*

Mit offenem Mund starrte sie Colm an, dann scheuchte sie ihren Mann, der inzwischen zurückgekommen war, energisch aus dem Raum.

Wenig später traf der Krankenwagen ein. Der Notarzt, ein kleiner, onkelhaft wirkender Mann, betrachtete die reglose Gestalt im Bett besorgt und sprach Colm auf englisch an. »Sie muß sofort ins Krankenhaus!« Dann zischte er den beiden Sanitätern, die eine Tragbahre die Treppe hochbrachten, scharfe Befehle zu.

»Was fehlt ihr denn?« erkundigte sich Colm voller Angst.

Der Arzt blickte ihn aus schmalen Augen an und deutete auf das Bett. »Ihre Frau hatte eine Fehlgeburt«, erklärte er bedauernd, schüttelte den Kopf und legte Colm tröstend die Hand auf die Schulter.

»Sie ist nicht meine Frau, sondern meine Freundin.«

Der Arzt seufzte. »Wo kommt sie denn her?«

»Aus Amerika.«

Die Sanitäter hoben Robin vorsichtig aus dem Bett, legten sie auf die Bahre, deckten sie zu und trugen die Bahre dann nach unten. Colm folgte ihnen und stieg hinter dem Arzt in den Krankenwagen ein. Die Türen wurden geschlossen.

Der Sanitäter legte Robin einen Tropf mit Kochsalzlösung an, und dann setzte sich der Wagen mit Blaulicht und Martinshorn in Bewegung.

»Hat sie Verwandte in Italien?« fragte der Arzt leise, während er Robins Blutdruck maß und dann die Stirn runzelte. Colm gefror das Blut in den Adern.

»Nein«, stammelte er. »Das heißt ... Sie hat mal gesagt, sie wäre mit der Familie Di Gabiere verwandt.«

Der Arzt starrte ihn ungläubig an. Entweder hielt er ihn für verrückt, oder er dachte, Colm habe sich einen Scherz mit ihm erlaubt. »Mit den Di Gabieres?« fragte er mit einem kurzen, spöttischen Lachen.

»Ja. Sie glaubte, noch Verwandte in Florenz zu haben ... meinte, deren Name wäre Di Gabiere. Ich bin sogar hingefahren, um mir Klarheit zu verschaffen, aber der Mann, mit dem ich gesprochen habe, hielt es für unwahrscheinlich, daß die Geschichte stimmt. Wieso? Kennen Sie die Leute?«

Der Arzt blickte von Colm zu seiner Patientin. Sein Gesichtsausdruck besagte deutlich, daß er beide am liebsten in eine Irrenanstalt eingewiesen hätte.

»Jeder in Florenz kennt den Namen Di Gabiere«, erklärte er. »Das ist eine der bedeutendsten Familien der Stadt, schwerreich; sie besitzen ein Apartment in der Stadtmitte, eine Villa in Fiesole und Häuser überall auf der Welt ... Rom, Paris, London ...«

Erst jetzt schien ihm die Absurdität von Colms Behauptung ganz bewußt zu werden. »Ich habe nie von der Existenz amerikanischer Verwandter gehört«, sagte er. »Die Di Gabieres sind eine alteingesessene italienische Familie ... verdienen ihr Geld im Bankgeschäft.«

Colm kam sich vor, als würde eine Entschuldigung von ihm erwartet. Himmel, dachte er, der Kerl redet ja, als wären die Di Gabieres die Stellvertreter Gottes auf Erden!

Der Arzt fuhr mit gedämpfter Stimme fort: »Signor Di Gabiere würde nicht viel Verständnis für Hochstapler aufbringen. Er ist recht exzentrisch. Als seine Frau starb – sie kam letztes Jahr bei einem Skiunfall ums Leben –, da weigerte er sich, den Leichnam zur Bestattung freizugeben und jagte die Priester und die Totengräber davon. Es wurde schon befürchtet, es könnte zu ... hmm ... großen Unannehmlichkeiten kommen ...« Er hob die Hände und drückte so sein Verständnis für die Eigenheiten des Signor Di Gabiere aus, den er offenbar für einen modernen Medici hielt.

Zum Teufel mit ihm, dachte Colm, der sich nur zu gut an den Mann erinnerte, mit dem er in Fiesole am Tor seiner Villa gesprochen hatte. Er mag sich ja in der Rolle des reichen Sonderlings gefallen, aber er ist nicht halb so viel wert wie dieses Mädchen hier vor mir, das vielleicht gerade verblutet. Er warf einen Blick auf Robins Gesicht, bemerkte, daß sie immer blasser wurde und fragte mit heiserer Stimme: »Wird sie es schaffen, Doktor? Wird sie überleben?«

Der Arzt zuckte die Achseln. »Man kann noch nichts Genaues sagen. Aber sie wird mit Sicherheit Ihr Kind verlieren.«

Colm wurde das Herz schwer. Tränen traten in seine Augen. Sein Kind! Er beugte sich zu der zerbrechlichen Gestalt auf der Bahre hinunter und flüsterte ihr ins Ohr: »Du bist das wundervollste, tapferste und beste Mädchen auf der Welt ... und ich liebe dich! Du mußt wieder gesund werden!«

Doch Robin konnte ihn nicht hören.

Colm war schon wach, als Paola aufstand. Er hörte ihren Wecker piepsen und sie im Zimmer umhergehen. Er hatte schlecht geschlafen; zu stark hatten ihm die Erinnerungen zugesetzt. Ihm wurde übel, wenn er an das bevorstehende Frühstück dachte – an die schleppende, auf italienisch geführte Unterhaltung, an Pasquales blasses Gesicht, an die erschöpfte, von Sorgen um ihren Sohn niedergedrückte Paola, an Jills aufgesetzte Fröhlichkeit und Renates verbissene Art, auf das loszusteuern, was sie als ihr Lebensziel betrachtete.

Ich passe nicht hierher, dachte er. Es war ein Fehler, herzukommen, aber einer, den man leicht wieder gutmachen konnte. Paola – und auch Pasquale – waren ohne ihn besser dran.

Er blickte auf die Uhr. Viertel vor acht. Er richtete sich im Bett auf, blätterte in seinem Michelin-Führer herum und griff dann nach seinem Handy, um ein Zimmer im Hotel bei Angeli zu buchen. Danach holte er seinen Koffer aus dem Schrank und begann, seine Sachen zu packen. Die Thriller, die er noch nicht angerührt hatte, wanderten ganz nach unten, darauf kamen die Hemden, der leichte Anzug von Armani, den er gar nicht hätte mitbringen sollen, und all seine anderen Habseligkeiten. Sowie er damit fertig war, ging er ins Eßzimmer. Der Balkon lag noch im Schatten, aber die ersten Sonnenstrahlen tanzten schon über die gen Osten gelegene Seite des Hofes.

Paola deckte den Tisch. Ihr langes Haar fiel ihr, zu einem Zopf geflochten, über den Rücken. Während Colm sie beobachtete, wünschte er sich plötzlich, die glänzende Haarflut zu lösen und seine Finger darin zu vergraben. Was faszinierte ihn nur so an dieser Frau? Ganz gegen seinen Willen fühlte er sich immer stärker zu ihr hingezogen, obwohl er sich geschworen hatte, sich nie wieder auf eine Frau einzulassen. Er wollte nicht noch eine Katastrophe heraufbeschwören. Paola ahnt ja nicht, daß ich, was zwischenmenschliche Beziehungen angeht, eine Art moderner Midas bin, dachte er. Alles, was ich anfange, geht schief.

»*Buon giorno, Colm*«, begrüßte Paola ihn freundlich. Sie schien sich zu freuen, ihn zu sehen; sie lächelte, und ihre dunklen Augen leuchteten.

Er setzte sich an den Tisch, nahm eine große Tasse *caffè latte* entgegen und griff nach einem Brötchen.

»Paola, ich reise heute ab«, sagte er dann.

Sie drehte sich um und starrte ihn entgeistert an. Zwei tiefe Furchen bildeten sich auf ihrer Stirn. Mit einemmal wirkte sie wachsam und angespannt. »*Perché*? Ist bei dir daheim etwas passiert?«

»Nein … zu Hause ist alles bestens. Ich glaube einfach,

es ist für alle besser, wenn ich hier ausziehe. Aber ich bleibe in Florenz und bringe meinen Kurs zu Ende.«

»Du fühlst dich hier nicht wohl«, sagte sie leise und schien gleichzeitig blitzschnell die jüngsten Ereignisse zu überdenken. »Ich verstehe – unsere kleine Gemeinschaft hier langweilt dich.«

»Nein, nein, es ist nur so … ich passe einfach nicht hierher.« Colm benutzte die erste Ausrede, die ihm in den Sinn kam. »Deine anderen Gäste sind alle soviel jünger als ich, ich komme mir vor wie ein Tattergreis.«

»Dazu hast du keine Veranlassung.« Paola winkte ab. »Viele meiner Studenten sind älter als du. Menschen aus aller Welt kommen nach Florenz, um hier Kurse zu belegen.« Als er nichts darauf erwiderte, fragte sie: »In welches Hotel ziehst du denn?«

»Ins Hotel dei Angeli.«

Paola hob die Augenbrauen. Ihr Gesicht war totenbleich. »Vier Sterne«, bemerkte sie mit zusammengepreßten Lippen. »Du wirst es dort sicher sehr behaglich haben. Damit kann ich natürlich nicht mithalten, tut mir leid.«

»Paola«, sagte Colm ernst, »darum geht es doch gar nicht. Ich muß mich bei dir dafür bedanken, daß du dich so um mich gekümmert hast.«

Sie setzte ihre Tasse ab und musterte ihn aus schmalen Augen. »Colm, geht es dir wirklich gut?«

»Natürlich. Was sollte mir denn fehlen?«

Achselzuckend strich sie sich mit der Hand über ihren dicken Zopf. »Ich weiß nicht. Aber du siehst ziemlich mitgenommen aus, finde ich.«

Darina betrat den Raum. *»Buon giorno«*, sagte sie fröhlich.

»Colm va via oggi«, teilte ihr Paola mit ausdruckslosem Gesicht mit.

»Warum willst du denn abreisen?« erkundigte sich Darina neugierig.

»Ich muß.« Colm wich ihrem fragenden Blick nicht aus. »Auf mich wartet einiges an Arbeit.«

Colm ging in sein Zimmer, um seinen Koffer zu holen. Als er wieder auf den Flur trat, stieß er beinahe mit Renate zusammen. Sie hielt ihn am Ärmel fest.

»Wenn du früher als geplant abreist, solltest du versuchen, einen Teil des Reisepreises zurückerstattet zu bekommen«, sagte sie ernst auf englisch. Dieses eine Mal durchbrach sie die eiserne Regel, sich ausschließlich der Landessprache zu bedienen.

»Das kommt überhaupt nicht in Frage! Ich will gar kein Geld zurückhaben.«

»Aber du zahlst doch dann für Leistungen, die du nicht in Anspruch nimmst – Kost, Logis und so weiter.« Ihre Stimme wurde schrill. Der Gedanke an eine solche Geldverschwendung war ihr offenbar unerträglich.

Colm legte ihr beschwichtigend die Hand auf den Arm, blickte ihr in das verbissen verzogene Gesicht und registrierte die Sorgenfalten, die sich bereits in ihre Stirn eingegraben hatten. Abermals fragte er sich, wieso für diese hübsche, intelligente junge Frau, die bereits drei Sprachen fließend beherrschte, das Leben nur aus Pflichten und nie aus Freuden bestand. Woher rührte nur dieser krankhafte Ehrgeiz, der sie unerbittlich vorwärtstrieb, blind für alles außer ihren Zielen?

»Das stört mich nicht. Sieh die Dinge doch nicht immer so engstirnig, Renate. Du machst dir das Leben nur unnötig schwer.«

Er wandte sich ab, ging ins Eßzimmer zurück und verabschiedete sich von Darina und Jill. Zuletzt schüttelte er Paola die Hand. Die Berührung traf ihn wie ein Schlag, und plötzlich kam er sich wie ein Verräter vor.

»Danke, Paola. Danke für alles.«

»Leb wohl«, erwiderte sie. Ihre Stimme klang sehr höflich – und sehr kalt.

Zuletzt ging Colm in Pasquales Zimmer. Der Junge saß, umgeben von Büchern, aufrecht im Bett. Er schien von Colms Abreise nicht gerade begeistert zu sein.

»Es tut mir leid, daß du weggehst. Meine Mutter gibt sich wirklich alle Mühe, es ihren Gästen so angenehm wie möglich zu machen.« Ein leiser Vorwurf schwang in seiner Stimme mit. Colm sah ihn an, sah die dunklen Augen, die unnatürliche Blässe, die stolzen Züge, und am liebsten hätte er den Jungen in die Arme genommen und an sich gedrückt. Er wünschte, er könnte irgend etwas für ihn tun. Der Gedanke, daß Paola denselben tragischen Verlust erleiden sollte wie er damals, war ihm unerträglich. Wenigstens ihr Sohn sollte leben!

»Ich habe mich hier sehr wohl gefühlt«, versicherte er Pasquale, »aber ich brauche einfach Tapetenwechsel.«

»*Certo!*« Pasquale zog die Augenbrauen hoch. »Du willst weg von uns, du mußt eine Weile allein sein!«

»Ganz genau«, erwiderte Colm schlicht. »Und zwar aus Gründen, die du mit deinen sechzehn Jahren noch nicht begreifen kannst.«

Pasquale wandte sich wortlos ab.

Colm ging zur Tür, blieb stehen und warf einen letzten Blick zurück zum Eßzimmer, wo Paola noch immer am Tisch saß. Sie hob den Kopf und musterte ihn ausdruckslos. Er bedeutete ihr, daß er die Schlüssel auf dem Dielentisch liegenlassen würde, dann verließ er die Wohnung und schloß leise die Tür hinter sich.

Sowie Colm fort war, ging Paola zu ihrem Sohn ins Zimmer und setzte sich auf die Bettkante.

»Wie geht es dir?«

Pasquale winkte ab. »Ist Colm weg?«

»Ja.«

»Hast du ihn schon einmal getroffen, Mamma?« fragte der Junge ruhig. »Ehe er hierherkam, meine ich.«

Paola zögerte, schien ihre Antwort sorgfältig abzuwägen. »Ja«, antwortete sie schließlich, ihren Sohn stirnrunzelnd anblickend. »Warum fragst du?«

»Nur so … manchmal kam es mir so vor, als würdest du ihn kennen … du hast ihn so merkwürdig angeschaut.«

»Ich habe ihn vor vielen Jahren kennengelernt, ich ging damals noch zur Schule, und er machte Urlaub in Italien. Es war an einem Samstag … ich habe ihn zum Lunch zu uns eingeladen, und Maria hat sogar ein Foto von uns beiden gemacht. Aber er kann sich eindeutig nicht mehr an mich erinnern.«

»Bist du sicher, daß es sich um ein und dieselbe Person handelt?« wollte der Junge wissen. »Das wäre ja ein Riesenzufall!«

Paola zuckte die Achseln. »Das Leben ist voller Zufälle, Pasquale. Man kann ihnen nicht entfliehen.«

»Wo ist das Foto denn geblieben?«

»Keine Ahnung. Ich habe es gesucht, aber es ist verschwunden.«

»Meinst du die Schwarzweißaufnahme, über die ich dich immer ausgefragt habe, als ich noch klein war? Ich wollte wissen, wer der junge Mann auf dem Foto ist, und du hast immer gesagt: ›*Un bello straniero …*‹«

»Genau die.«

»*Una storia molto romantica!*« Ihr Sohn blinzelte ihr schelmisch zu. »Und dann ist er auch noch reich und sieht gut aus!«

»Du siehst ja, wie romantisch er ist«, erwiderte Paola. »Er ist ausgezogen.«

Nachdem seine Mutter den Raum verlassen hatte, überlegte Pasquale fieberhaft, wo er das alte abgewetzte Fotoalbum mit den Schwarzweißaufnahmen hingetan hatte.

6.

Colm brachte seine Koffer ins Hotel dei Angeli. Nachdem er alle Formalitäten erledigt hatte, beschloß er, der Scuola Linguistica noch einen weiteren Tag fernzubleiben, ging zur Bushaltestelle auf der Piazza della Stazione und bestieg den Bus nach Fiesole. Er setzte sich auf einen Fensterplatz, nahm den Schnappschuß von Robin auf der Ponte Vecchio aus seiner Brieftasche, betrachtete das junge, lachende Gesicht einen Moment lang nachdenklich und steckte das Foto dann wieder weg.

In Fiesole suchte er als erstes das Restaurant Il Zucchino. Es stand noch, hieß jetzt allerdings ›Bella Vista‹ und war in einem scheußlichen Graurosa gestrichen, schien aber ansonsten unverändert. Colm lehnte sich an das Terrassengeländer, um auf die unter ihm liegende Stadt herabzuschauen, und erhaschte dabei einen Blick auf den kleinen Innenhof des Restaurants, wo Geranien in Terrakottatöpfen blühten und ein weißer Tisch in der Mitte stand. Erinnerungen durchzuckten ihn: Sonnenlicht und Schatten, der Duft von *vitello alla limone,* ein Mädchen und ein Buch, lange Locken. Das Mädchen, das er im Römischen Theater kennengelernt hatte ... sie hatten hier zusammen zu Mittag gegessen und sich anschließend mit einem englischen Lehrbuch beschäftigt.

Was mochte aus ihr geworden sein? Hatte sie geheiratet, sechs Kinder bekommen und war nun eine aufgedunsene, unförmige Matrone mittleren Alters? Colm konnte sich an ihr Gesicht nicht mehr erinnern, wußte nur noch, daß sie langes braunes Haar gehabt hatte und daß ihre Bewegungen von bezaubernder Anmut gewesen waren.

Er suchte sich einen Platz im Schatten, bestellte Kaffee, ließ den Blick müßig über das Tal schweifen und dachte über das Mädchen nach. So sehr er sich auch den Kopf zerbrach, er konnte sich nicht mehr an ihr Gesicht erinnern.

Doch die Existenz dieses Restaurants war der greifbare Beweis dafür, daß er sie wirklich gekannt hatte und ein – wenn auch nur sehr unbedeutender – Teil ihres Lebens gewesen war.

Er trank seinen Kaffee aus, stand auf und schlug den Weg zur Via Ghiberti ein, um noch einmal an dem prächtigen Herrenhaus vorbeizugehen, an dessen Tor er sich vor vielen Jahren mit dem aufgebrachten Hausherrn hatte auseinandersetzen müssen.

Langsam schlenderte er auf das cremefarbene Gebäude zu und beschwor dabei in Gedanken das Bild des schwarzgekleideten Mannes und der zwei riesigen Mastiffs herauf, die ihn damals in Angst und Schrecken versetzt hatten. Als er durch die Gitterstäbe des Tores spähte, stellte er fest, daß das Haus noch genauso aussah wie vor achtundzwanzig Jahren. Die Eingangstür stand offen, und ein Hausmädchen in schwarzem Kleid und weißer Schürze war eifrig damit beschäftigt, die Holztäfelung zu polieren. Colm konnte eine geräumige Halle mit Mosaikboden erkennen, in der ein Onyxtisch, ein mannshoher Standspiegel, eine riesige Zierpalme sowie zwei kostbare weiße Marmorstatuen standen.

Er hatte genug gesehen. Als er sich zum Gehen wandte, hörte er vom Garten her zwei frische, jugendliche Stimmen und das dumpfe Aufschlagen von Tennisbällen.

»*Stai zitta!*« rief ein Mädchen lachend auf eine neckende Bemerkung ihres männlichen Bekannten hin. Genau so hätte auch Robin reagiert. »Ach, halt um Himmels willen den Mund und tu, was dir gesagt wird!«

Warum hatte sie nie auf seine Briefe geantwortet?

Er hatte ihr mehrfach geschrieben, erst nach Florenz, dann an die New Yorker Adresse, die sie ihm gegeben hatte:

»Robin, warum kommst du nicht nach Irland? Es kann noch ewig dauern, bis ich mir eine Reise in die Staaten leisten kann, ich habe noch drei Jahre bis zum Abschluß meiner Ausbildung. Ich werde dich furchtbar vermissen.«

Als Absender gab er seine Adresse in Ballykelly an, da

er zu dieser Zeit seine Unterkunft in Dublin häufig wechselte. Aber er erhielt nie eine Antwort.

Schließlich mußte er sich damit abfinden, daß Robin aus seinem Leben verschwunden war. Vielleicht war sie nach Amerika zurückgekehrt, oder aber sie zog noch immer mit ihrem schäbigen Rucksack durch die Welt und schlug sich durch, indem sie hier einen Laib Brot und da ein paar Tomaten stibitzte. Er stellte sie sich in Paris und London, Moskau oder Madrid vor; eine heimatlose Vagabundin, die von der Hand in den Mund lebte. Oder war tatsächlich etwas Wahres an ihrer Geschichte gewesen? War sie nach Hause zurückgegangen, um ein Vermögen zu erben?

Die Zeit verging, er lernte andere hübsche Mädchen kennen, die auf der Suche nach einem Ehemann waren und ihn für einen geeigneten Kandidaten hielten. Aber nach Robin kamen sie ihm alle farblos und fad vor. Die allumfassende Vertrautheit, die während ihrer kurzen gemeinsamen Zeit zwischen ihm und Robin entstanden war, ließ den Gedanken an eine neue Beziehung schal erscheinen.

Kurz nachdem er seine Lehre beendet hatte, hörte er, daß Kattie sich verlobt hatte. Die Nachricht traf ihn wie ein Blitz aus heiterem Himmel; Alice fragte ihn bei einem seiner seltenen Besuche zu Hause ganz beiläufig, ob er schon wisse, daß Kattie verlobt sei? Colm schüttelte darauf nur stumm den Kopf. Zu spät. Erst jetzt begriff er, daß er Catherine als einen festen Bestandteil seines Lebens betrachtet hatte, immer verfügbar, sollte ihm einmal der Sinn nach ihrer Gesellschaft stehen. Als er später erfuhr, daß sie die Verlobung gelöst hatte, durchzuckte ihn eine wilde Freude, aber zu diesem Zeitpunkt war er selbst bereits mit Sherry verlobt, und der Hochzeitstermin stand fest.

Er verdrängte jeglichen Gedanken an Kattie, indem er sich wie besessen auf seine Arbeit stürzte. Bald wurde ihm in seiner Firma eine Partnerschaft angetragen, und das Geld begann, in Strömen zu fließen – so, wie er es sich immer erhofft hatte.

Sherry, die er auf einer Party kennengelernt hatte, war ein hübsches, aufgeschlossenes und geistreiches Mädchen, das gut kochen konnte, sich darauf verstand, ein Haus geschmackvoll und behaglich einzurichten und ihn schon bald davon überzeugte, daß sie ein gutes Team abgeben würden. Sie wollte einen Ehemann, seine Kollegen beneideten ihn um sie, und die Heirat mit ihr konnte seiner Karriere nur dienlich sein. Aber ehe er ihr einen Antrag machte, wollte er ganz sichergehen, daß Robin für ihn verloren war. Er beauftragte eine Privatdetektei in den Vereinigten Staaten, Nachforschungen über sie und über ihren Verbleib anzustellen.

Es stellte sich heraus, daß Robins Vater mit Sicherheit nicht zu den oberen Zehntausend gehört hatte. In ganz Amerika gab es keinen Reeder namens Jack McKay, und es hatte auch noch nie ein Industriekapitän dieses Namens existiert. Zu guter Letzt trieb der Privatdetektiv die Geburtsurkunde einer Roberta McKay auf. Der Name des Vaters lautete John Anthony, der der Mutter Maria, geborene Carella, als Adresse war eine Straße in der North Bronx angegeben. Das Geburtsdatum – der 15. September 1950 – stimmte mit dem von Robin überein.

Genauere Untersuchungen ergaben, daß John Anthony McKay, von Beruf Handelsvertreter, im Juli 1966 gestorben war. Seine Tochter hatte daraufhin die Klosterschule der Barmherzigen Schwestern, die sie besuchte, verlassen – und war spurlos verschwunden.

Hübsche Geschichte, Robin! dachte Colm zynisch. Soviel zur Tochter eines schwerreichen Amerikaners mit Haus in Neuengland, Apartment in der Park Avenue, Jacht vor Long Island und Privatjet – pinkfarben lackiert, versteht sich, damit er zu den Fingernägeln der Frau Gemahlin paßte! Die wahre Geschichte klang wesentlich interessanter. Robin war also eine Überlebenskünstlerin, eine Streunerin, eine gerissene Hochstaplerin. Colm mußte lachen. Er hatte ja von Anfang an so etwas vermutet, und jetzt, im Rückblick, wunderte er sich nur, warum er ihr überhaupt ein Wort geglaubt hatte. Aber er erinnerte sich noch lebhaft daran, wie sie den blonden Kopf zurückgeworfen hatte, wenn ihr etwas nicht paßte. Red doch nicht immer über Dinge, die du nicht verstehst! hatte sie gesagt. Wenn man von irgendwas keine Ahnung hat, sollte man lieber die Klappe halten!

Die letzte Geschichte, die sie ihm in Florenz erzählt hatte, wollte ihm nicht aus dem Kopf gehen, die Geschichte des jungen Mädchens, das gemeint hatte, einen Job ergattert zu haben, und geradewegs in der Hölle gelandet war. Er versuchte, sich an den Namen ihres Peinigers zu erinnern – er hatte irgend etwas mit Nagetieren zu tun, soviel wußte er noch. Die Erleuchtung kam ihm eines Tages an der Börse, als er die verzerrten Gesichter einiger Männer betrachtete, die sich fieberhaft überboten, um einige sehr fragwürdige Aktien zu ergattern. In ein paar Monaten werden sie verzweifelt versuchen, die Papiere wieder abzustoßen, dachte Colm selbstgefällig. Diese Idioten! Wie fette, gierige Ratten sehen sie aus! Und dann sprangen seine Gedanken plötzlich von Ratten zu anderen Nagern, und mit einemmal war der Name wieder da. Lemming! Robin hatte ihn an jenem Abend hervorgestoßen, an dem sie voll leidenschaftlicher Erregung über das Schicksal jenes Mädchens gesprochen hatte. Am Morgen darauf hatte er sie in einem See von Blut auf dem Bett vorgefunden …

Er setzte eine Anzeige in die *New York Times*.

> Robin (Roberta) McKay, geboren am 15. September 1950, zuletzt wohnhaft Channing Road, North Bronx, wird dringend gebeten, sich mit Colm in Verbindung zu setzen. Chiffre 4421

Dann wartete er. Die Tage vergingen. Schließlich traf ein Luftpostbrief mit amerikanischer Marke ein. Darin befand sich eine kurze, getippte Nachricht. Sie lautete: »Die Frau, nach der Sie suchen, ist tot.« Abgestempelt war der Brief in New York, am 11. August 1973.

»Ich kann nicht nach New York zurück«, hatte Robin einmal beiläufig gesagt. »Die Cops sind hinter mir her.«

Der Privatdetektiv teilte ihm schließlich mit, daß es in der Fordham Road keinen Händler dieses Namens gäbe. Aber in den sechziger Jahren hatte ein gewisser David Theodore Lemming, weißer Kaukasier, dort einen Laden betrieben.

»Wo ist der Kerl jetzt?«

»Er füttert die Würmer. Seine Leiche wurde aus dem East River gefischt. Hat zuviel bleihaltige Luft eingeatmet, der Gute, wenn Sie verstehen, was ich meine. Anscheinend hat er unter der Hand Pornofotos vertrieben und sich nebenbei als Drogenkurier betätigt, bis ihm jemand auf die Zehen getreten ist – nicht zum erstenmal übrigens, bei der Autopsie wurde noch eine gut zwölf Zentimeter lange Narbe gefunden, die von einer alten Kopfverletzung stammt.«

»Können Sie herausfinden, ob er jemals ein Mädchen namens Robin McKay mißbraucht hat?«

»Nur, wenn sie Anzeige gegen ihn erstattet hat.«

Colm reiste nach New York. Lange Zeit stand er in der Channing Road im Stadtteil North Bronx gedankenverloren vor einem heruntergekommenen Sandsteinhaus. Er sah sich die katholische Mädchenschule der Barmherzigen Schwestern an, dann ging er die Fordham Road entlang und betrachtete eine Weile das Schaufenster eines Geschäftes, das einst einem gewissen David Theodore Lemming gehört hatte. Als er später über den Times Square spazierte, hätte er am liebsten geweint.

Ein Zwischenfall, den er damals für belanglos gehalten hatte, kam ihm wieder in den Sinn. Robin und er im Bahnhofsrestaurant, wo es die preiswertesten Nudelgerichte in ganz Florenz gab.

»Von dem Zeug werd' ich noch fett wie ein Mastschwein werden«, hatte sie gesagt.

»So dünn, wie du im Moment bist«, hatte er nachsichtig erwidert, »brauchst du dazu bestimmt neunzig Jahre.«

»Ich habe aber keine neunzig Jahre! Für mich gibt es nur Heute und Morgen!«

Was ist mit dir geschehen, Robin? Bist du wirklich tot?

Colm ging langsam auf das Römische Theater zu und setzte sich auf die oberste Stufe. Heute war kein Mädchen mit einem Buch und einer Katze zu sehen.

Heute war auch keine Robin hier.

Zu Kattie konnte er gleichfalls nicht mehr zurückkehren; konnte ihr nicht mehr von Florenz erzählen. Und jetzt gab es auch keinen Grund mehr, ihr eine Postkarte zu schicken.

Nichts im Leben bleibt so, wie es ist, dachte Colm. Alles ist vergänglich, und am Ende zählt nur das, was du liebst.

Er stand auf und kehrte in sein Hotel zurück. Sein Zimmer ging zum Hinterhof hinaus. Es war unpersönlich, aber luxuriös eingerichtet. Das Zimmermädchen hatte die Fensterläden geschlossen und die Klimaanlage eingeschaltet, so daß es angenehm kühl im Raum war. Colm zog sich aus, ging ins Bad und duschte ausgiebig, danach legte er sich auf das Bett. Er fühlte sich erschöpft und ausgelaugt und fiel sofort in einen tiefen Schlaf.

Als er erwachte, war es bereits früher Abend. Die Sonne drang nur noch schwach durch die Fensterläden. Eine Weile blieb er liegen und lauschte dem gedämpften Verkehrslärm, dem Summen der Mopeds, das an einen geschäftig umherschwirrenden Bienenschwarm erinnerte. Zum Glück lag sein Zimmer nicht zur Straße hin, hier würde er nachts schlafen können. Und Schlaf war etwas, was er dringend brauchte. Es kam ihm so vor, als hätte er seit Jahren keinen tiefen, erholsamen Schlaf mehr gefunden. Für gewöhnlich lag er die halbe Nacht wach, dann kreisten seine Gedanken ausschließlich um berufliche Fragen und die Termine des nächsten Tages. Die entgangene Nachtruhe versuchte er dann nachzuholen, indem er jede freie Minute für ein kleines Nickerchen nutzte. Auf diese Weise war es ihm jahrelang gelungen, dem totalen Zusammenbruch zu entgehen.

Warum hatte Kattie ihn nur so sehr geliebt? Warum hatte sie ihn mit so ganz anderen Augen gesehen als er sich selbst? Anfangs hatte er es als erregend empfunden, später nur noch als lästig. Wie immer, wenn er an Kattie dachte, stieg das altvertraute Schuldgefühl wieder in ihm auf, und er wünschte einmal mehr, er hätte damals vieles anders gemacht.

Aber was nutzte es schon, sich mit fruchtlosen Selbstvorwürfen zu quälen? Energisch verdrängte Colm Kattie aus seinen Gedanken, tat das Gefühl von Einsamkeit, das plötzlich an ihm nagte, als unsinnig ab und überlegte, ob er einen kleinen Spaziergang machen und anschließend in irgendeinem Restaurant zu Abend essen sollte. Aber zugleich fragte er sich, ob in der Via de' Tornabuoni alles seinen gewohnten Gang lief, ob es Paola gutging und ob Pasquale den englischen Aufsatz fertig geschrieben hatte, mit dem sie vor zwei Tagen begonnen hatten. Er vermißte den Jungen wirklich, und seine Mutter noch mehr.

Colm schüttelte die trüben Gedanken ab. Hatte er sich nicht darauf gefreut, Florenz an diesem Abend ganz für sich zu haben?

Florenz bei Nacht! Der Palazzo Vecchio, von Flutlicht angestrahlt, enge Gassen voller mittelalterlicher Geheimnisse! Colm betrat eine Trattoria, bestellte *cotoletta alla Milanese*, einen grünen Salat und einen halben Liter roten Antinori, dann lehnte er sich zurück und beobachtete den vorüberziehenden Menschenstrom.

Nachdem er sein Abendessen verzehrt hatte, schlenderte er zum Fluß hinunter, auf die Ponte Vecchio zu.

Da lag sie, die alte Brücke, die Robin so geliebt hatte. In den Juweliergeschäften brannte noch Licht. Colm fiel ein, daß es zu Zeiten Lorenzos des Prächtigen nur Goldschmieden gestattet gewesen war, in diesem Bezirk Handel zu treiben, und diese Tradition war bis zum heutigen Tag erhalten geblieben. Morgen werde ich die Uffizien besuchen und mir noch einmal *Die Geburt der Venus* ansehen, beschloß er. Vielleicht begreife ich dann, was Robin an diesem Gemälde so fasziniert hat.

Er wanderte um die Uffizien herum zurück, bis er die Piazza della Signoria und das Restaurant Rivoire sehen konnte, wo Robin ihm einst versichert hatte, genau hier wolle sie ihn wiedertreffen. Sein Blick schweifte über den belebten Platz, und dort entdeckte er plötzlich das Mädchen in Jeans und Bluse, das zielstrebig Richtung Arno ging.

Es war Robins geheimnisvolle Doppelgängerin! Doch diesmal blieb Colm nicht wie erstarrt stehen, sondern drehte sich um und folgte ihr eilig. Das Mädchen blickte sich nicht um. Schnellen Schrittes passierte sie den Säulengang, wandte sich nach rechts und war auf einmal verschwunden. Colm lief ihr nach, rief laut: »Robin!« doch als er die Straße längs des Flusses erreichte, versperrte ihm eine Gruppe junger Leute den Weg.

Völlig außer Atem lehnte er sich an eine Wand. Langsam verliere ich den Verstand, dachte er. Ich sollte diese Stadt verlassen, je eher, desto besser. Ich sollte wieder nach Hause fahren.

Robin, dachte er, als er sich ein wenig erholt hatte, solltest du tatsächlich zurückgekommen sein, um mich wiederzusehen, dann wirst du mich am Sonntag auf der Piazza della Signoria finden, so, wie wir es besprochen hatten. Und dann? Was wird dort auf mich warten? Bist du ein Geist, der gekommen ist, um mich zu holen? Sind meine Tage bereits gezählt?

Colm kehrte in sein Hotel zurück. Doch der Gedanke an Robin ließ ihn nicht los. Dieses Mädchen ähnelte ihr bis aufs Haar. Wer, zum Teufel, war sie? Eine von Robin geschickte Geistererscheinung; gekommen, um ihn für sein Verhalten vor vielen Jahren zur Rechenschaft zu ziehen? Unwillkürlich mußte Colm über sich selbst lächeln. Dennoch spukte die Erinnerung an längst vergangene Zeiten den ganzen Abend in seinem Kopf herum und ließ ihn nicht zur Ruhe kommen.

Er stellte den Fernseher an, doch der Western, der gerade lief, interessierte ihn nicht, also schaltete er das Gerät wieder aus. Plötzlich sehnte er sich danach, mit Robin zu sprechen, den Kopf an ihre Schulter zu betten. Er wollte ihr versichern, daß alles in Ordnung war und er sie damals nicht im Stich gelassen hatte; er wollte, daß sie ihm verzieh, und mehr als alles andere wollte er hören, daß er geliebt wurde.

Aber Robin ist tot, dachte er verzagt.

Er überlegte, ob er eine Weile lesen sollte, um sich abzulenken, aber seine Bücher lagen ganz unten im Koffer, und er hatte keine Lust, sie hervorzukramen. Statt dessen griff er nach der Bibel, die auf dem Nachttisch lag, und schlug sie beim Hohelied Salomons auf.

> Du hast mir das Herz genommen, meine Schwester, liebe Braut,
> Du hast mir das Herz genommen mit einem einzigen Blick deiner Augen …

O Gott, dachte Colm, steht in dem Wälzer denn nichts Passenderes? Irgend etwas über Krieg, Seuchen und Tod? Doch als er müßig weiterblätterte, stieß er auf Zeilen, die ihm zu denken gaben:

> Ein jegliches hat seine Zeit, und alles Vorhaben unter dem Himmel hat seine Stunde:
> geboren zu werden hat seine Zeit, Sterben hat seine Zeit,
> Pflanzen hat seine Zeit, auszureißen, was gepflanzt ist, hat seine Zeit.
> Man mühe sich ab, wie man will, so hat man keinen Gewinn davon.

All dies war Colm bekannt. Nur – welche Zeit war denn für ihn jetzt gekommen? Gewonnen hatte er in seinem Leben schon mehr als genug, ihm schien, als hätte er bislang nichts anderes getan, als immer nur zu nehmen, um so einen Zorn abzureagieren, für den er keine Erklärung finden konnte. Vielleicht ließ sich der Bibelspruch ja ein wenig verbessern. Die wichtigste Zeit im Leben wurde nämlich übergangen … die Zeit, zu geben!

Seine Gedanken schweiften zu Paola, an ihre kühle Miene an seinem letzten Morgen bei ihr. Er mußte daran denken, wie sie ihren Sohn ganz alleine großzog und sich abmühte, um das Geld für seine Operation zusammenzukratzen. Vielleicht würde Pasquale nicht lange genug leben, um sich seinen Traum zu erfüllen und Anwalt zu werden. In einem Anflug von Selbstverachtung wurde Colm klar, daß es ihm nie in den Sinn gekommen war, Paola seine Unterstützung anzubieten. Sie war gezwungen, ein vermutlich wertvolles Grundstück weit unter Wert zu verkaufen und wartete verzweifelt auf einen Käufer. Seine idiotische Besessenheit von einer anderen Zeit, einer Zeit, die vergangen war und nie wiederkehren würde, hatte ihn daran gehindert, auf das zu achten, was direkt vor seiner Nase vorging.

Ja, sagte er sich, jetzt ist die Zeit gekommen, einen endgültigen Schlußstrich unter die Vergangenheit zu ziehen. Ich will nicht mehr daran denken. Pasquale soll seine Operation bekommen, das Geld dafür ist ja da. Gleich morgen werde ich Paola aufsuchen.

Er zog sich aus, knipste das Licht aus und schlief sofort ein. Als er erwachte, war es schon spät in der Nacht, wie spät genau, wußte er nicht. Er war nicht imstande, einen Muskel zu rühren. Der Straßenlärm drang wie aus weiter Ferne an sein Ohr, und er fühlte sich in einer Dunkelheit gefangen, die einer anderen Dimension anzugehören schien. Außerdem spürte er, daß sich etwas Fremdes im Raum befand.

»Wer bist du?« flüsterte er tonlos. Nacktes Entsetzen durchflutete ihn.

Natürlich erhielt er aus der undurchdringlichen Finsternis keine Antwort. Colm fragte sich, ob er wach war oder sich noch im Halbschlaf befand. Wieder versuchte er vergeblich, sich zu bewegen. Eine Welle der Trauer schlug über ihm zusammen – Trauer um alles, was er verloren hatte, und um den Verlust seiner Unschuld, genommen von einem Mann in Schwarz mit erigiertem Penis. Er dachte an seine lebenslange Sehnsucht nach Liebe, an all die Dinge, die er verdrängt hatte, an die Schuld, die er auf sich geladen hatte, und plötzlich wußte er, was da im Dunkeln lauerte. Es war sein bisheriges Leben.

Aber ich hatte die Wahl, dachte er. Ich hätte dieses Leben nicht annehmen müssen, hätte nicht zulassen dürfen, daß es mich zerstört.

Er nahm all seine Kraft zusammen, rollte sich aus dem Bett und kroch über den Marmorfußboden auf das Bad zu. Dort lag eine Rasierklinge. Heißes Wasser und eine Rasierklinge, mehr brauchte er nicht.

Doch die nächtliche Stille wurde mit einemmal vom Schrillen des Feueralarms zerrissen, laut genug, um selbst Tote wieder zum Leben zu erwecken. Colm hörte hastige Schritte auf dem Flur und Stimmengewirr. Dann klopfte es an der Tür. In die Realität zurückgerissen, ließ Colm die Rasierklinge fallen, schlang sich ein Handtuch um die Hüften und öffnete die Tür, wobei er feststellte, daß seine Hände zitterten. Vor ihm stand ein Hotelangestellter, der sich wortreich bei ihm entschuldigte. »Es tut uns sehr leid, Sir. Der Alarm wurde versehentlich ausgelöst.«

Ist das Leben im wesentlichen nur eine Kette von Zufällen? fragte sich Colm später. Oder ist unser aller Schicksal von Anfang an vorherbestimmt?

7.

Nach einer schlaflosen Nacht stand Paola früh auf, schlüpfte in einen seidenen Morgenrock und öffnete die Fensterläden. Der unvermeidliche Verkehrslärm, das Gehupe und das Surren der Vespas erfüllten den Raum. Normalerweise störten diese Geräusche sie nicht, sie war so an sie gewöhnt, daß sie sie kaum noch wahrnahm; und sie war stets erstaunt, wenn ein Besucher sie fragte, wie sie diesen Krach nur ertragen könne.

Aber heute ging ihr der Lärm auf die Nerven. Die Welt erschien ihr plötzlich zu eng für all die Menschen, die sie bevölkerten, für Wünsche und Hoffnungen des einzelnen war kein Platz mehr. Einen Moment lang betrachtete Paola versonnen die verschlossenen Läden des gegenüberliegenden Hauses, die roten Ziegeldächer, die kleinen Schornsteine und die lichtüberfluteten verwitterten Mauern.

Dann setzte sie sich vor ihre Frisierkommode und musterte sich kritisch im Spiegel. Ihre Haut war noch immer weich und glatt, nur um die Augen herum lagen feine Fältchen. Heute blickten diese Augen stumpf und glanzlos. Dunkle Ringe zeichneten sich darunter ab. Eine tiefe, sowohl körperliche als auch geistige Erschöpfung hatte von ihr Besitz ergriffen.

Ihr unverwüstlicher Optimismus war verflogen, statt dessen tat sich nun eine große Leere vor ihr auf. Die ganze Nacht hatte sie wachgelegen und gegrübelt. Würde Pasquale wieder gesund werden? Colms Abreise wertete sie als schlechtes Omen. Er hatte natürlich jedes Recht, einen solchen Schritt zu unternehmen, aber sie war während seines Aufenthaltes bei ihr das Gefühl nicht losgeworden, daß er sich zu ihr hingezogen gefühlt hatte.

Vorsichtig fuhr sie mit der Fingerspitze über die zarten Fältchen um die Augen. Wäre sie jünger gewesen, dann hätte sich Colm vielleicht an sie erinnert. Sie war nicht so vermessen zu glauben, die Zeit hätte bei ihr keinerlei Spuren hinterlassen. Aber die Tatsache, daß Colm gerade jetzt, wo sie allem Anschein nach wieder frei und ungebunden war, wieder in ihr Leben getreten war, gab ihr zu denken. Vielleicht hielt das Schicksal ja auch für sie noch eine Überraschung bereit. Sie fand Colm ungemein attraktiv, und die Verletzlichkeit, die er ausstrahlte, faszinierte sie. Sie mochte Männer, die sich ihrer Männlichkeit bewußt waren, ohne dabei zu vergessen, daß auch sie sterblich waren.

Vielleicht hatte sie Colm gegenüber zuwenig Zurückhaltung an den Tag gelegt. Aber da sie in ihm den Jungen von damals im Römischen Theater wiedererkannt hatte, wäre es ihr schwergefallen, ihn kühl und unpersönlich zu behandeln. Vielleicht hätte sie besser nicht zugelassen, daß er Pasquale bei seinen Aufgaben half, hätte mehr Distanz wahren sollen. Schließlich war Colm im Grunde genommen ein Fremder für sie.

Trotzdem hatte vom ersten Tag an eine gewisse Vertrautheit zwischen ihnen geherrscht. Lag das nur daran, weil sie ihn kannte und ihn schon damals gemocht hatte? Sie dachte an den zarten Kuß, den er ihr vor zwei Tagen gegeben hatte, und fragte sich mit aufkeimendem Ärger, warum er sie geküßt, sie vorsichtig umworben, ihr den Lunch zubereitet und sich um Pasquale gekümmert hatte, nur um dann Knall auf Fall auszuziehen. Manche Männer fanden offenbar Spaß an solchen Spielchen.

Aber zugleich hatte er einen seltsam verlorenen Eindruck auf sie gemacht. Er wirkte wie ein Mensch, der ein Verbrechen begangen oder mitangesehen hatte und nun nach einem Weg sucht, damit fertig zu werden. Seufzend fragte sie sich, was wohl damals, bei seinem ersten Besuch in Florenz, wirklich vorgefallen sein mochte.

Sie mußte an Silvestro denken, der um die Lunchzeit herum vorbeischauen wollte; angeblich, um einen Artikel über Korruption abzuholen. Nun, wenigstens bei ihm wußte sie, woran sie war. Er machte kein Hehl daraus, daß er sie begehrte.

Paola ließ den Morgenrock von den Schultern gleiten und betrachtete ihren immer noch schönen Körper. Soll ich nie wieder einen Mann haben? fragte sie sich. Oder soll ich auf Silvestros Angebot eingehen und die Dinge ihren Lauf gehen lassen? Vielleicht sind seine Gefühle für mich ja stark genug für eine dauerhafte Beziehung. Doch dann dachte sie: Aber wie sieht es denn mit mir aus? Sicher, ich fühle mich ihm sehr verbunden, aber reicht das aus? Wenn ich ganz ehrlich bin, dann muß ich zugeben, daß ich Silvestro nicht recht über den Weg traue ... doch dann wandten sich ihre Gedanken praktischen Dingen zu. Da war Giovannis Grundstück auf Sizilien. Es jetzt zu verkaufen hieß, die letzte Sicherheit aufzugeben. Aber sie konnte es sich nicht leisten, noch länger zu zögern, da sich Pasquales Zustand immer mehr verschlechterte. Mit einemmal wurde Paola von ihren Gefühlen überwältigt, und sie sank auf die Knie, um ein stilles Gebet für ihren Sohn zu sprechen.

Auf dem Weg zum Unterricht kam Colm am Morgen an seiner früheren Unterkunft in der Via de' Tornabuoni vorbei, dachte daran, daß er Paola gegen Mittag aufsuchen wollte und hoffte, sie würde das Angebot, welches er ihr zu unterbreiten gedachte, nicht falsch verstehen.

Wie immer überquerte er die Brücke Santa Trinità. Seine Gedanken kreisten um die Ereignisse der vergangenen Nacht. Er wollte das Geschehene keinesfalls verdrängen, so, wie er es mit seinen zahlreichen Alpträumen getan hatte. Ein großer Fehler, das sah er jetzt ein. Er hätte vielmehr versuchen sollen, daraus zu lernen! Allmählich begriff er, daß er sich lange Zeit etwas vorgemacht hatte. So zwang er sich, sich selbst einzugestehen, daß er in jener finstersten Nacht seines Lebens ins Badezimmer gekrochen war, um die letzte Flucht anzutreten. Wenn der Feueralarm nicht losgegangen wäre, wo wäre er dann jetzt? Im Leichenschauhaus, mit verräterischen roten Schnitten quer über seinen Handgelenken? Er kam sich ziemlich lächerlich vor, und er hatte in gewisser Hinsicht Angst vor sich selbst, aber vor allem war er heilfroh, daß es ihm nicht gelungen war, sein Vorhaben auszuführen. Wenn er jemals Selbstmord begehen würde, würde es wie ein Unfall aussehen. Niemand würde je die Wahrheit erfahren.

Ich bin in derselben Lage wie ein Ex-Junkie, der auch nach Jahren noch von Wahnvorstellungen heimgesucht wird, dachte Colm und fragte sich, ob er einen solchen Schritt wie gestern jemals wiederholen würde. Er fragte sich auch, ob er vielleicht professionelle Hilfe in Anspruch nehmen sollte. Es war das erstemal, daß er eine solche Möglichkeit ernsthaft in Erwägung zog.

Nun, das wird sich finden, dachte er, obwohl er sich innerlich vor Scham krümmte, wenn er sich vorstellte, was er einem Therapeuten alles enthüllen müßte. Ich bin nicht der erste und werde auch nicht der letzte sein, tröstete er sich. Ich war ja in diesem Moment wie ein Kind, ich wußte nicht, was ich tat.

Wie jeden Morgen blickte er zur Ponte Vecchio hinüber, aber heute schien ihm Robins Bild etwas verblaßt. Er wußte, er mußte früher oder später akzeptieren, daß sie tot war. Eine letzte Erinnerung an sie würde er sich gestatten. Er würde am Sonntag auf der Piazza della Signoria auf sie warten. Danach würde er versuchen, die Scherben seines Lebens wieder zusammenzusetzen und seiner Wege gehen.

Er betrachtete sein Spiegelbild in den zahlreichen Schaufenstern und erblickte einen Mann in den besten Jahren, ›guterhalten‹, wie man in Ballykelly zu sagen pflegte, so, als ob jenseits der vierzig automatisch der Verfall einsetzte.

Als er die Scuola Linguistica betrat, fragte er sich im stillen, warum man ihn nicht schon längst hinausgeworfen hatte. Er erschien so unregelmäßig zum Unterricht, daß es für die Lehrer entmutigend sein mußte. Doch dann dachte er, daß es ihnen vermutlich vollkommen egal war, ob er an den Kursen teilnahm oder nicht. Er mußte keine Prüfung ablegen und brauchte auch kein Abschlußzeugnis, sondern er absolvierte lediglich zu seinem privaten Vergnügen einen Ferienkurs, der zudem bereits bezahlt war. Also konnte er tun und lassen, was ihm beliebte.

An diesem Morgen fand Colm den Unterricht recht vergnüglich. Es wurde über die Lieblingsbücher und die bevorzugten Autoren der einzelnen Schüler diskutiert. Einige der Anwesenden sprachen schon fast fließend Italienisch und hatten große Fortschritte gemacht, doch Colm, der nur nach Lust und Laune in der Schule auftauchte, hatte oft Mühe, die richtigen Worte zu finden. Er war nicht sehr belesen und hatte auch keinen Lieblingsautor. Als man ihn fragte, warum wohl gerade Irland so viele große Schriftsteller hervorgebracht hätte, antwortete er, das läge daran, daß die Menschen versuchten, dem Gefühl der Einsamkeit zu entfliehen. Diese Bemerkung überraschte ihn selbst am allermeisten. Noch bis vor kurzem hatte er über Einsamkeit nicht weiter nachgedacht, und wenn doch, dann nur mit Hohn und Spott.

Die Klasse hatte eine neue Studentin zugeteilt bekommen, die den Grundkurs abgeschlossen hatte und zum Weitermachen entschlossen war. Sie hieß Kathryn, kam aus Wales, war dunkelhaarig und ungefähr dreißig Jahre alt. Als sie aufgefordert wurde, etwas über sich selbst zu erzählen, sagte sie, sie brauche Italienisch aus beruflichen Gründen als zweite Fremdsprache. Sie war Sekretärin, attraktiv und ehrgeizig, und mit ihren großen grauen Augen erinnerte sie Colm auf einmal lebhaft an eine andere Catherine. Die unfreiwillige Assoziation störte seinen neuerworbenen Seelenfrieden erheblich. Zwar bemühte er sich noch, den Ausführungen seines Lehrers zu folgen, aber seine Gedanken waren anderswo.

Warum mußte ihm Catherine Clohessy gerade jetzt wieder in den Sinn kommen? Colm schien es, als hätten die Erinnerungen an all die Personen, die sein Leben maßgeblich beeinflußt hatten, nur darauf gewartet, jetzt, wo er sich nicht mit Arbeit ablenken konnte, über ihn herzufallen. Was geschah mit ihm, daß ihn diese Erinnerungen gerade jetzt quälten und eine tiefschürfende Selbstanalyse erforderlich machten? Du weißt ja gar nicht, wer du eigentlich bist, hatte Robin ihm einmal gesagt. Wenn doch Kattie das auch nur rechtzeitig erkannt hätte.

Im Laufe ihrer Affäre war Colm mit Kattie öfter einmal für ein paar Tage verreist, nach London oder Paris, und einmal waren sie nach Peruges in Südfrankreich gefahren, erst mit dem TGV bis Lyon, und dann hatten sie sich ein Auto gemietet.

Dort in Peruges hatte ihre Beziehung die ersten Risse bekommen. Beide liebten sie die kleine Stadt mit ihren Fachwerkhäuschen und den Kopfsteinpflasterstraßen, in der man sich ins Mittelalter zurückversetzt fühlte. Einige der Häuschen gehörten zur Hotelanlage, sie waren mit schweren antiken Möbeln und riesigen Betten eingerichtet.

Wenn Kattie und er an ihrem Zielort angekommen waren, gingen sie stets zu allererst ins Bett. Noch ehe die Koffer ausgepackt wurden, streiften sie hastig ihre Kleider ab, schlüpften unter die Decken und liebten sich, bis der Schlaf sie überwältigte. Peruges bildete da keine Ausnahme. Sie kamen um vier Uhr dort an, gingen ins Bett und standen abends wieder auf, um im Hotelrestaurant zu essen. Nachdem sie ihre Mahlzeit beendet und ihren Kaffee ausgetrunken hatten, schlenderten sie Hand in Hand durch die engen Gassen und blieben am Stadtrand stehen, um über die Felder zu schauen. Fledermäuse flatterten durch die Dunkelheit, Zikaden zirpten, und in der Ferne war das Rauschen einer Schnellstraße zu hören.

Kattie war glücklich, das spürte er. Auch er empfand etwas, was Glück sehr nahe kam, und fast hätte er sich gewünscht, dieser Moment möge ewig dauern. Aber Colm war Realist, er glaubte nicht daran, daß irgend etwas auf der Welt ewig dauerte. Sein Lebensmotto lautete, das Heute zu genießen und sich über das Morgen nicht den Kopf zu zerbrechen. Diese Maxime hatte er auch Kattie oft gepredigt, wenn sie ihn drängte, sich endlich offen zu ihr zu bekennen.

»Liebling, du mußt lernen, in der Gegenwart zu leben. Sie ist alles, was wir haben.«

»Ich weiß. Aber die Gegenwart von morgen ist die direkte Folge der von heute«, sagte sie leise. »Und wenn wir heute einen Fehler machen, wirkt er sich auch auf morgen aus.«

»Was du nur redest! Was sollten wir denn heute für Fehler machen?« lachte er nachsichtig.

Tatsächlich sprach er oft von ihrer gemeinsamen Zukunft, und zwar so, als sei sie für ihn bereits beschlossene Sache. Insgeheim dachte er allerdings anders darüber; die Sicherheit, die Sherry ihm bot, und sein beruflicher Werdegang standen einer festen Beziehung mit Kattie im Wege. Aber er sagte immer das, was Kattie gern hören wollte, um sie bei der Stange zu halten. Nur wenn sie ihm zu sehr zusetzte, wenn sie verlangte, er solle endlich reinen Tisch machen, dann machte er einen Rückzieher. In solchen Momenten wurde Kattie zu einer Bedrohung für seine Ehe, die er – ebenfalls nur in solchen Momenten – keinesfalls aufgeben wollte; nicht, weil sie die Erfüllung seiner Wünsche war, sondern weil er eine feste Konstante in seinem Leben brauchte. In seine Ehe mußte er nichts von sich selbst einbringen, und das empfand er als beruhigend. Er machte sich nicht die Mühe, über die Kluft zwischen dem, was er versprach, und seinem Handeln nachzudenken. Es interessierte ihn auch nicht, daß Kattie es nicht verdient hatte, auf so zynische, egoistische Weise manipuliert zu werden. Colm hätte noch nicht einmal sagen können, warum er eigentlich im entscheidenden Moment kniff, er handelte rein instinktiv, vermutlich aus der Angst heraus, sich auf eine Veränderung einzulassen. Es ging ihm nicht darum, Sherrys Gefühle zu schonen, sondern einzig und allein um sich selbst. Er liebte Frauen um dessen willen, was sie ihm gaben, aber er war nicht fähig, etwas zurückzugeben.

»Zu lieben ist leicht«, hatte Kattie einmal zu ihm gesagt. »Den meisten Menschen fällt es viel schwerer, sich lieben zu lassen.«

Kattie gab oft solche analytischen Bemerkungen von sich. Colm fürchtete ihren mit Feinfühligkeit gepaarten

Scharfsinn, und am meisten fürchtete er sich davor, daß sie ihn irgendwann einmal durchschauen könnte.

In jener Nacht in Peruges gingen sie beide nach ihrem Spaziergang direkt zu Bett und lagen dann nackt im Dunkeln nebeneinander. Es war noch früh, erst elf Uhr, und viele Liebesstunden lagen noch vor ihnen. Die Fenster standen offen; warme Nachtluft drang in den Raum. Beide waren sie in Gesprächslaune; Kattie ließ dabei ihre Finger müßig über seinen Arm und seinen Bauch wandern. Colm konnte die Liebe, die sie ihm entgegenbrachte, fast greifbar spüren. Sie nagte an dem Schutzpanzer, den er um sich herum errichtet hatte.

»Redest du mit Sherry auch so wie mit mir jetzt?« fragte sie schüchtern.

»Nein, wir führen so gut wie nie ernsthafte Gespräche, wir sprechen einfach nicht dieselbe Sprache. Unsere Kommunikation findet auf einer anderen Ebene statt. Weißt du«, fuhr er verträumt fort, »gestern kam sie in ziemlich aufgeheizter Stimmung zu mir ins Bett, sie muß wohl irgendeinen Softporno im Fernsehen gesehen haben.« Er hielt inne und dachte daran, wie Sherry sich voller Verlangen an ihn geschmiegt hatte. »Es war ganz nett«, sagte er dann. »Nichts Weltbewegendes, aber ganz nett.«

Catherine gab keine Antwort. Sie stieg aus dem Bett, griff nach ihrem Morgenrock, verschwand im Bad und schloß die Tür hinter sich ab. Colm wartete, aber sie kam nicht zurück. »Alles in Ordnung?« fragte er schließlich laut, stand seufzend ebenfalls auf und blieb vor der verschlossenen Tür stehen.

»Ja«, erwiderte sie mit gedämpfter Stimme. »Ich möchte nur eine Weile allein sein.«

Ihr Tonfall verriet sie, obwohl sie sich bemühte, möglichst ruhig und gelassen zu klingen. Colm spürte, wie verletzt und zornig sie war.

Eine halbe Stunde verstrich. Er wartete im Bett auf sie, und sein Verdruß wuchs mit jeder Minute. Wie konnte sie es wagen, ihn so zu behandeln, ihre gemeinsame Nacht einfach zu ruinieren? Was mochte sie wohl mitten in der Nacht in dem ungeheizten Bad treiben, er hörte kein Wasser laufen.

Als sie endlich herauskam, gab sie sich kühl und abweisend und lag den Rest der Nacht reglos wie ein Stein neben ihm.

Colm ärgerte sich immer mehr über ihr Benehmen, aber als sie sich am nächsten Morgen zerknirscht entschuldigte, setzte er ein verständnisvolles Lächeln auf.

»Du mußt dir nicht immer alles so zu Herzen nehmen, Liebling«, tröstete er sie. »Du weißt doch, daß ich ohne dich nicht leben kann.«

Sie lächelte, doch ein Schleier hatte sich über ihre strahlenden Augen gelegt. Später murmelte sie etwas vor sich hin, was ihm zu denken gab: »Wenn jemand mit einer aussichtslosen Liebe geschlagen ist, gewährt noch nicht einmal Gott ihm Gnade.«

»Was hast du gesagt?«

»Ach nichts. Nur etwas, was ich mal irgendwo gelesen habe.«

Das Aufheulen einer Vespa holte ihn in die Gegenwart zurück, zurück zu der Stimme von Professore Delannos und dem Quietschen der Kreide auf der Tafel. Colm blickte in die jungen Gesichter im Klassenraum; musterte die Schweizerin, die offensichtlich für den gutaussehenden jungen Deutschen schwärmte, und Anna mit ihrem weißen Haar, die ein langes, erfülltes Leben hinter sich zu haben schien.

Im Raum war es furchtbar stickig. Colm entschuldigte sich, ging hinaus und setzte sich in das leere Konferenzzimmer. Er verspürte den absurden Wunsch, sein Handy hervorzuholen und Kattie anzurufen, um ihr zu sagen, daß es ihm leid tat; daß er sie immer geliebt hatte; daß sein Leben nach ihrer Trennung sinnlos geworden war und er sich inzwischen selbst für einen egoistischen Schweinehund hielt. Sogar mit Sherry hätte er gerne gesprochen, weil der vertraute Klang ihrer Stimme einen Hauch von

Normalität in sein Leben zurückbringen würde. Sherry, dachte er, hatte allen Grund gehabt, ihn zu verlassen.

Als Sherry von seiner Affäre mit Catherine erfahren hatte, hatte sie ihm eine furchtbare Szene gemacht und Kattie mit einer Vielzahl wenig schmeichelhafter Bezeichnungen bedacht. Colm vermutete allerdings, daß sie von der Beziehung längst Wind bekommen hatte und nur zeterte, um der Rolle der betrogenen Ehefrau gerecht zu werden. Er vermutete auch, daß sie vor allem fürchtete, das Haus und den gesellschaftlichen Status zu verlieren, auf den sie so entschlossen hingearbeitet hatte. Der mögliche Verlust eines Ehemannes war für sie nur sekundär. Dennoch hatte sie ihm mit einer Entschiedenheit, die er an ihr nicht kannte, ein Ultimatum gestellt.

»Du hast die Wahl! Sie oder ich! Beides kannst du nicht haben, also entscheide dich! Entweder dieses Flittchen oder ich!«

Während er dem schrillen Gekeife seiner Frau lauschte, fühlte Colm sich mit einemmal wie ein verlorenes Kind. Er hatte nur noch den einen Wunsch, das Vertraute, Gewohnte zu erhalten. So weit hatte er es nie kommen lassen wollen, und so beschloß er, seine Beziehung zu Catherine vorübergehend auf Eis zu legen. Er konnte sie ja wieder aufleben lassen, wenn Sherry sich beruhigt hatte.

»Es tut mir leid, daß alles so kommen mußte«, hatte er mit einem genau bemessenen Maß an Zerknirschung zu Catherine gesagt, fest darauf bauend, daß sie ihm sofort verzeihen würde. »Ich werde dich immer lieben, das weißt du doch.« Er war fest überzeugt gewesen, den richtigen Ton getroffen zu haben. Doch Kattie hatte ihn nur ausdruckslos angestarrt, ohne ein Wort zu sagen, und plötzlich war Colm sich vorgekommen wie ein Insekt unter dem Mikroskop.

»Es ist doch nicht für immer, Kattie! Wir lieben uns doch … das wollen wir nie vergessen, daran können wir uns festhalten, nicht wahr?« fuhr er fort, wobei er sich eines Tonfalls bediente, mit dem man kleine Kinder tröstet.

Kattie schwieg. Sie war totenblaß geworden. »Weißt du eigentlich, was du da sagst, Colm? Hältst du mich für deine Sklavin? Glaubst du, du kannst unsere Beziehung an- und abschalten wie eine Kaffeemaschine? *Meine* Gefühle scheinen dich ja überhaupt nicht zu interessieren, und es ist dir auch vollkommen egal, in was für eine peinliche Lage du mich bringst, Hauptsache, es wird alles nach deinen Wünschen geregelt!« All dies brachte sie scheinbar ganz ruhig hervor, nur in ihren Augen schimmerte abgrundtiefe Verachtung.

»Das ist doch Unsinn ... ich habe einen Fehler gemacht, aber das heißt doch nicht, daß sich an meinen Gefühlen für dich etwas geändert hat! Es ist nur so, daß man gewisse Tatsachen einfach nicht übergehen ...«

»Ja«, unterbrach sie ihn, »und ich bin auch eine Tatsache, die man nicht übergehen kann! Warum tust du mir das an, Colm?«

Als er keine Antwort gab, sagte sie kalt: »Irgend etwas stimmt nicht mit dir, Colm. Ich weiß nicht, warum du so geworden bist, wie du bist, und ich will es auch gar nicht wissen. Aber du zerstörst nicht nur dich, sondern auch deine Mitmenschen. Du solltest dir einen guten Therapeuten suchen!«

Warum können Frauen eine Affäre nicht einfach genießen, so lange sie dauert, und dann einen Schlußstrich darunter ziehen? dachte Colm entnervt. Bei Männern funktioniert das doch auch! Immer diese theatralischen Szenen ...

Doch als er sah, wie Kattie im Taxi davonfuhr, ohne sich noch einmal umzudrehen, fühlte er sich plötzlich seltsam verlassen, tröstete sich aber damit, daß sie ohnehin bald zu ihm zurückkehren würde, er mußte ihr nur ein bißchen Zeit lassen, um sich zu beruhigen. Sie liebte ihn zu sehr, um ganz mit ihm zu brechen.

Doch in diesem Punkt hatte er sich geirrt.

Kattie sprach nie wieder aus freien Stücken mit ihm. Einige Jahre nach ihrer Trennung heiratete sie einen verwitweten Bankier. Gelegentlich begegnete Colm ihr bei irgendwelchen gesellschaftlichen Anlässen, und dann benahm sie sich immer so, als wäre er gar nicht vorhanden. Das erste Treffen war ihm äußerst unangenehm gewesen, doch er hatte keine Miene verzogen, als sie sich ihm offiziell vorstellen ließ – so, als hätten sie sich nie zuvor gesehen. Da sie keine Anstalten machte, ihm die Hand zu reichen, war er froh, daß er es ihr überlassen hatte, den ersten Schritt zu tun. Catherine war jetzt jemand, mit dem man rechnen mußte. Ihre schüchterne Art hatte sie ganz abgelegt, statt dessen strahlte sie Haltung und Würde aus. Durch ihre Heirat war sie auf der Gesellschaftsleiter gleich mehrere Stufen nach oben geklettert, da ihr Mann eine der führenden Banken des Landes leitete. Unwillkürlich fragte sich Colm, wenn er sie so ansah, ob nicht seine bisherige Einstellung zum Leben und zum anderen Geschlecht von Grund auf falsch war. Ist es möglich, daß mit *mir* etwas nicht stimmt? dachte er, verwarf den Gedanken aber sofort wieder. Natürlich nicht, meldete sich sein Verstand zu Worte. Du brauchst dir keine Vorwürfe zu machen; sie wußte, worauf sie sich einließ, schließlich war er ein verheirateter Mann.

Warum lassen mir all diese Erinnerungen nur keine Ruhe, fragte sich Colm, während er durch das offene Fenster in den strahlendblauen Himmel starrte, und wie um alles noch schlimmer zu machen, mußte er plötzlich an Clonarty denken.

Ein kalter Schauer überlief ihn. Das, was damals in Pater Seamus Maddens Arbeitszimmer vorgefallen war, trieb ihm auch noch als Erwachsenen die Schamröte ins Gesicht. Er versuchte, sich hinter dem alten Zynismus zu verschanzen, der ihm schon oft weitergeholfen hatte. Wenn man ihn gefragt hätte, ob er, hätte er die Wahl, lieber Täter oder Opfer sein wolle, hätte er ohne Zögern geantwortet, er ziehe es vor, der Täter zu sein. Aber im nachhinein kam er zu dem Schluß, daß eine solche Antwort nur purer Verzweiflung entsprungen sein konnte.

»Wer braucht schon andere Menschen?« hatte er nach seinem Schulausschluß zu seiner Mutter gesagt, als er bemerkte, daß alle Augen neugierig auf ihm ruhten.

»Ob es dir nun gefällt oder nicht, Colm, du mußt lernen, mit deinen Mitmenschen zu leben, weil sie nun einmal da sind«, hatte seine Mutter geantwortet und sich dann so leise, daß es kein Umstehender hören konnte, erkundigt: »Ist in der Schule irgend etwas vorgefallen, was dich ... nun, was dich dazu gebracht hat, so etwas zu tun?«

Einen Moment lang war Colm versucht gewesen, ihr alles zu erzählen, aber ein Blick in ihre trüben, gequälten Augen hatte ihn davon überzeugt, daß es besser war, den Mund zu halten.

»Mein Sohn greift einen Priester an!« hatte Maura Nugert dann gestöhnt. »Mein eigener Sohn geht mit einem Messer auf einen Mann Gottes los!«

Ich bin sozusagen ein Kessel voller Geheimnisse, dachte Colm. Aber was ist, wenn dieser Kessel unter übergroßem Druck explodiert? Was ist, wenn ich verrückt werde? Er mußte an Savonarola denken, jenen faszinierenden Mönch, der seine Kindheit so nachhaltig geprägt hatte. Vielleicht hatte auch ihn ein Geheimnis, das der Geschichtsschreibung nicht bekannt war, in den Wahnsinn getrieben.

Colm kehrte in den Klassenraum zurück, konnte sich aber nicht mehr auf den Unterricht konzentrieren und war froh, als die Pausenglocke ihn erlöste. Er lud Kathryn zum Kaffee ein. Sie nahm an und unterhielt sich angeregt, wenn auch nur über oberflächliche Themen mit ihm. Es war klar, daß sie nicht das geringste Interesse an ihm hatte. Colm wußte natürlich, daß die Welt nicht in seiner Jugend stehengeblieben war, aber er war sich immer so vorgekommen, als könne der Zahn der Zeit ihm nichts anhaben. Doch als er jetzt dieser jungen, attraktiven Frau gegenübersaß, erkannte er, daß auch er gealtert war. Er war an einem Wendepunkt angelangt. Jetzt mußte er sich entscheiden, ob sein Leben auch in Zukunft nur von dem Wunsch, Geld zu verdienen, beherrscht werden sollte.

Nach der Pause kehrte Colm nicht zum Unterricht zurück, sondern ging statt dessen in die Uffizien.

Vor Botticellis *Geburt der Venus* blieb er stehen. Dieses Gemälde hatte Robin vor vielen Jahren wie verzückt angestarrt. Was hatte sie nur darin gesehen?

Doch während er das Bild betrachtete, begriff er plötzlich, was es ihm sagen wollte. Es gab so viele Freuden im Leben, man mußte sie nur zu finden wissen. Lange schaute er gedankenverloren auf das alte Meisterwerk zeitgenössischer Kunst, und diesmal sah er, was ihm damals verborgen geblieben war; er sah Unschuld, Anmut und schlichte Fröhlichkeit. Das goldene Haar der Venus erinnerte ihn an Paolas dichte Flechten, und er verließ die Uffizien und machte sich auf den Weg zur Via de' Tornabuoni.

Es war Lunchzeit, wenn er Glück hatte, würde er Paola jetzt zu Hause antreffen. Er würde sie zum Dinner einladen, dann hatte er Gelegenheit, das Gespräch taktvoll auf Pasquales Operation zu lenken und ihr seine Hilfe anzubieten.

Das Summen des Türöffners hieß ihn einzutreten, und Paola erwartete ihn an der Tür ihres Apartments. Ihre Augen flackerten kurz auf, aber Colm konnte nicht sagen, ob Freude oder Zorn der Auslöser war. Sie wirkte höflich, aber distanziert.

»Ich wollte dich fragen, ob du Lust hast, mit mir zu Abend zu essen, Paola.«

Ein abweisender Ausdruck trat auf ihr Gesicht. »Es tut mir leid, aber ich muß noch arbeiten.«

»Dann ein andermal. Sag mir, wann es dir paßt.«

Sie schüttelte abwehrend den Kopf.

»Und warum nicht?«

»Ich habe wirklich zuviel zu tun.« Sie zögerte kurz, ehe sie fortfuhr: »Ich hoffe, du fühlst dich in deiner neuen Umgebung wohl.«

»Meine Abreise war ganz bestimmt keine Kritik an deiner Gastfreundschaft, Paola.«

Sie lächelte ohne jede Wärme. »Mir ist klar, daß du hier über Gebühr beansprucht worden bist. Ich hätte nie erlauben dürfen, daß du Pasquale so oft geholfen hast, und ich hoffe, du nimmst meine Entschuldigung an. Unter diesen Umständen hast du natürlich völlig richtig gehandelt, und ich werde dafür sorgen, daß du dein Geld zurückbekommst.«

Wie immer war ihr Haar kunstvoll frisiert, aber die Augen in dem schönen Florentiner Gesicht funkelten zynisch.

»Um Himmels willen, Paola, ich bin doch nicht ›beansprucht‹ worden, wie du das nennst, und ich will auch kein Geld zurück. Meine Abreise hatte nichts mit dir oder mit mangelndem Komfort hier zu tun, sondern einzig und allein mit mir selbst. Ich mußte allein sein. Es gibt in meinem Leben Dinge, über die ich einmal gründlich nachdenken mußte, und jetzt habe ich zum erstenmal, seit ich erwachsen bin, Zeit dazu.«

Als sie darauf nur kühl nickte, sagte er sanft: »Paola, würdest du mir verraten, welche Summe du ungefähr für Pasquales Operation benötigst?«

Sie erstarrte. »Ich wüßte nicht, was dich das angeht.«

»Doch, ich möchte dir nämlich gerne helfen ... wenn du es mir erlaubst.«

»Nein, danke, das werde ich ganz bestimmt nicht zulassen!«

»Und warum nicht?«

Sie lachte humorlos auf. »Das liegt doch wohl auf der Hand, nicht wahr?«

»Verstehe. Du meinst, du lehnst mein Angebot ab, weil du mich kaum kennst und weil du eine stolze, eigensinnige Frau bist, die lieber sterben würde, als jemandem etwas schuldig zu sein. Aber Pasquale ist jung, er hat noch sein ganzes Leben vor sich! Und ich habe keine Kinder. Ich möchte ihm von Herzen gern helfen.«

Ihre Augen wurden hart. »Nein, danke«, wiederholte sie bestimmt. »Und wenn du mich jetzt entschuldigen würdest ... ich erwarte Besuch.«

Colm musterte die weißgetünchten Wände und das Portrait der jungen Paola. Er wußte nicht, was er noch sagen sollte, er konnte nur noch aus ihrem Apartment und ihrem Leben verschwinden.

»Hast du mich nicht verstanden?« fragte sie kühl, als sie sah, daß er zögerte. »Ich habe jetzt keine Zeit mehr.«

»Ich verstehe nur eines«, unterbrach er sie voller Bitterkeit. »Wenn mir irgend jemand, irgend etwas meinen Sohn, mein einziges Kind wiedergeben könnte, würde ich vor Dankbarkeit auf die Knie fallen. Ganz bestimmt würde ich nicht aus dummem Stolz heraus sein Leben aufs Spiel setzen. Aber mein Sohn ist tot, und ich habe diese Wahl nicht mehr. Er starb vor drei Jahren, genau an seinem dreizehnten Geburtstag. Im Gegensatz zu dir, Paola, konnte ich nichts für ihn tun.«

Er hörte, wie sie scharf den Atem einsog, wandte sich ab und stand schon im Treppenhaus, als er hörte, wie sie ihm nachrief: »Colm, warte einen Moment!« und ihm hinterherlief.

Er drehte sich zu ihr um und sah sie an.

»Es tut mir so leid ... das konnte ich ja nicht wissen«, sagte sie leise. »Ich habe zwar gespürt, daß dich etwas quält, aber ... du solltest darüber reden! Jeder Mensch muß einmal über seinen Kummer sprechen, das erleichtert!« Ihre Augen schwammen in Tränen. »Du versuchst immer, alles in dich hineinzufressen, das kann auf Dauer nicht gut gehen.«

Der Fahrstuhl setzte sich ratternd in Bewegung und verstummte dann wieder.

Paola wirkte unschlüssig. »Ich würde dich ja gern hineinbitten, aber ich erwarte Besuch ...«

Die Fahrstuhltür ging auf, und Paola eilte zu ihrer Wohnungstür zurück. Colm lehnte sich gegen das Treppengeländer. Er war auf ihren Besucher neugierig und verrenkte sich den Hals, um einen Blick auf ihn zu werfen, sah aber nur ein Paar Männerschuhe auf dem Flur. Deren Besitzer ging mit schnellen, zielsicheren Schritten auf Paolas Tür zu. War er es, auf den sie wartete? Hatte sie einen Liebhaber?

Er hörte Paolas Stimme: »Silvestro ... *come stai?*« dann erklang eine männliche Stimme: »*Sei bellissima, come sempre!*«

»Du siehst wie immer bezaubernd aus!« murmelte Colm böse vor sich hin. Mußte demnach tatsächlich ein Liebhaber sein. Zu seiner eigenen Überraschung empfand er plötzlich heftige Eifersucht. Er wartete darauf, daß Paola die Tür schloß, was sie jedoch nicht tat, so daß Colm hören konnte, wie sie sich mit ihrem Gast in der Diele unterhielt. Anscheinend wollte sie nicht mit ihm allein in der Wohnung sein.

Die Männerstimme klang enttäuscht. Leider konnte Colm nicht genau verstehen, was sie sagte.

Papier raschelte. »Ich habe dir alles zurechtgelegt.« Das war Paola.

Colm ging die Treppe hinunter. Er hörte, wie die Wohnungstür geschlossen wurde und der Fahrstuhl wieder abwärts fuhr. Durch den Maschendraht sah er die Silhouette eines Mannes und begriff mit plötzlicher Erleichterung, daß Paolas Besucher schon wieder gegangen war.

Zwei Minuten später stand er im schattigen Hof, zog sein Handy hervor und rief seine Bank in Dublin an. Dann ging er zur Banca di Toscana und von dort zu Paolas Wohnung zurück, wo er einen Umschlag in ihren Briefkasten warf. Sowie dies erledigt war, schlug er den Weg zur Kirche San Marco ein, um seinen alten Freund Savonarola aufzusuchen.

Es war heiß, und er schlenderte langsam am Battistero S. Giovanni und am Duomo vorbei, wo es von Touristen wimmelte, und dann die Via Cavour entlang zur Piazza San Marco. Ein Straßenschild wies ihm den Weg. Colm betrat die alte Kirche. Sie war fast leer, nur in der Nähe des Altars saß ein Paar und unterhielt sich im Flüsterton miteinander. Und da war auch die Statue des irrsinnigen Mönches, über die Robin einst sanft gestreichelt hatte.

Savonarola schien unverändert. Colm setzte sich vor der Statue auf eine Bank und musterte sie eine Weile schweigend.

»Da bin ich wieder«, teilte er dem strengen Bronzegesicht dann leise mit. »Ich habe über mein Leben nachgedacht, und es gibt vieles, was ich aufrichtig bereue. Und nun? Soll ich jetzt auch meinen gesamten Besitz auf der Piazza della Signoria verbrennen? Wäre es nicht viel sinnvoller, Bedürftigen damit zu helfen? Da gibt es zum Beispiel einen Jungen, der wirklich eine Chance verdient hat. Und ich brauche endlich meinen Frieden. Wenn ich den nicht finde, werde ich entweder den Verstand verlieren oder sterben. Was muß ich denn tun, um diesen Frieden zu erlangen? Sag es mir, ich tue alles, was du von mir verlangst!«

Er lehnte sich in der Bank zurück und betrachtete die vornübergebeugte Statue mit den glühenden Augen eindringlich. Sie strahlte einen fast greifbaren Zorn aus, den Colm gut verstehen konnte, weil er dem gleichkam, der durch seinen eigenen Körper tobte und ihn allmählich zerfraß. Er mußte sich mit diesem Zorn auseinandersetzen; mußte lernen, ihn zu akzeptieren und mit ihm umzugehen, bevor die Wut ihn zerstörte.

Colm blickte sich in der Kirche um. Wieder spürte er die Macht, die von dem alten Gemäuer ausging.

»Na schön«, flüsterte er dem irren Mönch dann zu, »die Wahrheit ist, daß ich andere verletze, weil ich selbst an Körper und Seele verletzt worden bin. Aber ich habe eingesehen, daß ein Teil der Schuld auch bei mir liegt. Aber was kann ich jetzt noch tun? All dies ist in meiner Kindheit geschehen, und ich kann die Zeit ja nicht zurückdrehen. Mein eigentliches Problem besteht darin, daß ich mich selbst verabscheue und es immer getan habe, ohne es zu wissen.«

Wieder musterte er Savonarolas asketische Züge. Dieser Mann hatte es einst gewagt, den Papst herauszufordern und hatte voller Eifer die Korruption innerhalb der Kirche angeprangert, bis er schließlich exkommuniziert, aufgehängt und verbrannt worden war. Was konnte er, Colm, von diesem unbeugsamen Priester lernen? Welchen Rat würde er ihm geben?

Savonarola hätte bis zum bitteren Ende gekämpft, dachte Colm. Er war nie vor seinem Schicksal geflohen, und er hatte auch nicht Hand an sich selbst gelegt, sondern bis zuletzt durchgehalten.

»Wir gehören beide einer besonderen Kategorie an ... der der beschädigten Ware«, hatte Robin einst achselzukkend gesagt, so beiläufig, als sei es das Normalste auf der Welt, im Leben Schäden davonzutragen. Sie schien allen Kummer, den das Leben für sie bereit hielt, zu verarbeiten, indem sie so tat, als wäre all das nicht ihr, sondern einer anderen Person zugestoßen. Vielleicht konnte er denselben Trick anwenden, er wollte es zumindest versuchen. Doch gerade, als er aufstehen wollte, fielen ihm die Worte wieder ein, die ihm seine Mutter einst zugeflüstert hatte.

»Was du haßt, wird dich nie loslassen!« hatte sie gesagt. »Du mußt verzeihen lernen, Colm ... nur dann kannst du frei sein!«

Colm barg den Kopf in den Händen und ließ die vergangenen, verlorenen Jahre noch einmal an sich vorüberziehen. Als er den Kopf wieder hob, fühlte er sich, als wäre ihm eine schwere Last von den Schultern genommen worden.

Ich verzeihe! Wenn ich verzeihe, wird auch mir verziehen werden!

8.

Robin saß in einem Café auf dem Piazzale Michelangelo, nippte an einem Espresso und blickte auf Florenz hinunter. Es war ein heißer Nachmittag; die Zeit, wo sie sich normalerweise ausruhte, las oder ihrer Sekretärin Briefe diktierte. Viele Jahre lang hatte sie all ihre Energie darauf verwandt, sich in der Kunstwelt zu engagieren und sich zu einer anerkannten Expertin zu entwickeln, weil diese Tätigkeit ihre Leidenschaft für alles Schöne befriedigte. Sie hatte Stiftungen zur Restaurierung wertvoller Gemälde ins Leben gerufen, sich der Erhaltung von Italiens künstlerischem Erbe gewidmet und war gegenwärtig damit beschäftigt, dazu beizutragen, daß einer Diebesbande das Handwerk gelegt wurde, die Schätze aus den Etruskergräbern stahl und für ungeheure Summen nach London verkaufte. Seit dem Tod ihres Mannes nahmen solche Projekte – neben der Förderung junger Maler und Bildhauer, für die sie sich einsetzte – einen immer größeren Teil ihrer Zeit in Anspruch. Sie dachte sogar daran, in Kürze eine weitere Sekretärin einzustellen.

Doch heute wollte sie einfach nur allein sein. Sie war zum Piazzale Michelangelo gekommen, um ungestört ihren Gedanken nachhängen zu können. Es war unwahrscheinlich, um diese Zeit Freunde oder Bekannte hier zu treffen. Sie hatte den Ferrari ganz in der Nähe geparkt und dann die Stelle gesucht, wo sie und Colm an jenem längst vergangenen Abend miteinander Wein getrunken hatten. Hinterher war es zu einer Auseinandersetzung gekommen, weil er seine Hände nicht hatte bei sich behalten können. Bei dem Gedanken an die beiden Kinder, die sie damals gewesen waren, mußte sie lächeln.

Ihr Blick schweifte über das Panorama, das sich ihr bot: die Stadt, die Hügel in der Ferne, der Fluß, die lebendige Geschichte. Die Spuren längst vergangener Zeiten, die die

Etrusker und Römer überall hinterlassen hatten, faszinierten sie. Sie verstand nicht, wie Menschen ohne Kunst leben konnten. Frederico hatte sie in dieser Leidenschaft noch bestärkt, genau wie er sie in jeder Hinsicht beschützt und anfangs von der Außenwelt abgeschirmt hatte. Er hatte sie auch gezwungen, über ihre Alpträume zu sprechen, nachdem sie mehrfach des Nachts tränenüberströmt aufgewacht war. Als er die volle Wahrheit kannte, hatte er alles auf einem Blatt Papier niedergeschrieben und es dann feierlich verbrannt. »So!« hatte er dazu gesagt. »Von nun an existiert nur noch die Zukunft!«

Er war ein außergewöhnlicher Mann gewesen; besitzergreifend, verwegen und voller Leidenschaft. Aber unter seiner Obhut war sie aufgeblüht, und sie war sehr glücklich mit ihm geworden. Er hatte sie nach New York zurückgebracht und mit sanfter Gewalt dazu überredet, mit ihm die Fordham Road entlangzugehen und ihm den Laden zu zeigen, den Dave Lemming als Tarnung für seine dubiosen Geschäfte benutzt hatte. Dave war noch immer dort; sie stand vor dem Schaufenster, sah ihn hinten im Laden herumwirtschaften und begriff, daß sie ihn damals gar nicht getötet hatte. Panikerfüllt drehte sie sich zu Frederico um, doch zu ihrer Erleichterung forderte er sie nicht auf, hineinzugehen. Sein Gesicht wirkte versteinert, und seine Augen glitzerten böse.

»Bist du sicher, daß es derselbe Mann ist, *amore?*« fragte er weich.

Robin fürchtete, jeden Moment in Ohnmacht zu fallen. Aber sie nickte, woraufhin Frederico sofort ein Taxi rief und sie ins Hotel zurückbrachte.

»Du wirst ihm doch nichts tun, Frederico?«

»Bestimmt nicht!« gab er schroff zur Antwort. »An so einer Hyäne mache ich mir doch nicht die Hände schmutzig!«

Später hörte sie, wie er am Telefon leise auf jemanden einredete. Als der Name Lemming fiel, lief ihr ein eiskalter Schauer über den Rücken. Schüchtern fragte sie Frederico, was das alles zu bedeuten hatte, aber er lächelte nur und beruhigte sie: »Nichts, worüber du dir Gedanken machen müßtest, *mi amore*. Ich habe den Namen nur an die richtigen Stellen weitergeleitet.«

»Die Polizei? Aber Frederico … ich könnte es nicht ertragen, der Polizei die ganze Geschichte zu erzählen!«

Er strich ihr beschwichtigend über das Haar. »Wer redet denn hier von der Polizei? Denk einfach nicht mehr daran, Roberta. Du bist gerächt worden, damit hat es sich.«

Es war ein Befehl gewesen.

Das Leben mit Frederico glich einem Leben im Schoß der Götter. Bei ihm konnte ihr kein Leid geschehen; sie bewegte sich sozusagen in einem hermetisch abgeriegelten, aber sicheren Raum. Zuerst war Robin dies sehr recht gewesen. Sie wußte, daß die Welt außerhalb dieses Raumes kalt und gefährlich war, und anfangs hatte sie nicht das geringste Verlangen verspürt, ihr Refugium zu verlassen. Erst im Laufe der Jahre wagte sie die ersten zaghaften Schritte nach draußen, gewann nach und nach an Selbstvertrauen und innerer Reife und fand schließlich ihren eigenen Platz im Leben. Manchmal wurde ihr bewußt, daß sie einen Großteil ihres Glücks jenem Jungen zu verdanken hatte, den sie vor vielen Jahren kennengelernt und der ihr sowohl im wörtlichen als auch im übertragenen Sinne das Leben gerettet hatte. Voller Mitleid dachte sie an die beiden verlorenen Kinder zurück, die sie damals gewesen waren, sie und Colm. Auch heute noch stimmte es sie traurig, daß sie ihm zweimal geschrieben hatte, ohne je eine Antwort zu bekommen. Nach seiner überstürzten Heimreise nach Irland hatte er ihr zwar Geld geschickt, aber nachdem er sie im Krankenhaus zurückgelassen hatte und nicht wiedergekommen war, war sie davon ausgegangen, daß er nun, wo er zumindest einen Teil der Wahrheit kannte, kein Interesse mehr an einem Mädchen wie ihr hatte. Allerdings peinigte sie das Gefühl, ›beschädigte Ware‹ zu sein, schon lange nicht mehr. Frederico hatte einmal zu ihr gesagt: »Es stimmt, daß Hyänen Gazellen jagen, Roberta. Aber eine Hyäne bleibt immer ein Aasfresser, und eine

Gazelle«, hier hatte er ihr die Hand geküßt, »bleibt immer ein wunderschönes Tier.«

Einmal hatte sie versucht, ihn über das Schicksal Dave Lemmings auszufragen, aber er hatte sich nur wortlos abgewandt und ihr keine Antwort gegeben.

Erst nach Fredericos Tod hatte sie von der Anzeige in der *New York Times* erfahren und begriffen, daß ihr Mann einiges vor ihr geheimgehalten hatte. Als sie seine privaten Papiere im Schreibtisch durchgesehen hatte, war sie zufällig auf einen vergilbten Zeitungsausschnitt gestoßen und wollte ihn schon achtlos wegwerfen, als ihr plötzlich ihr eigener Name ins Auge stach.

> Robin (Roberta) McKay, geboren am 15. September 1950, zuletzt wohnhaft Channing Road, North Bronx, wird gebeten, sich mit Colm in Verbindung zu setzen. Chiffre 4421

Sie las die kurzen Sätze mehrmals verblüfft durch und fing dann an zu weinen. Hatte Frederico hinsichtlich dieser Anzeige etwas unternommen? Hatte er sie vielleicht sogar beantwortet?

Sie befragte seinen Privatsekretär, der viele Jahre für Frederico gearbeitet hatte. Er las die Anzeige, schüttelte verwundert den Kopf und sagte, darüber wisse er gar nichts. Warum war sie nicht informiert worden? fragte Robin sich aufgebracht. Da sie Frederico kannte, würde es sie nicht wundern, wenn noch mehr hinter der Geschichte steckte. Hatte Colm ihr zum Beispiel nach seiner Ankunft in Irland noch einmal geschrieben, und Frederico hatte die Briefe unterschlagen?

Aber mit welchem Recht hatte er sich trotz seines Verlangens, sie zu beschützen, angemaßt, ihr etwas so Persönliches wie diese Anzeige vorzuenthalten? Robin überlegte kurz und kam zu dem Schluß, daß Frederico alles, was mit ihrem früheren Leben zu tun hatte, von ihr ferngehalten hätte. Hatte er an jenem Abend in New York nach dem geheimnisvollen Anruf nicht ihre gesamte Vergangenheit symbolisch verbrannt und sie hinterher so zärtlich umarmt, als sei sie neu geboren worden?

Das hier ist mein Leben, dachte Robin, während sie auf Florenz hinabschaute. Wie gut sich doch alles gefügt hat! Ich bin reich, verfüge sogar über eine gewisse Macht, ich habe eine Familie, und ich bin zufrieden.

Was würde Colm von alldem halten? Schuldbewußt erinnerte sie sich an den Lügenberg, den sie ihm aufgetischt hatte. Aber im September des Jahres 1968 war sie nur ein Stück Treibgut auf dem Strom des Lebens gewesen. Frederico hatte zwar ihre Vergangenheit symbolisch vernichtet, aber ihre Erinnerungen hatte er nicht auslöschen können.

Sie dachte an ihren Vater, wie so oft in der letzten Zeit, und fragte sich, was er wohl sagen würde, wenn er sehen könnte, wie weit sie es gebracht hatte. Jack McKay war keineswegs ein wohlhabender Reeder gewesen, sondern ein häufig arbeitsloser Vertreter, und sie hatten in einem schäbigen Haus in der North Bronx in New York gewohnt.

Sie erinnerte sich daran, daß Jack oft zu weitschweifigen Erzählungen neigte, wenn er getrunken hatte. In solchen Momenten pflegte er viel über seine irischen Wurzeln und seine angebliche Abstammung vom letzten König Irlands zu schwafeln.

»Die Welt hat uns so viel zu sagen, Robbie ... sieh dir so viel von ihr an, wie du nur kannst.«

Heute dachte Robin mit einer Mischung aus Trauer und Zuneigung an ihn zurück. Ein geplanter Schulausflug nach Europa fiel ihr wieder ein. Er hatte ihr erlaubt, daran teilzunehmen, und sie hatte sich sofort einen Reisepaß beschafft. Ein Stück Papier, das sie auf dem Bürgersteig gefunden hatte, hatte ihre Neugier geweckt. Es war eine aus einem Reiseprospekt herausgerissene Seite, die eine merkwürdige gelbliche Brücke mit Fenstern zeigte. Die Unterschrift darunter lautete: »Die Ponte Vecchio in Florenz.« Robin verbrachte den ganzen Abend damit, die Brücke abzuzeichnen und dann farbig auszumalen. Ihr Vater kam dazu, um zu sehen, was sie da trieb.

»Nicht schlecht, Kleines«, lobte er, die Zeichnung bewundernd betrachtend. »Weißt du eigentlich, daß die Familie deiner Großmutter aus dieser Ecke stammt – aus Florenz, meine ich.«

Robin fragte sich, ob er sie schon wieder auf den Arm nehmen wollte. Aber sie wußte, daß ihre Großmutter Italienerin gewesen war, das wurde oft erwähnt, wenn Jack laut darüber nachdachte, woher seine Tochter ihr gutes Aussehen hatte.

»Du kommst nach deiner Familie mütterlicherseits, Kleines. Ich bin keine Augenweide, und meine Leute in der alten Heimat können auch keine Schönheitswettbewerbe gewinnen.«

»Weißt du den Familiennamen noch, Daddy?«

»Nein ... aber deine Oma hieß mit Vornamen Carmina. Du erinnerst dich doch noch an sie?«

»Sie starb, als ich gerade zwei Jahre alt war, Daddy. Habe ich denn noch Verwandte da unten ... in Italien?«

»Ich weiß es nicht. Deine Mom hat nie etwas davon gesagt.«

Robin hatte sich ein Buch über die Kunstschätze von Florenz aus der Bücherei ausgeliehen. Botticellis Werke begeisterten sie, besonders die *Geburt der Venus.* Das Gemälde gaukelte ihr eine friedliche, unschuldige Welt vor, weit weg von stickiger Hitze, Menschenmengen, die sich auf den Bürgersteigen drängelten, überforderten Cops, Wolkenkratzern, Tornados und bitterkalten Wintern.

»Sie sieht dir ja ähnlich, Robbie«, hatte ihr Vater augenzwinkernd gesagt. »Nur ihr Haar ist länger als deines ... und sie könnte ein Unterhemd gebrauchen.«

Robin grinste, als sie an diese Bemerkung dachte. Ungefähr um diese Zeit herum hatte sie eine Kohlezeichnung von ihrem Vater angefertigt und an die Wand gepinnt, damit er sie sofort sah, wenn er nach Hause kam.

»Hey ... wirklich gar nicht schlecht, Robbie!«

»Wenn ich mit der Schule fertig bin, möchte ich Kunst studieren, Daddy. Schwester Anna sagt, ich hätte Talent.«

»Wozu soll das denn gut sein?« fragte Jack mit einem nachsichtigen Lächeln. »Du brauchst einen Job, mit dem du deinen Lebensunterhalt verdienen kannst. Ein Kunststudium ist nur was für Leute mit Geld.«

Jack hatte immer versucht, ihr ein guter Vater zu sein. Er ging mit ihr in den Zoo oder in den Botanischen Garten, und im Sommer, wenn die Hitze unerträglich wurde, unternahm er mit ihr Tagesausflüge nach Coney Island. Dort saß sie dann im warmen Sand, sah den Flugzeugen nach, die in Idlewild starteten und landeten und fragte sich, wo sie wohl herkamen oder hinwollten. Italien, dachte sie, während sie einem gerade gestarteten Flieger nachsah, bis er verschwunden war. Vielleicht landet diese Maschine bald in Florenz.

»Wie lange dauert ein Flug nach Florenz?« fragte sie Jack.

»Florenz? Laß mich mal überlegen … so zehn oder zwölf Stunden, denke ich. Du kannst natürlich auch mit einem Jet fliegen, das geht schneller, aber dazu müßtest du erst einmal zum Jet-Set gehören, haha.« Nach kurzem Zögern fuhr er dann fort: »Weißt du was, Robbie? Wenn ich im Lotto gewinne, dann reisen wir beide nach Italien, okay?«

Sie hatte die Gelegenheit sofort beim Schopf gepackt. »Wir wollen von der Schule aus nach Europa fahren, Daddy. Darf ich mit?«

»Natürlich darfst du.«

Sie hatten zwar kein Geld für die Reise, aber sie hatte sich trotzdem einen Paß besorgt … nur für alle Fälle.

Robin blickte auf das rubinbesetzte Armband, das ihr schmales Handgelenk zierte, auf ihre sorgsam manikürten Hände und die kostbaren Ringe, die sie trug. Das Sonnenlicht fing sich in den funkelnden Diamanten. Vor langer Zeit hatten eben diese weichen, gepflegten Hände die ganze Hausarbeit verrichtet und häufig genug Jacks Krawatte gelockert, wenn er nach einem Kneipenbesuch in seinem Sessel eingeschlafen war.

Die Wohnung in der Channing Road hatte in der Nähe des Cross Bronx Expressway gelegen, in einem großen

Sandsteinhaus, in dem es keinen Fahrstuhl gab. Die Tapete war vergilbt und schmutzig.

»Laß uns die Wände doch streichen, Daddy ... in Weiß zum Beispiel.«

»Klar ... wir geben ein Vermögen dafür aus, und der Vermieter lacht sich auf dem Weg zur Bank halbtot.«

Dennoch hatte sie eigenhändig alles gestrichen, ein paar billige Drucke aufgehängt und Kissen für die Couch genäht. Die Wohnung wimmelte von Kakerlaken, so daß jeden Samstag der Kammerjäger kommen mußte.

In der Nachbarschaft lebten Juden, Iren und Polen, die kleine, verschworene ethnische Gruppen bildeten. Es ging laut und lustig zu. Jack ging regelmäßig in O'Briens Bar in der Orchard Avenue, und wenn er in den frühen Morgenstunden heimkam, brüstete er sich zumeist damit, wieder einmal den Wettbewerb im Stühleheben gewonnen zu haben (hierbei mußte ein Stuhl mit ausgestrecktem Arm über den Kopf gehoben werden, Anwinkeln war nicht gestattet). In solchen Nächten lag Robin wach, wartete auf ihn und lauschte dem Verkehrslärm oder dem Rattern des Fahrstuhls in der 145th Street. Sonntags ging Jack regelmäßig mit ihr zur Messe, ob er nun einen Kater hatte oder nicht, und hinterher fand eine Pokerrunde statt, der er nur selten fernblieb.

Als sie sechzehn war, wurde bei Jack Leberkrebs diagnostiziert.

»Ich hab' ein kleines Problem, Robbie ... aber die Weißkittel kriegen mich schon wieder hin.«

Die Krankheit raffte ihn schnell dahin. Kurz vor dem Ende versicherte er ihr noch, daß es ihm nun bald besser gehen werde, doch drei Tage vor seinem Tod sanken seine Augen plötzlich tief in die Höhlen, und sein Blick wirkte so entrückt, als sähe er etwas, was außer ihm niemand wahrnehmen konnte. Er verabschiedete sich nicht von seiner Tochter und gab auch durch nichts zu erkennen, daß er um seinen bevorstehenden Tod wußte, sondern er flüsterte Robin nur zu: »Paß gut auf dich auf, mein Kleines.«

»Du kannst vorerst zu uns ziehen«, bot ihr damals Mrs.

Cassidy vom Apartment über ihnen an. »Zumindest so lange, bis wir eine andere Lösung gefunden haben. Du brauchst jemanden, der sich um dich kümmert ... eine Pflegestelle wäre wohl das Richtige.«

»Kommt nicht in Frage! Ich bin erwachsen ... ich werde mir einen Job suchen!«

»Und die Schule?« erkundigte sich Mrs. Cassidy besorgt. »Du mußt doch deinen Abschluß machen.«

»Ich bin sechzehn, und ich denke nicht daran!« gab Robin zurück, der plötzlich klar wurde, daß sich das Tor zur Freiheit vor ihr auftat. Wenn sie einen Job fand, konnte sie ihren Lohn sparen und nach Italien reisen! Dort würde sie sicher auch irgendeine Arbeit finden, und dann konnte sie sich alle Zeit der Welt nehmen, um diese wunderbare Brücke und all die Gemälde und Kunstschätze zu besichtigen! Sie bedauerte nicht, ihre Ausbildung abbrechen zu müssen, jegliche Vernunft war in einem Malstrom aus Kummer, Angst und freudiger Erregung untergegangen. Sie ertrug den Gedanken nicht, in Kürze auf die Sozialfürsorge angewiesen zu sein. Mach voran, mahnte sie sich, such dir einen Job und ein Zimmer, sieh zu, daß du hier wegkommst ...

Also stutzte sie ihr Haar zu einem fransigen Bobschnitt, stopfte ihre Sachen in den großen alten Rucksack, den Jack immer auf Angeltouren mitgenommen hatte, nahm seinen Schlafsack und packte die Büchereibücher zusammen mit ihrem Skizzenblock und ein paar Bleistiften in eine leinene Schultertasche. Dann steckte sie noch das Kruzifix ihrer Mutter ein, das Jack in der Hand gehalten hatte, als er starb, und verließ die Channing Road für immer.

Sogar nach so langer Zeit kann ich noch immer nicht begreifen, wie ich so blauäugig in mein Verderben rennen konnte, dachte Robin ergrimmt. Es gab doch wirklich genug andere Läden, anständige Läden, wo ein ausgeschriebener Job nicht gleich eine Freifahrt in die Hölle bedeutet hätte!

Sie hatte das Schild in einem Schaufenster in der Fordham Road gesehen: ›Aushilfe gesucht, auch ungelernte

Kräfte angenehm‹. Es war ein kleiner Laden gewesen, der einem gewissen Dave Lemming gehörte. Damals konnte sie allerdings noch nicht wissen, daß dieser das Geschäft nur als Tarnung für seine illegalen Aktivitäten benutzte.

Als sie sich bewarb, musterte Lemming sie lächelnd.

»Es geht um Ihre Anzeige im Schaufenster«, sprudelte sie hervor. »Ich möchte den Job gerne haben.«

»Wie heißt du denn, und wo wohnst du?«

»Robin McKay. Ich brauche einen Job und eine Unterkunft. Ich bin von zu Hause ausgezogen.«

»Wie alt bist du, Robin?«

»Sechzehn.«

»Wirklich?«

»Ich hab' meine Geburtsurkunde dabei.«

Sie förderte ein zerknittertes Dokument zutage.

»Und woher soll ich wissen, daß das wirklich deine ist?«

»Weil ich es Ihnen sage, Mister, und weil ich nicht mit einer Sammlung geklauter Geburtsurkunden in der Tasche durch die Gegend laufe.« Sie wühlte in ihrer Umhängetasche und holte ihren Paß hervor. »Hier. Glauben Sie mir jetzt?«

Er blickte auf den Paß und verglich das Foto mit ihrem Gesicht. »Hast du irgendwelche Erfahrung?«

»Ich hab' am Wochenende oft in einem Drugstore ausgeholfen.«

»Wo wohnen denn deine Eltern?«

»Die sind tot. Mein Dad ist vor zehn Tagen gestorben.«

Robin erinnerte sich, wie Lemmings Augen bei diesem Satz aufgeleuchtet hatten. Schon damals hätte ihr ein Verdacht kommen müssen.

»Wann kannst du denn anfangen, Robin?«

»Jetzt sofort. Ich muß mir nur noch ein Zimmer suchen.«

»Du kannst gerne eine Weile hierbleiben. Hinter dem Laden hab' ich noch einen Raum frei. Ich zeig' ihn dir gleich.«

Er führte sie in ein Zimmer, dessen Fenster zur Feuerleiter hinausging. Eine komplette Fotoausrüstung stand darin, Stative, Scheinwerfer, Kameras, einfach alles.

»Ich bin Hobbyfotograf«, erklärte Lemming, als sie eine dementsprechende Bemerkung machte.

»Sind Sie gut?«

»Allerdings ...«

Robin verzog angesichts dieser Erinnerung wütend das Gesicht und biß die Zähne zusammen. Allein dieses tückische Lächeln hätte mir eine Warnung sein müssen, dachte sie. Aber ich war ja so jung und dumm, ich bin ihm wie eine Fliege auf den Leim gegangen!

Am ersten Tag hatte sie in Dave Lemmings Feinkostladen Schinken- und Hühnchensandwiches zubereitet und Pizzas belegt. Dave zeigte ihr, wo die Vorräte aufbewahrt wurden und wie sie die einzelnen Salate machen mußte.

Es ist ein Anfang, hatte sie sich damals gesagt. Nicht berauschend, aber immerhin ein Anfang.

An jenem ersten Tag war sie erst spät mit der Arbeit fertig geworden. Nachdem sie das Lager aufgeräumt hatte, war sie in ihr Zimmer gegangen, hatte das Licht angeknipst, sich auf die schäbige Matratze gesetzt und angefangen, ihren Rucksack auszupacken.

Die Nacht brach herein, und die Kameras, Stative und ihr eigenes Gesicht spiegelten sich in der Fensterscheibe wider.

Es klopfte an der Tür.

»Ich bin's nur, Dave ...«, flüsterte eine Stimme.

»Was gibt's denn?«

»Ich wollte nur fragen, ob alles in Ordnung ist. Brauchst du noch irgend etwas?« Robin kam es so vor, als versuchte er, vorsichtig den Türknauf zu drehen, aber sie hatte wohlweislich auch noch den Riegel vorgeschoben. »Mir geht es bestens, Mr. Lemming. Ich wollte gerade schlafen gehen.«

Einen Moment lang herrschte Stille, dann sagte er: »Na schön, schlaf gut. Aber nenn mich ruhig Dave, hörst du?«

»Okay.«

»Ich weck' dich dann morgen früh.«

»Okay.«

Sie hörte, wie er sich zögernd entfernte.

Eine Woche später hatte der Alptraum dann begonnen.

Er war durch das Fenster an der Feuerleiter eingestiegen, während sie schlief. Halb betäubt, schon bald geistig und körperlich gebrochen, hatte sie alles über sich ergehen lassen und in diesem Moment den Glauben an das Gute im Menschen endgültig verloren. Es gab Dinge, die man sich einfach nicht vorstellen konnte, wenn man erst sechzehn Jahre alt war und an Gott glaubte.

Das Gedächtnis spielt einem doch oft schlechte Streiche, dachte Robin. Manches kommt einem so vor, als sei es erst gestern gewesen, und an andere Dinge kann man sich nur ganz verschwommen erinnern. Und meistens steht einem gerade das, was man lieber vergessen hätte, besonders klar vor Augen. Na ja, wenigstens habe ich damals den Mut aufgebracht, dem Kerl seine eigene Kamera über den Schädel zu hauen. Ich dumme Gans war fest davon überzeugt, ihn umgebracht zu haben. Ich habe mich so in das Gefühl hineingesteigert, einen Mord begangen zu haben, daß ich sogar meine morgendliche Übelkeit auf psychische Ursachen geschoben habe. Großer Gott!

Zum Glück konnte ich ihm sein Geld und die gottverdammte Uhr abnehmen, auf die er so stolz war. Was wäre wohl aus mir geworden, wenn ich geblieben wäre? Wo wäre ich dann heute? Robin erschauerte leicht. Damals dachte ich, Gott hätte mich verlassen, dabei hat Er nur darauf gewartet, daß ich aus eigener Kraft etwas unternehme. Man darf sich eben nicht ganz allein auf Gott verlassen, sondern muß Ihm auf halbem Wege entgegenkommen.

Sie erinnerte sich daran, wie sie am Flughafen gestanden und sich bemüht hatte, so gelassen wie möglich zu wirken, obwohl sie sicher gewesen war, jeder müsse das Kainsmal auf ihrer Stirn bemerken. Sie hatte der Angestellten am Al-Italia-Schalter erzählt, sie sei auf dem Weg zu ihrer Mutter. Dann war sie ein paar Tage wie ein kopfloses Huhn in Rom umhergeirrt, hatte eine Mitfahrgelegenheit nach Florenz gesucht und war dem nächsten Wegelagerer in die Hände gefallen, der ihr den größten Teil ihrer Barschaft abgenommen hatte. Und dann war da der irische Student gewesen, an jenem kleinen Strand bei Civitavecchia – gerade als sie erwogen hatte, einfach ganz weit ins Meer hinauszuschwimmen und alles Leid hinter sich zu lassen.

Gott hatte ihr Colm Nugent geschickt. Instinktiv hatte sie gewußt, daß sie in Sicherheit war, solange sie bei ihm blieb. Robin dachte an ihre Abmachung, sich auf der Piazza della Signoria wiederzutreffen. Es bedrückte sie, daß das vereinbarte Datum – der 15. September 1996, ihr sechsundvierzigster Geburtstag – so unmittelbar bevorstand.

Sie blickte auf ihre Ringe und das schimmernde Armband hinab. Da schleppe ich am hellichten Tag ein Vermögen mit mir herum, dachte sie schuldbewußt. Ist das nun aus Dummheit, oder zeigt das einfach nur die Sorglosigkeit einer Frau mit mehr Geld als Verstand?

Bin ich vielleicht unbewußt der Meinung, mein Wert würde sich allein an materiellen Dingen messen? Oder trage ich den Schmuck auf offener Straße, um zu beweisen, wie wertlos irdische Güter letztendlich doch sind? Sie überlegte kurz und kam zu dem Schluß, daß sie es eher zum Gedenken an Frederico tat, der ihr Liebe und Geborgenheit gegeben hatte, bis sie imstande gewesen war, ihr Leben wieder selbst in die Hand zu nehmen.

Die Sonne war inzwischen weitergewandert, und Robin rückte ihren Stuhl in den Schatten. Heutzutage achtete sie sehr auf ihre empfindliche Haut und benutzte stets ein Sonnenschutzmittel mit hohem Lichtschutzfaktor.

Wieso hoffe ich eigentlich, daß Colm am Sonntag kommt? dachte sie. Das ist doch unsinnig, er hat mich bestimmt längst vergessen.

Wie mochte sein Leben wohl verlaufen sein? War er erfolgreich, glücklich verheiratet und hatte Kinder? Hatte er vergessen, was ihm während seiner Schulzeit angetan worden war und endlich seinen Frieden gefunden?

Sie warf einen Blick auf ihre Uhr. Ich sollte besser nach Hause fahren, mahnte sie sich. Um fünf treffe ich mich mit dem Museumsvorstand, und vorher muß ich mit Luigi über den Verkauf des Hauses am Bois de Boulogne sprechen; es hat doch keinen Sinn, es weiter zu unterhalten, wenn es kaum benutzt wird.

Außerdem mußte sie unbedingt ein ernstes Wort mit Graziella reden. Es kam überhaupt nicht in Frage, daß ihre Tochter in ihrem Alter schon ein Motorrad bekam!

Robin seufzte, als sie an die unvermeidliche Auseinandersetzung dachte. »Ich habe doch wirklich genug Probleme«, flüsterte sie halblaut. »Und da sitze ich hier und jammere längst vergangenen Zeiten hinterher. Gut, daß Graziella von alldem keine Ahnung hat, sie würde es sofort gegen mich verwenden.«

Nachdenklich blickte sie über die roten Dächer von Florenz hinüber zu den Bergen.

Warum bringt die Zeit nicht gnädiges Vergessen mit sich? fragte sie sich. Warum erinnert man sich oft noch so lebhaft an längst Vergangenes, als sei es erst gestern gewesen?

Als sie aufstand, hallten in ihrem Kopf plötzlich Worte wider, die sie in einer Nacht in einer anderen Welt gehört hatte. »Du ahnst ja nicht, was in mir vorgeht, Robin. Für mich bist du eine Offenbarung!«

Robin zwinkerte, um die aufsteigenden Tränen zu unterdrücken. Am besten, sie wartete ab, wie sie sich am Sonntag fühlte, und entschied dann, was sie tun wollte.

In der Via de' Tornabuoni reichte Pasquale seiner Mutter den Brief, den er vor wenigen Stunden im Briefkasten gefunden hatte.

Es war schon Abend. Paola war gerade mit zwei Einkaufstaschen beladen nach Hause gekommen, hatte sich eine Schürze umgebunden und bereitete nun das Abendessen zu. Ein neuer Student sollte in Kürze eintreffen; Ersatz für die heimgereiste Jill. Es war ein junger Amerikaner, der Kunstgeschichte studierte. Auch seine Eltern wurden zum Essen erwartet.

Paola zitterte vor Erschöpfung, und auch das Muskelzucken unter ihrem linken Auge, das sie immer bekam, wenn sie sehr müde war, hatte sich wieder eingestellt.

Aber sie war froh, daß sich endlich ein Käufer für das Grundstück in Sizilien gefunden hatte. Der Makler hatte sie telefonisch verständigt, und Cinzia bereitete schon den Vertrag zur Unterschrift vor.

Auch Colms kurzer Besuch am Mittag lag ihr auf der Seele. Sie war nicht allzu freundlich mit ihm umgegangen, obwohl sie wußte, daß er jedes Wort ernst gemeint hatte. Doch seine Abreise hatte sie aus der Fassung gebracht, und sie hatte nicht gewollt, daß er es merkte. Sie durfte gar nicht daran denken, daß er sein einziges Kind verloren hatte; für ihn war ihr eigener schlimmster Alptraum wahr geworden!

Sie mußte sich bei ihm für ihr Verhalten entschuldigen. Sein Angebot war gut gemeint gewesen, und inzwischen bedauerte sie, es so schroff abgelehnt zu haben. Pasquales bleiches Gesicht war wie eine stumme Anklage. Paola nahm ihrem Sohn den Umschlag aus der Hand, griff nach einem Küchenmesser, schlitzte ihn auf und starrte ungläubig auf den Inhalt.

Liebe Paola,
zerreiß diesen Scheck, wenn du willst, aber frag bitte Pasquale, ehe du das tust, es geht nämlich um sein Leben.
Colm.
P. S. An dieses Angebot sind keinerlei Bedingungen geknüpft.

Ein Scheck über fünfzig Millionen Lire flatterte auf den Tisch. Paola las den kurzen Brief noch einmal, faltete ihn dann zusammen und setzte sich auf einen Stuhl.

»Was steht denn drin?« fragte Pasquale, der in die Küche zurückgekommen war und seine Mutter verwundert ansah. Diese nahm den Brief vom Tisch und hielt ihn ihrem Sohn hin.

Pasquale las ihn, dann blickte er auf den Scheck auf dem Tisch. Seine Augen leuchteten freudig auf.

»Was meinst du dazu?« fragte Paola ihn. »Die Entscheidung liegt bei dir.«

Pasquale drehte sich zu seiner Mutter um und antwortete bedächtig: »Was soll ich dazu sagen, Mamma? Du kannst dir doch denken, wie meine Entscheidung ausfallen wird. Ich will leben!«

Am nächsten Morgen betrat Colm die Scuola Linguistica beschwingter, als er sich seit Jahren gefühlt hatte, und lächelte Anna an, die soeben aus dem Fahrstuhl trat und sich schwer auf ihren Stock stützte.

»Buon giorno, Signora.«

»Buon giorno, Colm«, erwiderte Anna und warf ihm über den Rand ihrer Brille hinweg einen verschmitzten Blick zu. *»Hai l'aria molto contento!«* Colm verstand, daß sie eine Bemerkung über seine gute Laune gemacht hatte, aber ihm fehlten die Worte, um ihr zu antworten.

»Bist du so fröhlich, weil heute ein so herrlicher Tag ist?« fragte Anna auf englisch, wobei sie wie ein ungezogenes Schulmädchen, das Angst hat, bei einer Missetat ertappt zu werden, über ihre Schulter schielte. Colm setzte gerade zu einer Antwort an, als er hörte, daß die Schulsekretärin seinen Namen rief.

»Signor Nugent ... *una lettera!*« Dabei hielt sie einen Umschlag in die Höhe.

Colm ließ sich an einem Schreibtisch nieder und inspizierte den Brief. Er trug eine irische Marke, aber er brauchte einen Moment, um die Handschrift zu erkennen. Früher war ihm Alices Schrift vertraut gewesen, aber sie hatte ihm seit Jahren nicht mehr geschrieben. Daß er gerade jetzt einen Brief von ihr bekam, hielt er für ein gutes Zeichen. Hastig riß er den Umschlag auf.

Lieber Colm,
deine Nachbarin Sue Donnelly sagte mir, daß du krank warst und nach Florenz gefahren bist, um dich dort zu erholen. Hoffentlich geht es dir inzwischen besser. In der letzten Zeit denke ich oft an dich und daran, wie schwer wir dir das Leben nach dieser Clonarty-Geschichte gemacht haben. Ich mache mir und Liam des-

wegen große Vorwürfe, aber die Hauptschuld lag wohl bei Dad. Er ist über Moms Tod nie hinweggekommen.

Du weißt doch sicher noch, daß er sich damals von uns allen zurückgezogen und seinen Kummer ständig im Alkohol ertränkt hat. Er war es, der mir gesagt hat, ich solle die Briefe aus Italien verbrennen, die für dich gekommen sind. Einen hat er geöffnet, und als er sah, daß er von einem Mädchen war, mußte ich sie alle ins Feuer werfen. Ich habe dir nie etwas davon gesagt, aber glaub mir, ich hatte immer ein schlechtes Gewissen deswegen. Am Tag von Dads Beerdigung wollte ich dir eigentlich alles beichten, aber irgendwie schien nie der richtige Moment dafür zu sein. Ich hoffe nur, daß in diesen Briefen nichts Wichtiges stand. Jetzt ist es zwar längst zu spät, aber ich will endlich reinen Tisch machen. Bei mir ist ein Knoten in der Brust gefunden worden, und die Ärzte wollen eine Gewebeprobe entnehmen. Ich bin zwar sehr zuversichtlich, aber bei so etwas kann man ja nie wissen. Jedenfalls hat mich diese Sache in dem Entschluß bestärkt, dir die ganze Wahrheit zu sagen, vorsichtshalber nur.

Colm stand auf, trat auf die Terrasse hinaus und lehnte sich gegen die Wand. Rasch überflog er die nächste Seite.

Es ist schon merkwürdig, wie sich alles im Leben ändert. Die Jungs gehen in ein paar Wochen aufs College zurück, dann wird es hier ziemlich still werden. Kürzlich habe ich zum erstenmal seit Jahren Kattie Clohessy wiedergesehen. Sie fragte nach dir, und als ich sagte, daß du krank warst, bat sie mich, dich zu grüßen und dir gute Besserung zu wünschen. Ich war froh, sie zu sehen, ich finde es traurig, daß so viele Freundschaften still und leise in die Brüche gehen. Aber wenigstens findet man im Kreis der Familie noch Trost und Kraft – wenn die Familie zusammenhält.

In jüngster Zeit sind viele Fälle von Kindesmißbrauch bekanntgeworden. Der letzte, der deswegen vor

Gericht kam, war ein Priester vom Clonarty College, und zwar kein geringerer als der ehemalige Schulleiter persönlich. Er hat gestanden, fünfzehn Schüler sexuell belästigt und mißbraucht zu haben. Diese Verbrechen liegen zwar schon Jahre zurück, aber seine Opfer haben sich erst jetzt dazu durchgerungen, ihn anzuzeigen. Ich habe diesen Mann im Fernsehen gesehen, es war ein klappriger alter Bursche, der immer krampfhaft versucht hat, den Kameras auszuweichen. Er heißt Pater Madden. Der Name ließ etwas bei mir klingeln. War das nicht der Priester, der dafür gesorgt hat, daß du von der Schule geflogen bist? Colm, ich kann nur beten, daß ich mich irre. Ich darf gar nicht daran denken, was er vielleicht mit dir angestellt hat! Und zu allem Unglück hast du danach auch noch zu Hause soviel durchmachen müssen. Es tut mir alles entsetzlich leid, ich weiß, ich war dir damals keine sonderlich gute Schwester.

Gut, daß die arme Mam nie erfahren hat, wem sie dich da ausgeliefert hat. Dieser Pater Madden war übrigens vor kurzem in einen Autounfall verwickelt, blieb aber unverletzt. Diesmal wird er seiner gerechten Strafe nicht entkommen, die Gerichte nehmen Gott sei Dank keine Rücksicht auf Priestergewänder.

Liam weiß, daß ich dir schreibe. Er läßt dich grüßen und hofft, daß du uns bald einmal besuchen kommst. Er sagt, im Sureen wären schon lange nicht mehr so viele Forellen gewesen.

Alles Liebe von deiner Schwester Alice.

P.S. Der alte Johnny Munroe ist vorige Woche gestorben. Er hat die letzten Jahre in einem Heim gelebt.

Colm las den Brief noch einmal, dann atmete er tief durch. Die Mühlen Gottes mahlen wirklich langsam, dachte er. Ich wußte doch, daß ich unmöglich der einzige sein konnte. Fünfzehn Fälle! Und er hat gestanden!

Er schloß die Augen und lauschte dem Straßenlärm, den Geräuschen der Stadt. Das Leben ging seinen gewohnten Gang, und er würde nach Jahren innerer Zerrissenheit endlich Frieden finden. Ein paar Bögen Papier hatten ihm dazu verholfen, ein simpler Brief von seiner Schwester.

Sein Blick blieb an einer Stelle hängen. Ich mußte sie alle ins Feuer werfen, wiederholte er tonlos. Also *hatte* sie ihm geschrieben! Robin hatte ihm geschrieben, aber ihre Briefe waren in Flammen aufgegangen.

Und Kattie ließ ihn grüßen und wünschte ihm gute Besserung. Welche Macht doch einfache Worte hatten!

Und nun war also der alte Johnny tot, der Mann, der vor so vielen Jahren zu ihm gesagt hatte: »Laß dich nicht von deiner Reise abbringen, Junge. Du wirst nämlich etwas finden, was dein Leben nicht unerheblich verändern kann!«

Johnny hat recht gehabt, dachte Colm. Aber ich glaube, der Veränderungsprozeß in meinem Leben ist noch nicht abgeschlossen.

Nach ein paar Minuten setzte er sich hin, schrieb an Alice, bedankte sich für ihren Brief und wünschte ihr alles Gute.

»Sobald ich wieder in Irland bin, werde ich dich und Liam besuchen«, schrieb er. »Es ist schon viel zu lange her, seit ich das letztemal am Ufer des Sureen geangelt habe.«

Als er an diesem Abend in sein Hotel zurückkehrte, wartete eine weitere Nachricht auf ihn, ein steifer, weißer Umschlag ohne Briefmarke. Colm nahm ihn mit auf sein Zimmer und öffnete ihn. Er enthielt einen Briefbogen und ein mit einer Büroklammer daran befestigtes kleines Foto.

Lieber Colm,
Mamma hat mir deinen Brief und den Scheck gezeigt, und ich möchte mich bei dir bedanken. Bald werde ich operiert. Der Doktor kümmert sich schon um einen Termin.

Ich bin ziemlich aufgeregt, und ich habe auch ein bißchen Angst. Bald werde ich wieder Fußball spielen können.

Wir werden dir das Geld natürlich zurückzahlen, so

schnell es geht, aber ich werde nie vergessen, was du für mich getan hast. Nochmals vielen Dank!

Ich lege ein Foto bei, das dich vielleicht interessiert. Es wurde vor vielen Jahren in Fiesole aufgenommen.

Pasquale

Vorsichtig löste Colm das kleine Schwarzweißfoto aus der Büroklammer. Es zeigte einen Jungen und ein Mädchen, die in einem sonnigen Innenhof voll blühender Geranien an einem Tisch saßen. Hinter ihnen im Tal lag Florenz.

»Du meine Güte!« entfuhr es Colm, als er die beiden jungen Leute, die in die Kamera lächelten, genauer betrachtete. Eine sehr junge Paola und sein eigenes junges Gesicht strahlten ihn an.

9.

Am Sonntag, dem 15. September, schlief Paola bis Glockengeläut sie weckte. Zum erstenmal seit langer Zeit fühlte sie sich erfrischt, ausgeruht – und glücklich. Einen Moment lang kam sie sich so vor, als wäre sie gar nicht Paola Nosterini, sondern ein körperloses Geschöpf in einem leeren Raum, ohne Bedürfnisse, ohne Sorgen, ohne Zukunft oder Vergangenheit. Doch dann holte die Realität sie wieder ein: Pasquales Gesundheit, Colms Großzügigkeit, die Geräusche im Haus, Darinas helles Lachen.

Hoffnung durchströmte sie, als sie an ihr gestriges Telefongespräch mit dem Hausarzt der Familie dachte. Er war bereit, Pasquales Operation in die Wege zu leiten, und wollte sich am Montag mit dem Herzchirurg aus Rom treffen. Seiner Meinung nach könnte die Operation schon in wenigen Wochen durchgeführt werden, und er war sicher, daß Pasquale danach wieder völlig gesund werden würde. Paola holte tief Atem. Für ihren Sohn würde ein neues Leben beginnen. Er hatte wieder eine Zukunft.

Voller Dankbarkeit, aber auch mit leisem Unbehagen dachte sie an Colm. Sie hatte sich noch nicht einmal bei ihm bedankt. Das würde sie von Angesicht zu Angesicht tun, sie würde zu ihm gehen, sich für ihr schroffes Benehmen am Vortag entschuldigen und versuchen, die wahren Gründe für seine großzügige Geste herauszufinden. So ein Angebot machte man nicht aus einer Laune heraus und auch nicht, weil man eine Frau herumkriegen wollte, wie Silvestro in seiner typisch männlichen Arroganz behauptet hatte. Doch Paola hatte die tiefe Trauer in Colm gespürt, sie kannte nun die Tragödie seines Lebens, und fast schämte sie sich, weil ihr Sohn die Chance bekam, die der seine nicht gehabt hatte. Noch heute wollte sie Colm in seinem Hotel aufsuchen und zum Essen einladen.

Sie stand auf und öffnete die Fensterläden. Es würde

ein heißer Tag werden, schon jetzt war die Luft warm und stickig. Als es an der Tür klingelte, warf sie rasch einen Morgenmantel über und öffnete. Es war Silvestro, der Pasquale abholen kam. Sie wollten den Tag in Vallambrosa verbringen. Paola sah, wie Silvestros Augen bei ihrem Anblick aufleuchteten, und wandte sich rasch ab, um ihren Sohn zu rufen.

Pasquale saß in der Küche beim Frühstück. »*Ciao, Silvestro … sono pronto*«, rief er und fügte dann seiner Mutter zuliebe auf englisch hinzu: »Ich bin gleich soweit.«

Paola sah den beiden nach, als sie zum Fahrstuhl gingen. Pasquale winkte ihr zu, Silvestro blieb stehen und musterte sie von Kopf bis Fuß.

Paola wich seinem Blick aus. Mit einemmal fühlte sie sich entsetzlich einsam. Wenn ich doch nur jemanden hätte, den ich lieben und dem ich vertrauen könnte, dachte sie verzagt.

Im Hotel dei Angeli bestellte sich Colm sein Frühstück auf das Zimmer: Orangensaft, Kaffee und frische Brötchen. Zehn Minuten später brachte der Zimmerkellner ein kleines Tablett mit einer weißen Kaffeekanne, einer Saftkaraffe und einem Brotkorb.

Colm gab ihm ein Trinkgeld und schenkte sich eine Tasse Kaffee ein. Obwohl er kaum geschlafen hatte, war er hellwach. Die ganze Nacht hatte er dagelegen und sich mit der Vergangenheit auseinandergesetzt, und seltsamerweise fühlte er sich jetzt wie neugeboren. Er griff nach dem Foto, das Pasquale ihm geschickt hatte, und lehnte es gegen die Kaffeekanne.

Warum hatte er Paola nicht wiedererkannt? Wie hatte er das Mädchen aus dem Römischen Theater vergessen können? Jetzt erinnerte er sich wieder ganz deutlich an sie, an ihr Lachen, an ihren Lerneifer. Sie wollte Journalistin werden, hatte sie gesagt. Oder Schriftstellerin.

Er fragte sich, ob Pasquale ihm das Foto mit Wissen seiner Mutter oder vielleicht gar auf ihren Wunsch hin geschickt hatte. Wenn dem so war, ergaben sich interessante

Möglichkeiten. Hatte sie die ganze Zeit gewußt, wer er war, und nichts gesagt? Er würde sie noch einmal besuchen, heute abend noch. Bei dem Gedanken an ein Wiedersehen mit ihr wurde ihm warm ums Herz, und er begann, fröhlich vor sich hinzusummen.

Nach dem Frühstück nahm er ein Bad und zog sich an, wobei er keinen Gedanken mehr daran verschwendete, daß er nur wenige Nächte zuvor drauf und dran gewesen war, just in diesem Badezimmer seinem Leben ein Ende zu setzen. Die Vergangenheit hatte keine Macht mehr über ihn; er war entschlossen, sich jetzt voll und ganz auf die Zukunft zu konzentrieren. Voller Vorfreude auf den vor ihm liegenden Tag streifte er ein frisches weißes Hemd über, verließ das Hotel und schlug den Weg zur Kirche Santa Maria Novella ein, die er an jenem Morgen vor langer Zeit besucht hatte, während Robin beinahe verblutet wäre.

In der Kirche wurde gerade die Morgenmesse abgehalten. Touristengruppen bewegten sich leise durch die ihnen zugänglichen Teile des Gotteshauses. Die Bankreihen vor dem Altar waren den Gemeindemitgliedern vorbehalten und mit Seilen abgesperrt. Es roch intensiv nach Weihrauch.

Colm blieb im hinteren Teil der Kirche stehen. Er mußte an Sherry denken, seine Frau, die er nie wirklich geliebt hatte. Aber inzwischen hatte er eingesehen, daß Liebe sich nicht erzwingen ließ, auch wenn man es noch so sehr versuchte.

Bei ihrem neuen Mann hatte Sherry nun zwar die Liebe gefunden, nach der sie sich gesehnt hatte, dafür aber Glendale verloren. Von ihm, Colm, hatte sie nicht einen Penny erhalten. Von zweiundzwanzig Ehejahren waren ihr nur ihre Kleider, ihr Schmuck, ein paar Kleinigkeiten aus dem Haus und das, was sie auf ihrem Konto hatte, geblieben. Dieser Umstand entlockte ihm jetzt allerdings kein schadenfrohes Lächeln mehr, sondern erweckte vielmehr sein Mitleid. Seine Gefühle Sherry gegenüber hatten sich gewandelt; er empfand nun eine Art nachsichtiger Zärtlichkeit für sie, so, als wäre sie nicht seine Exfrau, sondern sein Kind.

Was, wenn er ihr das Haus überließ? Er war ein reicher Mann, Glendale bedeutete ihm nichts, aber sie hing daran. Also sollte sie es bekommen und ein kleines Monatseinkommen dazu, als Entschädigung dafür, daß sie es zweiundzwanzig Jahre lang an Colm Nugents Seite ausgehalten hatte. Immerhin hatte sie ihn bei seiner Karriere unterstützt, so gut sie konnte, sie hatte sein Kind zur Welt gebracht, hatte jahrelang für sein persönliches Wohlbefinden gesorgt, sich darum gekümmert, daß seine Anzüge gereinigt und seine Hemden gebügelt wurden und hatte geduldig darauf gewartet, daß er sie wenigstens zur Kenntnis nahm, wenn er ihr schon keine Liebe entgegenbringen konnte.

Colms Gedanken wandten sich seiner Arbeit zu, seinem Büro, dem überladenen Schreibtisch und der Gewißheit, daß jeder neue Tag unweigerlich eine Neuauflage des vorangegangenen sein würde. Eigentlich hatte er wenig Lust, auch weiterhin den größten Teil seiner kostbaren Zeit in seine Arbeit zu investieren.

Aber er konnte ja jederzeit in den Ruhestand gehen, doch was sollte er mit seiner Zeit anfangen, wenn er keine Aufgabe mehr hatte? Aber vielleicht hielt ja das Leben auch für ihn noch ein bißchen Glück bereit …

Colm ging zum Altar hinüber. Er sah das Licht, das durch die Buntglasfenster fiel, sah das Kruzifix über dem Altar, hörte die gemurmelten Gebete der kleinen Gemeinde; sah, wie der Priester in dem langen Meßgewand sich vorbeugte, den Altar küßte und dann über Kelch und Hostie dreimal das Kreuzeszeichen schlug; und plötzlich sah er sich selbst als Kind, wie er mit einem Brieföffner auf einen massigen Mann in schwarzer Soutane losging. Er wartete. Aber er hörte auch weiterhin nur die Stimme des Priesters und sah nur das Licht auf dem Altar und dem Fußboden. Das Bild des in seiner Erinnerung so übermächtigen Mannes in der Soutane schien plötzlich geschrumpft zu sein. Nun war er nur noch der alte, von der Gesellschaft verstoßene Paria, den Alice in ihrem Brief beschrieben hatte. Zum erstenmal regte sich in Colm so etwas wie Mitleid mit dieser Kreatur, und dann begriff er, daß der Schmerz vergangen war.

Er hatte seit Jahren keine Messe mehr besucht, aber heute wollte er an der Zeremonie teilnehmen. Er ging durch das Kirchenschiff und nahm in der linken Seitenkapelle Platz, direkt unter den Fresken, die das Jüngste Gericht, den Himmel und das Paradies zeigten. Genau hier hatte er auch an jenem Morgen vor vielen Jahren gestanden und eben diese Bilder betrachtet.

Zeit seines Lebens hatte Colm versucht, die Erinnerung an diesen schrecklichen Tag zu verdrängen, doch jetzt wollte er sich ihr stellen. Er schloß die Augen und rief sich alles wieder ins Gedächtnis zurück: den Krankenwagen, der Robin mit Blaulicht ins Krankenhaus brachte, die weißen Schleier der Nonnen, die Rollbahre, auf der sie in den Operationssaal geschafft wurde, die Fragen, seine eigene Hilflosigkeit, das qualvolle Warten darauf, daß sie aus dem OP zurückkam, den Plastikschlauch, aus dem Blut in ihre Adern tropfte. Kurz darauf hatte sie das Bewußtsein wiedererlangt, die Augen aufgeschlagen, ihn erkannt und geflüstert: »Tut mir leid, daß ich dir solche Scherereien mache.«

»Ach, Robin … es ist meine Schuld, ich hätte vorsichtiger sein müssen!«

»Es ist nicht deine Schuld.« Sie griff nach seiner Hand. »Aber ich bin wirklich froh, daß ich dich kennengelernt habe, Colm Nugent. Sonst wäre ich …«

»Ich hätte dich heute morgen nicht allein lassen dürfen. Wenn ich doch nur früher zurückgekommen wäre!«

»Es war doch nicht dein Fehler, verdammt noch mal!«

»Schsch … du sollst nicht soviel sprechen, du mußt dich schonen.«

»Sicher.« Ihre Stimme klang matt. »Morgen bin ich wieder fit.« Dann fuhr sie tonlos fort: »Ich hab' dir ein paar Lügen erzählt, weißt du …«

»Wer hätte das gedacht?« sagte Colm lächelnd. »Was waren das denn für Lügen, Robin?«

Sie zögerte kurz, dann gestand sie: »Es gibt zum Beispiel gar keinen Mario Vespucci – ich hab' ihn erfunden.«

Colm sah sie unschlüssig an. »Ich weiß. Aber da sind noch ein paar andere Dinge, die ich gern wissen möchte, Robin, wenn du nicht zu müde bist ...«

Doch sie schüttelte den Kopf. »Morgen«, flüsterte sie. »Im Augenblick komme ich mir so vor, als würde ich überhaupt nicht existieren, als wäre ich nur ein gottverdammter Schatten!«

Eine Schwester mit Haube und Schleier kam auf sie zu und sagte Colm, er müsse jetzt gehen. *»Ha bisogno di dormire ...«* Sie wechselte ins Englische über. »Sie braucht Schlaf.« Ihr von der weißen Haube umrahmtes Gesicht war fahl und teigig, aber ihre Augen blickten gütig.

Colm stand auf und nahm die Nonne beiseite. »Schwester, darf ich Sie etwas fragen?«

»Si?«

Sie wartete stirnrunzelnd, während Colm nach den richtigen Worten suchte. Er verstand wenig von Frauen, aber rechnen konnte er, und er brauchte eine Antwort.

»Kann auch eine Frau, die erst zehn Tage schwanger ist, eine Fehlgeburt erleiden?«

Die Nonne musterte ihn forschend. Sie schien an seiner Intelligenz zu zweifeln. »*Certo!* Viele Frauen verlieren ihre Kinder sehr früh. Oft haben sie gar nicht gewußt, daß sie überhaupt schwanger waren.«

»Aha«, meinte Colm, auf das Bett deutend, in dem Robin lag. »Und in ihrem Fall war das auch so?«

»Nein, bei ihr liegt die Sache anders.«

»Wieso?«

Ob so viel Begriffsstutzigkeit konnte die Nonne nur die Hände ringen. »Weil sie im dritten Monat schwanger war«, erklärte sie, »nicht erst in der zweiten Woche.«

Colm erstarrte. »Sind Sie sicher?«

»Natürlich bin ich sicher!«

Colm betrachtete die schlafende Robin. *Ich hab' dir ein*

paar Lügen erzählt ... Er dachte daran, was der Notarzt gesagt hatte. »Sie wird mit Sicherheit Ihr Kind verlieren.« Aber es war gar nicht sein Kind gewesen, oder?

Er verließ das Krankenhaus und ging zur Pensione Zellini zurück. Es regnete immer noch, und Florenz wirkte trübe und grau. Noch immer hörte er Robins Stimme in ihrer ersten Liebesnacht: »Ich hab's auch noch nie gemacht ... so etwas noch nie!«

So etwas noch nie! Sie war wirklich eine meisterhafte Lügnerin! Er hatte ihr geglaubt, ihr vertraut, ihr gesagt, daß er sie liebte, und dabei hatte sie es schon lange vor ihm mit irgendeinem Kerl getrieben und war sogar schwanger geworden!

Als er die Stufen hochstieg, schwor er sich: Das war das letztemal, daß ich irgend jemandem vertraut habe, das allerletztemal! Nie wieder lasse ich zu, daß mich jemand verletzt! Die Menschen sind alle gleich, sie lügen und betrügen dich, wo sie nur können. Von nun an werde ich mich nur noch darauf konzentrieren, Geld zu verdienen und Karriere zu machen.

Er ging zum Bahnhof und kaufte eine Fahrkarte von Mailand nach Paris. Er hatte wahrlich Besseres zu tun, als sich um ein billiges Flittchen zu kümmern.

Am nächsten Morgen war seine Wut verraucht. Er packte seinen Rucksack, doch der Anblick ihrer Sachen in der Ecke lenkte ihn immer wieder ab. Ihr Rucksack lag offen auf der Seite. Als er ihn aufhob, fielen ein paar Sachen heraus: Jeans, Unterwäsche, Socken und ein dickes Buch über die Kunstschätze von Florenz. Auf dem Deckblatt prangte ein Stempel der Stadtbücherei von New York. Als er die Sachen wieder in den Rucksack packen wollte, löste sich etwas aus den Falten eines T-Shirts und fiel klirrend zu Boden. Es war das kleine Kruzifix.

Colm zuckte zusammen, stopfte alles schnell in den Rucksack zurück und schnürte ihn zu. Sein Blick fiel auf ihren Zeichenblock, der auf dem Nachttischchen lag, und er erinnerte sich an das Bild, das sie ihm einmal gezeigt hatte: die Straße und die ulkigen schiefen Dächer von Florenz.

Er nahm den Block in die Hand. Er war noch immer aufgeschlagen, aber nicht bei dem Straßenbild, sondern bei einer hastig hingekritzelten Zeichnung. Sie zeigte ein Spinnennetz, in dem eine Spinne mit einem Männerkopf hockte und eine winzige weibliche Gestalt belauerte, die sich in dem Netz verfangen hatte. Hinter dem Netz waren Buchstaben zu erkennen, die das Wort LEMMING bildeten.

Die Geschichte, die Robin ihm zwei Nächte zuvor erzählt hatte, ergab plötzlich einen furchtbaren Sinn. Da war ein junges Mädchen, das versuchte, über eine Vergewaltigung hinwegzukommen und das Lügengeschichten erzählte, um sich vorzugaukeln, all dies sei gar nicht ihm, sondern einer anderen Person zugestoßen, und er, Colm, hatte nicht das Geringste bemerkt! Unwillkürlich mußte er an seine eigene Vergangenheit denken, und als er die aufgeblähte Spinne in ihrem Netz betrachtete, drehte sich ihm der Magen um. Auf einmal verspürte er den dringenden Wunsch zu fliehen; Meilen zwischen sich und das zerbrechliche Geschöpf in dem weißen Krankenhausbett zu legen. Er machte sich nicht die Mühe, darüber nachzudenken, wovor er eigentlich weglaufen wollte, sondern begründete seine Flucht sich selbst gegenüber damit, daß es höchste Zeit war, nach Hause zu fahren.

Ehe er aufbrach, setzte er sich hin und schrieb einen kurzen Brief an den Mann, den er vor kurzem in Fiesole aufgesucht hatte, und warf ihn auf dem Weg zum Bahnhof in den Briefkasten.

Sehr geehrter Signor Di Gabiere,
ich bin der Student, der Sie letzten Samstag aufgesucht hat. Das Mädchen, von dem ich Ihnen erzählt habe, Robin McKay, liegt im Krankenhaus. Sie hat niemanden, der sich um sie kümmert. Ob sie nun mit Ihnen verwandt ist oder nicht, sie braucht Hilfe. Sie hatte bislang nicht viel Glück im Leben, und ich muß nach Hause zurück.

Vielleicht werden Sie jetzt sagen, daß Sie das Ganze

nichts angeht. Das ist richtig, also liegt die Entscheidung jetzt ganz bei Ihnen.

Mit freundlichen Grüßen
Colm Nugent

Auch an Robin schrieb er.

Liebe Robin,
ich muß leider nach Irland zurück. Antonio holt dich ab, wenn du aus dem Krankenhaus entlassen wirst. Ich habe mit ihm vereinbart, daß du das Zimmer noch vierzehn Tage zum halben Preis haben kannst, jetzt ist ja Nachsaison. Sowie ich zu Hause bin, werde ich dir Geld schicken.

Am liebsten hätte er es dabei belassen, brachte es jedoch nicht fertig.

Ich habe Signor Di Gabiere geschrieben, daß du krank bist. Falls dir das nicht recht ist, tut es mir leid. Es tut mir auch leid, daß ich abreisen muß. Du solltest auch nach Hause fahren, Robin.

Colm

Er blieb auf der Schwelle stehen und schaute in das leere Zimmer und auf ihren einsamen Rucksack zurück. »Leb wohl, Robin«, sagte er leise.

Per Anhalter fuhr er nach Mailand und nahm dort den Zug nach Paris. Eine Nacht verbrachte er in einer Jugendherberge und fuhr am nächsten Morgen nach Le Havre weiter. Die Überfahrt war stürmisch, und er hatte kein Geld mehr, um sich etwas zu essen zu kaufen, aber das störte ihn nicht weiter. Er war zu benommen, um Hunger zu verspüren.

Als die Fähre in Rosslare anlegte, goß es in Strömen. Colm fand einige Pennys in seiner Jackentasche, kaufte sich einen Schokoladenriegel und ging zur Hauptstraße, um ein Auto anzuhalten. Nachdem er mehrfach die Mitfahrgelegenheit gewechselt hatte, stieg er schließlich eine Meile vor Ballykelly aus und ging den Rest des Weges trotz des heftigen Regens zu Fuß. Er trottete die nassen Wege entlang, ohne auf seinen tropfnassen Rucksack oder die an seinen Beinen klebenden Jeans zu achten. Florenz, Italien, Sonne und Wärme lagen hinter ihm, jetzt galt es, zum Alltag zurückzufinden, also zur Kälte des nahenden Winters, dem Familiengehöft, seiner Ausbildung und der vor ihm liegenden rosigen Zukunft.

Packy Flynn war der erste, der ihm über den Weg lief. »Sieh an, der junge Wandersmann ist aus den fernen Ländern wieder zurück«, begrüßte er Colm fröhlich.

Colm antwortete nicht, sondern trat durch die offene Tür in die Küche.

Moll stand am Herd. Sie lächelte ihm zu. »Hallo, Colm. Willkommen zu Hause. Aber du bist ja klatschnaß!« Sie nahm ein Handtuch vom Haken und warf es ihm zu. »Zieh die nassen Sachen aus, sonst holst du dir noch den Tod.«

Colm blickte auf die kleine Pfütze, die sich zu seinen Füßen gebildet hatte, und zog seine tropfende Jacke aus. Der Duft des Torffeuers und die Wärme in der Küche fühlten sich an wie eine wohltuende Umarmung.

Sein Vater kam in schweren Gummistiefeln hereingestapft. Alice und Liam folgten ihm. Bei ihrem Anblick empfand Colm plötzlich eine tiefe Freude. Es tat gut, wieder daheim zu sein.

»Da bist du ja wieder«, bemerkte sein Vater lakonisch, ließ sich auf einen Stuhl sinken und zog seine Gummistiefel aus. Er wirkte vergnügt und zufrieden, was Colm zunächst auf seine Rückkehr zurückführte, bis Alice erklärte: »Die große Schwarzbunte hat gerade gekalbt. Eine hübsche kleine Färse ist es geworden.« Sie ging zur Spüle hinüber, um sich die Hände zu waschen. Der Geruch nach Palmolive erfüllte die Küche.

»Habt ihr meine Karte bekommen?« fragte Colm und

erhielt zur Antwort, sie sei heute morgen angekommen. Alice, die sich gerade die Hände abtrocknete, fügte mit einem abfälligen Schnauben hinzu, manche Leute wüßten gar nicht, wie gut sie es hätten, *sie* könne es sich jedenfalls nicht leisten, wochenlang in der Weltgeschichte umherzugondeln, und Liam murmelte, sie hätten in der Zwischenzeit wie die Sklaven schuften müssen, da ihre Mutter *ihnen* nichts hinterlassen habe. Colm ging schweigend zur Spüle und wusch sich ebenfalls die Hände.

»Du bist bestimmt halb verhungert«, meinte Moll. »Ich mach' dir erstmal Tee und einen Happen zu essen.«

»Laß mich nur schnell die nassen Jeans ausziehen«, gab Colm zurück, nahm seinen Rucksack und ging die Treppe hoch.

Zu seiner Erleichterung fand er sein Zimmer noch genau so vor, wie er es verlassen hatte. Es war ein bißchen größer als die seiner Geschwister, und er hatte schon befürchtet, daß Liam oder Alice es während seiner Abwesenheit mit Beschlag belegt haben könnten. Auch die zwanzig Pfund lagen noch unangetastet zwischen den Seiten seines alten Lehrbuches. Colm wechselte rasch seine Kleider, holte die Mitbringsel aus dem Rucksack und ging wieder nach unten.

»Danke, Colm«, sagte Alice leicht erstaunt, als er ihr den pinkfarbenen Seidenschal überreichte. Liam bedankte sich für den Ledergürtel, Moll betrachtete entzückt die Gipsnachbildung des Duomo, die Colm ihr mitgebracht hatte. Sein Vater dagegen warf nur einen kurzen Blick auf die ihm zugedachte Krawatte und ließ sie dann wortlos in einer Schublade verschwinden.

Nachdem Colm seinen Tee getrunken und ein paar Scheiben Brot mit Marmelade gegessen hatte, befahl ihm sein Vater, das Melkhaus auszuspritzen. Colm gehorchte, zog seine alten Gummistiefel und einen Anorak an und ging nach draußen. Zuerst schaute er im Stall nach der Schwarzbunten und ihrem neugeborenen Kalb, dann ging er ins Melkhaus, schloß den Schlauch an und begann, den Boden abzuspritzen.

Wenig später leistete ihm Liam Gesellschaft. Er blieb in der Tür stehen und sah seinem Bruder bei der Arbeit zu, dann fragte er mit einem verschwörerischen Augenzwinkern: »Na, hast du in Italien wenigstens ein paar flotte Käfer kennengelernt?«

»Nein.«

»Ach, erzähl mir doch nichts. Da ist doch bestimmt was gelaufen!«

»Nein.«

»Hat's dir denn in Florenz gefallen?«

»Ja.«

»Schön, daß du zum Reden aufgelegt bist«, meinte Liam ironisch. Als Colm darauf nur unwillig knurrte, sagte er zögernd: »Nochmals danke für den Gürtel, Colm.«

»Schon gut.«

Liam wandte sich zum Gehen, drehte sich dann aber noch einmal zu Colm um. »Letzte Woche stand übrigens etwas im *Sunday Independent*, was dich vielleicht interessiert.«

»Was denn?«

Liam zog einen zusammengefalteten Zeitungsausschnitt aus der Tasche, gab ihn Colm und verließ das Melkhaus. Colm ging zur Tür und hielt das Blatt ins Licht. Ein ihm nur allzu bekanntes Gesicht starrte ihn an. Unter dem Foto stand ein kurzer Artikel: »Pater Seamus Madden, B. A., ist zum neuen Direktor des Clonarty Colleges in der Grafschaft Roscommon ernannt worden. Pater Madden ist ein anerkannter Historiker, sein Spezialgebiet ist die frühe irische Geschichte.«

Colm dachte an den Brief, den er vor seiner Abreise an den Bischof geschrieben hatte. Einen Moment lang sah er das höhnische Gesicht von Robins Spinne vor sich, sein Magen krampfte sich zusammen, und er rannte zum Misthaufen hinüber, um sich heftig zu übergeben.

Am nächsten Tag hatte es aufgehört zu regnen. Ehe er sich auf den Weg nach Dublin machte, spazierte Colm noch einmal am Sureen entlang und ging dann zu seinem alten Versteck auf der hintersten Weide. Liam hatte ihm erzählt, daß sein Vater beabsichtigte, sich einen Bulldozer zu mieten, um die alten Steine wegzuschaffen, die seine Burg bildeten. Vielleicht hatte er heute zum letztenmal die Gelegenheit, das Refugium seiner Kinderzeit zu besuchen. In einiger Entfernung sah er Johnny Munroe stehen. Eine Weile beobachtete er den alten Mann, der stark kurzsichtig war und ihn deshalb nicht bemerkte, dann drehte sich Johnny um und ging den Pfad entlang, der zu seiner Kate führte. Colm dachte daran, wie Johnny ihn zu seiner Italienreise ermuntert hatte, und fühlte sich plötzlich von dem Alten verraten.

Du bist schon ein komischer alter Kauz, dachte er säuerlich. Sicher, das, was ich in Italien gefunden habe, hat mein Leben tatsächlich verändert, aber du hast mir nicht gesagt, daß es mir auch den Seelenfrieden rauben würde!

Er legte sich rücklings ins Gras und blickte zu dem grauen irischen Himmel empor. »Gibt es einen Platz, an den du dich zurückziehst, wenn du allein sein willst?« hatte Robin ihn einst gefragt. Wie es ihr wohl ging? Colm zählte die Tage an den Fingern ab. Vor vier Tagen hatte er sie zum letztenmal gesehen. Wahrscheinlich konnte sie schon wieder aufrecht im Bett sitzen. Sie mußte seinen Brief bekommen haben. Antonio und seine Frau hatten sie bestimmt besucht, die beiden waren nette, gutherzige Leute. Trotzdem wurde Colm von Gewissensbissen geplagt. Er hätte sie nicht so allein zurücklassen dürfen; hätte zumindest warten müssen, bis es ihr besser ging. Was würde sie tun, wenn sie aus dem Krankenhaus entlassen wurde? Würde sie ihre Familie anrufen, würde sie nach Hause fahren? Und dann kam ihm ein schrecklicher Gedanke: Was, wenn sich ihr Zustand verschlechtert hatte? Wenn sie neue Blutungen bekommen hatte? Wenn sie krank und mittellos durch ein fremdes Land irrte, dieses Mädchen, das ihm immer zugehört, ihn getröstet und ihre eigenen Probleme für sich behalten hatte? Sie war seine Freundin, und er hatte sie im Stich gelassen!

Aber sie hat doch einen reichen Vater, versuchte er sich zu trösten. Sie braucht ihn nur …

Du weißt verdammt gut, daß das nicht stimmt, mischte sich sein Verstand ein. Sie hat nichts und niemanden auf der Welt, und du hast sie einfach mutterseelenallein zurückgelassen!

Zurück in seinem Zimmer nahm er die zwanzig Pfund aus ihrem Versteck, machte sich mit dem Zug auf den Weg nach Dublin und schrieb während der Fahrt einen kurzen Brief an Robin, den er an die Pensione Zellini adressierte. Antonio würde schon dafür sorgen, daß sie ihn bekam.

Liebe Robin,
anbei achtzehn Pfund, hoffentlich helfen sie dir weiter. Ich würde dir gern mehr schicken, aber mehr habe ich nicht. Bitte schreib mir, wie es dir geht.
Colm

Hatte sie geantwortet? Er würde es nie erfahren. Aber es mußten ihre Briefe gewesen sein, die Alice damals verbrannt hatte.

Colm saß mit vor das Gesicht geschlagenen Händen da und schrak zusammen, als ihm jemand auf die Schulter tippte. Es war der Priester, der die Kollekte einsammelte. Colm suchte in der Hosentasche nach Geld und legte ein paar tausend Lire in den Beutel.

»Signore … geht es Ihnen nicht gut?« Der Mann musterte ihn besorgt.

»Doch …«

»Das macht die Hitze«, meinte die amerikanische Touristin mittleren Alters neben ihm. »Ich kann es kaum erwarten, wieder nach Hause zu kommen. Maine ist mir nie verlockender erschienen.« Sie lachte leise. »Wo kommen Sie denn her?«

»Aus Irland.«

»Sie müssen sich langsam an das Klima gewöhnen«, riet die Frau. »Bleiben Sie lange hier?«

»Einen Monat.«

Colm lauschte in sich hinein. Eigentlich fühlte er sich

ausgezeichnet. Es war sicher nur die Hitze, die ihm zu schaffen machte, und die schlaflosen Nächte.

Als der Priester und der Meßdiener den Altar verlassen hatten, trat Colm in die Mittagssonne hinaus und ging in sein Hotel zurück. Er wollte ausgeruht zu seiner Verabredung erscheinen – falls sie denn zustandekommen sollte. Am besten, er legte sich ein Stündchen hin. Für drei Uhr waren sie verabredet, Robin und er, aber er wollte früher dort sein. Ob sie wohl kam?

»Ich halte meine Versprechen immer«, hatte sie gesagt. Aber würde er sie überhaupt wiedererkennen, wenn sie kam? Er holte das Foto aus der Brieftasche und betrachtete das lachende junge Mädchen auf der Ponte Vecchio nachdenklich. Plötzlich erkannte er, daß er sich verzweifelt danach sehnte, sie wiederzusehen, aber nicht, weil er hoffte, die alte Liebe wieder aufleben zu lassen, sondern weil er die Bestätigung brauchte, daß er sie damals nicht sterbend zurückgelassen hatte.

Er legte sich auf das Bett und schlief trotz aller Bemühungen, die Augen offenzuhalten, bald ein.

Paola besuchte die Messe in Orsanmichele. Sie liebte die kleine gotische Kirche mit ihren herrlichen Buntglasfenstern. Ihr war so leicht ums Herz wie schon lange nicht mehr. Nach der Messe trank sie mit einigen Bekannten, die sie in der Kirche getroffen hatte, auf der Piazza della Republica Kaffee und unterhielt sich eine Weile angeregt mit ihnen,

Kurz nach Mittag betrat sie das Hotel dei Angeli und fragte nach Signor Colm Nugent, doch der Mann an der Rezeption sagte, Signor Nugent sei nicht auf seinem Zimmer. Ob sie eine Nachricht hinterlassen wolle? Paola verneinte. Sie würde später noch einmal wiederkommen.

»No, grazie. Ritornerò più tarde ...«

Sie blickte auf die Uhr. Es war erst kurz nach zwölf. Wo konnte er hingegangen sein? Nun, sie würde es abends noch einmal versuchen. Doch auf dem Heimweg fiel ihr alles wieder ein. Heute war der 15. September, und

Colm hatte diese romantische Verabredung mit seiner amerikanischen Freundin auf der Piazza della Signoria. Paola war sich sicher, daß die Frau nicht erscheinen würde. Es bedurfte schon außergewöhnlicher Umstände, sich an eine Verabredung, die vor so vielen Jahren getroffen worden war, nicht nur zu erinnern, sondern sie auch einzuhalten.

Sonntags war es in der Innenstadt von Florenz meist sehr ruhig. Auf dem Weg zur Piazza della Signoria sah Paola zwei Frauen, Mutter und Tochter, die sie flüchtig kannte, vor einem Lederwarengeschäft stehen und die Auslage betrachten. Das Mädchen ging mit Pasquale zur Schule; sie hatte erst kürzlich ein exklusives Internat verlassen, das nur von den Kindern der Reichen besucht wurde. Ihr Vater war vor einem Jahr gestorben, und das Mädchen hatte sich von einem Tag auf den anderen in einen widerborstigen, rebellischen Teenager verwandelt. Pasquale hatte ihr erzählt, das läge daran, daß die Mutter sie zu sehr behüten wolle.

Kinder! dachte Paola. Haben wir keine, dann fehlt uns etwas im Leben. Aber wenn wir welche haben, nimmt die Sorge um sie kein Ende.

Sie erreichte die Piazza della Signoria, blieb am Eingang zur Terrasse des Restaurants Rivoire stehen und ließ den Blick über die Tische wandern. Dann schaute sie über den Platz. Von Colm war nichts zu sehen. Einen Moment lang überlegte sie, ob sie überhaupt bleiben sollte, sie wollte sich auf keinen Fall in sein Privatleben einmischen. Aber da sie sicher war, daß die Amerikanerin nicht auftauchen würde, setzte sie sich an einen freien Tisch, lehnte sich zurück und genoß die friedliche Stille, die sonntags auf diesem alten Platz herrschte. Der Oberkellner, der sie gut kannte, kam auf sie zu, um sie zu begrüßen. *»Buon giorno, Signora Nosterini.«*

»Buon giorno, Andreo.«

Sie bestellte einen griechischen Salat und ein Mineralwasser. Während sie aß, hielt sie immer wieder nach Colm Ausschau.

Viele Touristen schlenderten über den Platz, aber es waren alles Paare. Es freute sie, daß Colms alte Freundin nicht gekommen war. Erst jetzt gestand sie sich ein, daß sie ein wenig Eifersucht empfand. Colm war ein interessanter, attraktiver und großzügiger Mann, und sie hoffte, ihn bald besser kennenzulernen. Da sie entschlossen war, ihm sein Darlehen so schnell wie möglich zurückzuzahlen, würde sie ja mit ihm in Verbindung bleiben. Dank seiner Hilfe konnte sie mit dem Verkauf des Grundstücks auf Sizilien warten, bis die Preise stiegen; sie hatte dem Interessenten bereits abgesagt.

Paola hob den Kopf und sah, daß die Frau und ihre Tochter, die sie vor ein paar Minuten beobachtet hatte, die Terrasse betraten. Der Oberkellner eilte sofort auf sie zu.

»*Buon giorno, Signora Di Gabiere … Signorina …*« Höflich geleitete er sie zu dem letzten freien Tisch.

Paola schob ihre Sonnenbrille zurecht und musterte die beiden unauffällig. Ihr war nicht entgangen, daß sich sämtliche anderen Gäste nach den beiden auffallenden Neuankömmlingen umgedreht hatten. Beide waren sie schlank und hellhaarig und sahen sich ungemein ähnlich. Paola wußte, daß die Di Gabieres ganz in der Nähe ein Apartment besaßen – der Ferrari, der dort in den Wintermonaten vor der Tür parkte, war der sichere Beweis dafür. Außerdem gehörte ihnen eine Villa in Fiesole, wo sie den größten Teil des Sommers verbrachten. Alle Welt kannte die romantische Geschichte, wie der reiche, exzentrische Frederico Di Gabiere seine zweite Frau kennengelernt hatte. Er war damals Witwer mit einem kleinen Sohn gewesen und hatte sie in einem Krankenhaus getroffen, wo sie sich von einem Unfall oder etwas ähnlichem erholte, hatte sie als Au-Pair-Mädchen eingestellt und sie ein Jahr später geheiratet. Sie war die Tochter eines amerikanischen Reeders und von zu Hause fortgelaufen, um in Florenz Kunst zu studieren. Damals hatte sie angeblich wie eine Vagabundin gelebt.

Doch es waren auch Gerüchte laut geworden, denen zufolge ihr Unfall gar keiner gewesen war, ein junger Mann sollte in die Sache verwickelt gewesen sein. Es wurde auch gemunkelt, Signora Di Gabiere sei keineswegs die Tochter eines Reeders, sondern eine Abenteurerin.

Wen interessiert das heute noch? dachte Paola, während sie die schlanke, elegante Frau beobachtete, die leise und eindringlich auf ihre Tochter einsprach. Das Mädchen lümmelte sich in ihrem Stuhl, zerkrümelte ein Stück Brot und hörte ihrer Mutter mit trotzig verzogenem Gesicht unwillig zu. Paola sah die Juwelen an der Hand der Mutter aufblitzen. Sie hatte den begehrtesten Mann von ganz Florenz einfangen können. Aber wen wunderte das? Sie war eine schöne, aristokratisch wirkende Frau mit ausgezeichneten Manieren, die sich sehr für die Förderung der schönen Künste einsetzte, ansonsten aber eher zurückgezogen lebte. Roberta hieß sie mit Vornamen, sie sollte angeblich italienische Vorfahren haben.

Aber die Ehe mit Frederico Di Gabiere, der für seine exzentrische Lebensweise bekannt war, hatte auch ihre Schattenseiten gehabt. Ihr Mann hatte sie kaum jemals aus den Augen gelassen, aber trotzdem hatten die beiden, wenn sie zusammen gesehen wurden, immer gewirkt, als bildeten sie eine verschworene Einheit gegen die ganze Welt. Paola fragte sich, ob diese Harmonie echt oder nur vorgetäuscht gewesen war. Traf ersteres zu, dann mußte Fredericos Tod für seine Witwe eine dreifache Tragödie gewesen sein, sie hatte nicht nur ihren Mann, sondern zugleich auch einen Mentor und Freund verloren. Und ihre Tochter, dachte Paola, während sie das mit ihrem Brot beschäftigte Mädchen betrachtete, war ihr wie aus dem Gesicht geschnitten.

Roberta Di Gabiere hob plötzlich den blonden Kopf und sah sich im Restaurant um. Ihr Blick schweifte über jeden Tisch, blieb kurz an Paola hängen und wanderte dann weiter.

Paola erinnerte sich, die Frau schon mehrmals bei Schulveranstaltungen oder Elternversammlungen getroffen zu haben, und war einen Moment lang gekränkt, weil die andere sie anscheinend nicht wiedererkannte. Doch dann bemerkte sie deren abwesenden Gesichtsausdruck und begriff, daß sie mit den Gedanken ganz woanders war.

Sie verlor das Interesse an den Di Gabieres, beendete ihre Mahlzeit, bestellte einen Espresso und fuhr fort, die Menschen auf der Piazza della Signoria zu beobachten. Sie liebte diesen Platz, das Herzstück von Florenz, mit der Reiterstatue Cosimo de' Medicis, dem Springbrunnen mit dem riesigen steinernen Neptun, der Kopie von Michelangelos *David* und der Herkulesfigur, die den Eingang bewachte. Paola schaute auf die Uhr. Fast drei, und von Colm nichts zu sehen. Er mußte seine Meinung geändert haben.

Nun, er hatte ja auch nichts verpaßt.

Sie bemerkte, daß Roberta Di Gabiere es aufgegeben hatte, ihrer Tochter Vorhaltungen zu machen. Sie trank Weißwein, sah auf ihre Uhr und schaute sich immer wieder im Restaurant um. Sie wirkte enttäuscht und resigniert.

Gerade als Paola dem Kellner winken und die Rechnung verlangen wollte, erblickte sie eine bekannte Gestalt. Colm war also doch noch gekommen. Sie wollte ihm schon zuwinken, aber ihr Instinkt hinderte sie daran. Stattdessen rückte sie ihren Stuhl in den Schatten des Sonnenschirms und beobachtete, wie er erst über die Piazza blickte, sich dann zur Restaurantterrasse umdrehte und langsam von einem Tisch zum nächsten schaute. Sie bemerkte, wie er zusammenzuckte, als sein Blick auf Graziella Di Gabiere fiel. Das Mädchen hatte den Kopf abgewandt, einen Arm um die Lehne ihres Stuhls gelegt und warf den Tauben, die hinter dem Terrassengeländer herumpickten, Brotkrümel zu. Colm blieb stocksteif stehen und starrte sie an, und dann drehte er sich ganz langsam zu Graziellas Mutter um.

Als Colm im Hotel dei Angeli erwacht war, hatte er augenblicklich gewußt, daß er spät dran war. Ein Blick auf die Uhr hatte diese Befürchtung bestätigt. Er war aufgesprungen, hatte seine Schuhe angezogen und sich sofort auf den Weg zur Piazza della Signoria gemacht.

Zuerst hatte er sich suchend auf dem Platz umgesehen

und dann mit klopfendem Herzen die Tische auf der Restaurantterrasse gemustert.

Er entdeckte das Mädchen sofort, den ›Geist‹, der ihm immer wieder begegnet war. Aber sie war kein Phantom, sondern ein Mensch aus Fleisch und Blut, ein Teenager, der sich lässig auf einem Stuhl lümmelte. Als er ihr Gesicht sah, wußte er, wen er vor sich hatte. Die Ähnlichkeit war verblüffend, nur Augen und Mundpartie stimmten nicht überein. Colm hatte plötzlich das Gefühl, heimgekehrt zu sein. Langsam wandte er den Kopf und sah die Frau neben dem Mädchen an.

Sie hatte sich verändert und auch wieder nicht. Ihre Eleganz und ihre Ausstrahlung ließen auf eine Lebensgeschichte schließen, die sie sich mit achtzehn sicher nicht hatte träumen lassen. Mit der kleinen, trotzigen, verstörten Robin McKay hatte sie nichts mehr gemein; der Frau, die jetzt vor ihm saß, sah man an, daß sie an Wohlstand und Macht gewöhnt war und sehr wohl verstand, beides zu nutzen. Züge des Teenagers, den er einst gekannt hatte, waren noch vage zu erkennen, doch alles andere hatte ein Leben ausgelöscht, von dem er, Colm, nichts wußte.

Dann drehte sie sich um und sah ihn an.

Welche Gnade ist es doch, schon zu Lebzeiten Erlösung zu finden, dachte Paola versonnen, als sie die Gesichter der beiden Menschen betrachtete, die sich nach achtundzwanzig Jahren zum erstenmal wieder in die Augen sahen.

Kurz bevor Roberta Di Gabiere Colm die Hand entgegenstreckte, war Paola zum Gehen entschlossen gewesen. Doch irgend etwas hielt sie davon ab; sie blieb und sah zu, wie Colm Nugent sich neben der blonden Frau niederließ, sah die Tränen, die in ihren Augen schimmerten. Keiner der beiden sprach ein Wort, aber Paola bemerkte, daß Colm die schmale, juwelengeschmückte Hand seiner wiedergefundenen Freundin behutsam zwischen seine beiden Hände nahm.

Paola zahlte, erhob sich und verließ das Restaurant. Doch als sie um die Ecke zur Via Vaccheria bog, hörte sie, wie jemand ihren Namen rief: »Paola ... Paola!« Sie blieb stehen und drehte sich um. Colm kam auf sie zugeeilt.

»Warte doch, Paola«, keuchte er. »Ich habe dich auf der Terrasse gar nicht gesehen ... warum bist du denn so plötzlich verschwunden? Komm mit, ich möchte dir eine Freundin vorstellen, die ich vor langer Zeit gekannt habe und von der ich nie geglaubt hätte, daß ich sie je wiedersehe.«

»Lieber nicht«, erwiderte Paola leise. »Ich möchte euch nicht stören. Ich bin nur gekommen, um mich bei dir zu bedanken.«

Colm musterte sie verblüfft. »Du störst doch nicht, wie kommst du denn darauf?« Er dämpfte die Stimme ein wenig. »Es tut mir leid, daß ich dich nicht wiedererkannt habe, Paola. Ich hätte merken müssen, daß wir uns von früher kennen. Pasquale hat mir ein Foto geschickt ...«

Als Paola unschlüssig stehenblieb und vielsagend zur Restaurantterrasse hinüberschaute, wo die beiden Frauen unter einem Sonnenschirm warteten, ging Colm ein Licht auf. »Du denkst doch nicht etwa ... nein, Paola, du verstehst das völlig falsch. Ich will keine alte Romanze wieder aufwärmen, sondern Frieden finden und mich mit der Vergangenheit aussöhnen.« Er berührte sacht ihre Hand. »Komm mit, bitte ...«

Paola zögerte, dann gab sie nach und ließ sich zur Terrasse des Rivoire zurückführen.

»Das«, sagte Colm zu ihr, wobei er auf die blonde Frau am Tisch deutete, »ist Robin, eine alte Freundin von mir.« Er wandte sich an Robin. »Robin, dies ist Paola Nosterini.«

Paola ergriff die Hand, die ihr entgegengehalten wurde. »Guten Tag, Signora Di Gabiere«, sagte sie höflich. »Ich glaube, wir kennen uns schon von Schulveranstaltungen her.«

»Bitte nennen Sie mich doch Roberta. Oder Robin, wenn Sie wollen«, erwiderte Robin, »obwohl mich schon lange niemand mehr so genannt hat. Das ist meine Tochter Graziella«, fügte sie hinzu, auf das Mädchen deutend. »Möchten Sie sich nicht setzen?«

Graziella sah Paola neugierig an. »Ich kenne Pasquale«, sagte sie auf italienisch. »Er ist bei mir in der Klasse. Wir mögen ihn alle sehr gern, hoffentlich geht es ihm bald besser.«

»Er muß operiert werden«, erklärte Paola, »dann wird er wieder ganz gesund.«

Sie setzte sich, und Colm tat es ihr nach. »Di Gabiere?« fragte er mit einem schelmischen Seitenblick auf Robin und zog die Brauen hoch. »Den Namen hab' ich doch irgendwo schon mal gehört ...«

»Vor langer Zeit«, erwiderte Robin, »in einem anderen Leben. Du hast ihn in einem Telefonbuch entdeckt, das in einem kleinen Café an der Wand hing, und du hast dich mit dem Besitzer dieses Namens in Verbindung gesetzt. Dank deines eigenmächtigen Handelns hast du mir den Weg in ein Leben geebnet, das ich mir nie hätte träumen lassen. Frederico hat mich im Krankenhaus besucht. Zuerst war er einfach nur neugierig, und dann ... letztes Jahr ist er gestorben. Er war ein sehr dominanter Mann, aber er hat mir Kraft und Liebe geschenkt und mich sehr glücklich gemacht. Ich habe mich oft gefragt, was du wohl sagen würdest, wenn du wüßtest, was aus mir geworden ist. Ich habe dir geschrieben ...«

»Mein Vater hat deine Briefe verbrennen lassen«, sagte Colm. »Ich habe nie einen bekommen.«

»Warum denn?«

»Das ist doch jetzt ganz egal. Aber ich habe versucht, dich zu finden.«

Robins Stimme wurde so leise, daß er sie kaum noch verstehen konnte. »Ich weiß. Ich habe es letztes Jahr nach Fredericos Tod erfahren. Er hat vieles vor mir geheimgehalten. Hat er auf die Anzeige eigentlich geantwortet?«

»Gewissermaßen schon«, antwortete Colm. »Ich erhielt einen anonymen Brief, in dem stand, du wärest tot.« Er lächelte sie an und fragte weich: »Warst du denn wirklich mit ihm verwandt?« Robin verzog reumütig das Gesicht und schüttelte den Kopf.

Graziella, die sich mit Paola über Pasquale und die

Schule unterhalten hatte, beugte sich plötzlich vor und musterte Colm interessiert.

»Wo haben Sie meine Mutter eigentlich kennengelernt, Mr. Nugent?« erkundigte sie sich auf englisch. »Hier in Florenz? Sie hat mir nie erzählt, warum sie überhaupt nach Italien gekommen ist und wie sie meinen Vater kennengelernt hat.«

Colm sah Robin an, die unmerklich den Kopf schüttelte und ihm einen warnenden Blick zuwarf.

»Ach, wir sind uns zufällig am Strand begegnet und ins Gespräch gekommen. Damals waren wir beide noch Studenten. Deine Mutter half mir, mit einem Problem fertig zu werden, das ich damals hatte ...«

»Wann war denn das?«

»1968.«

»Das ist ja wirklich ewig lang her!« lachte Graziella. »Wie können Sie sich nur so genau an Dinge erinnern, die so lange zurückliegen?«

»Du wirst dich noch wundern, an was du dich später alles erinnern kannst«, erwiderte Colm. Nachdenklich betrachtete er diese jüngere Ausgabe Robins, die ihre ganze Zukunft noch vor sich hatte und für die die Vergangenheit etwas war, worüber sich ältere Leute nachmittags beim Tee unterhielten.

»Wetten, daß Mamma sich nicht so gut erinnern kann?« behauptete Graziella keck. »Ihre ganze Energie wird von der Belastung aufgezehrt, eine Tochter im Teenageralter zu bändigen ...«

Dabei warf sie ihrer Mutter einen herausfordernden Blick zu, doch diese antwortete nur mild: »Gerade weil ich mich noch so gut an die Zeit vor deiner Geburt erinnern kann, will ich ja nur das Beste für dich.«

Einen Moment lang herrschte Schweigen. Dann wandte sich das Mädchen, dem die Worte der Mutter sichtlich peinlich waren, hastig an Colm. »Der Herbst ist die beste Reisezeit für die Toskana. Machen Sie hier Urlaub ...«

Colm entging nicht, daß sie bewußt Konversation machte; ein junges Mädchen, das an einem Sonntagnachmittag sicher Besseres vorhatte, als langweiligen Geschichten aus der Vergangenheit zuzuhören, aber entschlossen war, das Beste daraus zu machen.

»... oder sind Sie geschäftlich hier?« beendete Graziella den Satz.

»Nein, im Gegenteil, ich beabsichtige, mich aus dem Geschäftsleben zurückzuziehen.« Im selben Moment, in dem er das sagte, erkannte er, daß es die Wahrheit war.

»Und was wollen Sie dann machen?«

»Ich weiß es noch nicht«, erwiderte Colm mit einem flüchtigen Blick auf Paola. »Aber ich glaube, für mich ist die Zeit gekommen, um noch einmal ganz neu anzufangen.«

Danksagung

Ich möchte mich bei den folgenden Personen für ihre großzügige Hilfe bedanken:

Bei meiner Schwester Anne, die mit mir nach Florenz gefahren ist und mir dabei geholfen hat, das ebenso schwierig zu behandelnde wie schmerzhafte Grundthema dieses Buches taktvoll umzusetzen.

Bei meinem Sohn Pierce, der Colms Liebesgedicht verfaßt und mir erlaubt hat, es zu veröffentlichen.

Bei meinem Schwager Barry Greene, der seine Erinnerungen an die Stadt New York mit mir geteilt hat.

Bei Professor Risteárd Mulcahy, der mich über Herzkrankheiten und ihre Folgen aufgeklärt hat.

Bei Ken Beaton, der mich in die Welt der Börsengeschäfte einweihte.

Und vor allen Dingen bei meiner Familie, die mich immer unterstützt hat.

Einige der in diesem Buch beschriebenen Vorfälle an kirchlichen Schulen beruhen auf Tatsachen. Sie fanden zu einer Zeit statt, wo die Kirche in Irland auf dem Höhepunkt ihrer Macht war. Der Täter ist inzwischen verstorben, und alle Charaktere in diesem Buch sind frei erfunden.

Mary Ryan
Dublin, Mai 1997